이황 시의
깊이와 아름다움

신 연 우

지식산업사

이황 시의 깊이와 아름다움

초판 제1쇄 인쇄 2006. 4. 10.
초판 제1쇄 발행 2006. 4. 15.

지은이 신연우
펴낸이 김경희
펴낸곳 ㈜지식산업사
서울시 종로구 통의동 35-18
전화 (02)734-1978(대) 팩스 (02)720-7900
인터넷한글문패 지식산업사
인터넷영문문패 www.jisik.co.kr
전자우편 jsp@jisik.co.kr
등록번호 1-363
등록날짜 1969. 5. 8.

책값은 뒤표지에 있습니다.

ISBN 89-423-4045-8 93810

이 책을 읽고 문의하고자 하는 이는 지식산업사 전자우편으로 연락 바랍니다.

책머리에

이 책은 퇴계(退溪) 이황(李滉) 선생의 〈도산십이곡(陶山十二曲)〉을 이해하기 위해 찾아다닌 여러 길의 흔적이다. 조선조 사대부 시조를 연구하려니 퇴계 이황과 〈도산십이곡〉을 정면에서 마주칠 수밖에 없었다. 사회와 사상과 문학이 만나는 교차로에서 논리의 실마리를 풀고 시학의 전망을 모색해 보았다.

그 과정에서 이황의 미발론(未發論)과 경(敬) 사상을 시학적인 견지에서 해명하는 시도를 했다. 태극(太極)의 근원적인 양태는 미발(未發)의 상태를 통해 엿볼 수 있으며, '경'이란 외적인 경건함 이전에 근원을 만나기 위한 방법이라는 큰 틀 속에서, 이황이 산수자연(山水自然)에 애착을 갖고 수많은 시를 창작했던 사유를 밝혔다. 물아일체(物我一體)와 연비어약(鳶飛魚躍)으로 대변되는 시적 지향점을 '경'과 흥(興)으로 풀어 보았다. 선행 연구가 많았기에 가능했다.

철학자 이황은 시인으로서 큰 업적을 이루었다. 2천 수가 넘는 시를 남겼고, 그의 철학은 문학사상으로 바로 이어진다. 문학은 사상을 넘어서지만 사상과 관련을 가져야 더 깊이 논의될 수 있다. 사상이기만 한 시가 아니라, 사상의 바탕 위에 선 시는 지금도 소중하다. 이황은 이런 점에서 시학적으로 귀중한 우리 문학의 자산이다.

인문학이 결국은 어떻게 살아야 하는가에 대한 탐구라고 할 때, 이황의 문학사상은, 그 타당성의 시비를 떠나, 그 답을 찾아가는 개인적 탐구의 행적으로서도 의미가 크다.

이 책의 1부에서는 먼저 이황의 자연을 인문학적 시각에서 어떻게 이해해야 하는가에 대해 전체적인 전망을 모색하고, 이황의 현실인식, 성리학, 산수시가 동일한 구도로 파악되는 것과 이황 시를 이루는 두 기둥이 '경'과 '흥'이라는 점을 밝히려 했다. 이런 이해에 바탕을 두고 이황의 도산십이곡, 도산잡영, 매화시 등의 작품세계를 천착했다. 2부에서는 이황과 연관 있는 시인들을 살펴보면서 조선전기라는 시대적 배경 속에서 이황 농촌시의 위상을 검토했다.

이런 시도가 작게는 〈도산십이곡〉과 이황의 문학세계를 더 잘 알게 하고, 크게는 문학사상의 전통이 현대문학 이론의 생산으로 이어질 수 있는 방안을 모색해 본다는 의의가 있을 것으로 기대한다.

이 책이 나오도록 출판을 맡아 주신 지식산업사 김경희 사장님의 후의와 편집부 여러분의 노고에 감사드린다.

2006년 봄

신 연 우

차 례

흥(興)

작품 세계

1부
이황시의 논리와 미학

이황의 자연
-사상의 틈새와 시학(詩學)의 전망-

1. 머리말

조선전기 사대부 시가문학에 중요한 제재로 등장하는 산수자연(山水自然)은 그 이전 문학에 나타나는 양상과 의미가 다르다. 조윤제는 일찍이 자연 예찬, 자연미의 발견이 조선시대 시가의 주류를 이루고 있다는 점을 지적하고, 이를 '강호가도(江湖歌道)'라 했다. 그 원인은 당쟁에 휩쓸린 사대부층의 명철보신(明哲保身)과 치사객(致仕客)의 한정(閒情)으로 파악했다.[1] 최진원은 신라인의 풍류는 현묘(玄妙)이고, 고려인의 풍류는 유상(遊賞)인 데 비해 조선인의 풍류는 상자연(賞自然)이라 하고, 이를 정치적인 문제, 토지경제적인 뒷받침, 도학적 문학관과 연관 지어 해명했다.

강호가도의 구체적 성립은 이현보(李賢輔)와 송순(宋純)부터라고 보았고, 이황의 "도의를 기뻐하고 심성을 기르는(悅道義蓬心性 ; 〈退溪全書 陶山雜詠 幷記〉) 즐거움은 자연을 매개로 하므로 강호문학이 활발히 전개될 수밖에 없었다"고 지적했다.[2] 강호가도의 원인을 역사, 사회, 경제적 측면

---

1) 조윤제, 《국문학개설》, 탐구당, 1973(수정4판), 301~303쪽 ; 조윤제, 《한국문학사》, 동국문화사, 1963, 130~141쪽.

2) 최진원, 《국문학과 자연》, 성균관대학교출판부, 1986년(3판), 17~23쪽 ; 최진원, 《한국고전시가의 형상성》, 성균관대학교 대동문화연구원, 1988, 6~41쪽 ; 최진원, 〈자연관

과 도학적 문학관으로 설명한 것은 적절했다. 그 뒤의 연구들도 강호가도의 개념에 대해서는 전반적으로 일치하는 견해를 보였다.

강호가도 시가문학은 여러 사람들이 이룬 것이지만 이론적 기반을 마련한 사람은 퇴계(退溪) 이황(李滉, 1501~1570)이라 할 수 있다. 이황은 자연을 통해 심성을 수양한다는 기본 구도를 바탕으로 자연시가를 이해하는 큰 틀을 마련했다.[3] 그러나 그 틀이 지나치게 이황 사상의 내부적 구도 안에서 설명된 측면이 있다. 이황은 성리학 이론을 정립하는 데 노력한 한편, 불교와 도교를 비판하는 데도 힘을 기울였다. 성리학은 발생부터 불교와 도교를 비판적으로 수용하여 이루어졌다. 성리학은 불교와 도교를 극복하고 이론을 성립하는 과정을 거치면서 특별히 자연을 개념의 틀 안으로 끌어들인 양상을 보였다.

그 큰 틀은 사상관계를 다룬 선행 연구들에 잘 드러나 있다. 이를 이용해 성리학이 자연 개념을 포섭하게 된 배경을 알면 강호시가의 자연에 대한 관심을 더 명료하게 파악할 수 있을 것이다. 또한 이 과정에서 이황의 성리학 이론이 갖는 틈새와 그 틈새를 메우기 위한 시학적 관심을 이해할 수 있을 것으로 기대한다.

2. 자연관의 도덕적 지향

송대(宋代) 성리학이 이전 사상들의 집대성이라는 측면이 있음은 널리 알려져 있다. 성리학은 원시유학, 도교, 불교와 밀접하게 관련되어 있다. 이런 관련은 비판과 승계의 양 측면에 고루 걸려 있다. 류인희는

〈문학에 표현된 자연〉, 《디지털 한국민족문화대백과사전》, 한국정신문화연구원, 2002.

3) "퇴계에 이르러 정착된 조선조 가곡의 이념적 전향성은 향후 가곡 장르가 융성할 수 있는 기틀로 작용하게 되었던 것이다"(조규익, 〈이황의 노래〉, 《가곡창사의 국문학적 본질》, 집문당, 1994, 177쪽).

도가와 불교가 내용이나 이론상으로 직접적인 영향을 주지는 않았으나, 도가는 물리계를, 불교는 심성계를 규명한 태도와 문제 제기로써 성리학의 철학적 관심을 키우게 했다는 정도의 의의를 부여했다.[4] 노사광(勞思光)은 불교가 세계를 버리고 떠나는[捨離] 부정적 태도를 보였고, 도가도 그 정도까지는 아니지만 세계를 관상(觀賞)의 대상으로 만든 것과는 달리, 성리학은 세계를 합리적인 것으로 긍정하는 태도를 갖는다는 대조점을 강조했다.[5] 조지프 니덤(Joseph Needham)도 비슷한 지적을 했다. 도가는 자연주의에 흘러 인간사회에 흥미를 나타내지 않았다. 도가는 하늘을 보지만 사람을 모른다는 순경(荀卿)의 말은 타당하다. 불교는 인간사회에도 자연에도 관심을 보이지 않았다. 선진유학(先秦儒學)은 우주론과 철학을 완전히 결여하고 있었다.[6] 이는 성리학이 비판적으로 부정해야 할 점들이었다.

주희는 물론 도교나 불교를 극력 배척하는 언설을 남겼다. 그러나 실제로는 비판한 만큼 한층 더 큰 영향을 받았던 것으로 보인다. 더욱 합리적인 태도는 선행 사상의 어떤 점을 승계했고 어떤 점을 배척했는지를 보이는 것이다. 어떤 면에서 중요한 것은 비판적 시각을 강조하는 것보다 선행 사상을 긍정적으로 계승한 양상을 보이는 것이다. 그 점에서 선진유학은 인간사회가 도덕적이어야 한다는 당위성을 마련해 주었음을 지적할 수 있다. 도가는 자연과 인간이 유기체로서 일원적으로 연결되어 있음을 말해 주었다. 불교는 성리학이 본성에 대한 형이상학적, 현상적 질서를 넘어서는 초월적 형이상학의 필요성을 느끼게 했다.

결국 성리학은 도가의 유기체론과 불교의 형이상학과 선진유학의 도덕적 당위성을 하나로 묶었다. 유학의 관점인 세계 긍정의 틀 위에서 유

---

4) 류인희, 《주자철학과 중국철학》, 범학사, 1980, 84~91쪽.

5) 노사광(勞思光)/정인재 옮김, 《중국철학사》(송명편), 탐구당, 1988(3판), 88~104쪽.

6) 조셉 니담(Joseph Needham)/이석호 · 이철주 · 임정대 옮김, 《중국의 과학과 문명Ⅲ》, 을유문화사, 1988, 142~146쪽.

기체론과 형이상학을 구비했다. 그것은 "자연계에서 윤리의 출현을 설명"하는 길이 되었다. 이 점은 자연을 새롭게 바라보게 한다. 니덤은 이렇게 말했다.

> 인간 최고의 윤리적 제 가치를 비인간적인 자연을 배경으로 하는 적당한 위치보다는 오히려 자연 전체의 거대한 테두리 속에(주희 식으로 말하면 거대한 '패턴' 속에) 위치를 정해 보려고 하였던 것이다. 이와 같은 관점에 있어서, 우주의 본성은 어느 의미에서는 도덕적이었다. 시공(時空) 외부 어딘가에 우주를 지배하는 도덕적 인격신이 존재하기 때문이 아니라, 조직화의 단계가 도덕적 가치라든가 도덕적 행위라든가의 자기 현현을 가능하게 하는 데까지 도달했을 때에는, 그들을 낳게 하는 특성을 우주는 갖기 때문이다.[7]

성리학은 비인간적이고 가치 개념을 배제하는 자연과 가치를 지향하는 인간을 '자연 전체의 거대한 테두리 속'에서 한 가지로 일관하여 바라보는 길을 찾고 있었다. 도가도 인간을 자연 속에서 바라보았다. 그 구도 속의 인간은 그저 다른 자연과 똑같은 위상을 가질 뿐이었다. 미꾸라지와 인간 가운데 누가 더 나은 삶을 산다고 할 수 없다는 시각이 바로 장자(莊子)의 '제물(齊物)'이다. 성리학은 인간만의 도덕을 설정한 선진유학의 바탕 위에, 도덕의 근원은 인간이 아니라 인간을 넘어서는 형이상학적 근거에 있다는 이론을 개발하였는데, 그것은 불교의 영향을 받은 것이다. 자연 자체의 우주적 특성 때문에 도덕적 가치라는 본성이 우주와 인간에 가능하다는 주장이 성리학이다.

인간을 포함한 자연이라는 생각은 쉽다. 그러나 인간의 도덕을 포함한 자연이라는 개념은 쉽지 않다. 성리학에 와서야 인간의 도덕을 포함한 자연이라는 개념이 정립되었다. 이는 '더 큰 자연, 전체로서의 자연'이라고 할 수 있을 것이다. 자연을 처음으로 도덕적 견지에서 바라보면

---

7) 조셉 니담, 앞의 책, 144쪽.

서, 자연의 개념을 새롭게 확립하는 것이 성리학의 일차적 과제였다. 즉, 자연을 새로운 시각에서 다시 보아야 했다.

이황이 한 일이 바로 자연을 새로운 시각에서 다시 알아본 것이라 하겠다. 이황은 주희의 사상을 충실히 받아들였다. 많은 사람들은 이황이 주희의 사상체계에서 이탈하여 본의와 어긋나게 새로운 주장을 하고 있다고 말한다.[8] 이황의 이발설(理發說)이 바로 그것이다. 그러나 이발설에 앞서 이황이 주희를 수용한 가장 큰 것은 바로 '도덕적 자연'이라는 새로운 개념이다. 이황은 그 점 때문에 주희를 최고 스승으로 받아들였다.

이황은 여러 곳에서 불교와 도가에 대한 배척을 천명한다. 그러나 실은 그의 사상은 그들 위에서 가능했다. 유학의 목표는 성현의 경지를 실행하는 것이다. 그런데 그 경지는 이(理)를 실현하는 데 있다. '이'는 도덕적인 것이지만 그 근거는 자연에 있다. 결국 이황은 "유학의 이상적인 경지를 실현하기 위한 가장 궁극적이고 객관적인 진리의 기준을 유기체적인 변화의 총체적인 조화와 질서(天 ; 자연)에서 연역해 내는 것이다."[9]

여기서 이황을 포함한 성리학자들이 자연의 질서에 대한 인식을 새롭게 하려는 노력이 가능했다. 이황이 20세 무렵 《주역(周易)》을 연구하느라고 침식을 잊어 결국 그 뒤로 항상 몸이 마르고 쇠약해지는 병[羸悴]에 걸렸다는 연보의 기록은, 그가 수리(數理)를 이용하여 자연의 상징을 이해하고자 노력한 초기 모습을 보여 준다. 뒤에 《계몽전의(啓蒙傳疑)》와 《주역질의(周易質疑)》로 정리되는 자연의 질서에 대한 이황의 꾸준한 관심은, 자연의 질서를 인간사회의 질서와 도덕의 근거로 정립하려고 한 동기 때문이었다.

이런 노력은 만년의 대표적 저작인 《성학십도(聖學十圖)》, 《천명도설

---

8) 부위훈(傅偉勳), 두유명(杜維明) 등 중국 학자들도 이황이 주희를 넘어서는 면이 있다고 진단한다(한형조, 〈주희에서 정약용에로의 철학적 사유의 전환〉, 한국정신문화연구원 박사논문, 1992, 93쪽).

9) 엄연석, 〈퇴계의 자연인식과 도덕적 지향〉, 《퇴계학보》 111집, 퇴계학연구원, 2002, 48쪽.

(天命圖說)》 등으로 결실을 본다. 엄연석의 정리에 따르면, 《성학십도》가 성리학의 우주론 · 심성론 · 수양론을 포괄하여 도덕적 이상의 실현이라는 유가의 목표를 제시했다면, 《천명도설》은 자연과 인간을 포함한 사물의 유기체적 생성 변화의 과정을 강조하여, 인간 본성의 우주론적인 근거와 상응성을 언급한다.[10] 이황의 〈천명도(天命圖)〉는 그림 자체가 서로 어울리지 않는 자연주의와 인간주의를 동시에 수용하여 하나로 융합한 세계관이라는 지적도 있다.[11]

이황의 꾸준한 자연 탐구는 결국 인간사회의 질서를 확립하기 위한 노력이었다. 60세가 넘어 지은 시조 〈도산십이곡(陶山十二曲)〉은 그 점을 잘 보여 준다.

> 유란(幽蘭)이 재곡(在谷)ᄒᆞ니 자연(自然)이 듣디됴해
> 백운(白雲)이 재산(在山)ᄒᆞ니 자연(自然)이 보디됴해
> 이듕에 피미일인(彼美一人)를 더옥 닛디 몯ᄒᆞ애[12]
>
> 청산(青山)는 엇뎨ᄒᆞ야 만고(萬古)애 프르르며
> 유수(流水)는 엇뎨ᄒᆞ야 주야(晝夜)애 긋디 아니는고
> 우리도 그치디마라 만고상청(萬古常青) 호리라[13]

골짜기의 난초, 산 위의 백운은 자연이다. 자연의 자연스러움은 인간과 무관한 자연 자체였으나 인간적 가치로 재조명된다. '자연히 듣고 보기 좋은' 것은 자연이 갖는 질서에 말미암는다. 그 질서는 바로 '피미일인(彼美一人)'이다. 질서를 몸으로 구현한 사람이라 할 수도 있을 것이다. 자연의 질서와 인간의 질서가 하나가 되는 아름다움이 있다. 그 때

10) 엄연석, 위의 글, 48쪽 각주.
11) 최진덕, 〈퇴계 이기심성론의 탈도덕형이상학적 해석〉, 《퇴계학보》 112집, 퇴계학연구원, 2002, 15쪽.
12) 이황, 〈도산십이곡〉 언지 4.
13) 이황, 〈도산십이곡〉 언학 5.

문에 자연이 보기 좋고 듣기 좋은 것이다. 인간과 무관하고 인간에게 해를 끼치는 자연이라면 보고 듣기에 좋지 않을 수 있다. 사실은 그것이 자연의 본 모습일 것이다. 노자가 자연은 인자(仁慈)하지 않다[天地不仁]고 했을 때, 그것이 자연의 바른 모습일 것이다. 그러나 이황은 자연이 인간적 가치 규범의 최종 근거지가 될 수 있기에 아름답다고 한다.

그렇게 파악한 자연은 조화와 질서와 항상성을 갖는다. 청산은 만고에 푸르고 유수는 자신의 본성을 잊지 않는다. 산은 산의 위치가 있고 물은 물의 자리를 지킨다. 이것은 청산과 유수의 본래 모습인가? 그렇지 않다. 이황은 산과 물의 실제 모습에서 만고상청(萬古常靑)을 보고 있는 것이 아님을 유념해야 할 것이다. 산과 물을 바라본다고 해서 우리도 만고상청을 기약하게 되는 것은 아니다. 황진이는 같은 유수(流水)를 보고 '주야로 흐르니 옛 물이 있을소냐' 하고 물의 항상성을 부인했다.

> 요산요수라는 성인의 말씀은 산이 인(仁)이고 물이 지(智)라는 것도 아니고, 사람과 산과 물이 본래 한 가지 성(性)이라는 것도 아니다. …… 반복 형용하여 형상을 통해 실제를 구하게 하여 지준(指準)과 모범의 극치로 삼고자 한 것뿐이지, 산과 물에 나아가 '인'과 '지'를 구하게 한 것은 아닐 것이다. …… 인자와 지자의 기상과 의사를 구하고자 하면 또한 어찌 다른 곳에서 구하겠는가? 내 마음으로 돌이켜 그 실질을 얻을 뿐이다.[14]

산과 물을 본다고 만고상청을 얻는 것은 아니라는 말이다. 그것은 내

---

14) 樂山樂水 聖人之言 非謂山爲仁而水爲智也 亦非謂人與山水本一性也 但曰 仁者類乎山 故樂山 智者類乎水 故樂水 所謂類者 特指仁智之人氣象意思而云爾 觀朱子集註 兩下有似字以釋之 可見其意 故其下文動靜之訓 亦以體段而言 樂壽之義 亦以效驗而言 皆非眞論仁智本然之理也 故吾恐聖人之意 豈不以仁智之理微妙 人未易曉 故於此或指其氣象意思 或指其體段效驗而反覆形容之 欲人因可象而求其實 以爲指準模範之極耳 非欲其就山水而求仁智也 故吾以爲欲知二樂之旨 當求仁智者之氣象意思 欲求仁智者之氣象意思 亦何以他求哉 反諸吾心 而得其實而已 苟吾心有仁智之實 充諸中而暢於外 則樂山樂水不待切切然求 而自有其樂矣[이황, 〈答權章仲 丙辰〉(《도산전서 3》, 한국정신문화연구원, 1980, 127쪽)].

마음의 실질이 자연을 파악한 결과라고 했다. 산과 물을 그렇게 보는 것은 우리도 그렇게 되기 위해서다. 우리도 우리가 파악한 자연의 모습, 실은 인간의 최고 덕목의 모습을 파악하기 위한 매개물로서 자연의 모습을 따라 보기 때문이다.[15)]

〈도산십이곡〉은 첫 수에서부터 천석고황(泉石膏肓)을 말하고, 도산 주변의 실제 경관을 감탄하고 산책하며 자연을 즐기는 화자 이황을 보여주지만, 그것은 자연에 목적이 있다고 할 수 없다. 그것은 자연을 통해 인간의 도덕적 근거를 인식하라는 전언(傳言)이고 확인이다. 이황으로서는 그 확인이 큰 기쁨을 준다고 했다. 〈언지 6〉에서 '사시가흥(四時佳興)이 사람과 한가지라 하며, 어약연비(魚躍鳶飛)'를 말하는 것이 그 기쁨의 표현이다.

3. 사상의 틈새와 시학의 전망

자연 자체에서 도덕적 지향성을 추출하려는 성리학적 노력은 주희가 체계화하였지만, 극대화한 것은 이황이다. 성리학은 자연이 어느 단계가 되면 자연히 도덕적 가치를 구현하게 된다는 대단한 인문학적인 성취를 이루었지만, 자연과 도덕을 합일시키는 것은 처음부터 어려움이 따르는 것이었다. 이황은 무엇보다 이 일에 집중했다. 같은 시대의 서경덕이 자연을 자연으로만 보고 도덕의 이치에 대해 함구했던 것이나, 이이(李珥)가 도덕은 결과론적인 것이라고 이해한 것과 달리, 이황은 도덕의 절대적 위상에 대한 신념을 확고히 세워 나갔다.

15) 이렇게 만물의 유행(流行)을 도(道)의 본체로 연결 지어 해명하는 것은 이정(二程)에 와서야 비롯되었다고 한다. 주희는 이를 이어 공자가 자연계의 현상으로서의 시냇물을 보고 감탄한 것이 아니라 도체(道體)의 유행을 감탄한 것이라 해명했다. 이황의 위의 해명은 이러한 맥락에 닿아 있다고 보인다(강진석, 〈퇴계의 도체관 연구〉, 《퇴계학보》 112집, 퇴계학연구원, 2003, 50~51쪽).

도덕을 절대적인 것으로 정립하려니 도덕을 잡스러운 것과 섞이지 않은 순수한 상태로 설정하게 되고, 그것은 결국 기(氣)의 세계와 명료히 구분 짓는 것을 강조하는 그의 철학을 이룬다. 사단(四端)과 칠정(七情)을 근원이 다른 두 샘물로 이해한 것은 사단의 순수성을 해칠 수 없기 때문이었다. 칠정에 물들지 않고, 칠정과 관계없이 본원적으로 순수함이 보장되는 절대 근거를 확립함으로써 인간사회에 선(善)의 근거를 확고히 할 필요가 있기 때문이다. 이황의 사상은 현상을 넘어서 있는 순수한 선을 확립하기 위해 본체의 '이'를 순수로 설정하고, 나아가 '이'가 적극적으로 작용한다는 주리론(主理論)을 정립한 것이라고 이해해 볼 수도 있다.

그러나 그 의도가 강하면 강할수록 목적지향성이 너무 커져 이론에 무리가 따르게 되었다. 이미 주희의 이론부터 '이'와 '기'의 융합에 대해 의문이 끊이지 않았는데, 이황이 그 점을 극대화하자 더 거센 질의와 반대 의견이 속출했다. 기대승(奇大升)과의 논변이 그 결과이고, 이이의 이원론적 주기론이 그 대안으로 인정되는 사태가 벌어졌다. 이이가 이기(理氣)는 이물(二物)이 아니라는 점에 무게를 두었고, '이'는 무형무위(無形無爲)이므로 결국 유형유위(有形有爲)한 '기'의 작용이 '이'의 가치를 결정한다는 이론을 폈다.[16] 후대 조선조 성리학은 이이의 이론에 손을 들어주었고, 뒤에는 기일원론으로 발전해 나갔다.

이것은 이황 사상의 틈새라고 할 수 있다. 자연이 도덕의 근거라고 하는 주장에는 어떤 방법으로도 채워지지 않는 간극(間隙)이 존재한다. 자연에서 윤리의 출현을 일원적으로 설명하려는 의욕적인 시도는 충분히 의의가 있지만,[17] 그 사이에 존재하는 논리의 비약을 부인할 수는 없다.[18] 그런데 바로 이 틈새의 인식과 그 틈새를 메우려는 노력으로 말

16) 조동일, 《한국소설의 이론》, 지식산업사, 1977, 366쪽.
17) "가장 과학적인 철학체계는 자연계에서 윤리의 출현을 설명하지 않으면 안 된다"(조셉 니담, 앞의 책, 144쪽 프로테스탄트 신학자들의 신유학에 대한 평가 부분의 각주c).
18) 카를 포퍼 같은 철학자는 그래서 윤리는 과학과 관계없는, 우리가 실존적으로 내리는

미암아 이황 사상은 독자적 의의를 갖는다.

사실 맹목적으로 그저 있는 것 자체가 존재의 이유로 보이는 자연에서 사단 같은 도덕성을 찾는 것은 불가해한 일이다.[19] 이황도 이 점을 알았다. 치우치는 것이 본질인 것 같은 이 자연현상에서 저절로 완벽한 조화와 질서인 사단(四端)과 '인'을 찾는 것은, "동물적 자기 보존의 세계를 넘어선다는 점에서 초월적인 것이다. 이때 초월이란, 경험을 넘어선다는 형이상학적 의미가 아니라 경험 내재적 문맥에서 자기 외적 강제를 넘어선다는 의미이다."[20]

자기 안에서 본능 차원의 세계를 넘어서는 내재적 확신은 '이'에 대한 확신으로 확립되었다. 확신은 충분히 확대되어야 한다고 생각했고, 그 확신을 가지는 길이 '경'이며, 결국 기대승과의 대화를 거쳐 '이발(理發)'이라는 개념을 정립하게 되었다. 이발은 자연에 근거한 성리학의 기본틀을 뒤틀어 놓는다. 주희가 《어류(語類)》에서 사단은 '이'의 발(發)이요 칠정은 '기'의 발이라고 하였지만, 그것이 주희의 철학체계에서 얼마나 어긋나 있는 것인가를 보이고, 주희의 본뜻이 아닐 것임을 밝히기 위해, 송시열의 후계자인 한원진은 《주자언론동이고(朱子言論同異考)》[21]라는 큰 책을 저술하기까지 했다.

철학체계로서 이발설(理發說)은 많은 반론에 부딪힌다. 그런데 시각을 달리하면 이발설은 철학이론보다는 시학(詩學)이론으로서 의의를 함축하고 있다고 보겠다.[22] 그것은 세 가지 단계로 구성되고 해명된다.

'결단'에 의해 얻어지는 것이라 한다. 인간사회가 자연의 원리나 과학적 법칙에 근거해 존재하는 것은 아니라고 한다[브라이언 매기(Bryan Magee)/이명현 옮김, 《칼 포퍼》, 문학과지성사, 1995, 98~139쪽].

19) 한형조, 앞의 글, 93쪽.

20) 주 17과 같음.

21) 한원진/곽신한 옮김, 《주자언론동이고》, 소명출판, 2002.

22) 윤사순이 "이발설 등과 같은 것은 비록 사실적(실제적)인 견지에서는 문제가 된다 하더라도 가치관적 견지에서는 이해될 수 있는 것이다" 한 것도 비슷한 맥락이다(윤사순, 〈존재와 당위에 관한 퇴계의 일치시〉, 윤사순 편저, 《퇴계이황》, 예문서원, 2002, 336쪽).

첫째로, 이황의 이론은 세계가 근원적으로 하나라는, 그 전체성을 이론적으로 확보해 준다. 세계는 천 가지로 다르고 만 가지로 대립되어 있는 것 같지만, 근원에서는 결국 하나라는 것이 주리론의 근간이다.

> 만일 그 하나의 사물을 가리켜 말한다면 ('이'가) 치우치는 곳은 진실로 치우친다. 만일 사물마다 있지 않음이 없는 것으로 말한다면 그 전체가 혼륜(渾淪)의 상태로 있음을 볼 수 있다. 왜인가? '이'의 본체됨이 '기'에 구애되거나 물(物)에 국한되지 않기 때문이다. 그러므로 '물'의 작은 치우침으로 그 혼륜한 전체를 훼손할 수 없는 것이다.[23]

'이'의 본체는 현상의 작용에 제약을 받지 않는다. 현상적으로 세계가 치우치고 대립된 것으로 보이는 경우가 많지만 본래의 모습은 근원적 '하나'에 포섭되는 것으로, 전일(全一)하고 통일되어 있다. 이를 이황은 한 물건에 모든 '이'가 모여 있다고는 할 수 없겠지만, 그것이 받아온 바가 태극의 '이'라면 어찌 제각기 한 태극을 갖추었다고 할 수 없겠느냐고 말했다.[24] 이렇게 '하나'를 드러내는 것은 대립보다 조화를 강조하는 관점이다. 세계는 근원적으로 조화다. 이것은 세계와 나 즉, 자아가 하나의 평면 위에서 조화롭게 공존할 수 있다는 원론적 토대를 확보하는 것이다. "서정적인 것은 적대 감정이 아니라 조화의 감정이다."[25]

서정시란 기본적으로 세계와 자아의 하나됨, 세계의 조화로움에 대한 믿음이다. 현상은 만 갈래로 대립되어 있지만, 같음이 있기에 이것과 저것이 한자리에 놓인다. 대립이 있어 보이지만 그 대립을 넘어서는 존재의 본질을 순간적으로 포착하여 시간과 공간의 제한을 넘어서는 세계

---

23) "若指其一物而言之 其偏處固偏矣 若總指其無物不在而言之 尤可以見其全體之渾淪矣何者 理之爲體 不囿於氣 不局於物 故不以在物者之小偏 而虧其渾淪者之大全也"[이황, 〈答李宏仲〉(《도산전서 3》, 1980, 80쪽)].

24) 민족문화추진회 엮음, 〈言行錄 1—論格致〉, 《국역 퇴계집》 1, 민족문화추진회, 1982(3판), 231쪽.

25) 김준오, 《시론》, 삼지원, 1993(3판), 38쪽.

를 제시한다. 이숭원이 역설한 대로 "시의 상상력은 소설이나 희곡 등 다른 문학 갈래에서 볼 수 없는 본질에의 육박성을 갖는다. 그것은 과거가 현재로 회감(回感)하고, 자아와 세계가 융합하는 신화시대의 본원적 체험을 우리에게 안겨 준다."[26] 이 본원적 체험이라는 면에서 이황의 '이'는 신화적 대립의 일치사상이나 불교의 화엄사상 등과도 일맥상통하는 면이 있다. 이런 점 때문에 이황의 '이'는 제자들로부터 불교적 유사성에 대한 질의를 받기도 하고 오늘날에 와서는 자연신학적 해석의 대상이 되기도 한다.[27] 그러나 이황의 '이' 사상은 앞에서 살펴본 것처럼, 사람의 일상적 삶을 넘어서는 초월적 차원으로 치닫지 않는다. 그것은 서정시와 마찬가지로 "영적인 신비주의로 넘어가지 않으면서 인간과 세계가 합일을 이루는 모습을 우리 앞에 현현해"[28] 낸다.

둘째로, '이'는 전체성만 확보할 뿐 그저 가만히 있기만 하는 존재가 아니다. 이황의 이론에서 그것은 작용하는 존재다. 이 점이 이황만의 가장 독특한 이론이라는 평가를 받고 있다. '이'는 세계와 자아가 하나라는 점을 근원적으로 알려줄 뿐 아니라, 세계가 나와 하나가 되게 한다. 즉 세계를 자아화(自我化)하는 작용을 한다.

세계의 근원머리[源頭處]는 태극이다. 태극은 양면성을 갖는다. 하나는 무극(無極)으로 음양(陰陽) 또는 '기'보다 이론적으로 상위 개념으로 이해될 수도 있고, 다른 하나는 그 자체가 음양으로서 동정(動靜)하는 '기'라는 점이 강조될 수도 있다. 이황은 전자를 중시했고 이이 등은 후자를 중시했다고 볼 수 있다. 음양을 강조하면 세계의 모습은 대립이다. 음(陰)이 강하면 양(陽)이 약해지고 양이 강하면 음이 약해진다. 그 자체

---

26) 이숭원, 〈서정시의 위력과 광휘〉, 최정례 외, 《돌멩이와 서정시》(《서정시학》 9호), 웅동, 1999, 83쪽.

27) 김형효, 〈퇴계성리학의 자연신학적 해석〉, 김형효 외, 《퇴계의 사상과 그 현대적 의미》, 한국정신문화연구원, 1997.

28) 이숭원, 앞의 글, 84쪽.

가 조화라고 볼 수도 있지만 이황은 그러지 않았다. 이를 인성(人性)에 적용하면, 이황은 음양의 '기'에 따른 영향을 받지 않는 사단의 순수함을 보장하려 했고, 이이는 둘이 서로 넘나드는 결과론적 해결 방법인 인심도심설(人心道心說)을 주장했다. 이이의 이론은 선악이 서로 자기 우위를 주장하며 대립과 대결을 그치지 않는 소설의 이론이며, 이황의 이론은 현상적으로는 대립하더라도 본원의 순수함과 조화에 대한 믿음을 보이는 서정의 이론으로 알맞다.[29)]

이황은 사단의 발로를 본성의 자연적 실현의 실제적 증거로 믿은[30)] 것처럼, 자연의 법칙과 인성의 법칙을 하나로 간주하였고, 나아가 인성의 법칙으로 자연을 재단하고자 했다. 그는 주희의 견해를 따라 배가 물로 다니는 것, 수레가 뭍으로 다니는 것 등을 인간 윤리의 근거로 풀이했다. 그의 주리론은 "자연의 사실적 세계를 인간의 시각에서 가치를 투사하여 해석하는 것이다."[31)] 이런 태도는 바로 자아가 일방적으로 세계를 자아화하는 모습이다. 세계의 실상을 인정하지 않는 시적 자아의 고유성을 보여 준다.

이황은 "'이'로 말하면 물아(物我)의 차이도 내외(內外) 정조(精粗)의 구분도 없다. 사물로 말하면 천하의 사물이 모두 나의 밖에 있다. 어찌 '이'가 하나라고 해서 천하의 사물이 다 내 안에 있다고 하겠는가?"[32)] 하고 말한다. 세계의 실상은 하나가 아닐 수 있다. 그러나 '이'로 말하면 하나다. 이것은 '그럼에도' 하는 자아의 일방적 논리다. 이것은 '대상과 부딪히기 이전에는 순수한 가능성으로서의 자아고, 대상과 부딪혔다 해도 대상에 지배되지 않고 대상을 일방적으로 변화시키는 자유를 갖

---

29) 조동일, 앞의 책, 372쪽.

30) 윤사순, 앞의 글, 321쪽.

31) 엄연석, 앞의 글, 103쪽.

32) 以理言之 固無物我之間 內外精粗之分 若以事物言之 凡天下事物 實皆在吾之外 何可以理一之故 遂謂天下事物 皆吾之內耶[이황, 〈答鄭子中別紙〉(《도산전서 2》, 한국정신문화연구원, 1980, 366쪽)].

는'[33] 자아의 모습이다. 작품 외적 세계가 완전히 작품 내적 세계로 재창조된다.[34] 이황의 경우, 이는 '본연지성에 입각한 물아일체의 표현으로, 시조의 논리로서 무엇보다 중요한 의의를 가진다'.[35]

이황의 이발(理發)이란 신비주의나 인격신의 모습을 배제하면서도 세계를 합일로 보고자 하는 자아의 작용이다. '이'가 현실적인 힘을 갖느냐는 질문은 서정시가 효용이 있느냐는 문제와 같은 맥락이다. '이'가 현실적인 힘을 가질 수 없듯이, 서정시의 자아도 세계를 바꿀 역량은 없다. 그러나 "존재하는 모든 갈등이 합일의 공간에서 해소되어야 한다는 염원은, 갈등에 시달리는 현재의 곤고한 삶에 위안을 준다, 삭풍(朔風)의 시대를 견뎌낼 수 있는 힘을 찾는다."[36] 그러나 '이'가 갖는 순수함·전체성· 조화로움에 대한 신뢰는 현실에서는 실현되기 어려운 자아의 소망이다.

셋째로, 세계에 접근하는 자아의 태도다. 자아는 세계와 만남으로써 자아를 확장한다. 자기 안의, 자기만의 자아로는 보편성을 획득할 수 없다. 자아가 세계와 통하는 것은 자기만의 특화된 기(氣)를 억제하고 보편의 원리인 '이'를 발견할 때다.

> 나와 천지만물은 그 이치가 본래 하나이다. 그러므로 '인'의 체(體)를 드러냄으로써 자아의 사사로움을 깨고 무아의 보편성을 확충하여, 나의 돌같이 굳은 마음을 융화통철(融化洞徹)하게 하면, 물(物)과 나의 사이가 사라진다. 그 사이에 털끝만큼의 사사로운 뜻도 없다면 가히 천지(天地)가 한 집안임을 볼 것이다.[37]

---

33) 조동일, 앞의 책, 101쪽.
34) 위의 책, 93쪽.
35) 조동일, 〈시조의 이론, 그 가능성과 방향설정〉, 《우리 문학과의 만남》, 기린원, 1988, 167쪽.
36) 이승원, 앞의 글, 85·94쪽.
37) 吾與天地萬物其理本一之 故狀出仁體 因以破有我之私 廓無我之公 使其頑然如石之心 融化洞徹 物我無間 一毫私意無所容於其間 可以見天地爲一家[이황, 〈西銘考證講

천지와 자아가 하나가 되는 것은 나의 사사로운 뜻대로 되는 것이 아니라는 말이다. 물론 나의 사사로운 뜻대로 되는 시들도 얼마든지 있다. 이황이 연비어약(鳶飛魚躍)의 조화와 질서를 말하면서, 불교에서는 반대로 '솔개가 못에서 뛸 수도 있고 물고기가 하늘에 날아오를 수도 있다'고 할 수도 있다[38]고 한 말은 그런 뜻으로 이해할 수 있다. 불교 시에는 그런 심상을 얼마든지 활용하고 있고 현대시에서도 그렇다. 그런데 이황은 그렇게 생각하지 않았다. 자아가 세계와 합일하는 길은 유아적 자기중심에서 벗어나 더 큰 자아인 세계의 '이'를 찾는 데 있다고 보았다. '탐욕에 뒤덮인 좁은 자아를' 넘어서 물(物)의 속으로 들어가는 것이야말로 '생물학적 필요를 넘어서는 진정한 인간성의 발로'라는 것이 이황의 생각이었고,[39] 그것은 그대로 이황의 시학으로 이해할 수 있다.

이는 다분히 고전주의적 인간관이고 시학이라고 할 수 있다. 엘리엇(T. S. Eliot)이 "시는 정서로부터의 해방이 아니고 정서로부터의 도피며, 개성의 표현이 아니라 개성으로부터의 도피"[40]라고 말했을 때, 그의 시 이해가 개성을 지닌 경험적 자아를 억제하고 정화하는 것이고, 준엄한 자기 극기라면[41] 이황의 시 의식과 상당한 부분을 공유한다. 그것은 전통 · 질서 · 규제의 세계관[42]으로 나타날 것이다.

그러나 이황의 경우 이것이 엄격주의로만 흐르지 않는 데 특장(特長)이 있다. 이황은 〈도산십이곡〉에서 '사시가흥(四時佳興)'을 말하고, '만권생애(萬卷生涯)의 낙사(樂事)'를 말하며, '왕래풍류(往來風流)'의 즐거움을 토로한다. 이것은 자연의 본체를 알고 천지와 하나가 되는 데에는 '흥' 또한 하나의 방법이기 때문이다.[43] 흔히 이황의 '경'을 주일무적(主一無適)이라

義〉(《도산전서 1》, 한국정신문화연구원, 1980, 211쪽)].

38) 이황, 〈언행록〉 ; 정순목 엮음, 《퇴계평전》, 지식산업사, 1994, 258쪽.

39) 한형조, 앞의 글, 96쪽.

40) 엘리어트(T. S. Eliot)/이창배 옮김, 《엘리어트 선집》, 을유문화사, 1963, 378쪽.

41) 김준오, 앞의 책, 261쪽.

42) 위와 같음.

하여, 마음의 집중, 외적인 태도의 엄숙성으로 이해한다. 그러나 이황에게 "'경'의 보다 일차적인 의미는 우주론적인 관점에서는 자연의 생성과 조화라고 하는 지선(至善)의 경지에 대한 각성과 의식적인 합일의 노력이다."[44] 그것은 우리 안에 본디 갖추고 있는 지선(純善)한 '이'가 온전히 자신을 드러내도록 하는 것이고, 그 과정에 아무런 작위(作爲)가 없이 존재하는 '이'를 우리의 현실태(現實態)로 발견하거나 받아들이는 것이다.[45] 자연의 본체에 대한 각성을 위한 모든 방법이 '경'이다. 분석적인 논의와 성현에 대한 학습, 그리고 엄숙한 태도와 정적인 명상 등이 '경'에 포함되는 것이지만, 이황은 직관에 따른 방법도 중시한다.

> 마음 가운데 하나의 일도 있어서는 안 된다는 것은 '경'을 간직하는 방법이다…… 마음이 사물에 대하여 오지 않으면 맞지 않고 오게 되면 모두 비추고 이미 응하고 나면 남겨 놓지 않으니 본체가 명경지수와 같다. 날마다 만사에 접하여도 마음에는 한 가지도 남아 있지 않으니 어찌 마음에 해가 되겠는가?[46]

> 각고의 공부에도 또한 때때로 텅 비고 한가롭게 휴양하는 뜻을 가져야 한다. 이는 앞에 말한바 매운 괴로움을 견디는 불쾌활의 공력과 함께 서로 도움이 되니 하나를 빠뜨려서는 안 된다. …… 쳐다보고 굽어보고 돌아보고 옆을 보는 사이, 우유함영(優游涵泳)하는 사이에 전날 괴롭게 공부해도 얻음이 없던 것이 왕왕 깨닫지 못하는 사이에 심목(心目) 사이로 드러난다. 주자가 백록동시(白鹿洞詩)에서 이른바 심원(深源)은 한가한 속에 얻어지고, 묘용(妙用)은 즐기는 곳에서 나온다 한 것이 이것이다.[47]

---

43) 신연우, 〈도산잡영과 도산십이곡에서의 '흥'〉, 《국어국문학》 133, 국어국문학회, 2003 ; 신연우, 〈이황 산수시의 양상과 물아일체의 논리〉, 《한국사상과 문화》 20집, 한국사상문화학회, 2003.

44) 엄연석, 앞의 글, 99쪽.

45) 문석윤, 〈퇴계의 未發論〉, 《퇴계학보》 114집, 2003, 27~29쪽.

46) 示喩心中不可有一事 此乃持敬之法 …… 心之於事物 未來而不迎 方來而畢照 旣應而不留 本體湛然如明鏡止水 雖日接萬事而心中未嘗有一物 尙安有爲心害哉[이황, 〈答金惇敍 癸丑〉(《도산전서 2》, 한국정신문화연구원, 1980, 422 · 423쪽)].

이것은 이황이 〈도산잡영 병기(陶山雜詠 幷記)〉에서 '소요상양(逍遙徜徉)'하는 산책의 의의를 역설한 것과 같은 맥락이다. 마음 가운데 하나의 일도 있게 하지 않음은 마음의 미발(未發) 상태를 간직하기 위해서다. 미발의 본체를 직시하는 데는 공력(功力)과 함께 우유함영이 필요한 것이다. 각성된 상태의 긴장이 공부에 절실한 것이지만, 자연은 그 공부의 공효를 체득하고 새로운 공부를 제시하는 동시에, 이 모든 것을 포함하는 세계의 본질적이고 근원적인 모습을 드러내 준다. 시란 그러한 통합적 인식을 표현하는 방법이다.

4. 자연시에서 도덕성의 의미

미발시(未發時)의 직관과 우유함영을 얻는 좋은 수단이 산수자연이다. 자연은 개인인 나와 세계를 연결 짓는 매개체면서 나의 사사로움을 벗어나서 더 큰 나로 연결시킨다. 이황이 두보의 시구를 읊은 일이 있다. "여울의 백로(白鷺)는 마음 고우라고 미역 감고, 홀로 선 나무 꽃 피니 절로 환하네[盤渦鷺浴底心性 獨樹花發自分明]." 이덕홍이 의미를 묻자, "자기를 위함이다, 군자는 (억지로) 위함이 없이 저절로 그러하다[君子無所爲而然]는 것이 이 뜻에 꼭 맞는 것이다. 배우는 사람은 모름지기 이를 체험하여 그 의로움을 바르게 하고 그 이(利)를 꾀하지 말아야 할 것이며, 그 도(道)를 밝히고 그 공(功)을 헤아리지 말아야 한다"[48]고 답했다. 백로라는 자연물에서 심성을 기르는 모습을 보고, 홀로 선 나무[獨

---

47) 辛苦者亦必有時時虛閑休養意思 乃與向所謂忍辛耐苦不快活之功 互相滋益 不可闕一也 …… 其於俯仰顧眄之頃 優游涵泳之際 昔所辛苦而不得者 又往往不覺其自呈露於心目之間 朱子白鹿洞詩所謂 深源定自閑中得 妙用元從樂處生 是也[이황, 〈答李平叔〉(《도산전서 3》, 1980, 143쪽)].

48) 이황, 〈언행록〉, 앞의 책, 233쪽.

樹]가 꽃피어 환한 모습에서 군자가 공과 이를 탐하지 않고 '도'를 밝게 밝히는 의미를 읽어 낸다.

그것은 "매양 뜨락의 풀들은 한물(閒物)일 뿐이지만, 이를 볼 때마다 문득 주렴계의 일반의사(一般意思)를 생각한다"49)는 그의 발언과도 일치한다. 또한 이황은 동지(冬至)를 맞아 자연물은 풀 한 포기까지도 생기를 머금는데, 사람은 어찌 홀로 애연(藹然)한 기운이 없느냐는 김성일의 질문에, "사람은 형기(形氣)의 구속을 받기 때문에 비록 천지의 변화와 관계없어 보이지만, 감응(感應)과 소장(消長)의 이치는 천지와 더불어 유통하는 것"50)이라고 대답했다.

왜 이러한 생각을 나타내는 데 굳이 구체적인 자연물이 필요한가? 그것은 "'이'가 개별 사물들의 개별성을 무시하는 합리적 혹은 논리적 질서가 아니라 각각의 개별성을 존중하는 '미학적 혹은 감성적 질서', 경험의 역동적 과정에 내재해 있는 질서와 규칙성의 조직"51)이기 때문이다. 이황은 이 보편적이면서도 구체적인 '이'를 드러내고 싶었던 것이다. 이 구도는 다분히 시적인 함의를 갖는다. 시는 구체적인 것으로 보편성을 확보하려 하기 때문이다.

사람은 천지와 이치를 함께 하지만 그 변화를 잘 알 수 없다. 천지의 이치를 아는 것은 잊혀진 나의 이치를 아는 것이다. 그때 뜨락의 풀 한 포기, 연못에 노는 물고기를 바라본다. 그것은 한 한물(閒物)이지만 자연을 통해 내가 잊고 있는 세계의 '활발발(活潑潑)'한 본성을 깨닫게 한다.

많고 많은 뭇 사물이 어디로부터 좇아 있는가	芸芸庶物從何有
아득한 근원머리는 빈 것이 아니로다.	漠漠源頭不是虛
옛 현인 느낀 경지를 알려면	欲識前賢與感處

49) 如庭草一閒物耳 每見之輒思濂溪一般意思也[이황, 〈答李仲久〉(《도산전서 1》, 한국정신문화연구원, 1980, 308쪽)].

50) 민족문화추진회 엮음, 《국역 퇴계집》 2, 민족문화추진회, 1982(3판), 230쪽.

51) 최진덕, 앞의 글, 17쪽.

청컨대 정초(庭草)와 분어(盆魚)를 살펴보시게.[52] 請看庭草與盆魚

이 시는 많은 것을 생각하게 한다. 많고 많은 뭇 사물은 다 달라 보이지만 하나다. 아득한 근원을 공유하고 있다. 나 또한 그 속에 함께 있다. 내가 이 커다란 조화 속에 있는 것은 신비다. 그것은 나의 사사로움을 드러내는 데서 체득되는 것이 아니라, 천지와 공유하는 보편성을 확인하는 데서 온다. 근원머리[源頭處]가 빈 것[空·虛]이 아니라는 사실은 세계에 대한 믿음을 준다.

세계는 실재하는 것이며 삶은 의미 있는 것이다. 뭇 사물을 낳게 한 근원머리와 함께 나 또한 많은 것들을 낳게 돕는 것이 삶의 보람이다. 그것을 인(仁)이라고 한다. 옛 현인들이 느낀 경지란 바로 그것이다. 만물은 하나며 근원머리가 이들을 낳았듯이 우리의 본성도 근원머리에 참여하여 '인'을 체험하고 실현하는 것이 그 경지다. 그것을 어떻게 알 수 있을까? "청컨대 뜰의 풀과 어항의 물고기를 살펴보라"고 했다. 그런 하찮아 보이는 자연물들이 바로 근원머리와 연결되어 있는 뭇 사물들이다.

우리가 그 경지를 알 수 있는 방법은 성현을 공부하고 각고면려하여 공부하는 것이기도 하지만, 여기서는 풀과 물고기라는 자연물을 바라보는 것을 제시했다. 그것은 직관적으로 본원처의 '활발발'한 생의(生意)를 깨닫게 하고, '인'의 본성을 알고 실천하도록 독려하기 때문이다. 이것이 바로 자연시의 효용이다.

그것은 즐거운 깨달음이고 깨달음의 흥취를 준다. 자연의 본성을 깨닫는 것은 내적 체험을 통한 세계와의 합일을 깨닫는 것이다. 세계가 뭇 사물을 낳는 데 조화롭고 질서 있는 원리를 구현하고 있음을 깨닫는 것이다. 그 자연의 질서를 인간도 가져야 한다는 것을 아는 것은 인간사회도 자연처럼 조화와 질서를 갖게 된다는 희망이 된다.

---

52) 이황, 〈林居十五詠, 觀物〉(《도산전서 1》, 한국정신문화연구원, 1980, 92쪽).

이 순서가 바뀌면 안 된다. 인간사회의 질서를 먼저 말하는 것은 교화와 훈계 그리고 도덕이다. 이황이 말하고자 하는 것은 그게 아니다. 이황은 주세붕이나 정철 등 여러 사람이 지었던 훈민시조(訓民時調)나 오륜가(五倫歌) 등을 짓지 않는다. 그런 구체적인 도덕 덕목은 사람을 옥죄는 것이어서 기쁨을 줄 수가 없기 때문이다. 이황이 바라는 것은, 먼저 자연과 나의 관계를 올바로 깨닫는 일이다. 도덕은 그 결과물일 뿐이다. 먼저 그 깨달음으로 말미암은 흥취가 선행되어야 한다. 이것이 이황이 여러 산문과 시에서 '흥'에 대해 자주 언급하는 이유다. 이황의 산수자연시는 "경치를 그려 흥취를 나타내고 이치를 전하는"[53] 산수시의 본령을 보여 준다.[54]

이런 점에서 이황의 자연시에서 함의(含意)하는 도덕은 이렇게 이해되어야 한다. "우리가 예술에서 얻을 수 있는 도덕적 쾌감은 어떤 행동을 두고 옳거니 그르거니 하는 데서 오는 것이 아니다. 우리의 의식에 지적인 희열을 주는 것, 바로 그것이야말로 예술이 주는 도덕적 쾌감이자 예술이 행하는 도덕적 역할이다. …… 도덕은 일종의 행동 양식이지 세부적인 선택 항목이 아닌 것이다."[55]

5. 맺음말

이황의 시문학은 조선전기 사대부 문학의 이념을 제공하는 것으로 간

53) 조동일, 〈산수시의 경치 흥취 이치〉, 《한국시가의 역사의식》, 문예출판사, 1993, 150쪽.
54) 물론 흥취와 이치에는 여러 양상이 있다. 그래서 서정시의 시학이론은 신화의 논리로도, 화엄이론으로도 가능할 수도 있고, 혜능의 순수자아와 신수의 실제자아의 대립으로 말해 볼 수도 있을 터이고, 유물론적 견해도 가능할 것이다. 필자가 여기서 살펴본 것은 이황이 자신의 사상을 통해서 자연과 시를 어떻게 이해했는가를 살피고, 그것이 여러 가능한 시학의 하나로, 더 확장된 일반이론으로 가능할 수 있다는 점을 고찰한 것이다.
55) 수잔 손택(Susan Sontag)/이민아 옮김, 〈스타일에 대해〉, 《해석에 반대한다》, 이후, 2002, 50쪽.

주해도 무리는 아니다. 성리학의 유입에서 정립에 이르기까지, 사상의 발전과 함께 산수자연에 대한 문학적 접근이 왕성해진 것이 그 시대의 고유한 특성이고, 이황 문학은 그 정점에 서 있다고 할 만하다. 선학들이 해명한 '강호가도'가 그 전 사상들과는 달리 인간을 포섭하는 도덕적 가치로서 자연이라는 새로운 사상의 토대 위에 가능한 것이었다는 점을 이황을 통하여 더욱 명확히 이해할 수 있었다.

이황은 유기체적 자연관에서 도덕성을 추출해 내는 형이상학 체계를 구성했는바, 이는 무리가 있다는 평가를 당대부터 받았다. 그 둘 사이에는 채우기 어려운 논리의 비약이 있다고 생각되기 때문이다. 그 틈새는 논리적이라기보다 가치론적인 것이었으며, 미학적인 것이었다고 평가할 수 있다. 그 틈새에서 우리는 이황의 시학 이론을 구성해 볼 수 있다. 그것은 세계가 근원적으로 하나임을 기본 전제로 하고, 자아가 세계를 자아화하는 작용을 설명하며, 자아가 자기를 넘어서 더 큰 자아로 거듭나는 체험을 준다는 서정시의 일반 이론적 측면과 상당 부분을 공유하는 것이다. 그것은 도덕과 접맥되지만 세부적인 훈계가 아니라 자아와 세계에 대한 의식의 각성에서 오는 쾌감과 흥취와 함께 하는, 넓은 의미의 정신 양식(樣式)이다.

우리 시학의 일반이론은 보편성과 특수성을 함께 지닌다. 이황의 사상은 이런 점에서 올바른 지침이 될 수 있다. 이는 세계에 존재하는 모든 시에 대한 설명과 함께 특정 시에 대한 해명을 아울러 보여 준다. 이황의 이론으로 우리는 서정시의 보편성과 유교 사대부 시의 특수성을 함께 이해할 수 있다. 시학에는 동서(東西)의 지역과 고금(古今)의 시대에 따른 여러 이론이 필요하다. 서양 시가 보편적인 것으로 수용되고 있지만, 우리 전통사상의 토대 위에 마련되는 시학 이론의 정립도 매우 소중한 일이다. 이황의 사상과 시학에 대한 탐구는 전통시학이 그 기대에 부응할 수 있음을 보여 주는 시금석일 수 있다.

이황의 사림 인식과 산수시의 구도

1. 머리말

2천 수가 넘는 이황의 시 가운데 현실을 직접 반영하는 작품은 많지 않지만, 그 시들이 당대 현실을 어느 정도 반영하는 것으로 상정하는 것은 자연스럽다. 그의 철학사상과 시작품을 연관 짓는 시도는 여러 차례 있었는데, 이황의 시는 주리론적(主理論的) 사상의 구현으로 이해되었다.[1)]

이 글은 사상과의 연관성보다 더 근원적인 것으로, 당대 사회의 양상과 사림의 일원으로서 이황의 인식이 그의 산수시에 어떻게 반영 또는 굴절되어 나타나고 있는지를 해명하려는 것이다. 그것은 개개 작품의 구체적인 내용보다 작품 전반을 이루는 구도의 맥락에서 살펴볼 것이다. 당대 사회 현실의 구도와 그와 깊은 연관을 갖는 주리론의 철학 구도, 그리고 산수시의 구도가 동일한 관점에서 어떻게 일관성 있게 파악될 수 있는가를 말하고자 한다.

16세기 전반, 사림은 서서히 중앙 정계로 진출하기 위한 노력을 여러 각도에서 벌였다. 15세기는 권력구조의 모순으로 조선왕조 건국의 이념

1) 이동환, 〈퇴계의 詩作 槪況과 그의 작품세계〉, 이우성 엮음, 《도산서원》, 한길사, 2001, 249~263쪽 ; 신연우, 〈이황의 매화시와 도산십이곡의 관련성〉, 《한국시가연구》 11집, 한국시가학회, 2002, 231~253쪽.

이 흔들려 과전법이나 균역제도가 붕괴되고, 건국의 주도세력이었던 훈구파는 권력 남용으로 심하게 부패된 때였다.[2] 연산조의 혼란을 거쳐 중종조에서 조광조의 실패, 명종조 문정왕후의 정치 난맥과 부패가 이 시대의 모습이었다. 이를 척결하고 훈구파를 대체할 정치세력으로 사림파가 산림에서 중앙으로 나오게 되는 것이 역사의 진행과정이었다. 그러나 이 과정에 심한 진통이 따르는데, 그것이 네 차례의 사화(士禍)다. 김시습의 뒤를 이은 남효온, 홍유손 같은 방외인(方外人)이 있었으나 '이들은 현실권 밖으로 자기를 이탈시켜 버림'[3]으로써 권력 장악에 성공하는 사림들과는 구별된다.

이런 단계에서 이황은 사림이 훈구파를 도덕적으로 비판하는 데 이론적 틀을 갖추어 주었고, 사림이 다음 세대의 주인이 되는 데 큰 몫을 했다. 이것은 이중적 기능을 갖는다. 이황은 부정적 현실을 비판하면서도 다음 세대의 지배세력으로서 현실을 긍정해야 하는 것이다. 이런 구도가 그의 사림 인식과 산수시에 공통으로 드러난다. 그의 철학 이론과 자연을 소재로 한 많은 시작품들은 겉으로 드러난 구체적인 모습을 보면 크게 다른 듯하지만, 이황의 문제의식이라는 틀로 보면 같은 구도를 갖는다. 이 글은 그 구도를 드러내 보이고자 한다.

2. 전대 사림에 대한 인식

이황은 여러 선배 사림에 대해 언급하였는데, 그 가운데 김종직과 조광조에 대한 언급이 주목된다. 김종직은 〈조의제문(弔義帝文)〉 사건 등으로 사림 도통(道統)의 한 자리를 차지한다고 평가되기도 한 사람이다.

---

2) 최이돈 외, 《한국사 28—조선중기 사림세력의 등장과 활동》, 국사편찬위원회, 1996, 15~129쪽.

3) 김성규, 〈15세기 후반 사대부문학의 몇 가지 경향〉, 성균관대학교 박사논문, 1990, 18쪽.

이황도 김종직을 좋게 평하고, 그 문하에 들지 못한 것이 유정(幽情)을 상(傷)하게 한다고도 했다. 그러나 궁극적인 평가는 부정적이다. 이황은 "점필재는 학문하는 사람이 아니라, 그가 한평생 한 일은 오직 문학에 있었는데, 그 문집을 보면 알 수 있다"[4]고 했다.

이황이 김종직을 부정적으로 평가한 것은 김굉필이 김종직을 비난한 것과 같은 맥락에서다. 김굉필은 김종직에게 시세(時勢)의 일을 뚜렷이 건의하는 일은 없고, 벼슬과 봉록만 취한다고 비난했다.[5] 이황은 이런 일에 대해 김종직이 "정일경의지학(精一經義之學)에는 마음 두지 않아서 사리를 분명히 깨닫지 못했다[馴致鶻突]"고 평했다.[6] 이를 보면 이황은 김종직이 현실개혁에 적극적이지 않은 점을 불만스럽게 생각했다고 여겨진다. 다시 말하면, 이황은 현실개혁에 큰 관심을 갖고 있었다고 하겠다. 이는 유학자에게 요구되는 기본 덕목이기도 했다.

그러나 현실개혁에 적극적이던 조광조는 실패했고, 이황은 조광조에 대해서도 일정 부분 잘못된 점을 지적한다. 조광조는 타고난 바탕이 뛰어났지만, 학문의 힘이 가득 차지 못하고, 하는 바가 지나침이 있었기에 일을 그르쳤다고 했다. 조광조 부류가 너무 서두른 실책에 더해, 일의 건의와 시행이 칼끝같이 날카롭게 드러났다고 했다.[7]

이황은 김종직에 대하여는 훈구 주도의 부정적 현실에 저항도 비판도 하지 않고 순응하는 태도를 보인 데 대해 비판하였고,[8] 조광조에 대하여는 너무 직접적인 현실개혁이 불가하다고 비판했다. 그리고 둘 모두

4) 정순목 엮음, 《퇴계평전》, 지식산업사, 1994, 281쪽.
5) 남효온, 《추강선생문집》 권 7, 장25, 〈師友名行錄〉.
6) 이황, 〈答李剛而〉(《도산전서 2》, 한국정신문화연구원, 1980, 225쪽).
7) 然而諸公之意. 未免失於欲速 凡建白施設 鋒穎太露 張皇無漸, 〈靜庵趙先生行狀〉(이황, 《도산전서 3》, 한국정신문화연구원, 1980, 384쪽).
8) 이와 관련하여 김종직의 〈조의제문〉이 실제로는 세조를 비판한 것이 아니며, 유자광 등이 자의적으로 이용한 것에 지나지 않는다는 견해도 참고가 된다(김영봉, 〈점필재 김종직의 시문학 연구〉, 연세대학교 박사논문, 1998, 18~31쪽).

진정한 학문적 역량을 갖추지 못했다고도 했다. 여기서 이황이 선배들의 잘못을 지양(止揚)하고 자신의 길을 선택한 것은 바로 진정한 학문 역량이라고 할 수 있다.

이것은 이황 학문의 성격을 규정짓는 것으로 이해할 수 있다. 이황 학문의 성격으로 꼽을 만한 특징은 우선 현실을 비판하면서 개혁할 수 있는 방법의 모색이다. 그는 바로 성리학에서 그런 길을 찾았다. 불교와 양명학에 대해 그렇게 비판적인 견해를 가졌던 것은, 그 학문들이 외적인 현실이 아니라 내적인 마음의 범주로 모든 것을 해소하려 하기에, 현실문제 해결에 아무런 기여하는 바가 없다고 여겼기 때문이다. 또한 노장사상은 현실을 벗어나서 아예 초월해 버리는 것으로 여겨, 마찬가지로 현실문제 해결에 아무 도움이 되지 않는다고 비판했다. 이에 견주어 성리학은 불교와 도교와 같은 형이상학적 체계를 갖고 있으면서도 현실에 근거하고 현실문제에 바로 적용할 수 있는 다양한 우주론과 심성론의 주제들을 갖고 있다고 보았다.

다음으로, 학문의 역량이 깊어야 한다는 것은 조광조의 실천적 학문의 정도를 크게 넘어서야 함을 말한다. 조광조는 성리학에 바탕을 둔 도학정치를 구현하려 애썼으나 끝내 실패했다. 실천의 면에서는 나무랄 것이 없었으나, 실패라는 결과는 결국 학문을 다 이루지 못한 상태에서 뜻을 펴려고 했기 때문으로 여겼다.[9] 현실적 실천의 직접성을 넘어서는 학문적 견해란, 그 현실적 실천을 뒷받침해 줄 이론적 학문에 다름 아니다. 그것은 실천의 근거와 논리가 되는 형이상학적이고 체계적인 이론적 학문으로 나타나야 했다.

9) 이이도 조광조의 실패를 이렇게 지적했다. "옛사람들은 학문이 이루어지기를 기다려서 도를 행하려 했는데, 도를 행하는 요체는 임금의 마음을 바르게 하는 일보다 더 급한 것이 없다. 애석하게도 조문정(趙文正)은 현철한 자질과 경세재민의 재주로 학문이 채 대성하기도 전에 갑작스레 요로에 올라 위로는 임금 마음의 잘못됨을 바로잡지 못하고 아래로는 권력 대가들의 비방을 막지 못했다."[이이, 〈經筵日記〉, 《국역 율곡전서 6》, 한국정신문화연구원, 1996(재판), 60쪽].

이는 "성리학자들이 가장 수난을 받던 시기에 이기(理氣)의 철학에 대한 관심이 고조되었다는 것은, …… 그 철학화(哲學化) 심학화(心學化)가 바로 훈척정치(勳戚政治)의 비리비도(非理非道)에 대한 비판의 심화과정인 것으로 이해"[10]된다는 지적으로 잘 정리된다. 당시는 조광조가 배척사사되고, 문정왕후 치하의 혼란기며, 거듭되는 사화로 사림이 크나큰 타격을 받던 때라는 점을 고려하면, 이황의 이러한 태도는 너무나 부정적인 현실이지만 피하지 않고 문제해결의 방법을 찾겠다는 뜻이다. 그렇지만 그 방법은 현실에 직접 영향을 끼치지 않고 학문이라는 우회로를 거치게 된다. 현실 안에서 문제를 풀려고 하지만 현실은 문제해결 방법을 직접 드러내지 않는다. 이황은 현실 안에 있지만 현실을 초월한 곳에 있으려 한다. 이처럼 문제해결을 근본주의적 견지에서 풀겠다는 것이 이황 이론의 성격을 규정한다.

3. 이황 이기론(理氣論)의 구도

이황의 철학이 이(理) 중심으로 구성된다는 것은 널리 알려져 있다. '이'는 기(氣)와 떨어질 수 없는 것이지만 '기'보다 존재 우선이고 가치 우선이라고 이황은 말한다. 이황은 임금과 신하가 있기 전에 군신의 의라는 '이'가 존재한다고 말하고, '이'는 귀하고 '기'는 천하다고 한다. 이런 견해는 당대에도 기대승이나 이이로부터 공격을 받았고, 후대로 갈수록 이황과 반대로 '기'를 중시하는 철학이 보편화되었다.

이황이 존재론적으로 문제가 있을 듯한 '이'의 철학을 전개한 것은 그의 관심이 가치론에 있음을 명확히 보여 준다. '기'보다 '이'에 가치를 두기 위한 것이다. '이'의 순수함과 초월성을 '기'의 현상성이나 악으로 빠

---

10) 이태진, 〈조선성리학의 역사적 기능〉, 《조선유교사회사론》, 지식산업사, 1989, 143쪽 ; 고영진, 《조선시대 사상사를 어떻게 볼 것인가》, 풀빛, 1999, 88쪽.

질 수 있는 경향성 앞에 두기 위해서다. '기'는 선악을 포함하고 있어서 불순할 수 있으나 '이'는 순선(純善)일 뿐이기 때문이다.

이황은 주희나 이이와 달리 심(心)을 '기'로 보지 않고 이기(理氣)의 통합으로 간주한다. 그것은 '이'를 높이기 위해서다. "'이'가 '기'의 작용을 받아, 즉 '기'로부터 힘을 빌려 비로소 가치[善]로 현상화되는 것이 아니고, 순수한 '이' 자체가 벌써 가치로서, 절대선으로서 빛처럼 방사하는 존재"[11]로 여기기 때문이다.

악을 구현하는 '기'의 세계에서 도덕적 선은 어디 있는가? 그것은 '기'의 세계 안에 있으면서 '기'와 다르다. 그것은 '기'의 세계를 벗어나지 않지만 '기'의 세계와 명확히 구분되어야 한다. 이황은 주희의 말을 인용하여, '이'와 '기'는 결단코 두 가지며, '이'가 '기' 가운데 존재해도 '기'는 '기'고 '성(性)'은 '성'이어서 서로 섞이지 않는다고 했다.[12]

'기'는 일상에서 누구나 부딪히는 천하의 사물들이다. '이'는 그 속에 다 들어 있으면서도 이들을 통합하는 하나다. 이처럼 전혀 다른 듯한 두 세계를 하나로 연결하고자 하는 것이 이황의 학문이었다.

> '이'로 말하면 물아의 차이도 내외 정조(精粗)의 구분도 없다. 사물로 말하면 천하의 사물이 모두 나의 밖에 있다. 어찌 '이'가 하나라고 해서 천하의 사물이 다 내 안에 있다고 하겠는가?[13]

이 '이'는 '기'가 있는 곳이면 어디든 있다. 그러므로 온 세계 어디에서든 '이'가 있다. 그러나 '이'는 그대로 보이지 않는다. '기'에 가려 있다. 현실 안에 존재하지만 현실에서는 좀처럼 알기 어려운 것이다. 이황은 '이'를 진지묘해(眞知妙解)하기 어렵다고 했다. "텅 비었으면서도 가득 차 있고

---

11) 김형효, 〈퇴계성리학의 자연신학적 이해〉, 김형효 외, 《퇴계의 사상과 그 현대적 의미》, 한국정신문화연구원, 1997, 90쪽.

12) 이황, 〈非理氣爲一物辯證〉(《도산전서 3》, 41쪽).

13) 以理言之 固無物我之間 內外精粗之分 若以事物言之 凡天下事物 實皆在吾之外 何可以理一之故 遂謂天下事物 皆吾之內耶[이황, 〈答鄭子中別紙〉(《도산전서 2》, 366쪽)].

[至虛而至實], 없음이면서 있음이고[至無而至有], 움직이나 움직이지 않고 [動而無動], 고요하나 고요하지 않기[靜而無靜]" 때문이라고 한다.[14]

분명히 존재하지만 알기 어려운 '이'는 현실 안에 있으면서 현실을 움직이는 근원적 존재로 상정된다. '이'는 현실 비판의 근거가 되고, 현실을 이끌어 갈 기준이 된다. 그러나 알기 어렵다. 알기 어려운 것은 직접적인 영향을 행사하는지 알기 어렵다는 것과 같다. 현실에 간여하지만 직접적이지는 않다.

이런 '이'의 모습은 그가 학문을 택했던 모습과 대응한다. 현실에 간여해야 하지만 현실에 직접 영향을 끼치지는 않는 것이 그의 학문이다. 세계 속에 있으면서도 세계를 넘어서는 '이'의 모습은 현실 속에서 현실을 넘어서는 그의 학문에서 말미암는 것 같다. 필자가 흥미를 갖는 것은 이러한 구도가 그의 산수자연시의 구도와 비슷해 보이기 때문이다.

4. 산수시의 구도와 위상

"'이'가 하나라고 해서 천하의 사물이 다 내 안에 있다고 하겠는가?" 하는 질문에 대한 답을 어떻게 찾을 것인가? 이황은 두 가지 방법을 사용했다. 하나는 성리학이고, 다른 하나는 바로 자연을 소재로 한 산수시다. 물론 산수시에는 성리학적 견해가 녹아 있다. 그래서 그의 산수시는 도학적(道學的) 산수시다. 도학적 자연시조는 자연 속에 숨어 있는 이치를 발견하는 흥취를 그린 시라는 정의[15]를 산수시에도 적용할 수 있다. 이황에게 자연은 단순한 완상으로 그치는 대상이 아니었다. 자연은 그 안에 온 세상의 근원적 이치를 담고 있는 교과서였다. 이황이 60세 무렵

---

14) 이황, 〈答奇明彦別紙〉(《도산전서 2》, 54쪽).

15) 신연우, 〈조선조 사대부 시조의 이치 — 흥취 구현양상과 의미 연구〉, 한국정신문화연구원 박사논문, 1994, 12~25쪽.

도산서원(陶山書院)을 지었을 때, 도산은 그러한 생각을 표현하기에 적절한 대상이 되었다.

누런 물결 넘실대니 문득 형체를 감추다가	黃濁滔滔便隱形
조용히 흐르니 비로소 분명하네	安流帖帖始分明
뛰고 부딪는 저 속에서도	可憐如許奔衝裏
천고의 반타석은 꿈쩍도 않네[16]	千古盤陀不轉傾

한적한 뜰 가는 풀	閒庭細草
나고 또 나니 조화로세	造化生生
道가 들었음을 눈으로 보니	目擊道存
일반의사(一般意思) 꽃향기처럼	意思如馨

뜨락의 풀, 의사(意思)는 일반(一般)이니	庭草思一般
뉘 능히 미묘한 뜻을 깨치리오	誰能契微旨
도서(태극도설)에 드러난 천기	圖書露天機
다만 마음을 가라앉힘에 있을 뿐[17]	只在潛心耳

반타석은 도산서원 앞을 흐르는 낙천(洛川) 한가운데 있는 바위다. 이황은 자연물인 바위에서, 억센 물살 속에서 기울지도 구르지도 않는 굳건함을 본다. 그것은 물이 넘실거릴 때는 잘 보이지 않다가 물이 맑게 흐르면 보인다. 이는 단순히 바위의 모습을 그린 것으로 그치지 않고, '기'의 도도한 물살에 가리기도 하지만, 마음을 맑게 가라앉히면 언제든 그 본성을 드러내는 '이'의 모습을 그린 것으로 읽힌다.

〈정초(庭草)〉에서도 뜨락의 풀이 나고 또 나는 것을 유학에서 말하는 '인'의 모습을 구현한 것으로 보았다. 풀은 자연에서 작디작은 하나의 현상에 지나지 않지만, 그 자연의 이치인 도(道)를 품고 있다. 그 '도'를

---

16) 이황, 〈陶山雜詠, 盤陀石〉(《도산전서 1》, 1980, 97쪽).
17) 이황, 〈陶山雜詠, 庭草〉(위의 책, 97쪽).

마음으로 느끼는 사람에게 풀의 '도'는 풀을 넘어서 온 세계의 일반 이치로 다가온다.[18] 그 순간 느끼는 기쁨을 꽃향기라고 표현하고 있다.

그러나 그 '도'를 깨치기는 참으로 어려운 것이다. 그것이 바로 "그 전할 수 없는 미묘함에 이르러서는 구할수록 더욱 얻지 못하니 무슨 즐거움이 있을까"[19] 하고 한탄하는 이유다. 잠심(潛心) 수양(修養)으로 그 이치가 나에게 다가오고, 나의 이치가 그에게 다가가서 만나는 경험이 있어야 한다. 세계의 '이'가 발(發)하고 나의 '이'가 발하여 만나는 경험을 하기 위해 이황은 낙천의 바위를 바라보고 뜨락의 풀을 지켜본다. 이것이 "하나인 '이'와 천하의 사물이 다 내 안에 포섭되는" 이유라고 할 수 있다.

"정의(情意) 조작(造作)이 없는 본체의 '이'지만, 곳에 따라 발현하여 이르지 않음이 없는 '이'의 용(用)"[20]의 작용이 있기에, 물(物)과의 만남이 가능하다고 이황은 생각한다. 그것은 나 하나의 마음이 천하 만물을 다 만날 수 있는 방법이다. 이것은 이황이 생각하는 나와 '물'의 합일이고, 이황의 이론이 시조나 서정시의 이론으로 적절할 수 있는 근거가 된다.[21]

산수자연은 나와 '물'의 만남을 이루어 주는 매개체로 매우 중요하다. 내가 자연을 보고 '이'를 보지만, 그 보는 것은 자연의 '이'를 넘어서 인간사회의 '이'까지 포함하는 전체적인 것, 일반의사다. 그 과정을 '나의 '이'－산수자연－자연의 '이'－세계의 '이'－인간사회의 '이''로 세분하여 정리할 수 있다.

---

18) '이'가 세계의 보편적 원리임을 이황은 '하늘이 곧 '이'다[天卽理也]'고 단언했다[이황, 〈天命圖說〉(《도산전서 3》, 600쪽)].

19) 이황, 〈도산잡영 병기〉(《도산전서 1》, 한국정신문화연구원, 1980, 95쪽).

20) 及其言物格也 豈不可謂物理之極處 隨吾所窮而無不到乎 是知無情意造作者 此理本然之體也 其隨寓發見而無不到者 此理至神之用也[이황, 〈答奇明彦別紙〉(《도산전서 2》, 114쪽)].

21) "이황의 이원론적 주리론은 소설의 논리일 수는 없어도 시조의 논리로서 특히 중요한 의의를 가진다."(조동일, 〈시조의 이론, 그 가능성과 방향 설정〉, 《우리문학과의 만남》, 기린원, 1988, 167쪽) ; "세계의 자아화는 서정의 본질이다. …… 자아와 세계는 양자를 합일시키는 이(理)의 작용으로 분열이나 대결을 극복할 수 있다"(조동일, 《한국소설의 이론》, 지식산업사, 1977, 372쪽).

이때 산수자연은 매개체로서 세 가지 기능을 한다.

첫째, 유기체인 자연이 갖는 질서의 순수함이 순선(純善)으로 상정되어 인간 본성의 선함의 근거가 된다. 순환을 멈추지 않는 자연의 질서는 진실무망(眞實無妄)한 묘리로서 바로 성(誠)이 되며, 자연의 음양오행이 변하여 인간의 '성'이 되고 4덕(四德)과 5상(五常)의 '이'가 된다고 보았다.[22]

둘째, 자연의 안정된 모습에서 태극의 정(靜)을 직관으로 느낄 수 있게 한다. 이것이 이발(理發) 이치(理到)의 의의다. 즉, 나의 마음이 작용함에 따라 사물의 '이'가 나에게 이르지 않음이 없다.[23] 이이 등의 반론이 있기는 하지만, 이황의 격물(格物) 물격설(物格說)은 "자력과 타력이라는 자각의 전회점(轉回點)이고, 여기서 심지(心志)와 물리(物理)의 대립은 통일되며, 융석탈락(融釋脫落) 활연관통(豁然貫通)의 경지가 나타난다."[24]

셋째, 자연과 세계의 소당연(所當然)과 소이연(所以然)을 합일하여 나와 '물'의 통합을 유도한다. 자연이 유기체라는 사실이 사물 세계의 소당연과 소이연을 일치시키는 근거다.[25] 즉 "자연이 만물을 생성하여 길러주는 중화(中和)의 덕 자체가 바로 인간의 소당연 행위의 궁극적인 표준 또는 소이연이 된다"[26]는 것이다.

산수자연의 이러한 성격은 세상에 뚜렷이 존재하는 것이면서도 사람들에게 그 존재가 잘 드러나지 않기 일쑤다. 그것은 뜰의 풀 한 포기가 자라나는 데 분명히 존재하면서도, 사람들이 그를 통해 세계 일반의 융석(融釋)한 질서를 체득하기는 어렵다. 이황의 산수시는 그 매개 과정을

---

22) 其所以循環不息者 莫非眞實無妄之妙 乃所謂誠也 故當二五流行之際 此四者 常寓於其中而爲命物之源 是以凡物受陰陽五行之氣 以爲形者 莫不具元亨利貞之理 以爲性其性之目有五曰 仁義禮智信 故四德五常 上下一理 未嘗有間於天人之分[이황, 〈天命圖說〉(《도산전서 3》, 600쪽)].

23) 엄연석, 〈퇴계의 자연인식과 도덕적 지향〉, 《퇴계학보》 111집, 2002, 97쪽.

24) 도모에다 류타로(友枝龍太郎), 〈퇴계의 물격설〉, 이우성 편, 《도산서원》, 한길사, 2001, 194쪽.

25) 윤사순, 〈존재와 당위에 관한 퇴계의 일치시〉, 이우성 편, 위의 책, 162~163쪽.

26) 엄연석, 앞의 글, 101쪽.

드러내는 표현방법이다.

그것은 세계 속에 있으면서 세계 너머에 숨어 있다. 그 경지를 어떻게 체득할 수 있을까? 이황은 이렇게 표현했다.

> 군자의 학문은 위기지학(爲己之學)일 뿐이다. …… 깊은 산의 무성한 수풀 속에 한 그루 난초가 하루 종일 향기를 피우지마는, 난초 스스로는 그 향기로움을 모르는 것과 같은 것이니 군자의 위기의 뜻에 부합되는 말이다.[27]

깊은 산 무성한 수풀 속에 있는 난초와 같아야 한다고 했다. 그곳은 세상 안이면서도 세상 밖이다. 우리가 그 난초가 된다면 그 향은 세상을 향해 열려 있다. 난초 향은 산 수풀 속과 세상을 이어 주는 매개체다. 그 향은 자아의 '이'와 세계의 '이'가 만났을 때 비로소 생겨나는 향기다. 그 모습은 이렇게도 표현될 수 있다.

> 유란(幽蘭)이 재곡(在谷)ᄒᆞ니 자연(自然)이 듣디됴해
> 백운(白雲)이 재산(在山)ᄒᆞ니 자연(自然)이 보디됴해
> 이듕에 피미일인(彼美一人)를 더옥 닛디 몯ᄒᆞ애[28]

골짜기의 난초가 그 향이 좋은 것은 '저 고운 한 님'을 잊지 못하기 때문이다. 그 '님'은 난초와 백운과 모든 것에 다 존재하면서도 잘 드러나지 않는 태극의 '이'다. 그 님을 받아들인 유란은 자연히 향기롭다. 그 향은 세계를 향해 열려 있다. 바로 앞의 시(도산십이곡 언지 3)에서 "인성(人性)이 어디다ᄒᆞ니 진실로 올ᄒᆞᆫ마리"라 한 본연의 진실한 '성'을 보장해 주는 것이면서 "천하의 허다영재(許多英才)" 누구에게나 감추어지지 않는 것이다.

---

27) 君子之學 爲己而已 所謂爲己者 …… 如深山茂林之中 有一蘭草 終日薰香 而不自知其爲香 正合於君子爲己之義 (〈언행록〉 권 2 ; 최진덕, 〈퇴계 성리학의 자연도덕주의적 해석〉, 김형효 외, 《퇴계의 사상과 그 현대적 의미》, 한국정신문화연구원, 1997, 157쪽).
28) 이황, 〈도산십이곡〉 언지 4.

세계 속에 있어야 하면서도 피상적 세계를 넘어선 곳에서 찾아야 하는 '이'를 체득하는 데는 산수자연이 적절했다. 그 매개 공간을 '유(幽)'라고 할 수 있다. 이런 점에서 한형조는 이황이 유자면서 은자인 성격을 '유정(幽貞)'이라 했고, "이황의 시 전편이 이에 대한 상세한 주석, 혹은 다양한 변주라 할 수 있다"[29]고 적절히 지적했다. 도산서원 자체가 인간과 자연 사이에 있는 매개 공간인 것이다. 〈청강(聽江)〉이라는 시를 한 수 보자.

앞 시내 조용히 흐르는데	前溪寂寥過
먼 강물은 도리어 소리 있네	遠江還有聲
세인(世人)은 쟁적(爭笛)만 알 뿐이지	世人爭笛耳
누가 고요 속의 소리를 들을까[30]	誰參靜裏聽

이 시에는 세 가지 요소가 나온다. 앞 시내와 먼 강물은 만상(萬象)을 대표한다. 앞 시내에도 소리가 있고 먼 강물에도 소리가 있다. 앞 시내의 소리는 조용하고 먼 강물의 소리가 높은 것은 주변이 너무도 고요하기 때문이다. 그러나 그 소리는 하나다. 세속의 사람들은 먼 소리 가까운 소리를 들을 줄은 안다. 그러나 그 들리는 소리 속에 있는 들리지 않는 소리는 듣지 못한다. 그 들리지 않는 소리가 근원적 소리고, 그 소리로 말미암아 세속의 시내와 강물의 소리는 비로소 들리게 되는 것을 아는 이는 정말 드물다. 만상과 근원의 하나인 소리를 연결하는 끈, 산수자연이 있고 자연을 찾는 이유다.

이러한 생각은 이황의 전체 시 한가운데 산수시를 놓고 상위의 것과 하위의 것으로 나누어 볼 수 있게 한다. 산수시는 위에서 살펴본 〈도산잡영〉과 같이 세계 속에서 세계를 벗어난 초월적 진리의 세계를 추구하

29) 한형조, 〈幽貞, 혹은 유교적 은자의 길〉, 《퇴계학보》 111집, 퇴계학연구소, 2002, 147쪽.
30) 이황, 〈金愼仲挹淸亭 十二首, 聽江〉(《도산전서 1》, 151쪽).

는 지(志)와 학(學)을 산수경치 속에 녹여낸 시들이다. 그 상위의 시란 '고요 속의 소리'를 나타내는 것으로, 매화시류를 말한다. 이황에게 매화는 '이'의 순수성과 초월성을 드러내는 표상으로 사용되었다.

군옥산 산머리 제일의 신선	羣玉山頭第一仙
찬 살결 흰 빛이 꿈인 양 곱네	氷肌雪色夢娟娟
일어나 달 아래 서로 만난 그곳	起來月下相逢處
신선 바람 휘감으니 찬연도 하여라	宛帶仙風一燦然[31]

이러한 내용의 매화시는 흔히 환로(宦路)와 세속(世俗)의 세계와 절연된 신선 세계로 표현되어,[32] 매화와 신선과 달빛은 육화된 '이'를 표상한 것으로 이해된다.[33]

매화시류의 반대편에는 생활의 구체적인 현실에 더 가까이 가 있는 '앞 시내, 먼 강물 소리' 같은 시들이 있다. 여기에는 두 종류가 있다. 하나는 농촌의 현실을 그린 것이고, 다른 하나는 제자나 자손들에게 준 시들이다.

선유동의 이 거사 막대 하나 짚고서	仙洞居士携一笻
월악이며 구담 지나 도옹을 찾았다네	月嶽龜潭訪陶翁
뭇 명산들 두루두루 돌아보고	自云走遍諸名山
내일 아침은 청량산엘 들어간다 했네	明朝笑入淸凉中
돌아와 나를 이별하곤 머물지를 않고	歸來別我不作留

31) 이황, 〈溪齋夜起對月詠梅〉(《도산전서 1》, 154쪽).

32) 신연우, 앞의 글, 233~237쪽.

33) "그가 탐닉했던 신선과 매화는 인간보다 앞서는 저 무위자연의 '이'의 육화된 모습이다"(최진덕, 앞의 글, 156·161쪽) ; "신선 중 제일의 신선은 매화이며, 또 理의 절대세계를 비유한다"(정석태, 〈이퇴계의 매화시〉, 고려대학교 석사논문, 1987, 64쪽) ; "퇴계는 언제, 어디서나 성리의 천리를 계시하는 이 절우의 정절을 사모"한다고 했다(홍우흠, 〈퇴계의 매화시에 대한 연구〉, 《인문연구》 4호, 영남대학교, 1983, 28쪽) ; "퇴계에게 있어 매화는 순수한 정신의 표상이며 탈속적인 삶의 동반자였다"(박혜숙, 〈조선의 매화시〉, 《한국한문학연구》 26집, 2000, 434쪽) ; "모든 개념적 한계와 시대적 간섭에서 벗어난 본질적이며 절대적인 개념으로서의 순수성을 함유하고 있다"(손오규, 〈퇴계 매화시의 의상〉, 《반교어문연구》 10집, 반교어문학회, 1999, 166쪽).

한 조각구름 되어 표연히 떠나가네 飄若一片空雲浮
팔영을 화답하여 그대 떠남에 드리니 聊和八詠贈子去
동선(洞仙)을 따라가 노는 곳에 즐기게나[34] 好逐洞仙遊處遊

슬프고 슬프구나 흉년이라 마음 편치 못해 惻惻荒年意未寧
말 멈춘 강가에 그림자도 비틀거린다 江邊立馬影立令竮
서릿밤 지내며 나뭇잎은 아주 붉고 葉從霜夜濃全赤
산에 드니 가을 하늘 반을 갈라 푸르구나 山入秋空割半青
관사는 구름 속에 숨어 마치 절에 이른 듯하고 官舍隱雲如到寺
관리들 걸음걸이 병풍을 옮기듯 한다 吏人踏地似行屏
종이 찾아 시구 지으나 어디에 쓸 것인가 索牋題句知何用
초승달은 한가로이 뜰 가득하다고 읊어 본다[35] 新月閒吟愛滿庭

앞은 청주 선유동에 살던 거사(居士) 이령(李領)에게 준 시고, 뒤는 1541년 경기도 재상어사(災傷御使)가 되어 경기도 포천과 연천 일대의 수해 상황을 돌아보고 쓴 시다. 이 시들은 구체적 현실을 떠나지 않는다. 현실의 드러난 모습 그대로를 보이는 시라서 그 이상의 의미를 따로 갖지 않는다.

이황의 산수시는 이 두 종류의 시 세계에서 가운데에 놓인다. 매화시와 농촌시는 아무 상관이 없어 보인다. 매화시는 순수한 '이'의 세계를 드러내고, 농촌시는 '이'가 아닌 현실의 문제를 다룬다. 그러나 이황 시의 대다수는 그 둘이 아니라 그 둘을 매개하는 산수시다. 산수시는 현실에 존재하는 것을 소재로 해서 현실 너머에 있는 '이'의 세계에 뜻을 두고 탐구하고 체득하고자 하는 시다.

물론 이황의 관심은 구체적 생활시에 있지 않다. 이황 자신의 궁극적 관심사가 구체적 생활보다는 형이상학적 철학체계에 있었기 때문이다. 조식은 이황이 제자들에게 물 긷고 청소하고 손님 접대하는 일상사는 가르치지 않고 형이상학을 가르쳐서 세상을 문란하게 한다고 비난했고, 이

34) 이황, 〈贈李居士〉(《도산전서 1》, 149쪽).
35) 이황, 〈到朔寧〉(위의 책, 423쪽).

황 자신도 세속의 문제들에 대해 구체적인 해결방안을 내놓는 일에 적극적이지 않았다. 이황은 재상어사가 되어 농촌의 궁핍을 보았을 때에도 무정한 자연을 원망하는 수준을 넘어서지 않았고, 그가 상소문으로 올린 현실문제는 시장 개설, 대왜관계(對倭關係), 서얼(庶孼) 문제뿐이었다.

그의 궁극적 관심은 초월적 '이'를 확보하는 데 있었고, 성리학의 체계 안에서 현실의 벼리로서 현실과의 연관을 유지할 수 있게 하는 데 있었다. 초월적 '이'는 매화로 표상되었고, 현실과 '이'의 연관은 산수시로 드러났던 것이다. 이러한 고찰은 이황이 만년에 두 권의 자작시 선집을 간행한 이면의 사연을 이해할 수 있게 한다. 그 두 권의 시집은 《매화시첩(梅花詩帖)》과 《계산잡영(溪山雜詠)》이다.[36] 《매화시첩》에는 시작 연도별로 말년의 작품까지 91수의 매화시가 실려 있다.[37] 《계산잡영》에는 상권 〈퇴계잡영〉에 139수, 하권 〈도산잡영〉에 116수, 46세에서 66세까지 지은 시들이 실려 있다. 2천 수가 넘는 전체 시작품에서 이황은 346수를 손수 뽑아서 두 시집을 간행한 것이다.

그리고 위에서 말한 바와 같이 매화시는 주로 '이'의 순수함과 허령함을 드러내는 내용이고, 《계산잡영》의 산수시는 생활의 구체적인 면모와 보편적 원리인 '이'의 세계를 연결하는 시적 영역을 보이고 있다. 따라서 《계산잡영》에는 매화시도 일부 들어 있고, 아들이나 제자에게 준 시도 들어 있다. 그러나 그것은 일부에 지나지 않고 대부분의 시들은 〈도산잡영〉 7언시나 5언시와 같이, 자연을 통해서 '이'와 연결되고자 하는 이황의 학문적 수양적 관심을 시적 감흥에 의탁해 보려는 시편들이다. 이황은 자신의 궁극적 관심인 '이'의 세계를 나타내는 시들은 《매화시첩》에 모았고, 그 탐구과정의 시들은 《계산잡영》에 모았다고 정리할 수 있다.

---

36) 퇴계학연구총서편간위원회 편, 《퇴계전서 20》(퇴계학역주총서 제20책), 퇴계학연구원, 1997, 215~250쪽(매화시첩), 256~308쪽(계산잡영 上, 퇴계잡영), 309~351쪽(계산잡영 下, 도산잡영)에 역주 수록되어 있다.

37) 이택동, 〈퇴계 매화시 연구〉, 서강대학교 석사논문, 1989, 2~3쪽.

5. 이황 산수시의 의의

이황은 당대 사림이 처한 어려운 현실 속에서 자신이 할 일을 선배 사림의 부족한 점을 보완하는 데서 찾았다. 김종직이 현실개혁에 힘쓰지 않고 시문에 주력한 것이 불만이었고, 조광조가 학문의 온축 없이 직접적인 방법으로 단시간에 개혁을 완수하려는 조급증을 보인 것도 불만이었던 데에서 학문의 온축을 자신의 길로 삼았다. 이 학문은 현실에서 초월하지 않고 현실을 개혁해야 한다는 유학의 원리에서 벗어나지 않으면서도 만상의 현실을 하나로 엮을 수 있는 벼리를 구현하여, 만상을 개혁할 수 있는 근원적 토대를 마련하는 것으로 나타났다. 그 벼리는 '이'를 주축으로 하는 성리학인 주리론이라고 할 수 있다.

그러나 이황은 '이'에 대한 탐구를 철학체계인 이학(理學)으로서만 하지 않았다. 이학은 '이'에 대한 의식적 체계적 탐구다. 그것은 마음을 집중하고 분석 작업을 거쳐 이해해야 하는 측면이다. 그러나 그 뒷면에는 종합적이고 무의식적인 측면의 탐구도 있음을 이황은 알았다. 전자가 철학적 탐구라면 후자는 시작(詩作)이라 할 수 있다. 이황은 제자들에게 집중적 공부와 함께 이완이 필요하다는 점을 때때로 말해 주었다.

> 각고(刻苦)의 공부에도 또한 때때로 텅 비고 한가롭게 휴양하는 뜻을 가져야 한다. 이는 앞에 말한바 매운 괴로움을 견디는 불쾌활의 공력과 함께 서로 도움이 되니 하나를 빠뜨려서는 안 된다. …… 쳐다보고 굽어보고 돌아보고 옆을 보는 사이, 우유함영하는 사이에 전날 괴롭게 공부해도 얻음이 없던 것이 왕왕 깨닫지 못하는 사이에 심목(心目) 사이로 드러난다. 주자가 백록동시에서 이른바 심원은 한가한 속에 얻어지고, 묘용은 즐기는 곳에서 나온다 한 것이 이것이다.[38]

---

38) 辛苦者亦必有時時虛閑休養意思 乃與向所謂忍辛耐苦不快活之功 互相滋益 不可闕一也 …… 其於俯仰顧眄之頃 優游涵泳之際 昔所辛苦而不得者 又往往不覺其自呈露於心

이는 흔히 '물망(勿忘) 물조장(勿助長)'이라는 말로 표현되었다. 각고의 공부와 우유함영은 서로 도움이 되며, 하나를 빠뜨려서는 안 된다고 했다. 각고의 공부가 '이'의 체계적 탐구라면, 우유함영은 자연을 돌아보는 산책이며, 산책에서 자신도 모르게 나오는 음영(吟詠)이다. 이 과정을 상세하게 보여 준 것이 〈도산잡영〉이다. 병기(幷記)에서는 산책의 구체적 모습과 그 의의를 설명해 주었고, 7언시와 5언시에서는 자연에서 도를 찾는 즐거움을 '흥'의 측면에서 보여 주었다.[39]

이렇게 보면 이황 산수시는 두 가지 의의를 갖는다. 작게는 이황의 이학과 짝을 이루어 수행되는 도학 탐구의 두 길 가운데 하나다. 이황은 이 둘을 모두 인정했다. 시학이 도학보다 아래 놓이는 것이 일반적 인식이었지만, 이황은 주희의 '무이도도(武夷棹櫂)'를 '인물기흥(因物起興)'으로 이해한 바와 같은 맥락에서 시에 적극적 의의를 인정했다. 이학이 마음을 붙잡아 공부에 매진하는 방법이라면, 시학은 마음이 움직이기 이전의 고요한 상태를 통해서 우주 시원의 본질적 공허함을 투시하는 방법일 수 있다.

이황의 산수시는 크게는 그의 삶의 방법과 같은 궤적을 보여 준다. 이황은 당대 사림이 현실을 개혁해야 하면서도 현실에서 벗어나 학문을 이룬 뒤에 현실개혁에 착수해야 한다고 하였고, 현실에서 추출되었으나 현실의 눈으로 이해 범주를 벗어난 '이'의 움직임을 탐구했던 것과 같이, 시에서는 현실 속에 있으면서 현실을 벗어난 세계를 추구하는 자연 속에 침잠했다. 이들 모두는 현실에서 출발해 현실을 벗어나면서도 현실에 얽매이려는 시도들이다.

그것은 성리학 일반론의 범주에 드는 것이라서 특이한 것이 아니라고

目之間 朱子白鹿洞詩所謂 深源定自閑中得 妙用元從樂處生 是也[이황, 〈答李平叔〉(《도산전서 3》, 143쪽)].

39) 신연우, 〈도산잡영과 도산십이곡에서의 '흥'〉, 《국어국문학》 133, 국어국문학회, 2003 ; 〈이황 산수시의 양상과 물아일체의 논리〉, 《한국사상과 문화》 20집, 한국사상문화학회, 2003 ; 〈이황 산수시에서 '경'의 의미〉, 《민족문화논총》 28집, 영남대학교, 2003.

할 수 있다. 그러나 이황 자신이 비판했던 김종직이나 조광조, 이황을 비판했던 조식, 이황 다음의 현실을 책임지던 이이 등과 달랐기에 특이하다고 하지 않을 수 없다. 다들 성리학자면서도 현실개혁의 방법이 크게 달랐다. 그런 특수성은 이황이 김종직의 시문과 조광조의 직접적 개혁을 넘어 학문의 온축을 지향했고, 조식의 하학(下學)을 넘어 상달(上達)의 학문을 이루었으며, 이이가 현실의 구체적 개혁을 이룰 수 있도록 시대의 철학을 구비하기에 앞서, 사림의 도덕적 기반을 확립하는 소임을 다한 데서 말미암은 것이다. 현실에서 벗어난다고 이황이 비판을 넘어 비난해마지 않던 불교나 도교, 양명학과의 차이에 대해서는 언급할 필요도 없을 것이다.

이러한 태도는 당대 현실을 부정하면서도 현실을 부정하지 않는 이황의 방법이었다. 당대 현실은 연산군, 문정왕후 치세로 대변되는 혼란과 무질서 그 자체였다. 그러나 조광조와 같은 직접적인 개혁 또한 불가능할 때, 노장이나 불교로 넘어가지도 않고 시문으로 회피하지도 않는 방법을 택했다. 조식처럼 쇄소응대(灑掃應對)를 중시하는 하학의 방법으로 구제하기에는 현실의 병이 너무 크고 깊었다. 이이의 길은 아직 준비되지 못했다. 그것은 사림이 훈구를 몰아내고 중앙 정계에 입지를 다진 뒤에야 가능할 것이었다.

이황의 시문학은 그의 이학과 마찬가지로 이들 모두를 지양하고자 하는 노력의 소산이다. 현실의 구체적 질곡에서부터 만상을 아우를 수 있는 전체에 대한 지향을 함께 드러낼 수 있는 것이 그의 시학이다. 그러나 이황의 시학은 이학의 경직성을 보완하고 있다는 데 더욱 큰 의미가 있다. 주희의 〈무이도가〉를 '입도차제(入道次第)'가 아니라 '인물흥기(因物興起)'로 이해한 것처럼, 각고의 공부와 우유함영을 병행해야 한다고 했던 것처럼, 이황은 시학과 이학이 둘이 아님을 알았다. 이 점이 그가 그렇게 많은 시를 쓴 까닭이고, 그 가운데서도 자연을 소재로 한 산수시가 대다수인 까닭이다. (《열상고전연구》 19집, 열상고전연구회, 2004)

이황 산수시에서 '경(敬)'의 의미

1. 머리말

퇴계 이황은 자연을 소재로 한 시작품을 많이 남겼는데, 그 시들은 흔히 도학과 연관된 것으로 보는 것이 보편적이다. 이황이 18세에 지었다는 시에서 '구름 날고 새 지나감은 원래 상관있지만[雲飛鳥過元相管], 다만 두려움은 때때로 제비가 물결 찰까 함이네[只怕時時燕蹴波]'라고 한 것부터가 '천리유행(天理流行)을 오도자득(悟道自得)'했다는 평을 받고 있다.[1] 이황의 제자 김부륜(金富倫)은 "하늘의 이치가 흘러가고 있는데 사람의 욕심이 그것을 간섭하게 될까 두렵다"는 뜻으로 해석했다.[2]

이런 점이 이황 시의 장처(長處)로 칭송되기도 하지만, 서정시학의 견지에서는 수용되기 어려운 점이 있다. 산수자연은 산수자연일 뿐으로, 그것이 그대로 인간사의 도덕 인식으로 연결될 수는 없다는 생각 때문이다.

서경덕이 자연의 근원에 대해서는 깊이 탐구하였지만, 인사의 도덕 문제에 대해서는 아무 언급을 하지 않았던 것과 달리, 이황은 그 둘이 뗄 수 없는 관계를 맺고 있다고 믿었다. 이황은 아무 의심 없이 믿었던

---

1) 권오봉, 《예던 길, 퇴계선생의 생활실사》, 우신출판사, 1988, 28쪽 ; 왕소(王甦)/이장우 옮김, 《퇴계시학》, 중문출판사, 1997, 251쪽.

2) 왕소, 위의 책, 252쪽.

것이지만, 이미 당대부터 많은 사람들은 그 관계가 그렇게 자연스러운 것이 아님을 인식하고 있었다. 기대승과 긴 토론을 벌인 것이 그 때문이었고, 이이가 이통기국(理通氣局)이라는 새로운 이론을 마련해서 중세의 지배적 사상으로 삼게 된 것도 그 때문이었다. 더군다나 오늘날에는 이황 식의 사고는 받아들여지기 어려워서, 이황의 시가 많은 매력을 가지고 있음에도 도덕적 교훈을 위주로 하는 사상시 또는 교훈시라는 선입견에서 벗어나기 힘들게 되어 있다.

그렇다고 하더라도 이황이 자연은 곧 도덕이라는 식으로 이해했다고 보는 것은 지나치게 피상적인 생각이다. 자연이라고 악(惡)이 없겠는가? 자연과 인간이 같은 태극을 분유(分有)하고 있다면, 그리고 인간에게 악이 있다면 자연에도 악이 있고 자연이 선하다면 인간도 선할 터이니, 굳이 자연을 고집할 이유가 없다. 물론 결과적으로 이황이 자연에서는 선의 요소를, 인간에게서 악의 요소를 강조한 것은 분명하지만, 그 과정에 대한 이해 없이는 이황과 그의 시에 대한 오해를 키울 뿐이다. 자연이 곧 '도'라는 태도는 도가적인 것으로, 이황이 〈도산잡영 병기〉 하단에서 금수와 섞여도 잘못인 줄 모르게 된다고 배척한 바 있다. 이황의 자연은 도가적 견해와는 명백히 차별된다.[3]

이황의 산수는 그저 도덕을 구현하기 위한 수단에 불과한 것은 아니었다. 그것은 세계를 이해하기 위한 방법의 하나였다. 자연은 그에게 목적이면서 방법이었다. 이황 시에 거듭되는 산수는 자연세계와 도덕세계를 연결하는 매개체라고 할 수 있다. 그러나 그 도덕은 정철의 훈민가류와는 달리, 개개의 구체적인 도덕 덕목을 제시하거나 열거하는 것이 아니고, 그 근거인 인의예지의 근원에 대한 것이라 할 수 있다. 그 근원에 다가서는 방법을 이황은 '경(敬)'이라고 했다. 근원에 다가서는 방법을 전체적으로 '경'이라고 할 때, 그의 시란 무엇인가? 한가하게 물러나서

3) 신연우, 〈이황 산수시의 양상과 물아일체의 논리〉, 《한국사상과 문화》 20집, 2003.

자연을 즐긴다는 상식적 이해보다는 더 깊은 연관이 있다고 보인다. 이황에게 도학 탐구와 산수자연을 노래하는 시작(詩作) 활동은 어떤 관계가 있는가? '경'이 도학 탐구의 방법일 뿐만 아니라 시작 활동의 근거라고까지 말할 수 있는가? 그것은 '경'의 어떤 성격 때문인가?

이 글에서 필자는 이황이 자연의 근원과 인간 도덕의 근원을 파악하는 방법과 산수시가 밀접한 관계가 있다는 것을 보이고자 한다. 이황의 정신세계에서 산수시가 '경'과 결합되는 양상을 검토하고, 이로 말미암아 얻어지는 시적 효과를 더 잘 이해할 수 있을 것으로 기대한다. '경'의 주일무적(主一無適)을 도학의 긴장된 수행으로만 파악하면 그의 시에 보이는 한적함은 설명하기 어려워진다. 한적한 때에도 '경'을 잃지 않는 것이 이황의 공부였다고 본다면, '경'의 다른 측면에 대한 이해가 필요함을 깨닫게 된다. 그것이 이황의 시와 학문을 오히려 자연스럽게 이해하는 길을 터 줄 것이다.

먼저 〈도산잡영 병기(陶山雜詠 幷記)〉에서 논의를 시작한다.

2. 〈도산잡영 병기〉의 '소요상양(逍遙徜徉)'

〈도산잡영 병기〉에서 가장 인상적인 부분은 아마 이황이 도산 부근을 '소요상양(逍遙徜徉)' 즉 산책하는 모습일 것이다.

> 나는 늘 쌓인 병에 괴로이 얽매여 산에 살면서도 마음껏 책을 읽지 못했다. 괴로움 속에 조식한 뒤에 때로 몸이 가볍고 편안하여 심신이 맑아서 우주를 올려보고 내려보면 감개가 이어진즉 책을 치우고 막대를 짚고 나간다. 헌(軒)에 이르러 연못을 구경하고 단에 오르며 사(社)를 찾는다. 밭을 돌아 약을 심고 숲을 뒤져 꽃을 따며 돌에 앉아 샘에서 물장난하기도 하며 대에 올라 구름을 보기도 한다. 또는 못돌 위에서 물고기를 보고 배 안에서 물새와 친해 본다. 마음 따라 가는 대로 소요 배회하며 눈길 닿으면 홍이

> 일고 경치를 만나면 취를 이루다가 흥이 지극해져 돌아온즉, 방안이 조용하고 도서는 벽에 가득하다. 책상을 대해 묵묵히 앉아 존양하고 연구 사색하여 때로 마음에 얻음이 있으면 기뻐서 밥 먹기를 잊고, 마음에 합하지 못하면 동학(同學)의 도움을 받고, 또 얻지 못하면 분해하면서 분발하되 감히 억지로 통하려 하지는 않고 한쪽에 치워 두었다가 때때로 꺼내어 마음을 비우고 생각하여 저절로 풀리기를 기다린다. 오늘 이렇게 하고 내일 또 이렇게 한다. …… 이는 곧 한가히 살면서 병을 다스리는 무용의 공업이니 비록 옛사람의 문정을 엿볼 수는 없어도 스스로 마음에 즐거운 바는 얕지 않으니 말이 없고자 해도 그럴 수 없다.4)

누구나 부러워할 이 산책은 그러나 단순히 산책만으로 그치는 것은 아닌 듯하다. 인용문 끝에 "옛사람의 문정을 엿볼 수는 없어도 스스로 마음에 즐거운 바는 얕지 않다[雖不能窺古人之門庭 而其所以自娛悅於中者不淺]"고 한 것은, 결국 고인 즉 성현의 경지, 도학적 경지에 다가서고 싶다는 목적성 발언으로 읽힌다. 이 산책은 자연 속에서 도학을 생각하기 위한 산책이다.

도학 탐구를 위하여 이황은 여기서 책과 자연을 제시하고 있다. 성현의 도학 탐구인 서적을 통해 '존양하고 연구 사색[競存硏索]'하며 '분해하면서 분발[發於憤悱]'한다. 성현의 경지를 체득하고자 하는 노력은 '망식(忘食)'이며 '분비(憤悱)'인 것이다. 그러나 다른 한편 '이회(理會)되지 않는 것[不合者]'에 대하여 '억지로 통하려 하지 않고 한쪽에 치워 두었다가 마음을 비우고 생각하여 저절로 풀리기를 기대한다[不敢强而通之 且置一邊 虛心思繹 以俟其自解]'고 하였다. 그것을 '무용지공업(無用之功

---

4) 余恒苦積病纏繞 雖山居不能極意讀書 幽憂調息之餘 有時身體輕安 心身灑醒 俛仰宇宙 感慨係之則 撥書攜笻而出 臨軒玩塘 陟壇尋社 巡圃蒔藥 搜林擷芳 或坐石弄泉 登臺望雲 或磯上觀魚 舟中狎鷗 隨意所適 逍遙徜徉 觸目發興 遇景成趣 至興極而返 則一室岑寂 圖書滿壁 對案嘿坐 競存硏索 往往有會于心 輒復欣然忘食 其有不合者 資於麗澤 又不得則發於憤悱 猶不敢强而通之 且置一邊 時復拈出 虛心思繹 以俟其自解 今日如是 明日又如是 …… 是則閑居養疾 無用之功業 雖不能窺古人之門庭 而其所以自娛悅於中者不淺 雖欲無言而不可得也(이황, 《도산전서 2》, 한국정신문화연구원, 1980).

業)'이라고까지 말한 것은 눈여겨볼 필요가 있다.

'무용지공업'은 유학적 또는 성리학적 덕목이며, 이황이 특히 이 점을 중시했다는 데 주목할 필요가 있다. 언행록에는 이황이 '비저의비불저의(非著意非不著意)' 즉 '주의하는 것도 아니고 주의하지 않는 것도 아니다'라는 정이천의 말을 여러 차례 언급하고 있고, 정명도가 글씨를 쓸 때 잘 쓰려고도 하지 않고 잘 쓰지 않으려고도 하지 않았다고 하면서, 그것이 글씨 쓸 때의 '경'이며 성현의 심법(心法)이라고 했다.[5] 또 일상생활에서의 '경'을 강조한 〈숙흥야매잠(夙興夜寐箴)〉에서는 '진발정명(振拔精明)'과 '불작사유(不作思惟)'라는 말이 불가의 선(禪)으로 오해되는 것을 염려하여 노수신과 논변을 벌였지만,[6] 실은 그것이 문제가 될 정도로 '물조장(勿助長)'을 강조하는 것이 이황 성리학에서 주된 공부 방법이었다. 그리고 이를 이황은 '경'의 한 측면으로 인식하고 있었다. '경'은 '주일무적'인데, 주일(主一)의 측면만 강조되지 않고 물조장 또한 그 안에 포함되고 있다는 점을 주의해 보아야 한다.[7]

이렇게 보면 이황이 취한 공부 방법에는 책을 통해 분발하는 모습과, 한 걸음 뒤로 물러나서 마음을 비우고 억지로 조장하지 않는다는 두 가지 방법이 있다. 물론 이것은 궁극적으로 태극을 찾기 위한 것으로 하나[一]다.

도산서당을 완성하고 거처하는 방을 '완락재(玩樂齋)'라 하고, 강학을 위한 마루를 '암서헌(巖棲軒)'이라 한 것도 이 두 가지 공부 방법을 상기하는 것이다. 완락재는 주희의 "(《중용》과 대학의 오묘한 뜻을) 즐기며 완상하여 이 몸을 마칠 때까지 싫증내지 않는다"는 〈명당실기(名堂實

5) 明道寫字時甚敬 固非要字好 亦非要字不好 但敬於寫字而已 …… 乃聖賢心法如此 非獨寫字爲然也(이황, 〈答金惇敍〉, 위의 책, 434쪽).

6) 至振拔精明不作思惟等語 未免徵有河西所慮之弊 …… 今雖固知其有同 然如我輩當尋箇不同處 堅定脚跟 不要轉步[이황, 〈答盧伊齋別紙〉(《도산전서 1》 권 10, 한국정신문화연구원, 1980)].

7) 최진덕, 〈퇴계 성리학의 자연도덕주의적 해석〉, 《퇴계의 사상과 그 현대적 의미》, 한국정신문화연구원, 1997, 187~223쪽.

記)〉에서 따온 당호며, 암서헌은 주희의 시 〈운곡(雲谷)〉에서 "(공부에) 능하지 못하다고 믿었는데, 산 속에 깃들여 작은 효험 바라노라"고 한 것에서 따온 이름이라 했다. 이것은 성현을 공부하는 발분의 모습과, 자연 속에서 무용의 효험을 바란다는 두 가지 공부 방법을 나타낸다. 궁극적으로는 도학으로 통합된다고 해도, 그 방법에는 양면성이 있다는 것을 알 수 있다.

이러한 이해는 〈도산잡영 병기〉 앞부분에서, 먼저 도산의 자리 잡은 내력을 말하는 부분이 자연의 있는 그대로의 모습을 묘사한 것이겠지만, 더 깊은 의미를 가진 것으로 읽게 한다. 즉, 동취병과 서취병이 양쪽에 우뚝 솟아 서로 바라보며 '동쪽 봉우리는 서쪽으로, 서쪽 봉우리는 동쪽으로 와서 남쪽 들 우거진 곳에서 합세하는 곳'에 자리를 잡았다고 하는 기술(記述)이, 공부의 두 태도가 결국은 하나의 태극의 탐구로 연결되는 모습을 형용한 것처럼 읽히는 효과를 준다.

〈도산잡영〉의 시들은 이런 상태에서 '비록 말이 없고자 해도 그럴 수 없어서[雖欲無言而不可得也]' 나온 작품들이다. 그것은 '흥(興)'이 가득한 상태다. 자연을 산책하는 것 자체가 '흥'을 주기도 하지만, 성현만큼은 안 돼도 마음에 얻은 것이 기뻐서 저절로 말이 되어 밖으로 나온 것이므로 '흥'이다. 이황에게 시문학은 이 '흥'의 상태를 드러내는 결과물이다. 〈도산잡영〉의 7절 18수는 성현의 경지를 흠모하며 마음에 얻은 것을 기뻐하여 표현한 것이 주를 이루고, 5절 26수는 자연 산책의 즐거움 자체를 더 드러낸 것이 주된 내용이다.[8] 이러한 방법을 통해 얻은 '이(理)의 청정(淸淨) 또는 청진한 세계'는 선계·달빛·매화 등을 소재로 한 시를 통해 표출되었다.[9]

8) 신연우, 〈도산잡영과 도산십이곡에서의 '흥'〉, 《국어국문학》 133, 국어국문학회, 2003, 197~221쪽.

9) 이동환, 〈퇴계의 詩作 개황과 그의 작품세계〉, 이우성 엮음, 《도산서원》, 한길사, 2001, 254~261쪽.

3. 경(敬) : 도학과 자연의 연결

산수자연이 도학 탐구의 방법이 되는 연유에 대해서 이황의 공부 방법을 좀 더 상세히 규명할 필요가 있다.

이황은 태극이라는 궁극처를 파지(把持)하기 위한 공부도 하학(下學)과 상달(上達)이라는 두 과정으로 이해한다. 물론 태극을 아는 형이상학적 인식은 상달이라고 할 수 있는데, 상달은 일상생활에서 행하는 공부인 하학과 밀접한 관련을 맺고 있다. 성리학의 이론상 공부는 하학에서 출발한다. 일상의 쇄소응대(灑掃應待)에서 공부의 자세를 닦은 뒤에야 상달의 경도(傾倒)가 가능하다.

그러나 이황은 하학보다는 상달에 더 관심이 많았다. 남명 조식이 편지를 보내 "손으로 물 뿌리고 비질하는 절도도 모르면서 입으로는 천리를 담론하여 사람을 속이고 이름을 도적질한다"고 언급한 것은 사실 이황에 대한 간접 비난으로 보인다. 실제로도 이황은 하학보다는 상달에 대한 언급을 더 많이 했다. 이러한 태도는 물론 하학을 중요시하지 않는다는 것은 아니다. 그러나 상달이 태극의 본체를 더 가까이에서 이해할 수 있다. 그 때문에 이황은 주희보다도 더 주정(主靜)의 함양을 강조한다. 선(禪)에 가깝다는 오해를 받으면서도 마음의 정적(靜的)인 상태를 중시한다. 최중석이 지적한 것처럼, 이황은 "태극의 동(動)은 정(靜)에 근본을 두는 것처럼 성인은 '동'함에 '정'을 주로 삼는다."[10] 따라서 '경'은 '동'과 '정'을 일관하는 것이요, 한편에 치우치지 않는 것이다.[11]

하학이 필요한 것은 일상 모든 사(事)와 물(物)에 본체의 태극이 분유(分有)되어 있기 때문이다. 그러나 '사'와 '물'이 곧 태극은 아니라는 데

---

10) 최중석, 《나정암과 이퇴계의 철학사상》, 심산, 2002, 287쪽.
11) 위의 책, 286쪽.

문제가 있다. 사물의 이면 또는 그 너머에 있는 것을 파지하기 위해서는 사물에서 물러나야 한다. 물러나되 더 정적이고 변화가 없는 상태를 찾아야 한다. 이것이 변화가 많은 인사(人事)에서 물러나 불변의 양태를 찾을 수 있는 자연을 선호한 하나의 이유가 된다.

더 직접적인 이유는 상달에서도 두 가지 양태가 있기 때문이다. 그것은 마음이 이발(已發) 상태와 미발(未發) 상태로 구분되기 때문이다.[12] 이발 때 마음은 이미 움직이며 본격적이고 집중적인 사유 행위가 필요하다. 문제는 미발(未發) 때다. 미발 때는 어떠한 의식적 공부도 불가능하다. 그러나 '희로애락지미발(喜怒哀樂之未發)'은 바로 '중(中)'으로, 마음의 본체고 태극의 본성에 더 가깝게 다가서 있는 것이다. 이때는 무엇을 할 수 있고 해야 하는가에 대해 이황은 〈천명도설(天命圖說)〉에서 명백히 밝히고 있다.

> 그러므로 군자는 마음의 고요함에 존양(存養)하여 그 체(體)를 보존하고 정의가 발함에 성찰하여 그 용(用)을 안정해야 한다. 그러나 이 마음의 이치는 넓고 넓어 잡을 수가 없고 막막하여 끝을 알 수가 없으니 진실로 '경'으로 한결같이 하지 않는다면 어찌 그 성을 보존하고 그 체를 세울 수 있겠는가? 마음이 발(發)함은 은미하여 털끝처럼 살피기 어렵고 위태하여 구덩이처럼 밟기 어려운 것이니 진실로 '경'으로 한결같이 하지 않으면 또 어찌 그 기미를 바르게 하여 그 용을 달성할 수 있겠는가?[13]

발한 마음은 은미(隱微)하고 위태로우니 성찰로 그 기미를 바르게 해야 하지만, 미발 때 마음이 할 일은 성(性)을 보존하고 체(體)를 세우는

---

12) 이황의 주리론은 서경덕 계열인 남언경 등과의 대립을 통해 미발론(未發論)을 정립하면서 체계를 세운 것이라 한다(문석윤, 〈퇴계의 미발론〉, 《퇴계학보》 114집, 2003, 38~40쪽).

13) 故君子於此心之靜也 必存養而保其體 於情意之發也 必省察而定其用 然此心之理 浩浩然不可模捉 渾渾然不可涯涘 苟非敬以一之 安能保其性而立其體哉 此心之發 微而爲豪釐之難察 危而爲坑塹之難蹈 苟非敬以一之 又安能正其幾而達其用哉[이황, 〈天命圖說〉 10절(《도산전서 3》, 한국정신문화연구원, 1980, 604쪽)].

것이므로 존양(存養)이어야 한다고 했다. 존양은 발의 은미하고 위태로움을 벗어난 상태를 유지해야 한다. 그것이 이황이 몸을 조용히 하는 정좌(靜坐)의 공부 방법을 중시하고, 조용한 곳과 변화가 없는 곳을 공부하기에 좋은 장소로 택하는 이유다.

존양에는 마음에 일물일사(一物一事)도 남아 있어서는 아니 된다. 마음은 맑은 거울[明鏡]과 같은 상태를 유지해야 한다. 김돈서에게 보낸 편지의 내용은 이황의 견해를 확연하게 보여 준다.

> 보여 준 (윤화정의 말인) 마음 가운데 하나의 일도 있어서는 안 된다는 것은 '경'을 간직하는 방법이다. …… 마음이 사물에 대하여 오지 않으면 맞지 않고 오게 되면 모두 비추고 이미 응하고 나면 남겨 놓지 않으니 본체가 명경지수와 같다. 날마다 만사에 접하여도 마음에는 한 가지도 남아 있지 않으니 어찌 마음에 해가 되겠는가?[14]

이 미발 상태의 마음에서 무엇을 할 것인가? 마음에 일물도 남기지 말라는 공부는 불교의 선과 흡사해 보인다. 그러나 이황은 불교나 선을 배척한다. 그것은 주체의 마음뿐만 아니라 대상에 대한 인식도 중요하기 때문이다. 주체가 미발인 때의 마음은 한 가지 외물(外物)의 침범도 없어야 하지만, 성리학은 객체의 객체됨 또한 중시하며, 둘은 같은 태극의 분유물(分有物)이다. 여기서 '경'의 구실이 중요해진다.

미발에서 수양 방법은 적극적인 공부가 아니다. 그것은 본원적 존재인 "'이'를 자신의 현실태로 발견하는 것 혹은 받아들이는 것"[15]이다. 우리 삶에서 이 '이'가 제대로 드러나도록 하는 모든 것이 '경'이라 할 수 있다. 그것은 미발 때의 계신(戒愼) 공구(恐懼)기도 하고, 이발 때의 체

14) 示喩心中不可有一事 此乃持敬之法 …… 心之於事物 未來而不迎 方來而畢照 旣應而不留 本體湛然如明鏡止水 雖日接萬事而心中未嘗有一物 尙安有爲心害哉[이황, 〈答金惇敍 癸丑〉(《도산전서 2》, 한국정신문화연구원, 1980, 422 · 423쪽)].

15) 문석윤, 앞의 글, 29쪽.

찰(體察) 정찰(精察)일 수도 있다. "'경'을 통해 '이'의 생명을 인위 조작이나 방치함 없이 기를 수 있으며, 오랜 세월이 지나면 자연스럽게 규범과 일치된 상태에 이를 수 있다"[16]

위에 인용한 〈태극도설(太極圖說)〉 제10절과 〈답김돈서 계축(答金惇敍癸丑)〉의 전제는 '경'이다. '경'은 객관적 관념으로서 사물의 본성이 있는 그대로 나에게 파지되도록 하는 것이다. 그것은 격물(格物)과 치지(致知)라는 성리학적 인식을 가능하게 하는 공부 방법이다. 그 태도를 더 구체적으로 말해 흔히 '주일무적'이라고 한다. 격물과 치지에 이르기 위해 주일무적해야 하는 것이다. 이렇게 보면 주일무적으로서 '경'은 흐트러짐 없는 정신을 유지하기 위한 노력인 점이 강조되기 쉽지만, 그 이면에는 격물치지가 가능하도록 자신의 주관적 마음을 텅 비게 하는 노력 또한 필요하다. 그것은 노력이라고도 말하면 안 될 것이다. 노력 또는 조장하지 않은 채 객관적 사물을 격물치지할 수 있도록 마음을 비워야 객체의 실상이, 나아가 세계의 본성이 파악될 수 있다. 다시 말하면 이황에게 '경'이란 "형이상으로서의 심(心)과 형이하로서의 '물'을 소통시키는 매개자"[17]다.

이렇게 생각해도 사람들은 '경'에서 태극과 '이'를 파지하려는 작위적 노력을 강조하는 면이 있었다. 이는 하학의 수준에서는 절대 필요하지만, 상달의 수준에서는 오히려 도에 이르는 길에 장애가 될 수도 있다. 이황은 이를 탐탁히 여기지 않았고, 제자들이 그렇게 빠져드는 것을 경계했다.

> 각고의 공부에도 또한 때때로 텅 비고 한가롭게 휴양하는 뜻을 가져야 한다. 이는 앞에 말한바 매운 괴로움을 견디는 불쾌활의 공력과 함께 서로 도움이 되니 하나를 빠뜨려서는 안 된다. …… 쳐다보고 굽어보고 돌아보고 옆을 보는 사이, 우유함영(優游涵泳)하는 사이에 전날 괴롭게 공부해도

16) 위의 글, 34쪽.
17) 정순우, 〈퇴계 사상에 있어서의 일상(日常)의 의미와 그 교육학적 해석〉, 김형효 외, 《퇴계의 사상과 그 현대적 의미》, 한국정신문화연구원, 1997, 271쪽.

> 얻음이 없던 것이 왕왕 깨닫지 못하는 사이에 심목(心目) 사이로 드러난다. 주자가 백록동시(白鹿洞詩)에서 이른바 심원(深源)은 한가한 속에 얻어지고, 묘용(妙用)은 즐기는 곳에서 나온다 한 것이 이것이다.[18]

이렇게 작위적 노력을 비울 경우 그 자리를 채우는 것이 자연이고, 완락(玩樂)과 흥취(興趣)의 개념이다. 자연은 작위적 노력이 없는 모습을 가장 잘 제시한다. 인간사는 작위로 구성되는 반면에 자연은 무위의 모습을 가장 잘 보여 주는 것이다. 같은 태극을 나누어 갖고 있으면서도 자연은 인간이나 동물보다 무작위인 태극의 모습을 가장 잘 구현하고 있기 때문이다. 작위가 사라진 고요한 마음이 무위자연의 풍경 속으로 돌아갈 때 태극이 온전한 모습으로 현현한다.[19]

> '물'에 접하기 전 미발의 때가 곧 강생지초(降生之初)의 본연지성이다. 이는 전후 대소 없이 관통하여 다만 하나의 '이'일 뿐이다. 다만 '물'에 감응하자마자 그것을 잃는 것은 사람 때문일 뿐이다.[20]

미발의 중(中)이 곧 본연지성이며 통체태극(統體太極)으로서 큰 하나의 '이'다. 또한 그 '이'를 상실하는 것은 바로 인간 때문이다. 그 일리(一理)를 엿볼 수 있는 것은 미발 때의 마음이고 강생지초의 모습을 갖고 있는 산수자연일 것이다.

> 내가 홀로 완락재(玩樂齋)에 잘 때인데, 한밤중에 일어나 창을 열고 앉았더니, 달은 밝고 별은 깨끗하며 강산은 텅 비어 응연적연(凝然寂然)해서 천지가 열리기 직전의 세계인 것 같았다.[21]

---

18) 辛苦者亦必有時時虛閑休養意思 乃與向所謂忍辛耐苦不快活之功 互相滋益 不可闕一也 …… 其於俯仰顧眄之頃 優游涵泳之際 昔所辛苦而不得者 又往往不覺其自呈露於心目之間 朱子白鹿洞詩所謂 深源定自閑中得 妙用元從樂處生 是也[이황, 〈答李平叔〉(《도산전서 3》, 143쪽)].

19) 최진덕, 〈퇴계 이기심성론의 탈도덕형이상학적 해석〉, 《퇴계학보》 112집, 2002, 24쪽.

20) 未與物接之前未發之中 卽降生之初本然之性也 此事無前無後無小無大貫通只一理 只是纔感物後喪之者 人耳[이황, 〈與黃仲擧〉(《도산전서 2》, 159쪽)].

천지 속에서 천지가 열리기 직전의 세계를 문득 엿본 것은 세계의 근원과 미발 때의 마음을 연결하여 준다. 세계의 근원이 마음의 근원이기에 이를 체득하는 것은 마음이 가야 할 길을 파악하는 것과 같다. 그것은 응연적연한 고요한 상태에서 엿볼 수 있다. 세계의 근원적 질서와 동치가 된 이러한 마음을 도심(道心)이라고 한다면, "자연 속에서의 천리(天理) 관조(觀照)와 응연적연한 도심의 체현은 무한한 흥취를 낳아 자연스럽게 시정(詩情)을 유출"[22]하게 된다.

김이정에게 준 〈수정(守靜)〉은 바로 이 점을 시로 드러낸 것이다.

몸 지킴엔 흔들림 없음이 귀하고	守身貴無撓
마음 기름은 미발(未發)로부터라네	養心從未發
진실로 정이 근본 되잖으면	苟非靜爲本
움직여도 멍에 없는 수레 꼴이네	動若車無軏
내 성품이 산에 숨길 좋아하니	我性愛山隱
속세의 먼지가 사라진지 오래라네[23]	塵粉久消歇

미발 때의 마음 다스림은 산에 사는 것에서 잘 이루어졌다. 세상에 나와 보면 마음이 흔들리는 것을 느끼게 된다고 뒤에서 말했다. 산수자연에서 정(靜)을 지키는 것은 미발의 마음을 기르는 첫걸음이다. 또는 미발이 마음을 잘 기를 수 있는 것은 산수자연에서다. 두 수로 된 이 시의 앞 편은 〈근학(勤學)〉으로, '근학'과 '수정(守靜)'은 공부의 두 날개와 같다.

또한 작위적 '경'의 부작용에서 벗어날 수 있는 것은 완락과 흥취다. 완락은 공부에서 딱만 필요한 것이 아니라는 것을 알고, 즐긴다는 생각을 가져 '경'의 지나친 경직성을 벗어날 수 있게 한다.[24] 이를 도산서당

21) 某獨寢玩樂齋中 夜而起拓窓而坐 月星明槪 江山廖廓 凝然寂然 有未判鴻濛底意思(〈言行通錄〉 3 ; 정동화, 〈퇴계 이황의 산수시 연구〉, 단국대학교 석사논문, 1993, 31쪽 재인용).

22) 정동화, 위의 글, 31쪽.

23) 이황, 〈次韻奇明彦贈金而精 二首〉(《도산전서 1》, 139쪽).

24) 이런 점에서 주희의 가르침이 수양(修養) 정명(正名) 경륜(經綸)을 포괄하는 장대한

에서 거처하는 방의 당호로 삼은 것은, 주희를 공부하면서도 지나친 경직성을 경계하고 공부에서 즐거움과 즐김이라는 측면과 균형을 잡겠다는 의도로 보인다. '흥'은 '물'과의 만남에서 저절로 얻어지는 것이지 작위적이어서는 아니 된다. 작위를 벗어나면서 '물'을 수용할 수 있는 태도가 바로 흥취다.

이황은 이를 한수작(閒酬酌)이라 해서 긴수작(緊酬酌)과 대립시킨바, '의리의 조천처나 사위의 한수작도 정심처나 긴수작에 못지않게 우리의 심신을 바르게 하는'[25] 유용한 것임을 말하고 있다. 《주자서절요》에 있는 날씨 이야기, 정담, 완수유산(玩水遊山), 상시민속(傷時閔俗) 등에서도 유도자(有道者)의 기상을 얻을 수 있으며, 정심한 것에 오로지하기보다 깊음이 있고, 심지어 한수작을 좋아하지 않고 긴요하게 여기지 않는 사람은 덕고(德孤)하여 얻는 것이 없을 것이라고까지 하고 있다.[26]

'경'은 태극의 심원을 파악하기 위한 하나의 개념이지만, 이발의 작위적 노력의 때와 미발의 무위적 상태의 때에 따라 적용이 달라지는 두 가지 용처로 구분되는 것이다. 여기서 관심을 갖는 것은 후자의 경우며, 그것은 만물이 일리(一理)의 소산이라는 대전제 위에, 산수의 경치를 소재로 삼아 태극의 이치를 얻기 위한 것이면서 동시에 흥취를 수단으로 한다. 그리고 이 모든 요소의 융합 속에 이황이 생각하는 물아일체의 실체가 구현된다.[27] 이 전체 과정에 간여하는 것이 '경'이다.

규모인데, 성급하게 공을 세우려 하면 위험하다며, 송명(宋明)의 붕탕과 조선시대의 당화가 주희 자신의 학설에서 유래하는 점이 없지 않기 때문에 퇴계의 가르침이 "주자학자들이 가지기 쉬운 결점을 바로잡아 주는 측면이 있다는 점을 주목해야 할 것"이라는 지적은 일고의 가치가 있다[아베 요시오(阿部吉雄)/김석근 옮김, 《퇴계와 일본유학》, 전통과현대, 1998, 76쪽].

25) 김태안, 〈퇴계의 정심론〉, 《퇴계학》 3집, 안동대학교 퇴계학연구소, 1999, 6쪽.

26) 其或彼此往復之際 亦有道寒暄 敍情素玩水遊山 傷時閔俗等 閒酬酌似不切之語 間取而兼存之 …… 未必不更深於專務精深 不屑不緊者之德孤而無得也[이황, 〈答李仲久〉(《도산전서 1》, 307쪽)].

27) 신연우, 앞의 글, 55 · 64쪽.

일반적으로 성리학에서 말하는 '경'은 마음을 집중하는 것, 외적으로 엄숙한 태도를 갖는 것이다. 그러나 "퇴계 철학에서 '경'의 일차적인 의미는 우주론적인 관점에서는 자연의 생성과 조화라고 하는 지선(至善)의 경지에 대한 각성과 의식적인 합일의 노력이다."[28] 주일무적과 엄숙 태도는 '경'의 결과적 표현일 뿐이다. 중요한 것은 자연의 본성에 대한 각성인데, 이황은 그것이 정신집중의 측면과 함께 무심한 상태에서 얻을 수 있는 측면도 있음을 말하는 것이다.

이런 점에서 이황이 주희의 〈무이도가〉를 입도차제가 아니라 인물기흥으로 수용하는 현상을 이해할 수 있다.[29] '경'이 주일무적으로, 정신집중의 해이를 한 치도 허용할 수 없는 것이라고 한다면, 홍을 강조하는 그의 문학은 그의 학문이나 생활과 전혀 다른 별도의 것으로 편성해야 한다. 그것은 이황 이해의 바른 길이 아닐 것이다.

이황이 시에 대하여 대단히 긍정적이고 적극적인 견해를 갖고 있는 것도 이러한 견지에서 자연스럽게 이해된다. 이황은 "시가 사람을 그르치는 것이 아니라 사람이 스스로 그릇된다[詩不誤人人自誤]",[30] "시가 도를 배움에 방해된다고 말하지 말라[莫謂小詩妨學道]"[31]고 시를 적극적으로 옹호했다. 남시보에게 보낸 시에서는 "싹을 뽑는 것은 스스로를 상하게 하는 것[揠苗斯自傷]"[32]이라 하여 도를 구한다고 해서 조급해서는 안 된다는 점을 말하기도 했다. "하늘 땅 사이 조화가 비록 일이 많아도 오묘한 곳은 무심히 맡겨 두네[乾坤造化雖多事 妙處無心只付他]"[33]라고 하여, 천지간 조화의 궁

---

28) "결국 퇴계에서 '경'은 인간 주체의 도덕적 실천과 규범적 질서의 궁극적인 모범을 보여주는 순선한 질서로서 자연을 직각적이고 체험적으로 인식한다는 점에서 내면적이고 종교적인 대면이라 하겠다"(엄연석, 〈퇴계의 자연인식과 도덕적 지향〉, 《퇴계학보》 111집, 퇴계학연구소, 2002, 101쪽).

29) 이민홍, 《사림파문학의 연구》, 형설출판사, 1987, 106~134쪽.

30) 이황, 〈和子中閑居二十詠, 吟詩〉(《도산전서 1》, 101쪽).

31) 이황, 〈次權生好文〉(위의 책, 112쪽).

32) 이황, 〈奉酬南時甫見寄〉(위의 책, 83쪽).

33) 이황, 〈十六日山居觀物〉(위의 책, 1980, 121쪽).

극처는 무심히 맡겨 두는 것이 옳다는 자신의 생각도 시로 나타냈다.

이황이 연비어약과 물정(勿正), 물망(勿忘), 물조(勿助)의 뜻이 같다는 것을 설명하면서, 물정·물망·물조하는 등의 병통만 없다면 "마음의 본체가 드러나서 묘한 작용이 끊임없이 나타나 움직일 것이니 그 모양이 곧 하늘과 같다는 것"[34]이라고 말한 것을 떠올려야 한다. 연비어약의 시적 정취는 자연에서 이(理)의 본체를 마음이 파악하도록 하는 것인데, 그 과정에는 인위적 노력을 기울이지 않는 물정·물망·물조라는 마음이 필요하다. 그것은 또한 두보의 "홀로 선 나무 꽃 피어 절로 환하네[獨樹花發自分明]"를 인용하면서, 그 뜻이 "자기를 위함이니라, 군자는 억지로 위함이 없이 저절로 그러하다는 것이 이 뜻에 꼭 맞는 것이다"[35] 하고 풀이한 것과 같은 맥락이다. 이러한 시적인 기능은 물정·물망·물조를 통해 마음의 본체, '이'의 본체를 파지하기 위한 것과 연관하여 볼 수 있다.

4. 자연의 무위성(無爲性)[36]과 공능(功能)의 시적 표현

이황에게 태극인 '이'는 개념으로 보아 만물 이전의 것, 기(氣)가 근거하는 근본적이고 원초적인 것이다. 그 원초적 상태는 인간의 작위 즉, 마음이 발한 상태 이전의 모습, 미발 상태에서 포착하기가 더 쉽다. 미발 상태는 태극의 원초적 모습과 닮아 있을 뿐만 아니라 격물치지를 이

34) 정순목 편, 《퇴계평전》, 지식산업사, 1994, 258쪽.

35) 위의 책, 233쪽.

36) 이황에게 '무위성'이라는 용어가 적절하지 않아 보일 수 있다. 그러나 '한담(寒潭), 옥우(玉宇), 유인일실(幽人一室)을 고루 비치는 밝은 달빛을 무엇이라 할 수 없어서 이황도 선공(禪空)도 도명(道冥)도 아니라고 했을 뿐이다[月映寒潭玉宇淸 幽人一室湛虛明 箇中自有眞消息 不是禪空與道冥 ; 이황, 〈山居四時 各四吟 共十六絶〉(《도산전서 1》, 122쪽)]. 이 '담허명(湛虛明)'은 다른 곳에서 "至虛而至實 至無而至有 動而無動 靜而無靜"[이황, 〈답기명언별지〉(《도산전서 1》)]이라고 한 것이다. 이를 지금 무(無)면서 위(爲)인 '무위(無爲)' 말고 다른 말로 나타내기 어려워서 잠정적으로 사용한다.

루기 위해 필수적 전제가 되기도 한다.

자연은 격물치지의 대상물이면서 작위가 없다는 점에서 태극의 '이'를 가장 닮은 존재다. 이황이 상달의 형이상학에서 작위의 인간세계를 떠나 자연의 순수하고 무작위한 상태를 동경하는 것이 바로 이 때문이다. 자연이 갖는 사계절 질서의 측면에서 곧바로 인간사회의 윤리적 질서의 기본 개념을 얻기 위한 것으로 이해하는 것은 이황의 깊은 생각을 제대로 전하지 못하는 것이다. 그 질서라는 것은 자연의 무위성에서 나오는 공효(功效)의 한 측면이다.

자연은 무위면서 공효가 있다. 이것은 자연을 '무위이위(無爲而爲)'로 이해하는 노장적 관점과 닮아 있다.[37] 노장의 견해를 배척하는 이황은 노장적 사고가 인간과 자연의 구분을 아예 부정하는 것을 잘못이라고 보는 것이지만, 노장적 견해와 그의 견해가 상통하는 측면이 있음은 부인하기 어렵다. 그것이 드러나는 것이 신선이며 매화, 달빛 등을 소재로 한 시에서 도가적 소재로 이해될 수 있는 내용들이 자주 사용되는 이유다.[38]

이황 학문의 특별한 성취인 '이발설'은 바로 이 문제에 대한 이황 식의 해법으로 이해할 수 있다. 기대승이며 이이 등 석학들이 수용할 수 없었던 이 견해는, 이황이 '이'는 텅 빈 무위면서 동시에 유위(有爲)로서의 공효를 갖는다는 이중성을 해결하기 위한 방안이었다.[39] 이황의 견해에 따

37) 《언행록》 권4에는 이 점을 묻는 제자들의 질문이 여러 차례 등장한다. 제자들은 그가 쓴 '활발발지'라는 용어 자체도 석가의 것이 아니냐고 묻는다. 이황은 "하늘은 하고자 함이 없기 때문에 이기(理氣)의 유행이 절로 한순간의 멈춤도 없다. 사람 또한 일삼는 바가 있되, 기대, 잊음, 조장의 병이 없으면 본체의 드러남과 묘용의 드러나 유행함 또한 한순간의 간격이 없이, 그 기상이 이(연비어약의 천지)와 같아진다"고 했다. 이 논문은 이러한 인식과 법성현의 주일무적의 수행이 한 치의 간격 없이 이해되었던 이황의 사유방식을 이해하고자 하는 노력이다(정순목 편, 《퇴계평전》, 지식산업사, 1994, 257 · 258쪽).

38) 이동환, 앞의 글 ; 정석태, 〈이퇴계의 매화시〉, 고려대학교 석사논문, 1987, 64쪽 ; 이종석, 〈퇴계의 시문학 연구 — 매화시를 중심으로〉, 고려대학교 석사논문, 1975, 92쪽 ; 신연우, 앞의 글, 2002, 236 · 237쪽.

39) 정운채가 "물(物)에 대한 긍정적 관심에서는 성리학적 사유 속에 있지만, '물'의 미감

르면 '이'는 '활리(活理)'다. '이'는 '능발(能發)'하고 '자도(自到)'한다. 내가 '이'를 파악하는 것이 아니라, 나를 비우면 나의 '이'와 '물'의 '이'가 만나는 것이다. 그 만남이 회통이고 물아일체다. 산수자연이 곧바로 이치가 아니라, 산수 너머에 있는 원초의 이치를 얻어야 하는 것이다.

> 요산요수라는 성인의 말씀은 산이 인(仁)이고 물이 지(智)라는 것도 아니고, 사람과 산과 물이 본래 한 가지 '성'이라는 것도 아니다. 다만 인자(仁者)는 산과 비슷하니 산을 좋아하고, 지자(智者)는 물과 비슷하니 물을 좋아한다고 말한 것이다. 같다는 것은 인자와 지자의 기상과 의사를 가리켜 말한 것뿐이다. 주자집주를 보면 그 둘 밑에 '비슷하다'로 해석했으니 그 뜻을 알 수 있다. 그러므로 그 아래 글의 동정(動靜)의 가르침은 또한 체단으로써 말한 것이요, 낙수(樂壽)의 뜻은 효험으로써 말한 것이니, 모두 '인'과 '지'의 본연의 이치를 참으로 논한 것이 아니다. 아마도 성인의 뜻에 사람들이 인과 지의 이치의 미묘함을 쉽게 깨우치지 못하기 때문에, 이에 혹은 기상과 의사를 가리키고 혹은 체단과 효험을 가리켜서 반복 형용하여 형상을 통해 실제를 구하게 하여 지준(指準)과 모범의 극치로 삼고자 한 것뿐이지, 산과 물에 나아가 인과 지를 구하게 한 것은 아닐 것이다. 그러므로 내 생각에 그 두 즐거움의 뜻을 알고자 하면 마땅히 인자와 지자의 기상과 의사를 구해야 하고, 인자와 지자의 기상과 의사를 구하고자 하면 또한 어찌 다른 곳에서 구하겠는가? 내 마음으로 돌이켜 그 실질을 얻을 뿐이다. 진실로 내 마음에 인과 지의 실질이 있어 속으로 가득 차 겉으로 드러난즉 요산요수는 애써 구하지 않더라도 자연히 그 즐거움[樂]이 있게 될 것이다.[40]

(美感)이나 '물'의 존재 자체로 옮겨 가면 더 이상 성리학적 사유의 틀에 갇혀 있지 않게 된다"고 한 지적은 그러한 이중성에 대한 인식이다. 그러나 그 이중성을 굳이 성리학적 사유에서의 이탈이라고 할 필요는 없을 것이다(정운채, 〈퇴계 한시 연구〉, 서울대학교 석사논문, 1987, 77쪽).

40) 樂山樂水 聖人之言 非謂山爲仁而水爲智也 亦非謂人與山水本一性也 但曰 仁者類乎山 故樂山 智者類乎水 故樂水 所謂類者 特指仁智之人氣象意思而云爾 觀朱子集註 兩下有似字以釋之 可見其意 故其下文動靜之訓 亦以體段而言 樂壽之義 亦以效驗而言 皆非眞論仁智本然之理也 故吾恐聖人之意 豈不以仁智之理微妙 人未易曉 故於此或指其氣象意思 或指其體段效驗而反覆形容之 欲人因可象而求其實 以爲指準模範之極耳

이황이 자연 물물마다 도덕을 염두에 두고 바라본 것이 아니라는 말이다. 자연 물물은 그대로 아름답다. 그 아름다움을 느끼는 나의 마음이 '인'이며 '지'의 본체를 얻었을 때라면, 그 산수의 아름다움 또한 '인'이나 '지'로 나타난다. 이번에는 거꾸로 '인'과 '지'를 느꼈기에 마음이 충만해진다. 산수 자체에서 '인'과 '지'를 직접 도출한 것이 아니라, 사실은 산수를 통해서 자기 마음을 본 것이다. 그러나 그것은 산수가 없으면 안 될 일이었다. 산수 또한 나의 마음과 마찬가지로 '인'과 '지'의 실질을 갖고 있다. 그것은 산수의 현상 속에 묻혀서 드러나지 않는다. 내 마음이 그 경지가 된 뒤에야 그 실질이 마음에 들어온다.

"인'과 '지'의 실질'과 '요산요수'를 연결해 이해하는 이황의 방법이 산수시다. 그것은 몇 가지의 의상(意象)으로 나타난다. 자연의 활발발(活潑潑)·불변성·신선·매화 등으로 나타나는 순수함과 물조장(勿助長)의 한가로움이 그것이다. 이 연결은 무위여야 하지만 유위의 공효다. 무위면서 활발발·불변성·순수함·한가로움이라는 속성을 내포하고 있어서 이것을 파지(把持)하는 것이 "인'과 '지'의 실질'의 큰 문으로 들어가는 길이 된다. 이 길은 다음과 같은 몇 가지로 이루어진다.

첫째로 자연의 '활발발'은 '연비어약(鳶飛魚躍)'으로 대변된다.

솔개 날고 고기 뛰니 누가 시켜 그러한가!	縱翼揚鱗孰使然
활발한 그 움직임 천연(天淵)에 기묘해라	流行活潑妙天淵
강대에서 해 지도록 마음 눈 열어 놓고	江臺盡日開心眼
명성 한 큰 책을 세 번 거듭 외운다네[41]	三復明誠一巨編

춘풍에 화만산(花滿山)ᄒᆞ고 추야(秋夜)애 월만대(月滿臺)라

非欲其就山水而求仁智也 故吾以爲欲知二樂之旨 當求仁智者之氣象意思 欲求仁智者之氣象意思 亦何以他求哉 反諸吾心 而得其實而已 苟吾心有仁智之實 充諸中而暢於外 則樂山樂水不待切切然求 而自有其樂矣[이황, 〈答權章仲 丙辰〉(《도산전서 3》, 127쪽)].

41) 이황, 〈陶山雜詠, 天淵臺〉.

사시(四時) 가흥(佳興)ㅣ사롬과 훈가지라
흐물며 어약연비운영천광(魚躍鳶飛雲影天光)이ᅀᅡ 어늬 그지 이슬고[42]

많고 많은 뭇 사물이 어디로부터 좇아 있는가	芸芸庶物從何有
아득한 근원머리는 빈 것이 아니로다	漠漠源頭不是虛
옛 현인 느낀 경지를 알려면은	欲識前賢與感處
청컨대 정초(庭草)와 분어(盆魚)를 살펴보시게[43]	請看庭草與盆魚

이 시들은 태극의 이치가 활발한 자기작용을 하고 있음을 보여 준다. 천지 사이에 가득 찬 그 활발한 움직임, 그것은 정초와 분어, 솔개와 물고기 같은 자연물에서 단서를 얻을 수 있다. 뭇 사물과 근원머리, 일리와 만물을 통합해 이해할 수 있게 하는 것이 바로 자연이고 산수다.

그러나 그것은 '흥'과 함께 얻어져야 한다. 그 '흥'은 사람과 만물과 일리가 하나임을 자연을 통해 알게 되는 기쁨이다.[44] 자연이나 만물이 그 자체로 근원은 아니지만 그들을 통해 근원을 알 수 있다. 그 근원은 억지로 애써서 얻을 수 있는 것이 아니다. 한 걸음 뒤로 물러나 마음을 비우고 자연을 마음속에 받아들일 때 문득 얻게 되는 것이다.

둘째로 자연의 불변성이다.

누런 물결 넘치니 문득 모습 감추더니	黃濁滔滔便隱形
편안히 물 흐르자 비로소 분명하구나	安流帖帖始分明
어여쁘다, 저 달리고 부딪는 속에서도	可憐如許奔衝裏
천년을 반타석은 꿈쩍하지 않는구나[45]	千古盤陀不轉傾

---

42) 이황, 〈도산십이곡〉 언지 6.
43) 이황, 〈林居十五詠, 觀物〉.
44) "그것은 사람과 사시가흥의 무매개적 합일을 주장하는 것은 아닐 것이다. 퇴계는 시적 감동이라는 주체적 체험(體驗)=체찰(體察)을 매개하여 자연과의 합일로 나아간 것이다. 여기에 퇴계의 경공부(敬工夫)=존양성찰(存養省察)이 있다"(최진원, 〈陶山十二曲과 敬〉, 《한국고전시가의 형상성》, 성균관대학교 대동문화연구원, 1988, 35쪽).
45) 이황, 〈陶山雜詠, 盤陀石〉.

청산(靑山)는 엇뎨ᄒᆞ야 만고(萬古)애 프르르며
유수(流水)는 엇뎨ᄒᆞ야 주야(晝夜)애 긋디 아니는고
우리도 그치디 마라 만고상청(萬古常靑) 호리라[46]

이것은 이치의 불변성과 등가(等價)다. 현상세계는 끊임없이 변화하지만 '이'의 본성은 불변함이다. 인간사를 포함해 드러나는 현상 속에 '이'가 들어 있지만 현상만 보아서는 '이'를 알 수가 없다. 그러나 반타석이나 청산유수 등 자연물을 통해서 그러한 '이'의 모습을 찾을 수 있다. 그것은 반타석이나 자연물이 그 자체로 '이'라서가 아니다. 그것들에서 '이'와 같은 면을 찾아볼 수 있을 뿐이다. 그 찾음은 먼저 자기 마음에 그런 의상(意象)을 가질 수 있어야 가능한 일이다. 나의 마음에 '인'과 의(義), 불변의 가치에 대한 의상이 갖추어져야 산수자연에서 그런 모습을 찾을 수 있다. 이황 식으로 말하면 그럴 때에야 비로소 산수자연이 그러한 이치를 내게 열어 보인다. 그러한 만남은 일상적이지 않다. 오랜 수양을 필요로 한다. 그래서 감격이 되고 '흥'이 된다.

셋째로 신선이나 달빛, 매화 등으로 나타나는 순수함이다.

소나무와 국화는 대나무와 함께 도원의 세 벗	松菊陶園與竹三
매형은 어찌해 참여치 못 했나	梅兄胡奈不同參
내 이제 나란히 풍상계를 맺음은	我今倂作風霜契
매운 절개 맑은 향을 너무도 잘 알기에[47]	苦節淸芬儘飽諳

막고산 신선이 눈 내린 마을에 와	藐姑山人臘雪村
모양을 연단하여 매화 넋이 되었다네[48]	鍊形化作寒梅魂
내가 바로 포선이라 환골한 신선인데	我是逋仙換骨仙
그대는 학이 돌아오듯 요천에 내렸구나[49]	君如歸鶴下遼天

46) 이황, 〈도산십이곡〉 언학 5.
47) 이황, 〈陶山雜詠, 節友社〉.
48) 이황, 〈湖堂梅花暮春始開用東坡韻〉, 신호열 역주, 《국역 퇴계시 1》, 한국정신문화연구원, 1990, 59쪽.

연하(烟霞)로 지블 삼고 풍월(風月)로 버들 삼마
태평성대(太平聖代)예 병(病)으로 늘거가뇌
이듕에 ᄇᆞ라ᄂᆞᆫ 이른 허므리나 업고자[50]

신선을 등장시키는 것은 도가적 성향 때문이 아니라 '이'의 순수함을 드러내기에 깨끗하고 맑은 의상이 필요하기 때문이다. 달빛이나 매화의 순결함과 절개도 그런 역할을 한다.[51] 그 세계는 허물이 없기에 화자 또한 그 모습을 닮아 허물이 없고자 한다.

'활발발'은 움직임이 강조되는 말이고, 불변성은 움직이지 않음이 강조되는 말이어서 서로 배타적인 개념일 수 있다. 그것이 바로 태극을 알기 어려운 까닭이다. 움직이든 움직이지 않든 태극의 본성은 '기'의 탁함에 영향을 받지 않는 순수함을 지닌다. 이러한 세 가지 모습은 억지로 구해서 얻어지는 것도 아니다. '기'의 작용이 넘실대는 현실에서 한 걸음 물러나 몸과 마음을 고요히 하고, 잊지도 조장하지도 않아야 한다. 그것이 이황이 생각하는 자연스러움이다.

경(敬)을 주인함은 바로 의를 모으는 공력이라	主敬還須集義功
잊지도 말고 돕지도 말아야 점차 융통하리	非忘非助漸融通
태극 염계의 묘리 깨달음에 이르면	恰臻太極濂溪妙
비로소 믿으리다 천년의 이 즐거움[52]	始信千年此樂同

유란(幽蘭)이 재곡(在谷)ᄒᆞ니 자연이 듣디 됴해
백운이 재산(在山)ᄒᆞ니 자연이 보디 됴해
이 듕에 피미일인(彼美一人)를 더옥 잇디 몯ᄒᆞ애[53]

---

49) 이황, 〈代梅花答〉, 신호열 역주, 《국역 퇴계시 2》, 한국정신문화연구원, 1990, 196쪽.
50) 이황, 〈도산십이곡〉 언지 2
51) 이동환, 앞의 글, 261쪽.
52) 이황, 〈陶山雜詠, 玩樂齋〉.
53) 이황, 〈도산십이곡〉 언지 4.

의(義)를 모으는 공력인 '경'은 물망, 물조장의 자연스러움 속에 얻어진다. 물망, 물조장을 가장 구체적으로 실현하는 것이 산수자연일 것이다. 자라기를 급히 하지도 않고 아니 자라지도 않는다. 그런 속에서야 태극의 묘리를 얻어 볼 수 있다. 그것은 누구와 함께 할 수 있는 것도 아니다. 골짜기의 한 촉 난초처럼 깊고 고요한 속에 있으면서, 그 공효는 산 위의 구름처럼 평명(平明)하게 보편적인 것으로 드러나는 이치의 근본 모습을 이황은 잊지 못한다고 하는 것이다.

5. 맺음말

이황의 산수시는 그의 학문인 도학과 어긋나 보이는 면이 많다. 도학은 엄정하고 신고의 노력을 기울여 얻는 경지고, 산수시는 때로는 신선을 말하기도 하고 때로는 산수 속을 한가로이 거닐면서 긴장을 푼 마음을 보여 준다. 그의 철학이 세계적 주목을 받고 연구가 이어지는 것과 달리, 시문학은 널리 알려지지 않았다. 그의 시가 아니라 그의 철학이 중요하다고 생각하기 때문이다.

그러나 이황에게 시는 도학 탐구의 다른 측면이었음을 이해해야 한다. 동전의 한 면이 도학(道學)이라면 다른 한 면은 시작(詩作)이다. 그것은 우리 마음이 두 면으로 이해되기 때문이다. 하나는 마음이 발한 상태고 다른 하나는 발하기 전의 상태다. 발한 상태의 마음은 집중하여 도학의 내용을 탐구하는 데 바쳐져야 한다. 그러나 발하기 전의 마음도 마음이며, 그때에도 도학은 탐구되어야 한다. 이 경우 탐구의 방법은 각고면려(刻苦勉勵)나 긴장 속의 분석적 작업이 아니라, 도학의 근원에 대한 직관적 종합적 파악과 관계가 깊다.

"때때로 텅 비고 한가롭게 휴양하는 뜻을 가져야, 우유함영하는 사이에 전날 공부해도 얻음이 없던 것이 심목(心目) 사이에 드러난다." 이 드러남은 종합적 직관적 파악이다. 태극의 원래 고요한[靜] 모습에 다가설 수 있는 방법이다. 태극을 음양의 부단한 동정 상태로 볼 수도 있지만, 이황은 태극의 원 모습은 고요한[靜] 것으로 보았다. 그의 시에서 이는 흔히 매화의 모습이나 신선으로 비유되곤 한다. 이 고요함을 파악하는 것은 마음 역시 고요할 때다. 이것이 그의 시에서 마음을 고요하게 한다는 주지로 나타난다.

차원이 다른 것으로 여겨질 수 있는 이 두 측면을 하나로 아우르는 것이 그의 공부 방법인 '경'이다. 흔히 '경'은 주일무적이라 하여 몸을 바르게 하고 정신을 긴장하여 도학에 집중하는 측면만 강조되고 있다. 그러나 '경' 또한 동전의 다른 측면을 갖는 것이다. 그것은 긴장을 풀고 이완으로 들어가는 것이다. 이완 속에서 고요한 상태가 되어야 태극의 고요함을 파지할 수 있기 때문이다. 이황은 '경'의 이러한 두 측면을 함께 궁구했다. 철학 탐구에서는 주일무적의 '경'만 언급하기 일쑤지만, 시학에서는 그 긴장을 푸는 것이 '도'에 가까이 가는 것임을 알 수 있다.

실제로 이황은 이 둘을 함께 나타내고자 하는 시작품도 여럿 남기고 있다. '경'이라는 것도 이 두 측면을 하나로 잇는 것처럼, 시에서도 두 측면은 함께 나타난다.

푸른 노을 너머 땅을 사서	買地靑霞外
푸른 시내 옆으로 옮겨 사니	移居碧澗傍
깊이 탐하는 것은 돌과 물이요	深耽惟水石
크게 즐기는 것은 솔과 대숲이라	大賞只松篁
고요 속에 계절의 흥취를 보고	靜裏看時興
한가 속에 지난 꽃을 살펴본다	閒中閱往芳
사립문은 의당 외딴 곳에 있으니	柴門宜逈處
마음 일은 하나의 책상에 있네[54]	心事一書牀

푸른 노을 밖은 훤잡(喧雜)한 세속을 떠나 고요를 찾는 곳이다. 여기서 탐수석(耽水石)과 간시흥(看時興)의 '흥'이 있다. 이 '흥'은 정명도가 말하는 '사시가흥여인동(四時佳興與人同)'의 시흥인바, 이는 고요함 속에서 '물'과 '인'의 '이'를 파지하는 모양이다. 이는 탐(耽)이면서 상(賞)이 그 자체로 존중되어야 하는 것과 함께, 단순한 구경을 넘어 사물의 이면을 보아 내는[55] 감지력임을 드러낸다. 수석을 탐하는 것은 심사를 일서상(一書牀)에 두는 것과 다르면서도 같다. 책상 공부를 탐수석으로 잇고, 탐수석을 책상 공부로 잇는 순환은 이중성을 갖는 하나의 작용이다. 책상 공부가 학문 탐구라면 탐수석은 자연 친화요 작시인 것으로 이해해 볼 수 있다. 이 둘은 다른 것처럼 보이지만 하나를 위한 이중성이다.

결국 이황에게 도학과 시학이 현상적으로 다른 영역으로 배분되어 있는 것으로 보이지만, '경'을 통해서 하나로 연결된다고 할 수 있다. 오늘날의 우리는 이 둘이 서로 다른 영역에 놓여 있고, '경'이 이중적 성격을 갖고 있다고 생각하기 쉽다. 그러나 이황에게는 이 둘이 다른 영역이 아니었고, '경' 또한 이중적으로 여겨지지 않았을 것으로 생각된다. 그것은 하나인 마음이 갖는 체용의 적용이 다를 뿐이다. 도학이 가질 수 있는 '은(隱)의 자만'과 '일용처로서의 산수경치에 대한 시적 감동을 매개로 하여 자연과 합일'하는 것이 이황 시에서 그토록 강조되는 '온유돈후(溫柔敦厚)'다.[56]

이는 또한 이황의 시에서 도학과 미학이 다르지 않은 것으로 파악될 수 있음을 일러 준다. 이황의 시에서 흔히 도학만을 보기 쉽지만, 그는 도학과 미학을 하나로 파악했다고 생각한다.

(《민족문화논총》 28집, 영남대학교 민족문화연구소, 2003)

---

54) 이황, 〈溪居雜興 二首〉(《도산전서 1》, 63쪽).

55) 이진, 〈퇴계 성리학의 시문학적 변용양상 연구〉, 동국대학교 박사논문, 1992, 40쪽.

56) 최진원, 앞의 책, 27 · 35쪽.

이황 산수시의 양상과 물아일체의 논리

1. 머리말

퇴계 이황의 산수시를 성리학과 연관 지어 이해한 선행 연구는 많이 있다. 왕소(王甦)는 이황 시 전반에 대한 성실한 검토를 통해 시가 심학에도 절실하게 필요하며 산수가 시와 심성에 모두 도움이 된다는 일반론적이고 포괄적인 결론을 내렸다.[1] 손오규는 이황 산수문학을 종합적으로 정리해 주었다. 이황의 산수시가 관념적인 이상세계를 상정하지 않고 실재하는 산수를 아름다움의 대상으로 인식했다고 보고, 동시에 산수미를 가치로 인식하기에 산수의 미를 오직 정신의 세계에서 묘사하여 형사(形似)를 억제하고 정신적 가치를 드러낸다고 했다.[2]

이민홍은 이황이 견실하고 담백한 형상의식과 외물(外物)의 이념화를 통해 도심(道心)을 얻는 진락(眞樂)이라는 주제의식으로 산수문학을 정립했다고 했다.[3] 또한 성리학적 외물 인식이 물아일체(物我一體)의 사유와 연관되는 측면을 이론적으로 심화해 살폈다.[4] 김태안은 이황이 문

---

1) 왕소(王甦)/이장우 옮김, 《퇴계시학》, 중문출판사, 1997, 263쪽.
2) 손오규, 〈퇴계의 산수문학〉, 《산수문학연구》, 제주대학교출판부, 2000, 206~207쪽.
3) 이민홍, 〈퇴계 시가의 이념과 품격〉, 《조선중기 시가의 이념과 미의식》, 성균관대학교 출판부, 1993, 171~177쪽.
4) 이민홍, 〈성리학적 외물인식과 형상사유〉, 위의 책, 117~123쪽.

학을 정심(正心)의 기능으로 파악했다고 보고, 산수시의 흥취·한정(閑情)·언학(言學) 소재를 통하여 심성의 수양적 측면을 드러내고 있다고 지적했다.[5] 이동환은 주로 선계·달빛·매화를 활용한 도학시를 검토하고 이들 시에 보이는 청진(淸眞) 혹은 청정(淸淨)의 의상(意象)은 궁극적으로 그의 이(理) 철학에 대응되는 것이라 했다.[6] 이동영은 이황 시에서 특히 풍류가 자연과 인간의 두 측면을 구비하고 있음을 지적했다.[7] 최동국은 '이'라는 보편적 원리로 말미암아 주체나 객체로서 자아를 사상하고 보편적 존재로서 의의만을 갖게 된다는 점을 지적했다.[8]

이들 연구에서 보다시피 이황의 산수시는 '이' 또는 도(道)와 관련이 있다는 점, 산수라는 외물과 자아의 관계, '도'의 수양과 시의 흥취 측면 등에 대한 탐구로 모인다. 그러나 전체적으로 보면 선행 연구들은 이황 시를 도체(道體)와 연관된다는 점을 상세하게 지적했으나, 그것이 갖는 이황 성리학의 이론적 틀과의 연관성에 대한 언급은 구체적으로 하지 않았다고 보인다. 이민홍의 연구가 이론적인 면에서는 깊이 있게 이루어졌고 물아일체의 측면을 말하고 있지만, 다른 시인들의 작품에 깃들어 있는 물아일체와의 변별성에 대한 언급은 없다. 따라서 여기에서는 다음의 세 가지 점을 중점적으로 연관 지어 검토하고자 한다.

첫째, 이황의 산수시는 신라의 최치원이나 고려 문인들의 산수시와는 성격이 다르다. 그것은 흔히 성리학의 내용이 시에 융화되었기 때문으로 보인다. 이 경우 산수가 도체와 어떻게 관련되는가 하는 문제가 제기된다.

둘째, 산수시는 흔히 물아일체를 지향하게 되는데, 이황의 산수시도 그렇게만 말하고 말 것인가 하는 점도 고려해야 한다. 이황의 산수시가

---

5) 김태안, 〈퇴계시의 한 연구〉, 성균관대학교 박사논문, 1992, 124~127쪽.

6) 이동환, 〈퇴계의 시작 개황과 그의 작품세계〉, 이우성 엮음, 《도산서원》, 한길사, 2001, 261쪽.

7) 이동영, 〈영좌시가와 그 양상〉, 《조선조 영남시가의 연구》, 부산대학교출판부, 1998(재판), 131~137쪽.

8) 최동국, 〈물아일체의 '物我'의 의미〉, 《인천어문학》 9집, 인천대학교, 1993, 3~12쪽.

다른 산수시와 같지 않은 점을 설명하려면 물아일체 일반론에 포함하고 말아서는 안 될 것이다.

마지막으로, 이황은 산수시에서도 흥(興)을 강조하는 부분이 많다. 이황이 말하는 '흥'은 그의 '도'와 어떤 연관이 있는지도 설명해야 한다.

2. 이황 산수시의 작품 양상

왕소는 이황 산수시의 작품세계를 술회(述懷), 산수(山水), 감사(感事), 영물(詠物) 등으로 구분해 소재 또는 제재상의 분류를 하고, 손오규는 "천석고황(泉石膏肓)과 상심(賞心), 백운재산(白雲在山)과 미(美)의 소재(所在), 왕래풍류(往來風流)와 상자연(賞自然), 만고상청(萬古常靑)과 집중(集中)"이라는 네 범주의 주제로 구분해 고찰한 바 있다. 이런 구분은 작품의 전체적 윤곽을 보여 주기는 좋지만, 연구자의 주관성 개입이 커서 일정한 기준에 따른 작품 제시가 필요하다고 여겨진다. 이황의 시가 '이' 또는 '도'와 일정한 관계를 갖고 있는지 여부가 늘 지적되므로, '이' 또는 '도'가 드러나는지 여부에 따라 이렇게 정리해 볼 수 있다.

첫째, '이'는 감추어져 드러나지 않고 자연스러운 서경(敍景)만 보이는 시, 둘째, 자연물에서 '이'를 직접 끌어내는 시, 셋째, 흥취를 드러내는 시 등 세 가지다. 이는 이미 이이가 산수를 눈으로 볼 뿐인 사람, 산수의 취(趣)를 아는 사람, 도체(道體)까지 아는 사람으로 나눈 것에 따른 것이며,[9] 조동일이 이규보 · 정극인 · 서경덕 · 이이 · 김인후 · 기대승의 말을 토대로 "산수시는 경치를 그려 흥취를 나타내고 이치를 전한다"고

9) 天壤之間 物各有理 上自日月星辰 下至草木山川 微至糟粕煨燼 皆道體所寓 無非至教 而人雖朝夕寓目不知厥理 卽與不見何異哉 士之遊金剛者 亦目見而已 不能深知山水之趣 則與百姓日用而不知者 無別矣 若洪丈可謂深知山水之趣者乎 雖然 但知山水之趣而不知道體 則亦無貴乎知山水矣(이이, 〈洪恥齋仁祐遊楓嶽錄跋〉, 《栗谷全書》 권 13. 跋).

규정한 바를 이용한 것이기도 하다.[10] 차례로 작품을 예시(例示)하여 살펴보겠다.

첫째, '이'는 드러나지 않고 자연스러운 서경만 보이는 시다.

봉우리는 쫑긋쫑긋 물은 좔좔 흐르는데	烟巒簇簇水溶溶
새벽이 밝아 오자 붉은 해 솟으려 하네	曙色初分日欲紅
시내 위에서 기다려도 그대가 아니 와서	溪上待君君不至
채찍 들고 내 먼저 그림 속에 들어 가네[11]	擧鞭先入畵圖中

여러 제자들과 청량산에 들어가기로 한 새벽에 산 입구의 모습을 그린 것이다. 전반부는 어느 산에서나 흔히 볼 수 있는 일반적인 풍경을 그렸다. 후반부도 산 경치가 그림 같다는 말일 뿐이어서 특별한 의미를 찾을 것이 없다. 이미 정도전(鄭道傳)도 '내가 그림 속에 들어가 있는지 모르겠다[不知身在畵圖中]'고 한 바 있으니 아름다운 산 경치를 나타내는 일반적인 표현을 썼을 따름이다.

그림 같은 산과 화자(話者) 그리고 그대가 세 부분인데, 산의 경(景)과 그대를 기다리는 정(情) 가운데서 경(景)을 택한 것이 화자의 '정'이 되는 구도다. 이렇게 해서 산의 경이 화자의 '정'과 하나가 되었다. 화자의 '정'이 산의 경 속에 들어감으로써 산의 경은 산의 '정'이 되고 화자의 '정'은 산의 크기만큼 커졌다. 물(物) 속에 아(我)를 넣어 버림으로써 이 시는 물아일체의 정경을 이룬다.

계도(桂棹)라 난장(蘭槳)이라 한 잎사귀 배	桂棹蘭槳一葉舟
가을 서린 맑은 강 한 필 깁 같네	澄江如練靜涵秋
하룻저녁 갈바람 끝없이 부니	無端一夕西風急
해오라비 놀래어 딴 물가로 날아가네	鷗鷺驚飛過別州

---

10) 조동일, 〈산수시의 경치, 흥취, 이치〉, 《한국시가의 역사의식》, 문예출판사, 1993, 138쪽.
11) 이황, 〈到川沙待李大成未至〉.

강 위라 맑은 바람 값을 치면 만금인데 江上淸風直萬錢
가을날 조각배를 살 계책이 전혀 없네 扁舟無計買秋天
어여쁘다 밝은 달 정겨운 벗과 같아 可憐明月如相識
산 새로 다가와서 둥그렇게 비춰주네[12] 猶向山間盡意圓

이 시에서 가을 강 위로 배를 저어 가니 해오라기가 날아간다는 1연과, 바람이 좋고 달이 정겹더라는 2연은 모두 가을날 강 주변의 경치를 보여 줄 뿐이다. 고요한 강물이 비단 같다고 느끼고, 바람이 만금 값이며 달이 정겹다는 화자의 인상 정도로는, 화자가 자연에 대하여 어떤 해석을 하거나 의미를 부여하는 것이라 할 수 없다. 그것은 화자가 자연에 친압(親狎)한 정도를 나타낸다.

그렇지만 1, 2연의 의상(意象)은 조금 다르다. 가을 강 위를 배를 타고 가는 것은 마찬가지지만, 1연에서는 해오라기가 놀라 날아가는 모습으로 고요하기만 한 풍경에 변화를 주었다. 2연에서는 그 움직임을 달빛의 원융함으로 포용해 안정감을 되찾고 있다. 이러한 모습에서 이황이 지향하는 전체적 조화와 안정에 대한 바람을 읽어낼 수 있다. 일상의 흐트러짐은 언제든 일어날 수 있는 것이지만, 달빛과 같은 조화의 원리는 그러한 흐트러짐을 다시 안정시킬 수 있다고 본다면 이황의 사상적 맥락과 끈이 닿았다고 하겠다.

둘째, 자연물에서 '이'를 직접 끌어내는 시를 보자.

그윽한 꿈 깨고 나니 봄날의 새벽 幽夢罷春曉
빗소리 들리더니 온 절이 맑네 聽雨僧寺淸
옷자락을 걷어잡고 일어나 보니 披衣起來看
뜨락에 푸른 풀이 한창 돋누나 小庭靑草生
주룩주룩 기스락물 쏟아지는데 濺濺中霤瀉
콸렁콸렁 동녘 시내 메아리치네 決決東澗鳴

---

12) 이황, 〈偶題二節〉(신호열 역주, 《국역 퇴계시》 2, 한국정신문화연구원, 1990, 49쪽).

뉘라서 알리오 저 허공 속이란	雖知太虛中
고요하여 본래가 소리 없으니[13]	寥寥本無聲

봄날 비에 풀이 자라는 것과, 낙숫물 소리, 시냇물 소리 등을 표현한 6구까지는 경치를 묘사한 것에 지나지 않아 보인다. 그런데 미련(尾聯)에서 문득 태허(太虛) 속에는 아무 소리가 없다는 말이 나온다. 빗소리, 낙숫물 소리, 시냇물 소리를 여럿 나열하여 청각적 효과를 배가하더니, 돌연 그 소리의 근원머리[源頭處]에는 아무 소리가 없다고 한 것이다. 그러고 나서 다시 앞 수련(首聯)을 보니 '온 절이 맑다'는 말이 예사로 보이지 않는다. 절에서 느꼈던 그 고요함이 원래의 고요함을 드러내 준다. 빗소리 등은 아무리 거세도 지나가는 소리에 지나지 않는다. 일상 현실의 소리 속에 소리가 없는 세계를 볼 수 있어야 한다는 가르침이 이 안에 들어 있다.

이렇게 자연을 '이'를 숨기고 있는 현상으로 보면 나중에는 자연의 이념적 성격이 강하게 부각된다. 자연이 대상물로서 자격을 상실하고 체계화된 관념을 대변하는 소재로 주제화된다. 〈정초(庭草)〉를 그 예로 든다.

뜨락의 가는 풀이	閒庭細草
조화로 돋고 돋네	造化生生
선뜻 봐도 도(道)가 들어	目擊道存
임의 의사 이렇듯 꽃다왔네	意思如馨
뜨락 풀과 임의 의사 일반이거니	庭草思一般
뉘 능히 은미한 뜻 헤아리리오	誰能契微旨
그림, 글에 천기가 드러났으니	圖書露天機
마음을 갈앉힘에 달려 있다오[14]	只在潛心耳

---

13) 이황, 〈對雨次客舍聽雨韻〉(신호열 역주, 위의 책, 187쪽).
14) 이황, 〈庭草〉(신호열 역주, 위의 책, 32쪽).

뜨락의 풀이 돋는 모습에서 자연의 도를 보았다. 의사(意思)라고 한 것은 풀만의 의미가 아니라 자연 전체를 의미하는 '일반청의미(一般淸意味)'의 뜻이다. 2연에서는 그 뜻은 은미(隱微)하다고 했다. 현상으로 쉽게 드러나는 것이 아니기에 잠심하여 천기를 살펴야 한다는 것이다. '정초'는 '어약연비'와 마찬가지로 자연의 생의(生意)를 나타내는 성리학적 표현이다. 이 시는 경치보다는 도학적 의미를 드러내기 위해 자연의 소재를 이용한 것이라 할 것이다. 다음 시도 마찬가지다.

넘실넘실 흘러라 저 이치 어떠하냐	浩浩洋洋理若何
이와 같단 한탄을 공자님이 말하셨네	如斯曾發聖咨嗟
다행히 도의 전체 이로써 보았으니	幸然道體因玆見
잠시나마 공부를 사이 뜨게 말아다오[15]	莫使工夫間斷多

이 시는 도산서원 안에 있는 제자들의 숙소인 농운정사의 마루인 '관란헌(觀瀾軒)'을 제목으로 하고 있다. 쉬지 않고 흐르는 물의 모습을 소재로 하고 있지만, 사실은 흘러가는 물의 '이'를 말하고 싶은 것이다. '이'를 말하기 위하여 물을 이용했다.

정초나 흐르는 물은 현상 그 자체로서의 의미를 갖지 않는다. 그것의 의미는 숨겨져 있으며 찾으려 애써야 하고, 찾았다면 지키려 애써야 한다. 이런 시들이 이황 시에서 가장 도학적인 성격을 이루는 것이며, 한편으로는 비시적인 인상, 개성의 결여라는 느낌[16]을 주기도 하고, 현실과 무관한 시작이라는 비판[17]을 낳기도 한다.

셋째로 흥취를 드러내는 시도 상당히 많다.

15) 이황, 〈觀瀾軒〉(신호열 역주, 위의 책, 26쪽).
16) 김영수, 〈퇴계 한시문학의 특색에 관한 시론〉, 《퇴계학연구》 6집, 단국대학교 퇴계학연구소, 1992, 129쪽.
17) 최신호, 〈문학론에 있어서의 理氣, 道氣, 神氣의 문제〉, 《국어국문학》 105, 1991, 168~169쪽.

산에 살면 더 깊이 못 사는 게 한이어서	居山猶恨未山深
이른 새벽밥을 먹고 다시 가 찾아 보네	蓐食凌晨去更尋
눈에 드는 뭇 봉우리 나를 만나 반갑단 듯	滿目羣峯迎我喜
구름 걷고 맵시 지어 맑은 음을 도와주네[18]	騰雲作態助淸吟

산봉우리가 구름 걷고 맵시를 짓는 모습은 경치 묘사일 뿐만 아니라 그로 말미암아 나의 '흥'이 일어나게 하는 구실을 한다. '흥'의 결과로 작자는 시를 짓는다. 내가 시를 짓는 것은 나 혼자만의 일이 아니라 산이 도와주기 때문이다. 자연과 내가 교융(交融)하는 곳이 '흥'이 나는 곳이고 시가 이루어지는 현장이다.

읊어도 흥을 못 다하고 그려도 변화를 못 다하네	吟不盡興 畵不盡變
봄이면 수(繡)가 어울리고 가을이면 노을이 빛나네	春濃繡錯 秋老霞絢

겹겹이 둘러싸인 원근의 형세	遠近勢周遭
아득아득 연기 서린 숲이로구려	漠漠迷烟樹
고개 들어 바라보니 구경 좋아라	延望足玩心
아침, 저녁 변태가 많기도 하이[19]	變態多朝暮

〈도산잡영〉 26절 가운데 〈연림(煙林)〉이다. 산의 아름다운 경치에 시를 읊어도 보았지만 그 '흥'을 다 못했다고 한다. '흥'은 순간의 감흥이지만 산수는 순간순간이 지속적으로 영원히 이어지는 것이기 때문이다. 하나의 시에 봄의 모습과 가을의 모습을 다 드러낼 수가 없으니 막연하게 '수(繡)가 어울리고 노을이 빛난다'는 범속해 보이는 표현으로 되돌아갈 뿐이다.

번역문으로는 잘 드러나지 않지만 5언의 3구에 보이는 '완심(玩心)'이라는 말도 주목할 일이다. 이 산과 숲의 경치는 마음을 즐겁게 한다. 마음이 고요하기만 하지 못하고 흔들리게 하는 것이 '흥'이다. 그 '흥'은 아

18) 이황, 〈約與諸人遊淸凉山馬上作〉(신호열 역주, 앞의 책, 134쪽).
19) 이황, 〈陶山雜詠, 煙林〉(신호열 역주, 위의 책, 40쪽).

침과 저녁으로 다양하게 변하는 모습을 보여 주는 산수경에 따라 아침 저녁으로 마음을 움직인다.

이 '흥'은 이치를 벗어나지 않는 '흥'이다. 이황은 '이'가 전체로 하나이기도 하지만 '물'에 따라 다르기도 하다고 했다. 이 '흥'은 물물(物物)의 변하는 모습에서 발견하는 '이'가 자신의 마음을 움직이는 데서 오는 '흥'이다.

이상에서 간략하게나마 이황 산수시의 세 가지 양상을 정리했다. 물론 모든 시가 이렇게 칼로 금 긋듯이 분류되지는 않는다. 경치만 묘사한 곳에서도 흥취나 이치를 읽어낼 수 있고, 이치를 나타내는 데 경치는 관념적이고 막연하게만 드러날 때도 있다. 그러나 이 세 가지 양상을 결합하면 이황 산수시의 전체적 윤곽을 파악할 수 있다는 것도 분명하다.

다른 모든 산수시와 마찬가지로 이황 산수시도 경치 · 흥취 · 이치의 세 요소로 이루어져 있는데, 문제는 이황 산수시의 그것들은 어떤 내용으로 구체화되어 있으며, 그 특성은 무엇인가 하는 점을 규명하는 것이다. 나아가 각 요소의 내용을 개별적으로 이해하기보다 상호 관계 속에서 이해하는 것이 더 나은 해명이 될 것이다. 또한 이황 산수시도 물아일체라는 산수시의 일반적인 미적 지향을 공유하고 있지만, 이황 산수시의 변별성은 무엇인가 하는 점까지 설명해야 할 것이다.

3. 경치 · 흥취 · 이치의 관계 특성

이황 산수시가 경치 · 흥취 · 이치의 세 요소로 이루어져 있고, 경치에서 이치나 흥취를 찾을 수 있다는 것은 이언적이나 윤선도 등 전후의 많은 시인들에게도 똑같이 적용될 수 있는 평범한 지적일 뿐이다. 이황의 시가 도학 또는 정심(正心)과 연관되어 있다는 지적도 이제는 상식적 발언 이상의 의미를 갖지 못한다. 다만, 이 세 요소가 서로 맞물리며 관계를 맺는 양상에서 이황 산수시의 종합적 성격을 이해하는 작업이 아직 이루어지지 않았다.

먼저, 이황 시에서 산수가 이치를 드러내는 소재로 사용된 점은 널리 알려져 있는 바와 같다. 앞에 보인 〈대우차객사청우운(對雨次客舍聽雨韻)〉이라는 시에서 봄비에 쿨렁쿨렁 울리는 메아리 소리를 들으며 화자는 그 소리라는 현상 너머의 근원머리[源頭處]는 고요하여 소리가 없는 곳임을 말한다. 즉, 물소리는 이치의 근본에 대한 상념을 하게 하는 소재다.

이황 시가 이치에 대한 탐구의 성격을 갖는 것은 그가 이미 19세에 지었다는 널리 알려진 시 〈유춘영야당(遊春詠野塘)〉에도 보였다. 첫 구는 이슬 머금은 풀이 연못가에 둘러 있다 하여 경치를 제시할 뿐 다른 뜻은 없어 보인다. 그러나 2구의 모래도 없는 작은 연못으로는 심체(心體)의 맑음을 드러내었고, 3구는 투명한 마음이 사물을 그대로 투영함을 말했다. 4구에서는 '제비가 물결을 찬다[燕蹴波]'로 마음의 흔들림을 비유했다. 이는 바로 경치에서 이치를 찾아내는 것을 말한다. 이를 '관물찰리(觀物察理)'[20]라고 할 수 있다. 이것이 선명하게 드러나는 시는 〈임거십오영(林居十五詠)〉 가운데 〈관물(觀物)〉이다.

만물이 하고 하다 어디서 나왔는가	芸芸庶物從何有
근원머리 아득하다 빈 것은 아니로세	漠漠源頭不是虛
전 어진이 느끼던 그곳을 알려면	欲識前賢與感處
정초(庭草)와 분어(盆魚)를 유심히 살펴보게[21]	請看庭草與盆魚

'물'을 왜 살펴보는가? 옛 성현들이 감흥하던 곳을 느껴 알기 위해서이다. 그곳은 바로 근원머리며 만물의 시원, 태극 또는 '이'다. '물'을 살펴 '이'를 본다는 것은 이황 산수시의 기본 전제다.[22] 약 100수에 이르는

---

20) 이종묵, 〈성리학적 사유의 형상화와 그 미적 특질〉, 《한국한시의 전통과 문예미》, 태학사, 2002, 115쪽.

21) 신호열 역주, 앞의 책, 9쪽.

22) '물'에서 어떻게 '이'를 보는가 하는 점은 이 글 '4. 물아일체의 논리와 물아분별의 논

매화시에 등장하는 매화나 신선의 풍모 또한 '이'의 표상물이라는 점은 이미 여러 연구자들이 지적한 바와 같다.[23] 이황 산수시에서 경치와 이치의 관계는 '관물찰리(觀物察理)'라는 용어로 정리할 수 있다.

경치는 흥취와도 관계를 갖는다. 보통의 경우 사실은 이것이 더 직접적이고 일반적이다. 대다수의 산수시가 '흥'과 관련되어 있다. 이황의 시에도 흥겨움 그 자체를 그린 시도 많다. 〈삼월초팔일(三月初八日) 독유신암(獨遊新巖) 육절(六絶)〉[24]에 있는 여섯 수의 시는, 모두 봄날 산 속에서 만나는 탈속의 아름다운 경치가 불러일으킨 감흥을 표현하고 있다. 1연에서 '샘 바위가 불러 이끄니 흥이 멎지 않네[泉石招引興未停]'라고 한 데 이어, 2연에서는 전옹(田翁)에게 천석을 물어보는 동적인 흥겨움을 제시하고, 시각·청각의 이미지를 중첩하며 몇 해 동안 바랐던 탐승(探勝)의 기쁨을 토로하고 있다.

낚대 들고 돌에 앉아 한가히 시 읊자니	把釣閒吟坐石磯
지는 해가 숲 밖에 걸린 줄도 몰랐다오	不知林表掛斜暉
돌아오자 온 방안이 물처럼 해맑은데	歸來一室淸如水
몸에는 반쯤 젖은 베옷을 입고 있네[25]	身上猶看半濕衣

'흥'이니 '낙'(樂)이니 하는 말을 사용하지는 않았지만 화자가 몸과 가슴 가득히 느끼는 '흥'의 모습이 여실하게 그려져 있다. 낚시 들고 시 읊는 것은 고기 낚는 것 자체에 관심이 있는 모습이 아니다. 주변 경치를

리'에서 상술한다.

23) 최진덕, 〈퇴계성리학의 자연도덕주의적 해설〉, 김형효 외, 《퇴계의 사상과 그 현대적 의미》, 한국정신문화연구원, 1997, 156·161쪽 ; 정석태, 〈이퇴계의 梅花詩〉, 고려대학교 석사논문, 1987, 64쪽 ; 홍우흠, 〈퇴계의 梅花詩에 대한 연구〉, 《인문연구》 4호, 영남대학교, 1983, 28쪽 ; 김태안, 앞의 글, 103쪽 ; 신연우, 〈이황의 매화시와 도산십이곡의 관련성〉, 《한국시가연구》 11집, 한국시가학회, 2002, 248쪽.

24) 신호열 역주, 앞의 책, 212쪽.

25) 이황, 〈溪上偶吟〉(신호열 역주, 위의 책, 12쪽).

감탄하느라 자기 '흥'에 겨워 해가 지는 것도 몰랐다 했다. 그런데 집으로 돌아오자 방안이 낚싯대 드리웠던 물의 해맑은 모습을 그대로 보여주고 있다. 낚시터의 정경이 방안으로 옮겨간 것은 경물로 말미암아 화자의 '흥'이 돋워진 것을 보여 준다. 그런가 하면 다음과 같은 시는 조금 달리 보인다.

하늘가로 가는 구름 봉우리가 천만인데	天末歸雲千萬峯
푸른 물결 푸른 뫼에 저녁노을 붉었구려	碧波青嶂夕陽紅
막대 끌고 서둘러 대 위에 올라앉아	携筇急向高臺上
만 리라 긴 바람에 옷깃 열고 한 번 웃네[26]	一笑開襟萬里風

산에 오르니 구름·산봉우리·저녁놀 등 보이는 경물이 '흥'을 돋우었다. 서둘러 대 위에 올랐다는 것은 화자의 '흥'을 보여 준다. 그곳에서 긴 바람에 옷깃을 열고 한 번 웃는 모습은 누구나 겪을 수 있는 일을 그대로 나타냈다고 할 수 있다. 땀 흘리고 올라와서 시원한 바람에 옷깃을 열고, 한 번 웃음에 가슴이 열리는 경험은 누구나의 것일 수 있다.

여기서 호연한 기상을 볼 수는 있지만, 호연지기를 드러내기 위해 이 시를 지었다고 볼 수는 없다. 이 시는 이황 산수시의 특성을 갖는다기보다 산수시 일반의 평범한 진술에 지나지 않는다고 볼 수 있다. 아름다운 경치로 말미암아 화자가 '흥'을 느낀다는 평범한 원리의 재현에 지나지 않는 것이다. 이것을 이황의 시라고 해서 공자 맹자를 끌어대며, 산에 오르는 모습이 호연지기의 수양을 위한 의도적 행위인 것으로 이해해서는 안 될 일이다.

'물'에 촉발되어 화자의 감흥이 일어난다는 것은 서정시 일반의 보편적 원리다. 그 감흥을 도학과 관련짓지 않는 것을 '인물기흥(因物起興)'이라고 할 수 있다.[27] 이황 산수시를 굳이 도학과 연관 지으려는 강박

---

26) 이황, 〈夕霽登臺〉(신호열 역주, 위의 책, 85쪽).

관념을 갖지 않는 것이 이황 시를 이해하는 바른 길일 것이다. 다른 많은 사람들이 조도시(造道詩)로 읽고 있는 주희의 〈무이도가(武夷櫂歌)〉의 경우, 이황 자신이 입도차제(入道次第)가 아니라 인물기흥(因物起興)의 관점을 가진 것도 같은 맥락이다.[28]

이렇게 보면 이황 산수시는 같은 경물을 놓고 한편으로는 이치를 궁구하는 수단으로 사용되기도 하였고, 다른 한편으로는 '흥'을 드러내는 더 순수한 시로 창작되기도 했다. 〈도산잡영〉은 7언 18절과 5언 26절의 두 부분으로 구성되어 있는데, 7언시의 학(學)의 모습보다는 5언시 부분에서 자연 자체에서 느낀 '흥'이 더 직설적으로 구체화되어 있는 것은 이황의 시가 이런 두 가지 요소로 이루어져 있음을 잘 보여 준다고 할 것이다.[29] 그래서 아무리 '흥'을 강조한다 해도 이황의 시에서 '흥'은 감정의 고삐를 놓아 버리는 데에 이르는 것은 없다고 보인다. 오히려 흔히 배타적이기 쉬운 이 두 요소를 하나로 융회(融會)하려는 데서 이황 산수시의 모습이 가장 잘 드러난다고 할 수 있다.

높은 대 활짝 트여 조망이 하 좋으니	高臺臨眺敞無儔
이제는 온갖 일을 강 낚시에 맡기련다	萬事如今付釣洲
초막에 저 솔개는 유유히 날아가고	綃幕悠揚雲翼逸
금파(金波)라 고기떼는 발랄히 뛰노누나	金波潑剌錦鱗遊
풍우(風雩)의 그 멋이야 설명조차 어렵거니	風雩得處難名狀
수락(壽樂)을 부르자면 몸 밖에서 찾을 건가	壽樂徵時詎外求
늙은 나는 세월을 헛되이 보냈는데	老我極知蹉歲月
다행히도 옛 책에서 숨은 이치 발견했네[30]	遺編何幸發潛幽

27) 이민홍은 '입도차제'와 짝이 되는 용어로 '인물기흥'을 사용하였으나, 여기서는 인물기흥과 함께, 도학 수양의 과정, 순서 개념보다는 '이'를 드러내는 모습을 강조하여 관물찰리라는 용어를 사용했다(이민홍, 〈성리학적 외물인식과 형상사유〉, 앞의 책, 118쪽).
28) 이민홍, 《사림파 문학 연구》, 형설출판사, 1987(수정증보), 111쪽.
29) 신연우, 〈도산잡영과 도산십이곡에서의 흥(興)〉, 《국어국문학》 133, 국어국문학회, 2003.
30) 이황, 〈도산잡영, 천연대〉(신호열 역주, 앞의 책, 2쪽).

천연대(天淵臺)는 도산서원 앞쪽 탁영담 위 겹겹이 포개져 10여 길이나 되는 바위의 대(臺)다. 〈도산잡영 병기〉에는 "그 위를 쌓아 대를 만드니 송가(松架)가 해를 가리고 위로는 하늘과 아래로는 물과 새와 고기가 날고, 뛰며 좌우 취병의 그림자가 흔들리어 새파랗게 잠기어서 강산의 승경을 한번 보아 다 터득할 수 있다. 그래서 이름을 천연대라 했다"[31]고 했다. 이런 곳을 "마음이 쏠리는 대로 따라가서 소요하고 배회하며 눈길이 닿는 대로 '흥'이 발동하고 경치를 만나면 취미를 이루다가 '흥'이 다하여 돌아오면 온 집안이 고요하고 도서는 벽에 가득하다"고 한 것이 만년의 생활이었다.

대(臺)와 그 아래 낚시할 강물이 있는 것을 시의 처음에 제시했다. 다음 연에서 솔개가 날고 고기가 뛰는 것은 그곳에서 바라본 실제 풍경이다. 그런 경치를 만나고 바라보면서 생긴 '흥'은 옛날 공자와 관련 있다는 '욕호기(欲乎沂) 풍우무우(風于舞雩)'[32]에서 따왔다. 여기까지는 화자가 경물에 촉발되어 생긴 흥취를 옛 일에 비추어 표현한 것이다. 그런데 미련(尾聯)에서 숨은 이치를 찾았다고 했다. 그것은 '유편(遺編)' 즉《중용》 12장의 연비어약의 이치를 말한다.

그러고 보면 앞 구절에서 솔개가 날고 고기떼가 뛰어 논다는 것과 같은 내용이 된다. 서원 앞에서 실제로 보는 자연현상들이 옛 책에서 본 만물의 이치와 똑같다는 사실을 알게 된 '흥'이 이 시 전체의 흥취다. 그것은 경련(頸聯)에서 함축되었다. 풍우의 그 멋은 천연대 앞의 자연현상을 만나서 촉발되었다. 그런데 그 즐거움은 '어찌 몸 밖에서 구할 것인가' 하고 설의적 의문을 보였다. 그 즐거움은 밖에서 구할 것이 아닌 것이다. 밖의 경물을 보고 생긴 즐거움을 왜 밖에서 구할 것이 없다고 하는가?

그것은 그 즐거움이 이미 내 안에도 있기 때문이다. 외부 경물로 말미

31) 신호열 역주, 위의 책, 16~17쪽.
32)《論語》,〈先進〉.

암아 그 즐거움에 대해 알게 되었지만, 실은 이미 내 안에 갖고 있는 즐거움이었다. 그것은 외부 경물의 이치와 내 안의 이치가 하나라는 것을 알게 된 즐거움이고, 옛 책을 통해 확인한 즐거움이다. '물'의 이치와 나[我]의 이치가 하나이기 때문에 외부에서 온 즐거움이 내부의 즐거움이 된다. 나를 포함한 모든 물의 이치가 같은 하나라는 것을《성학십도》〈태극도〉에서는 '만물화생(萬物化生)'이라 하고, 해설에서는 '각물일태극야(各物一太極也)'[33]라고 했다. 이황의 '흥'은 삼라만상의 다기한 '물'이 같은 하나의 태극에 통한다는 것을 체득하는 데서 온다. 이를 편의상 '만물일리(萬物一理)'라고 해 보자.

흥취와 이치의 합일을 지향하는 시는 일련의 매화시 연작에서 그 특성이 선명하게 드러난다. 매화시는 매화를 대하는 화자의 흥취를 표면에 드러낸 것이지만, 그 매화가 갖고 있는 탈속성은 속세 너머에 있는 순수한 이치의 형상화다. 매화에 대한 자별(自別)한 애정과 흥취가 '이'에 대한 애착과 같은 층위에 있는 것이다. 아니, '흥'과 '이'가 하나로 융회되어 있다고 해야 할 것이다.

이렇게 보면 이황의 산수시는 경치·흥취·이치의 세 가지 요소가 서로 맞물려 긴밀한 관계를 이루고 있음을 알 수 있다.

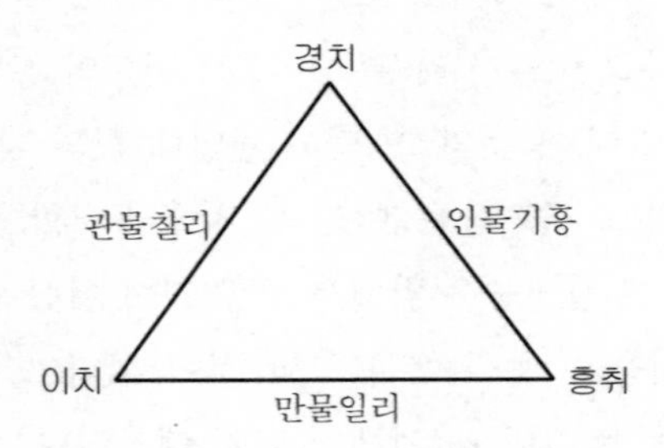

33) 이황, 〈進聖學十圖箚〉 '第一太極圖'(《도산전서 1》, 한국정신문화연구원, 1980, 191쪽).

이 세 모습을 다 갖춘 시로는 다음과 같은 것을 들 수 있다.

흩날리는 봄바람 삼월도 저물어라	蕩蕩春風三月暮
온갖 물건 우줄우줄 제 철을 다투누나	欣欣百物競年華
산 그림자 물에 넘어져 붉은 깁 흔들리고	山光倒水搖紅錦
들 빛은 하늘 연이어 푸른 비단 펴 놓았네	野色連天展碧羅
새는 술을 권해라 내 병을 무시하고	鳥勸葫蘆欺我病
머구리는 풍악 갖춰 사(私)를 위해 울어대네	蛙分鼓吹爲私吪
천지간의 조화는 일이 비록 많다지만	乾坤造化雖多事
묘한 곳에 이르러는 무심코 맡겨 두네[34]	妙處無心只付他

병든 몸이지만 불구하고 술을 마시는 것은 봄날의 경물로 말미암아 촉발된 화자의 흥겨움 때문이다. 제철을 맞아 산과 들이 제 빛을 뽐내고, 산새 울음소리에 절로 술을 찾게 되었다. 경련까지는 만물의 모습을 차례로 드러내 보였다. 수련(首聯)에서는 '백물(百物)'을 '삼월'과 함께 말했으니 봄날 풍경이라는 자연의 전체적 모습을 말했고, 함련(頷聯)에서는 산과 물을 대비하여 봄날 풍경을 더 구체화하고 있으나 아직도 큰 그림이다. 경련(頸聯)에 이르면 새와 머구리를 들어 봄날 생물들의 움직임을 포착하고 있으니 초점이 작은 것으로 축소되면서 실감은 더해진다. 이 세 가지 단계는 구별되면서도 하나가 이어진 것이다. 봄의 생의(生意)가 산수를 거쳐 조와(鳥蛙)에 이르는 것이다. 이것은 현상의 모습을 단계적으로 제시했다고 하겠다. 그러나 이 세 단계를 하나이게 하는 것은 무엇인가? 그것은 현상 너머에 있어 눈에 보이지 않는 것이다.

미련(尾聯)의 전구(前句)는 위의 6행을 휘갑했다. 봄이라는 계절 전체의 파악에서 새와 머구리의 구체적인 양상에 이르기까지, 눈에 보이는 현상은 참으로 다기하고 번다하다. 문자 그대로 '다사(多事)'다. 그러나 후구(後句)는 그 너머에 있는 것을 가리키고 있다. 그 다양한 현상들 너

34) 이황, 〈十六日山居觀物〉(신호열 역주, 앞의 책, 157쪽).

머는 '묘처(妙處)'로 불렸고, 묘처의 특성은 '무심(無心)'이다. 묘처는 이황 성리학의 용어로 태극이나 '이'의 시적 변용이요, 무심은 태극이 무극(無極)이어서 의도하지 않은 가운데 그렇게 움직여 나가는 원두처의 허원(虛源)한 모습을 형용한다.

다시 보면 앞의 4구는 경물 제시의 성격이 강하다. 5, 6구는 화자의 '흥'을 드러낸다. 마지막 7, 8구는 천지의 이치에 대한 언급이다. 〈심개복서당지(尋改卜書堂地) 득어도산지남(得於陶山之南) 유감이작(有感而作) 2수(二首)〉는 두 수인데, 새로 가린 서당터의 경치와 그곳을 찾은 화자의 '흥'이 실감나게 표현되어 있다. 그러나 그 '경'과 '흥'은 수양과 조화 탐구가 있을 때 가치가 있는 것임을 마지막 부분에서 알 수 있다. 그곳을 다시 가 보고 제자와 아들 손자에게 지어 보여 주었다는 〈재행시도산남동(再行視陶山南洞)〉 시와 같이 더 긴 시에는 이 요소들이 섞이고 중첩되며 나타난다. 두 산 사이 그림같이 아름다운 그곳에서 "조명사아시 천정완몽괴(鳥鳴思雅詩 泉靜玩蒙卦)"라 한다. 자연물인 새 소리와 샘물에서 《시경》의 벌목시(伐木詩)와 《주역》의 산수몽괘(山水蒙卦)를 찾아보며, 마지막 부분에서는 이 즐거움을 악기인 훈과 지의 연주소리와 같다고 여기고, 인(仁)을 찾는 마음가짐을 다짐한다[此樂如壎篪 夫仁匪稊稗].[35] 이러한 요소는 이황 시 곳곳에서 찾아볼 수 있다.[36]

이황의 산수시는 이렇게 세 요소가 결합되어 있는 것이 특성이라 할 수 있다. 물론 경치만을 말한 것이 많고 경치에서 흥취나 이치를 이끌어내는 정도로 그친 것도 많다 할 수 있지만, 이황의 산수시를 전체적으로 이해할 때 이 세 요소는 솥의 발이 되어 서로서로 다른 요소들을 지탱해 주고 힘을 실어 주는 구실을 한다.

---

35) 신호열 역주, 《국역 퇴계시 1》, 한국정신문화연구원, 1990, 272~273쪽.

36) 정동화가 '실경(實景)의 이경화(理景化)'라고 지칭한 시들. 〈春日閑居次老杜六絶句 其六〉, 〈獨遊新巖〉, 〈陶山暮春偶吟〉, 〈山居四時各四吟 夏暮〉, 〈讀書如遊山〉 등이 여기 속한다고 하겠다(정동화, 〈퇴계 이황의 산수시 연구〉, 단국대학교 석사논문, 136~143쪽).

이 세 요소의 결합이 이황이 생각하는 물아일체를 이룬다. 그것은 단순히 '물'과 아(我)가 하나라는 상식화된 관념적 진술로 치부할 수 없다. 그것은 경치 속에 이치와 흥취를 어떻게 하나로 이해할 것인가 하는 미학적 원리일 뿐만 아니라, 사물의 존재 속에 인간의 정서와 세계의 질서를 통일적으로 이해하고 구현할 수 있는가 하는 문제에 대한 이황의 답으로 제출된 것이다.

4. 물아일체의 논리와 물아분별의 논리

일반적으로 물아일체란 대상물인 경치와 화자의 감흥이 만나는 것이라고 생각한다. 기대승이 주희의 〈무이도가〉를 이해하면서 "만약 경치를 그리고 또 도학의 의미를 끌어들인다면 곧 두 마음이 되는 것이다, 읊는 사이에 성정의 바름을 잃을 뿐 아니라 학문하는 사이에도 털끝의 차이가 천리의 어그러짐이 될까 두렵다"[37]고 한 것은 "물아일체의 경지를 벗어나는 탁의(託意)에 대한 경계"[38]로 읽힌다. 물론 기대승은 지나친 탁의로 말미암아 성정지정을 잃게 될 염려 때문에 그렇게 말했겠지만, 일반적으로 물아일체는 도학의 의경(意境)이 아니라 '물'과 '흥'의 연결로만 파악되고 있다.

그러나 이렇게 말하고 말면 모든 물아일체는 똑같은 원리로 이해되고 이황을 이황만으로 이해할 수 있는 틀이 사라진다. 경물(景物)에서 도학을 찾는 것은 오류가 될 수도 있지만, 그럼에도 불구하고 경물에서 도학의 길을 찾는 것은 성리학적 시론으로는 적극적인 의미를 갖는다. 또한

37) 若有形容景物之意 又有援臂道學之意 則便成二心矣 此不惟吟詠之間 失性情之正 而學問之際 亦恐差豪釐而繆千里也(奇大升, 《高峯全集》, 高峯退溪往復書 卷一 別紙武夷櫂歌和韻, 성균관대학교 대동문화연구원, 1979, 166~168쪽).

38) 이민홍, 〈성리학적 외물인식과 형상사유〉, 앞의 책, 1993, 115쪽.

이황은 〈도산잡영 병기〉에서 자신의 시학과 노장적 물아일체의 자연관을 엄격히 구분한바, 경물에서 도학을 제거해 버린다면 그 둘을 나누어 볼 근거를 상실하게 되어 이황의 시가 자신이 비판한 시가 되고 만다.

이 경우 이황이 찾은 길은 앞의 삼각형 구도에서 짐작해 볼 수 있다. 이황의 물아일체란 개개의 경물과 그 순간의 흥취를 연결하는 것이라는 일반적인 의미에 그치지 않고, 이치와 흥취를 융회한다. 경물과 연결된 흥취는 개인적인 흥취기 쉽다. 가령 정지상이 힐난했다는 김부식의 '유색천사록(柳色千絲綠)' 하는 시나 서거정의 알려진 시 〈춘일(春日)〉[39]과 같은 시의 정서는 뛰어난 감각적 표현으로 평가되는 작품이지만, 그것은 개인적 감각과 정서의 범위를 넘어서지 않는다. 그러나 이치와 결합된 흥취는 개인적 감흥에서 나온 것이지만 더 보편적인 층위를 지향하는 것이다.

기쁘도다 내 산집 반은 하마 이뤄졌네	自喜山堂半已成
산중살이 오히려 농부는 면했다오	山居猶得免躬耕
책을 옮겨 차근차근 묵은 책장 거의 비고	移書稍稍舊龕盡
대 심어 보고 보니 새 죽순 돋아나네[40]	植竹看看新筍生

숨은 뜻은 다름 아닌 가는 길을 마치잔 것	隱志非他達所由
천민(天民)의 덕과 업(業)을 찾자는 것이라오	天民德業尙須求
……	
안자(顔子)의 누항(陋巷)마냥 굳이 잡고 나아가니	祇從顔巷勤攸執
두어라 부귀 따윈 뜬 구름 한 점일레[41]	貴富空雲一點浮

〈도산언지〉에서 자연 속에 마련한 산당에 거(居)하면서 책을 보고 대를 심어 보는 것을 짝으로 둔 것은, 책과 대나무가 같은 층위의 것이기

39) 金入垂楊玉謝梅 小池春水碧於苔 春愁春興誰淺深 燕子不來花未開.
40) 이황, 〈陶山言志〉(신호열 역주, 《국역 퇴계시 2》, 한국정신문화연구원, 1990, 84쪽).
41) 이황, 〈求志〉.

때문이다. 대나무가 자라는 것을 보는 것은 책을 보는 것의 다른 행위고, 책을 보는 것은 대나무가 자라는 이치를 궁구하는 것으로 둘은 동치다. 그래서 이 시를 언급하면서 "퇴계가 산수를 즐김은 성정(性情)을 기르기 위한 바탕으로 삼자는 것"[42]이라고 해설할 수가 있다. 〈구지(求志)〉에서는 그렇게 자연에 사는 뜻을 더 직접적으로 말하고 있다. 그것은 자신이 지향하는 뜻(志)에 통달하기 위해서고 '도'를 익히기 위해서다.

이황은 이러한 인식을 시에서만 나타내지 않고 편지로도 명확히 했다. 소강절의 〈청야음(淸夜吟)〉을 말하면서, 이황은 "무욕하고 청명고원(淸明高遠)한 마음을 가진 사람은 광풍제월(光風霽月)의 때를 만나면 경물과 자신의 이해가 만나 천인(天人)이 합일(合一)한다"[43]고 말했다. 천인합일의 전제는 무욕과 청명고원의 심회인 것이다.

이러한 생각은 칠정을 제치고 사단을 강조하는 그의 생각에 닿아 있다. 기가 직접 발하는 칠정의 감흥보다는 '이'와 '성'의 작용에 더 가까운 사단을 중시하고 가치를 두는 견해는, 경물에 즉물적으로 촉발되는 감흥이 아니라 오랜 동안의 수양을 거쳐 '이'에 대한 투득(透得)이 있는 위에서 가능하다는 것이다. 이렇게 볼 때에야 하늘과 내가 공통으로 갖고 있는 '이'로 말미암아 하늘과 내가 통하고, 그 사실을 아는 기쁨을 흥취로 표현한다는 물아일체가 가능한 것이다. 단지 새가 울고 꽃이 피는 개개 현상과 그 순간에 흥기되는 자아의 감흥이 일치한다는 정도를 넘어서야 하는 것이다.

이 점은 하나의 어휘가 사물과 명칭의 결합이 아니라 개념과 청각영상의 결합이라는 소쉬르의 견해를 빌려 이해할 수 있다. 어휘는 개개 사물의 명칭 목록이 아니다. 그것은 개개 사물의 보편적 추상성인 개념에

---

42) 왕소, 앞의 책, 126쪽.

43) 愚恐只是無欲自得之人 淸明高遠之懷 閒遇著光風霽月之時 自然景與意會 天人合一興趣超妙 潔淨精微 從容灑落底氣象 言所難狀 樂亦無涯 康節云云 只此意耳[이황, 〈答李宏仲〉(《도산전서 3》, 100쪽)].

대한 지칭인 것이다. 칸트가 적시한 대로 개개 경험에서 독립적이어야 우연성을 넘어서서 보편성과 필연성을 지닐 수 있다.[44] 마찬가지로 이황에게 물아일체는 개개 사물에 대한 정서적 반응이 아니라, 사물의 뒤편에 있는 보편적 추상성에 대한 방향성 있고 지속적인 반응, 오랜 수양에 따른 정서적 일치감인 것이다. 이 점을 이황은 이렇게 말한 바 있다.

> 요산요수라는 성인의 말씀은 산이 인(仁)이고 물이 지(智)라는 것도 아니고, 사람과 산과 물이 본래 한 가지 성(性)이라는 것도 아니다. 다만 인자(仁者)는 산과 비슷하니 산을 좋아하고, 지자(智者)는 물과 비슷하니 물을 좋아한다고 말한 것이다. 같다는 것은 인자와 지자의 기상과 의사를 가리켜 말한 것뿐이다. 《주자집주》를 보면 그 둘 밑에 '비슷하다'로 해석했으니 그 뜻을 알 수 있다. 그러므로 그 아래 글의 동정(動靜)의 가르침은 또한 체단으로써 말한 것이요, 낙수(樂壽)의 뜻은 효험으로써 말한 것이니, 모두 '인'과 '지'의 본연의 이치를 참으로 논한 것이 아니다. 아마도 성인의 뜻에 사람들이 인과 지의 이치의 미묘함을 쉽게 깨우치지 못하기 때문에, 이에 혹은 기상과 의사를 가리키고 혹은 체단과 효험을 가리켜서 반복 형용하여 형상을 통해 실제를 구하게 하여 지준(指準)과 모범의 극치로 삼고자 한 것뿐이지, 산과 물에 나아가 인과 지를 구하게 한 것은 아닐 것이다. 그러므로 내 생각에 그 두 즐거움의 뜻을 알고자 하면 마땅히 인자와 지자의 기상과 의사를 구해야 하고, 인자와 지자의 기상과 의사를 구하고자 하면 또한 어찌 다른 곳에서 구하겠는가? 내 마음으로 돌이켜 그 실질을 얻을 뿐이다. 진실로 내 마음에 인과 지의 실질이 있어 속으로 가득 차 겉으로 드러난즉 요산요수는 애써 구하지 않더라도 자연히 그 즐거움[樂]이 있게 될 것이다.[45]

---

44) 진은영, 《순수이성비판, 이성을 법정에 세우다》, 그린비, 2004, 64~65쪽.

45) 樂山樂水 聖人之言 非謂山爲仁而水爲智也 亦非謂人與山水本一性也 但曰 仁者類乎山 故樂山 智者類乎水 故樂水 所謂類者 特指仁智之人氣象意思而云爾 觀朱子集註 兩下有似字以釋之 可見其意 故其下文動靜之訓 亦以體段而言 樂壽之義 亦以效驗而言 皆非眞論仁智本然之理也 故吾恐聖人之意 豈不以仁智之理微妙 人未易曉 故於此或指其氣象意思 或指其體段效驗而反覆形容之 欲人因可象而求其實 以爲指準模範之極耳 非欲其就山水而求仁智也 故吾以爲欲知二樂之旨 當求仁智者之氣象意思 欲求仁智者

후반부에 보이는 대로, 내 마음속에 인과 지의 실체를 가득하게 해서 그것이 밖으로 드러나게 될 때에야 산과 물의 좋아함을 저절로 얻을 수 있다. 산수에서 요산요수의 흥취를 바로 얻을 수 있는 것은 아니고, 산수는 하나의 상(象), 상징물일 뿐이라는 기능을 갖는다. 실(實)은 상이 아니고 그 너머에 있다. 상은 계기를 만들어 주는 것뿐이다. 산에서 인을, 수에서 지를 바로 연결하는 것은 오류다. 후대에 성리학을 표방한 많은 시구들이 경물에서 직접적으로 '흥'을 연결하려는 데서 갖는 피상성은 이 점을 충분히 녹여 내지 못했기 때문이다. 산수와 자아가 직접적으로 연결되어 있다고 설정하는 것은 '이'의 본연을 잘 이해하지 못했기 때문이다.

중요한 것은 경물을 아는 것이 아니라, 경물의 '이'와 자아의 '이'를 알고, 그 둘이 궁극적 의미에서 하나임을 아는 것이다. 이 두 가지 주체는 어떻게 해서 통할 수 있는가? 둘의 '이'가 궁극적으로 하나기 때문일 수 있다. 그러나 그것으로는 부족하다. 자연과 인간이 궁극적으로 하나라는 말은 노장에서 흔히 하는 소리기 때문이다.

이황은 '물'마다의 '이'가 있다고 했다. 그것은 궁극적으로는 하나지만 현상적으로는 각각 다른 '이'다. 다른 '기'에 속해 있어서 다른 '이'가 된 것이다. 이것이 사물과 내가 다른 이유다. 자연을 포함한 모든 사물은 '기'의 청(淸)과 수(粹)한 면에서 인간보다 열등하다. 그러니 자연 그 자체로부터 배운다는 것은 어불성설이다. 개개 자연은 그 자체로 학(學)의 대상이 아니라 하나의 계기요 상징일 뿐이다.

그러나 개개 자연에도 각각의 '이'가 있고 또한 전체로서의 자연이 갖는 조화와 그 원리인 '이'가 있다. 이 '이'는 자아의 '이'를 촉발하는 계기로 삼을 수 있다. 그것은 '물'의 '이'와 아(我)의 '이'가 같으면서도 다르다

之氣象意思 亦何以他求哉 反諸吾心 而得其實而已 苟吾心有仁智之實 充諸中而暢於外 則樂山樂水不待切切然求 而自有其樂矣[이황, 〈答權章仲 丙辰〉(《도산전서 3》 권53, 1980, 127쪽)].

는 것을 전제한다. 다르다는 것은 물아일체라기보다 물아분별이라 할 수 있다. 물아분별이 없는 물아일체는 이황이 배척해 마지않는 노장적 자연관이다. 앞의 글 전반부에서 "산이 인이고 물이 지라는 것도 아니고[非謂山爲仁而水爲智也], 사람과 산과 물이 본래 한 가지 성이라는 것도 아니다[亦非謂人與山水本一性也]"라고 한 것에 보이듯이, 산수와 사람이 원래 '성'이 같지 않다는 인식이 전제되어 있다는 것이다. 다음과 같은 이황의 말이 그런 뜻을 철학적 논변으로 제시하고 있다.

> '이'로 말하면 '물'과 아(我)의 간격도 정(精)과 조(粗)의 분별도 없다. 하지만 만약 사물로 말한다면 천하의 사물이 모두 내 밖에 있다. 어찌 '이'가 하나라는 이유로 천하사물이 다 내 안에 있다고 하겠는가?[46]

조동일은 이 진술을 언급하고, "사태가 이럼에도 불구하고 천하의 사물을 나 안의 것으로 자아화하여 물아의 일치 또는 천인합일에 도달하려는 것"이 서정시로서 이황 식 시조의 논리라고 지적했다.[47] 만물이 내 마음 안에 있다고 하는 것은 불교다. 불교적 진리도 진리다. 그러나 이황은 만물이 내 마음에 있지 않다는 것을 전제로 하겠다는 것이다. '물'과 '아'가 구별되고 다름에도 천인합일을 이룬다 하면 서정시의 반어와 모순어법으로 이루어지는 역설적인 '세계의 자아화' 작용이 두드러진다. 그러나 이황은 물아(物我)의 구별이 필연적으로 전제된 서정시를 생각하고 있다. 물아가 구별되고 '이어서' 물아의 일체가 이루어져야 한다는 것이다. 물아의 구별이 이루어지지 않는다면 노장의 자연관과 다를 바가 없고, '물'이 모두 내 안에 있다면 불교적 자연관과 다를 바가 없기 때문이다. 물아일체를 표방하는 시에서 이러한 노장이나 불교적

---

46) 以理言之 固無物我之間內外精粗之分 若以事物言之 凡天下事物 皆吾之外 何以理一之故 遂謂天下事物皆吾之內耶[이황, 〈格物物格俗說辯疑 答鄭子中〉(《도산전서 2》 권 36, 366쪽)].

47) 조동일, 〈시조의 이론, 그 가능성과 방향설정〉, 《우리문학과의 만남》, 기린원, 1978, 167쪽.

의식조차 없다면, 모방이나 흉내에서 오는 피상성과 상투성이 그 자리를 차지하고 만다. 이황의 경우 물아의 분별은 물아일체, 천인합일을 이루기 위한 필연적 전제다.

이를 이황은 앞에서 인용한 〈답권장중(答權章仲)〉에 이어지는 글에서 "사람과 산과 물의 '성'이 본래 하나임은 알지만 그 분수의 다름을 알지 못하니 첫째의 잘못이요, 산수의 동정을 체득하여 인지의 도를 행한다고 한 것은 성언(聖言)의 본뜻이 아니니 둘째의 잘못이다"[48]고 구체적으로 설명했다. 산의 높고 푸름을 보고 직접적으로 '인'을 구하고, 물의 흐름을 보고서 '지'를 구한다는 것은 성현의 본지가 아니라는 뜻이다. '인'과 '지'의 '이'는 산수에도 나에게도 직접적으로 현현되지 않는다. 물망과 물조장의 오랜 수행 — 그것을 '경'이라고 할 수 있다 — 이 필요하다. 그 까닭은 '경'의 축적 뒤에 '물'과 '아'의 '이'가 스스로 현현하기 때문이다. 앞에서 인용한 〈답권장중〉에서 '내 마음에는 '인'과 '지'의 실질이 있어 속으로 가득 차 겉으로 드러난다[吾心有仁智之實 充諸中而暢於外]'고 한 부분과 일치한다. '충제중(充諸中)' 즉 인지(仁智)의 실(實)됨을 내 속에 충만하게 하는 일, 그 방법과 과정이 바로 '경'에 다름 아니다. 그리고 그 현현된 '이'는 궁극적 '이'고 진정한 의미에서 '물'과 '아'가 일체임을 말해 주는 궁극적 '이'다. 이것이 이황의 시에 수양을 강조하는 내용이 많은 까닭이다. 그리고 이황의 물아일체의 최종 논리는 만년 정설인 '이자도(理自到)'다.

물아일체는 어떻게 가능한가? 그것은 내가 열심히 탐구해서 '물'의 '이'를 밝혀내는 것이 아니다. 주체와 대상으로 나누어진 것은 일체가 될 수 없다. 또 내 마음 안에 온 사물이 들어 있기 때문도 아니다.[49] 또

48) 細看來喩 知人與山水之性本一 而不知其分之殊 一失也 謂體山水之動靜而行仁智之道 非聖言之本旨 二失也[이황, 〈答權章仲 丙辰〉(《도산전서 3》 권 53, 127쪽)].

49) 但心爲主宰 各隨其則而應之 豈待自吾心抽出而後爲事物之理[이황, 〈答鄭子中〉(《도산전서 2》 권 33, 295쪽)].

한 원래부터 '물'과 '아'가 하나기 때문도 아니다. 그 '이'는 나와 독립해 존재하는 객관적인 것이다. 그것이 나와 관계를 맺고 자연과 나를 합일시켜 주는 까닭은 그것이 '활리(活理)'[50]기 때문이다.

> 물격(物格)을 말하자면 어찌 물리(物理)의 극처(極處)가 내가 궁구하는 바를 따라서 이르지 않음이 없다고 말할 수 없겠는가? 이에 알겠으니 정의(情意) 조작이 없다는 것은 이 '이'의 본연의 체(體)이고 곳에 따라 발현하여 이르지 않음이 없다는 것은 이 '이'의 지신(至神)의 용(用)이다.[51]

객관적 '이'가 작용을 하는 측면을 인지하면 인간의 작위적 수행은 줄어든다. 그 결과 나타나는 것이 그의 시에 거듭 보이는 수정(守靜)과 관조(觀照)의 모습이다.[52] 수정과 관조라는 주정적(主靜的) 경향성은 '경'을 익히는 하나의 방법론이다. 미발(未發)의 '이'를 포착하기 위해서는 수정해야 하는 것이고, 비록 이발(已發)의 때라 해도 미발의 상태를 지향해야 하므로 무위에 가까운 정좌(靜坐)를 강조했다.[53] 이황은 "산이 멈추어 있지 않으면 만물을 낳을 수 없고[夫山不止則 不能以生物], 물이 멈추어 있지 않으면 사물을 비추어 볼 수가 없다[水不止則不能以鑑物]. 사람의 마음이 고요하지 않으면 만 가지 이치를 깨치고 만 가지 사물을 주재하겠는가[人心不靜則又何以該萬理而宰萬事哉]"[54]라고 했다.

이 '경'은 이황 산수시의 세 요소를 견인하는 벼리로서, 앞에서 보인 경치·흥취·이치의 삼각형 구도 한가운데에 넣을 수 있을 것이다.[55]

---

50) 최진덕, 앞의 글, 164쪽.

51) 及其言物格也 豈不可謂物理之極處 隨吾所窮而無不到乎 是知無情意造作者 此理本然之體也 其隨寓發見而無不到者 此理至神之用也[이황, 〈答奇明彦別紙〉(《도산전서 2》, 114쪽)].

52) 심경호, 〈퇴계의 수정과 관조자연〉, 김형효 외, 《퇴계의 사상과 그 현대적 의미》, 347~416쪽.

53) 최진덕, 앞의 글, 205~207쪽.

54) 이황, 〈靜齋記〉(《도산전서 3》, 268쪽).

55) '경'을 철학적, 수양적 의미로만 생각하면 이러한 용법은 비약으로 여겨질 것이다. 그러나 산수시의 이론으로 응용할 경우 '경'을 미학의 원리로 확장할 수 있다. 아직 정립

'경'은 산수의 경물과 산수의 이치와 화자의 흥취에 모두 관계하면서 세 요소가 개별적인 것으로 떨어져 나가지 않도록 묶어 준다. '흥'이 방일(放逸)로 나가지 않을 수 있는 것은 이치 탐구를 향한 '경'의 기능 때문이고, 시가 이치로 말미암아 경색되지 않을 수 있는 것은 '경'이 화자를 이치만으로 몰아가지 않고 물조장, 관조의 여유를 가능하게 하기 때문이다. '경'으로 말미암아 산수 경물은 인위적 해석이 배제된 산수만의 모습을 있는 대로 그리려는 시적 대상이 된다. 이황의 산수시가 흔한 선입견과는 달리, 자연에 도학을 강박하지 않고 고담(枯淡)한 가운데 산수의 흥취를 폭넓게 표현할 수 있는 것도 '경'의 태도와 관련 있다고 본다. 이황의 산수시는 이러한 몇 가지 요소를 통해 그 전체적 양상을 더 일관성 있게 이해할 수 있지 않을까 한다.

5. 맺음말

이황 시의 많은 부분이 산수시고 이 가운데 많은 부분에서 도학을 연관 짓는 것은 이황의 사상사적 비중을 고려하면 자연스럽다. 그리고 그의 문학과 사상에서 조선조 사대부 문학 이론에 대한 성찰을 해 보게 되는 것도 당연하다. 그러나 상대적으로 문학성에 대한 해명이 소략한 느낌이 드는 것은 아쉽다. 이황은 철학보다 문학을 먼저 시작하였으며, 시작(詩作)에 상당한 비중을 두었던 것이다.

필자는 여기서 조선조 사대부 산수시에서 경치 · 흥취 · 이치라는 기본 요소를 공유하고 있는 이황의 산수시가 어떤 면에서 특징적인 점을 갖고 있는가를 해명하고자 했다. 그것은 세 요소 사이의 관계론적 성격이었다.

되어 있지 않은 우리 고전시가의 미 이론의 체계화를 위해 적극적으로 검토해 보아야 할 사항일 것으로 생각한다.

이황은 경치와 흥취를 인물기흥의 논리로 엮고, 경치와 이치는 관물찰리의 논리로, 이치와 흥취의 관계는 만물일리의 논리로 이으면서 이 세 요소를 하나로 융합하고자 했다. 아울러 이를 전체적으로 아우를 수 있는 것은 물아일체다. 물아일체의 명제 아래 이 세 요소는 하나로 모인다.

그러나 물아일체에는 도가적 성향의 것도 있다. 이황이 애써 구분하고자 했던 것은 도가적 물아일체와 유가적 물아일체다. 도가적 물아일체는 '물'과 '아'가 하나인 것만 알기에 물과 아의 분별과 질서의 차별을 두지 않는다. 이는 상쾌한 느낌을 주기는 하지만 결국 금수로 돌아가자는 말과 다름이 없다고 본다. 유가적 물아일체는 물과 아가 다르다는 것을 충분히 전제한 뒤에야 다시 같음을 추구하는 것이다.

여기서 물과 아가 다른데 어떻게 일체가 될 수 있는가 하는 문제가 생겨난다. 불교나 도가에서는 애초에 다름을 전제하지 않기에 문제될 것이 없었다. 이황은 이 문제를 '물'의 '이'와 '아'의 '이'가 만난다는 설정을 통해 해결하고자 했다. 철학적으로 독특한 이황의 주장인 이발설(理發說)은 논리상 '이'가 발(發)할 수 있느냐는 반발을 받게 되어 있다. 그러나 물과 아가 만날 수 있다는 이발설은 물아일체를 구현하기 위한 시적 발상으로 보면 크게 공감 가는 면이 있다.

그것은 물아의 차이라는 현실의 문제와, 물아의 합일이라는 시적 상황의 문제를 드러낸다. '물'과 '아'가 어긋나게 되어 있는 것이 현상적 모습이라면, 그것을 합일하는 방법을 언어적으로 모색하는 것이 서정시라는 면에서 이황의 사상은 문학적으로 다시 음미해 볼 필요가 있다.

(《한국사상과 문화》 20집, 한국사상문화학회, 2003)

〈도산잡영〉과 〈도산십이곡〉의 '흥(興)'

1. 머리말

이황의 〈도산십이곡〉에 대한 연구는 이미 충분하다 할 정도로 많이 이루어졌다. 그런데 〈도산십이곡〉에 짝이 되는 〈도산잡영〉과 연관하여 이루어진 연구가 없다는 점은 일견 기이하다. 최진원이 '천운대 도라드러 완락재 소쇄(瀟灑)ᄒᆞᆫ듸 ……'라는 시조에 대한 보충 설명을 위해 〈도산잡영〉의 한 구절을 이용한 것[1]과, 흔히 〈도산십이곡〉의 온유돈후(溫柔敦厚)를 설명하기 위해 〈도산잡영 병기〉의 금수와 하나 되는 두려움을 언급[2]하는 정도다. 그러나 〈도산십이곡〉은 〈도산잡영〉과 함께 이해할 때 더 나은 결과를 얻을 수 있다.

〈도산잡영〉과 〈도산십이곡〉은 각각 기문 또는 발문이 첨기되어 있는데, 여기서 강조되는 것은 흥취의 측면이다. 도산에서의 흥취를 기록한 것이 〈도산잡영〉이라는 한시로 기록되었고, 한시로 못 다한 흥(興)을 우리말 시로 나타내려고 시조인 〈도산십이곡〉을 지었다는 것이다.

우리는 종종 이황의 시를 이해할 때 그의 사상과 연관 짓는다. 그런데

1) 최진원, 《한국고전시가의 형상성》, 성균관대학교 대동문화연구원, 1988, 27쪽.
2) 조동일, 《한국문학사상사시론》, 지식산업사, 1978, 144쪽.

'흥'이라는 감정은 칠정(七情)의 하나로 개인적이고 특수한 감정이어서, 보편성과 객관성을 바탕으로 하는 그의 주리론과는 어긋나지 않는가? 감정은 악으로 흐르기 쉽고 이(理)는 순선(純善)이라는 그의 견해 속에서 어떻게 일관되게 이해될 수 있는가? 의문이다. 그렇다면 이황에게 '흥'이라는 개념은 어떤 의미인가 살펴볼 필요가 있고, 그 결과를 그의 사상과 견주어 볼 필요가 있다.

이황의 '흥'에 대해 최진원은 "자연의 이(理)의 분명함을 깨달았을 때 사람은 비로소 자연에 참여할 수 있게 된다. 그것이 '사시가흥(四時佳興)이 사람과 흔가지라'"고 하여 서정의 '흥'에 이념적 감동이 더해진 것으로 보았다.[3] 이동영은 같은 사실을 풍류라는 말로 정리하면서, "퇴계는 풍류운사(風流韻事)를 소홀히 하지 않았다. 그의 풍류는 덕을 바탕으로 한 자연과 조화의 질서요, 온유돈후한 인간애를 갖추었다"고 했다.[4] 최근덕은 이황의 시를 순수의 시와 풍류의 시로 대별하고 "순수는 '이'의 영역이고 풍류는 기(氣)의 영역"이라고 했다.[5] 세 사람 다 자연과의 일치감을 강조하고 그것이 이황의 유학에서 비롯한다는 지적을 하였으나, 그의 주리론적 학문 틀에서 어떻게 칠정에 속할 '흥'이 그렇게 긍정될 수 있는지는 해명하지 않았다.

조동일은 이에 대해 깊이 있는 해설을 보여 주었다.[6] 그가 "자연과 나의 만남에서 아름다움이나 즐거움이 나타나게 된다는 것이다"고 지적한 것은 이황의 '흥'이 감정 또는 칠정에 속한다는 것을 말함이고, "자연과 나의 만남에 의해서 하나인 '이'가 드러나는 상태가 즐거운 것이다"고 한 것은 퇴계가 드러내고자 한 바가 세상의 질서를 확립하고자 한 '이'의 세계라는 점을 지적한 것이다. 그렇다면 정을 통해서 어떻게

3) 최진원, 앞의 책, 28~29쪽.
4) 이동영, 《조선조 영남시가의 연구》, 부산대학교출판부, 1998(재판), 146쪽.
5) 최근덕, 〈퇴계사상의 시적 조명〉, 《한국유학사상연구》, 철학과현실사, 1992, 289쪽.
6) 조동일, 앞의 책, 147쪽.

'이' 또는 성(性)이 구현되는지 궁금한데 더 상세한 해명이 없다. 이황의 학문에서 이 점이 해명될 수 있는지 검토해 볼 일이다.

이를 위해 그의 문학인 〈도산잡영〉과 〈도산십이곡〉이 도움이 된다는 점을 밝히고자 한다. 먼저, 〈도산잡영 병기〉와 〈도산십이곡발〉에서 '흥' 논의가 어떻게 나타나는지 살펴본다. 이황이 생각하는 '흥'의 계층적 질서의 모습을 정리한다. 그 다음으로, 작품인 〈도산잡영〉에 나타난 '흥'의 모습이 두 가지로 나타난 것이 앞에서의 논의와 어떤 관계가 있는지 정리한다. 이어서 〈도산십이곡〉에서 '흥'의 모습을 살핀다. 마지막으로, 이황 사상의 주리론적 경향이 문학에서 '흥'을 처리할 수 있는지 생각해 본다.

2. 〈도산잡영 병기〉와 〈도산십이곡발〉에서 흥(興) 논의

〈도산잡영 병기〉에서 '흥'에 관한 논의는 네 단계로 이루어지고 있다. 〈도산잡영 병기〉의 순서대로 그 과정을 따라가 보자.

> (1) 더러는 몸이 가볍고 편안하여 정신이 깨끗이 깨어나면 우주를 굽어보았다가 또 쳐다보았다 하여, 느낌이 얽혀지면 책을 뽑아 지팡이를 집고 나가서 헌함에 다달아서 못을 구경하기도 하고[幽憂調息之餘 有時身體輕安 心神灑醒 俛仰宇宙 感慨係之 則撥書攜笻而出 臨軒玩塘] …….[7]

> (2) 뜻대로 거닐되 설렁이며 바장이면서 눈에 닿는 대로 '흥'이 나고 경개를 만나자 취미 이르러, '흥'이 극도에 이르다가 돌아오게 되면 고요한 한 방안에 도서가 벽에 가득할 제 책상을 마주 잠잠히 앉아 마음을 바로잡고 연구, 모색하여 마음에 합치됨이 있을 제는 문득 다시금 기뻐하고 먹기를 잊었으며[隨意所適 逍遙徜徉 觸目發興 遇景成趣 至興極而返 則一室岑寂

7) 이황/이가원 옮김, 《퇴계전서》 2, 퇴계학연구원, 1991, 48~50쪽(이하 〈도산잡영〉 및 〈도산잡영 병기〉의 인용은 이 책에서 한다).

圖書滿壁 對案嘿坐 競存研索 往往有會于心 輒復欣然忘食]…….

(3) 산새가 우짖고 만물이 화창하거나 바람과 서리가 사납고 눈과 달빛이 어리어, 사시의 경개가 같지 않음을 따라 흥취 역시 그지없었다[若夫山鳥嚶鳴 時物暢茂 風霜刻厲雪月凝輝 四時之景不同 而趣亦無窮]…….

(4) 비록 옛 성현의 문정을 엿보기에는 어려우나 그 스스로 마음속에 즐거움은 얕지 않았으니, 비록 말이 없고자 하여도 그럴 수 없었다. 이에 이르는 곳마다 각기 7언시 한 절로써 그 일을 기록하여 무릇 18절을 얻었고[雖不能窺古人之門庭 而其所以自娛悅於中者 不淺 雖欲無言 而不可得也 於是逐處各以七言一首 紀其事 凡得十八絕] …….

(1)에서는 '흥'이라고 하지 않고 '느낌[感慨]'이라고 했다. 그것은 아직 자연을 접하기 전이기 때문이다. 자연의 구체적 세목을 만나지 않고 '우주'를 보았을 뿐이기 때문이다. 그 느낌은 우주 전체에 대한, 우주 전체를 설명하고자 하는 이론적 느낌이었을 것으로 보인다. 그것은 예를 들면 우주 전체는 '이'와 '기'로 이루어졌다느니, '이'가 매우 중요한 구실을 한다느니 하는 것일 수 있다. 그러한 느낌은 구체적 자연 자체에서 얻은 것이 아니라 자연에 대한 관념으로 보인다. 그것은 그 느낌이 오자 책을 뽑아 들고 나가는 것으로도 알 수 있다. 그 느낌은 책에서 얻어진 것이고 책으로 검증해야 하기 때문이다. 이것은 이황의 전형적인 태도라 할 수 있다. 이이가 이황의 학문은 의양지학(衣様之學)[8]이라고 말한 태도와 관계가 있을 것이다.

(2)에서 비로소 '흥'이 나타난다. 그것은 '숲을 들춰 꽃을 캐기도 하고, 더러는 바위에 앉아 샘물을 희롱하기도 하고, 대에 올라 구름을 바라보기도' 하여 자연을 경험한 결과다. 자연과의 부딪침을 '눈에 닿는 대로'라고 표현했다. 즉 '흥'이라고 할 수 있는 것은 구체적인 자연과의 부딪

8) 이이, 〈答成浩原〉, 《栗谷集》 10.

침 속에서 생겨나는 것이라고 할 수 있다.

그러나 이황의 이 '흥'은 다시 책으로 돌아간다. 자연에서 느낀 '흥'을 책 속에서 검증하여 마음에 합치됨이 있을 때는 다시금 기뻐한다고 했다. 이는 순환적이다. 책에서 얻은 느낌을 확인하기 위해 자연을 만나 '흥'을 느끼고 다시 그 '흥'을 책에서 검증한다. 이는 책의 진리를 확인한 데서 오는 기쁨이다. 여기서 말하는 '마음에 합치됨'은 책에서 얻은 마음에 자연이 합치됨을 말한다. 즉, 마음이 먼저 있고 자연에서 그 마음을 확인해 보니 그 마음이 정말 맞더라는 것이다.

(3)에서 나타나는 '흥'은 조금 다르다. 여기서도 산새와 바람과 서리, 눈과 달빛 등의 자연에 접해서 '흥'이 나타나는 점은 앞의 (1), (2)항과 같다. 그러나 이 앞에서 말한 것이 '혹 마음에 합치되지 않은 일이 있을 때' 저절로 풀리기를 기다리며, 자연과 만나는 점으로 이어지는 기술 내용이라는 점은 주목할 필요가 있다. 앞에서는 '마음에 합치'되어 '흥'이 일었는데, 여기서는 마음에 합치되지 않았는데도 '흥'이 일었다는 것이다. 마음에 합치되지 않아도 되는 '흥'이니 다시 성현의 말씀에 맞추어 볼 필요가 없어서 책 얘기로 이어지지 않는다. 이것은 자기의 '흥'이다.[9] 이는 "선악을 잊고서, 자연에 의거하여 천기(天機)에서 발한 것이 노래의 최선이라"고 말한 홍대용의 견해와는 상반되는 것이라 할 수 있다.

이것이 자기의 '흥'인 것은 (4)에서 '성현의 문정을 엿보기는 어려우나'라고 한 말에서도 드러난다. 그럼에도 스스로의 마음속 즐거움은 얕지 않다고 했다. 이 마음은 성현을 학습하여 생긴 마음이 아닌, 바로 자기 자신의 마음이다. 성현을 학습하여 생기는 마음은 우주 보편의 진리를

9) 이황이 모든 시를 도학으로 연결시키고자 하지는 않았다. 그는 시가 단지 경물만을 묘사하여 흥취를 드러낼 수 있다고 보았으며, 다만 독자가 감상하는 사이에 조도(造道)할 수 있다는 견해를 보이기도 한 점을 참고할 수 있다[이에 대하여는 이민홍, 《사림파 문학의 연구》, 형설출판사, 1987(수정증보판) 참조할 수 있다. 특히 111쪽의 이황의 글 〈答金成甫別紙〉 인용 부분을 참조할 것)].

확인하는 것으로 보편적이고 추상적이라면, 자기 자신이 스스로 느껴서 생기는 마음은 구체적이고 특수하다.[10] 그래서 비로소 말이 없고자 하여도 그럴 수 없어서 시를 짓게 되었다. 그 시는 '어린 샘, 차가운 우물, 뜨락의 풀, 달 실은 배, 눈 쌓인 길, 강 위의 절, 고기잡이 동네' 등 매우 구체적인 소재이자 내용을 담고 있다.

여기서 우리는 이황이 '흥'에 대해 가진 생각이 두 단계로 이루어졌음을 알 수 있다.[11] (1)과 (2)에서 보인 것은 성현의 마음을 내 마음으로 학습한 것을 보편적 자연에서 확인하고자 하는 단계다. (3)과 (4)에서 보인 것은 자신이 직접 구체적 자연을 경험하고 마음이 움직여 '흥'이 생기는 단계다. 이를 각각 '흥'1, '흥'2라고 하자.

세 번째 단계의 흥도 있는데, 이는 〈도산십이곡발〉에 나타난다.

> (5) 그러나 오늘의 시는 옛날의 시와는 달라서 읊을 수는 있으나 노래하기에는 어렵게 되었다. 이제 만일에 노래를 부르고자 한다면 반드시 이속의 말로 지어야 할 것이니 이는 대체로 우리 국속의 음절이 그렇지 않을 수 없기 때문이다[然今之詩異於古之詩 歌詠而不可歌也 如欲歌之 必綴以俚俗之語 蓋國俗音節 所不得不然也] …….[12]

(4)까지는 한시로 나타낼 수 있는 '흥'이었다. 그러나 그것은 노래로는

---

10) 마음에는 이미 '이'가 내재해 있으므로 구체적인 것과 보편적인 것이 분리되지 않는다는 주장은 타당하지 않다. 이황 자신도 "以理言之 固無物我之間內外精粗之分 若以事物言之 凡天下事物 皆吾之外 何以理一之故 遂謂天下事物皆吾之內耶"[이황, 〈格物物格俗說辯疑 答鄭子中〉(《도산전서 2》, 권 36, 한국정신문화연구원, 1980, 366쪽)]라고 했다. 결과가 같다고 과정도 모두 같다는 견해는 논의의 진전을 막는다. 이 글은 이황의 논리인 성즉리(性卽理)로만 보아서는 알 수 없는 측면이 이황의 시에 보인다는 것을 지적하고자 하는 것이다. 이황의 논리로만 보아서는 이황의 시가 제대로 이해되지 않는다는 말이다.

11) 범박하게 보면 이 두 가지는 사실은 하나일 수 있다. 성현의 진리를 궁구하다가 틈틈이 자연의 가흥을 즐긴다는 정도로 이해할 수 있다. 그러나 뒤에서 상술하듯이, 〈도산잡영〉에 실린 두 종류의 시들이 이 두 가지의 다른 모습을 하고 있다는 점을 보면, 이황의 '흥'을 이렇게 나누어 보는 것이 그의 생각을 읽는 데 더 유용할 수 있다.

12) 이황, 〈陶山十二曲跋〉(《도산전서 3》, 294쪽).

부를 수 없는 것이었다. '노래를 부르고자 한다면' 반드시 우리말을 이용해야 했다. 우리말로 부를 수밖에 없을 정도로 '흥'이 고조되었기 때문이다.[13] 읊어도 되는 '흥'과 노래 불러야 되는 '흥'은 다르다. 물론 춤추는 '흥'은 그보다 더 고조된 것일 터이다. (5)에서 보이는 노래로야 가능한 '흥'을 '흥'3이라고 하자.

이황 자신은 '흥'1에서 '흥'3까지의 단계적 '흥'의 모습을 보여 주었다. 이를 통해 이황이 생각한 '흥'의 개념을 정리해 보자.[14] '흥'1에서 보인 것은 우선 내 안에서 감개(感慨)가 짜여진 뒤에 자연을 만나는 '흥'이다. 내 안의 감개는 자신이 얽은 것과 성현을 통해 얽은 것 두 가지가 있겠는데, 이황은 후자를 택했다. 이 '흥'은 구체적 사물에 접했을 때의 '흥'이 아니라 보편적, 추상적 질서 진리를 확인하는 '흥'이다. 이런 '흥'이 있을 수 있다. 이는 사단의 '흥'이다.

그렇더라도 내 안의 느낌만으로 '흥'이 느껴지는 것은 아니고 자연과 만나서야 '흥'이 일어나는 것이다. 그래서 '흥'의 공통되는 요건은 나와 자연의 만남을 전제하는 것이다. 사물과의 접촉이 없이는 '흥'이 일지 않는다고 할 수 있다. '흥'1에서 보이는 또 하나의 요소는 자연과의 만남에서, 마음과 자연이 통한다는 느낌이다. 그것은 '흥'1에서 마음에 설정한 느낌을 자연에서 확인하는 것으로 나타났다.

이 두 요소는 '흥'2에서도 나타난다. '흥'2 또한 자연과의 만남을 전제로 한다. 이도 자연을 보고 마음속에 즐거움을 느낀다. 그 즐거움은 바로 자연과 자신이 하나가 되는 데서 오는 즐거움이다. 그것은 '사시의

---

13) "퇴계는 시에서는 충족할 수 없는 '흥'을 시조에서 찾았다"[이동영, 《조선조 영남시가의 연구》, 부산대학교출판부, 1998(재판), 145쪽].

14) 여기서 '흥'은 마음이 작용하는 과정인가 아니면 그 결과인가 물을 수 있다. 그것은 과정과 결과를 다 포함한다고 본다. '흥'은 그 자체로 일어난다는 의미를 갖고 있는데, 이 일어난다는 동사적 양상은 과정에 대한 것이고, '흥'이라고 명사적으로 사용하는 의미는 그 결과에 가깝다. 과정이거나 아니면 결과가 배중률적으로 적용되어야 한다고 보는 것은 지나치게 서양적 논리라고 생각된다.

경개가 다름에 따라 흥취 또한 그지없다'는 말로 나타난다. 사시의 경개를 내 마음이 받아들여 하나가 되기에 흥취가 그지없게 되는 것이다. 그러나 '흥'2의 마음은 무엇에 전제되어 있기보다는 자연과의 만남에서 절로 솟아나는 점을 강조한다.

'흥'1과 '흥'2 가운데 어느 것이 '흥'의 일반적 모습에 더 가까울까? 아마도 '흥'2일 것이다. 그러나 이황은 '흥'2를 전면적으로 긍정하지 않는 것 같다. 우리말 노래로 불러야 할 만큼 '흥'이 고조되어도 이황은 다시 윤리적 선의 실천적 측면에 압도되고 마는 것 같다. 이런 측면은 이황에게 특별히 강조되는 것으로 '흥'4라 해 두자. 이는 〈도산잡영 병기〉와 〈도산십이곡발〉에 모두 나타난다.

(6) 전자[현허(玄虛)를 연모하고 고상(高尙)을 일삼음]의 말에 따른다면 제 한 몸만을 조촐하여 인륜을 어지럽게 함에 흐를까 저어하겠고, 그 심한 자는 새 짐승과 벗을 삼으면서도 그릇됨을 모르게 된다. 후자(도의를 기뻐하고 심성을 기름)에 따르면 그가 즐겨함은 조박에 지나지 않을 뿐, 그 미묘함에 이르러서는 구할수록 더욱 얻지 못하게 되니 그 무엇이 즐겁겠는가[由前之說則 恐或流於潔身亂倫 而其甚 則與鳥獸同群 不以爲非矣 由後之說則 所耆者糟粕耳 至其不可傳之妙 則愈求而愈不得 於樂何有]…….

(7) 우리 동방의 가곡은 대체로 음와하여 족히 말할 수 없게 되었다. …… (도산십이곡을 노래 부른다면) 거의 비린(鄙吝)을 씻을 수 있으며 감발융통(感發融通)하여 가자(歌者)와 청자(聽者)가 서로 자익(資益)이 없지 않을 것이다[吾東方歌曲 大抵多淫哇不足言 …… 庶幾可以蕩滌鄙吝 感發融通 而歌者與聽者 不能無交有益焉].

'흥'1에서 '흥'3을 통해 '자연과의 만남에서 생기는, 자연과의 일체감을 주는 기쁨'을 '흥'이라고 할 수 있고, '흥'4를 통해 그 가운데서 감정에 휘둘리지 않고 선한 것이라는 제한을 둘 수 있다. 이 가운데서 '흥'4의 선한 감정이라는 제한은 이황의 것이다.15) 이황 문학의 특징은 이 선함에의 추구를 놓지 않는 것이다. 홍대용 같은 이는 노래란 선악을 잊는 것이라 했으니 이황과 많이 다르며, 홍대용의 생각이 더 일반적이고 보편적이다. 그래서 자연으로 제한을 두지 않고, 선함으로 가는 경향성을 제거하여, '흥'이란 '물(物)과의 만남을 통해 세계와 자아의 일체감을 느끼는 데서 오는 기쁜 감정'이라고 할 수 있다.

선함을 지향함은 성현의 마음을 받아들인 것이다. 그래서 이황에게 나타나는 '흥'의 특징은 자연과 성현과 자신의 일치에 있다. 그런데 이 삼자의 배열에 따라 다음과 같이 구성할 수 있다.

첫째, '흥'1은 성현에서 출발하는 것이다. 성현의 마음을 내가 배워 그 적실성(適實性)을 자연을 통해 확인하는 기쁨이다. 그래서 '성현→나→자연'의 틀로 묶는다. 둘째, '흥'2는 자연을 보고 나의 마음에 '흥'이 일어난 것인데 이황은 '흥'3에서 이를 다시 성현의 마음에 일치하는지 확인한다. 이는 '자연→나→성현'의 구도로 묶인다. 이 둘은 함께 작용하여 다음과 같은 구도를 낳는다.

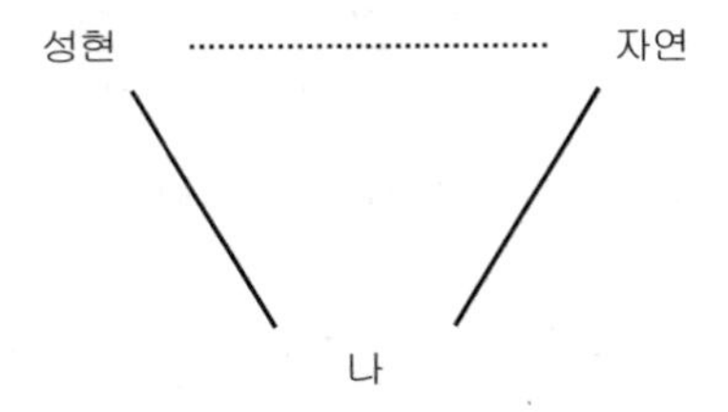

성현을 통해서 자연을 확인하고 자연을 통해서 성현을 확인하는 것은 이황에게 기쁨과 선함의 의지를 둘 다 충족하는 것이었다. 이황의 시에

15) 최진원, 《국문학과 자연》, 성균관대학교출판부, 1986(3판), 49~50쪽. "(도산십이곡의) 풍류가 상자연(賞自然)을 뜻한다는 것은 이상하기까지도 하다. 왜냐하면 그것은 술[酒], 노래[歌], 춤[舞]을 연상케 하는 일반적 뜻과는 다른 것"이기 때문이다. 또 이러한 선함의 지향은 이황만이 아니라 동시대 성리학자들의 보편적 성향이었을 것이다. 이황이 이 점을 작품으로 가장 잘 드러냈고 이론적으로 정리했기에 이황을 논의하는 것이다.

나타나는 것은 바로 이 구도다.

그런데 여기서 '나'의 구실은 무엇인가? 이황에게 '나'는 성현과 자연이 이어지도록 하는 구실을 할 뿐이라고 보인다. '나'의 주체적 활동은 미미하다는 것이다. '나'는 성현과 자연이 보여 주는 질서를 이해하고 확인하는 데서 '흥'을 느낀다. 이황은 '흥'2에서 자신이 자연과 만나서 생기는 '흥'을 경험했으나, 다시 '흥'3의 입장에서 도덕적 선이라는 성현의 마음으로 자신의 '흥'을 구속하는 것으로 보인다.[16]

3. 〈도산잡영〉의 흥(興)과 낙(樂)

〈도산잡영〉을 보면 먼저 '흥'이 아니라 낙(樂)이라는 말을 보게 된다. 〈도산잡영〉 첫째 수인 '도산서당(陶山書堂)'에서부터 '순(舜)이 친히 그릇 구우니 즐겁고도 마음 편코[大舜親陶樂且安]'로 시작한다. 이는 순의 마음이 즐거웠다는 것인데, 이황도 이를 즐거워하는 것으로 있다고 보인다. 그것은 순이라는 성현의 일을 생각할 때 찾아온 즐거움이다. 자신의 즐거움을 직접 언급한 것은 셋째 수인 〈완락재(玩樂齋)〉다.

공경을 주장해도 집의(集義) 공부 종요롭네	主敬還須集義功
잊고 돕지 않고도 점차로 융통하리	非忘非助漸融通
염계의 태극도에 묘한 경계 알고 보니	恰臻太極濂溪妙
천추에 이 기쁨 같을 것을 알았노라[17]	始信千年此樂同

16) 이는 이아관물(以我觀物)이 아니라 이물관물(以物觀物)이라는 시작 태도라고 할 수 있다(이민홍, 〈성리학적 외물인식과 형상사유〉, 《조선중기 시가의 이념과 미의식》, 성균관대학교출판부, 1993, 102~103쪽).

17) 이황/이가원 옮김, 《퇴계전서 2》, 퇴계학연구원, 1991, 51쪽(본문에 나온 〈도산잡영〉 시의 번역은 모두 이 책에서 인용함).

'경'이 주로 내적인 공부라면 집의는 성현의 이론을 모아 공부하는 것이다. 승구는 잊지도 않고 조장하지도 않는다는 퇴계의 공부 방법이다. 결구에서 '이 기쁨'이 나오는데, 이는 주렴계의 태극도를 공부한 뒤 그 이치를 깨닫고 나서 느끼는 기쁨이다. 이는 '성현→나'의 구도인데, 이에 대해 이황은 '흥'이라 하지 않고 '낙'이라 했던 것이다.

이보다 조금 더 나아가 '성현→나→자연'에 간 것에 대해 이황은 '감탄', '희(喜)' 또는 '열(悅)'을 썼다. 감탄은 〈천광운영대(天光雲影臺)〉에 보인다.

하늘빛 구름 그림자 활수에 비치었으니 　　活水天雲鑑影光
글 읽는 깊은 비유 방당에 있었도다 　　觀書深喩在方塘
맑은 못 그 위에 나는 이제 뜻 얻으니 　　我今得意清潭上
당년에 감탄한 일 흡사도 하여이다 　　恰似當年感歎長

기구(起句)와 승구(承句)는 주희의 시 "반 이랑 모난 못에 한 거울이 열렸으니, 하늘빛 구름 그림자 함께 배회하도다"에서 따왔다.[18] 퇴계는 천운대를 보면서도 직접적인 자기 감정을 드러내기보다는 주희의 선행 시를 빌려 표현하는 쪽을 택했다. 주희가 얻은 그 뜻을 이제 나도 얻게 되었으니 '느낌'이 있다는 것이다. 이 느낌은 원문에서는 감탄이라고 했고, 〈도산잡영기〉에서는 감개라고 했던 것이다. 희(喜)는 그 다음 수인 〈탁영담(濯纓潭)〉에 보인다.

어부가 그 당시에 홀로 깼다 웃었으나 　　漁夫當年笑獨醒
정녕한 성인 경계 그에 비해 어떠한고 　　何如孔聖戒丁寧
내 와서 뱃전 치며 풍월을 읊었으니 　　我來叩櫃吟風月
기뻐라 맑은 못에 갓끈 씻음 가하리라 　　却喜清潭可濯纓

18) 이황/이가원 옮김, 위의 책, 55쪽 역주 78.

여기서도 뱃전 치며 풍월을 읊는 것이 자신의 '흥'으로 뻗지 않고, 굴원(屈原)의 〈어부사(漁父辭)〉와 《논어》를 매개로 해서 가능한 것으로 처리된다. '내가' 와서 풍월을 읊지만 그것은 성현으로 말미암아 맑은 풍월이 된다. 열(悅)은 〈농운정사(隴雲精舍)〉에 나온다.

도홍경의 농상 구름 두고두고 사랑하여	常愛陶公隴上雲
오직 홀로 기뻐하나 임에겐 못 보냈소	唯堪自悅未輸君
늦게서야 집을 얽고 그 중간에 누웠으니	晚來結屋中間臥
한가한 맘 그 반을 들 사슴과 나누련다	一半閒情野鹿分

이 시에서도 정사(精舍)를 얽고 구름을 한가하게 바라보는 기쁨이 있으나 그 또한 도홍경의 시를 빌려 말하고 있다. 지금까지 살펴본 4수의 시는 모두 '성현 → 나 → 자연'의 구도를 보인다. 다른 시에도 '낙'이나 그 유사한 표현을 쓰지는 않았지만 전체적으로 같은 구도의 경향을 보인다는 점을 말할 수 있다. 그 과정을 잘 드러낸 것은 〈천연대(天淵臺)〉다.

솔개 날고 고기 뜀을 뉘라서 시켰던고	縱翼揚鱗孰使然
활발한 그 움직임 소와 하늘 묘하도다	流行活潑妙天淵
강대에 해 지도록 맘과 눈이 열렸으니	江臺盡日開心眼
명성 한 큰 책을 세 번 거듭 외우련다	三復明誠一巨編

기구는 '연비어약'이라는 말로 잘 알려진 내용이다. 유학적 도의 자연스러움과 일상성을 대표하는 말로 《시경》에서 비롯되었다. 승구 또한 《중용》의 주(註)에 붙인 정자의 주에 있는 말을 빌려 왔다. 이런 사전 지식을 바탕으로 이황은 자신의 마음과 눈을 열었다. 그래서 연못과 하늘의 묘함을 인지하는 기쁨을 얻었다. 그 기쁨을 확인하는 것이 다시 결구의 '명성 한 큰 책' 즉, 《중용》의 〈비은장(費隱章)〉이다.

결국 이황의 자연은 자신이 찾은 자연이라기보다 성현이 제시한 기준의 자연을 재발견하는 기쁨을 보여 준다. 이 기쁨을 그는 '낙' 등의 말로 나타냈다.[19] 이것은 아직 '흥'이 아니다. 특기할 만한 것은 이 7언 18수에는 '흥'이라는 말이 한 번도 나오지 않는다는 점이다. 앞 항목에서 본 바로는 7언시를 지을 때의 느낌은 앞 항목의 (3), (4)에서 추출한 바 '자연→나→성현'의 '흥'을 제시하고 있지만 실제 〈도산잡영〉의 7언시에서는 성현의 자연을 앞세운 '성현 → 나 → 자연'의 구도를 보인다. 그래서 7언시의 '낙'은 '흥'1에 해당한다고 볼 수 있다.

'자연 → 나 → 성현'의 '흥'은 7언시가 아니라 5언시에서 나타나기 시작한다. 5언시에는 물론 성현의 말이라든가 도학의 경도가 보이지만 그 양상은 사뭇 다르다. 위에서는 성현의 말이나 책 또는 시들이 먼저 보이는 것이 주류를 이루었던 것과 달리, 여기서는 성현을 말하는 것도 있기는 하지만 자연을 먼저 말하는 것이 주되고, 무엇보다 성현의 말이나 책이 거의 등장하지 않는다는 점은 주목할 일이다.

흥취라는 말이 직접 드러나는 것들은 주로 전반부에 있다. 네 번째 시인 〈간류(澗柳)〉를 본다.

봄의 그 조화가 무궁도 하였지만	無窮造化春
애초부터 이 나무가 풍류롭기 그지 없네	自是風流樹
도정절과 소강절 천고에 두 늙은이	千載兩節翁
몇 번이나 길이 읊어 흥취를 붙였던고	長吟幾興寓

시냇가의 버드나무에서 봄의 조화를 탄상(歎賞)하면서 도연명과 소강절을 끌어들이고 있다. 이 시는 도연명이나 소강절의 말을 먼저 생각한 뒤 버드나무에서 봄의 조화를 이끌어 낸 것으로 보이지 않는다. 자연이 그 자체로 먼저 드러나고 화자가 참여하고, 그 뒤에 성현의 말, 그것도

19) '흥'과 '낙'이 원래 다른 의미여서 이황이 그 말을 변별적으로 사용했다는 것은 아니다. 이황이 사용한 어휘를 검토한 결과 '흥'의 범주가 '낙'보다 더 포괄적이라는 관찰 결과를 기술했을 뿐이다. 또 '흥'과 '낙'이라는 글자 유무에 따른 규정은 단편적일 수 있다는 단점이 있으나, 객관적 논거로 사용될 수 있다는 점에서 이 방법을 취한다. 그 이상의 추론적 논의는 비평문으로 흐를 염려가 있어 보인다.

경전이 아니라 두 사람의 버드나무 소재의 시만을 언급한다. 비로소 '흥'이라는 말이 나타나기 시작한다. 이런 경향은 다음 수인 〈채포(菜圃)〉에도 동일하다.

아늑한 나물밭이 구름 사이 고요하니	小圃雲間靜
아름다운 채소들이 비 뒤에 자라나네	嘉蔬雨後滋
흥취가 이룩되니 참으로 기쁘외다	趣成眞自得
학문은 그릇되나 전혀 어리석진 않았네	學誤未全癡

나물밭의 채소가 자라는 것을 보고 흥취가 이루어지는 감흥이 있었다. 그 뒤에 학문을 돌아보았다. 학문이 크게 자라지는 않았지만 그렇다고 잘못되었다고는 느끼지 않는다는 것이다. 이는 앞에서 본 것과는 큰 차이를 보인다. 성현의 학문에 들어가려고 애를 쓰는 모습에서 약간은 여유로워진 모습이다. 자신의 감정을 그만큼 앞세운 것이라 할 수 있다. 결구는 굳이 고사를 찾아본다면 《논어》에서 번지가 나물밭 지아비의 일을 배우려 하던 것을 결부하여 볼 수 있다. 그러나 그렇게 하지 않아도 그만이다. 이 말은 화자 자신의 말로 충분히 이해가 가는 것이다. 〈남반(南沜)〉에도 '흥'이 나타난다.

괴이한 바윗돌이 메 어구에 가려 있고	異石富山口
그 곁에 시냇물이 강으로 흘러드네	傍邊澗入江
때로는 내가 와서 세수하고 몸 씻으니	我時來盥濯
나무 그늘 맑았는데 흥취 겨워 하노라	淸樾興難雙

여기서도 성현의 언급은 없다. 화자 자신의 흥취만 있다. 이런 점은 7언시의 경우와 판이하다고 할 수 있다. 이들 5언시에서는 술잔을 이끌어 보기도 하고[〈취미(翠微)〉], 우주 밖으로 솟아나서 신선 사는 곳을 찾아보고 싶다고 하기도 하고[〈요랑(寥朗)〉], 들새가 제멋대로 모여들어 깃을 치는[〈관정(官亭)〉] 것에서 '흥'을 느끼기도 하는 등, 여러 모양으로

자연에서 느끼는 화자의 '흥'을 직접적으로 드러내고 있다.

7언시에 '흥'이라는 말이 한 번도 나오지 않는 것과는 달리, 5언시에서는 〈어촌〉에 '낙'이라는 말이 한 차례 나온다. 그러나 이 시의 '낙'도 7언시의 '낙'과는 다른 느낌을 준다.

저 건너 사는 백성 옛 풍속 지녔으니	隔岸民風古
강물을 굽어보며 즐거운 일 많았다오	臨江樂事多
햇빛이 비끼어서 그림 같은 그 속에	斜陽如畵裏
그물을 거두어서 고기를 얻었다네	收網得銀梭

여기서 보이는 낙사(樂事)는 그림 같은 풍경 속에서 고기를 잡는 일일 뿐 다른 어떤 가치를 지니지 않는다. 고사도 없고 성현의 말도 없으며 도학으로 풀어야 할 시어도 없다. 이것은 '낙'이라는 말이 7언시에서보다 더 큰 범주로 사용된 것으로 보인다. 그것은 '흥'처럼 더 동적인 느낌을 준다. 이황에게 '낙'이라는 말은 더 넓게 쓰도록 변모되었던 것 같다.

이제까지 살펴본 것을 정리해 보자. 〈도산잡영〉의 시가 나오게 된 것은 '흥'2의 단계에서였다. 그런데 〈도산잡영〉에도 두 단계의 시가 있다. 먼저 쓴 것은 7언시 18수고, 뒤에 다시 5언시 26수를 썼다. 5언시는 7언시에 나타나지 않는 '흥'이라는 말이 여러 차례 나오며, 내용에서도 성현의 말이나 경서보다는 자신의 자연에 대한 흥취가 더 폭넓게 나타나는 특징이 있다. 이는 이황 자신이 〈도산잡영기〉에서 말한 바와 일치한다. 이황에 따르면, 5언시는 "앞서 읊은 것에 미진한 뜻을 읊은 것이다"고 했다. 즉, 5언시가 더 '흥'을 많이 갖고 있다는 말이다.[20] 우리가 본 7언시와 5언시에서 시 내용의 차이는 바로 5언시가 7언시에서 미진했던 것을 읊었기에 5언시가 더 '흥'이 있는 시라는 것을 알 수 있다. 그때 비로소 이황은 '낙'이 아니라 '흥'이라는 말을 사용했다.

---

20) 안장리, 〈퇴계의 산수지락 연구〉, 《동방고전문학연구》 4집, 동방고전문학회, 2002, 52~56쪽.

4. 〈도산십이곡〉－흥(興)과 낙(樂)의 융화

그런데 〈도산십이곡〉에는 이 두 요소가 함께 나타나는 점을 볼 수 있다. 〈도산십이곡〉에는 '낙'과 '흥'이라는 말이 한번씩 등장한다. '흥'은 〈언지〉 마지막 수에, '낙'은 〈언학〉 첫 수에 보인다. 그런데 〈도산십이곡〉의 흥미로운 점은 한시로 못하는 흥겨움을 우리말 노래로 소리 높여 불러야 할 만큼 가장 '흥'이 고조되는 시면서도[21] 동시에 '흥'이 지나치게 드러날까 제어하며 성현의 교훈으로 되돌아가려는 의식적인 노력(즉, 〈도산십이곡발문〉에 보이는 경계와 교훈의 의도)이 함께 나타난다는 것이다. 그래서 〈도산십이곡〉의 '흥'과 '낙'은 이제까지 〈도산잡영〉에서 나타난 경향을 섞어서, '낙'을 '흥'이 되도록 하면서 동시에 '흥'이 '낙'을 넘지 않도록 하는 제한을 보인다. 먼저 〈언학〉 첫 수를 본다.

천운대 도라드러 완락재 소쇄흔듸
만권생애(萬卷生涯)로 낙사(樂事)ㅣ 무궁ᄒᆞ얘라
이 듕에 왕래풍류(往來風流)를 닐어 무슴ᄒᆞᆯ고

천운대라는 바위, 서재로 지은 완락재, 자연과 건물이 하나가 된 속에서 만 권 책을 읽는 즐거움이 무궁하다고 했다. 이 즐거움은 물론 책을 읽어 생기는 즐거움이니 '낙'의 차원이라 하겠다. 그러나 이 시에서의 그 '낙'은 책에서만 오는 것이 아니다. 그것은 천운대라는 바위를 돌아들어 '왕래'하는 것으로 시작된다. 이 왕래풍류는 책에서 자연으로, 자연에서 책으로 순환하며 나아가는 이황의 공부 방법을 집약적으로 표현하고 있다. 그것은 '낙'에서 '흥'으로 '흥'에서 '낙'으로 나아가는 모습이다.

---

21) 〈도산십이곡〉의 가창적 성격에 대하여는 임형택, 〈국문시의 전통과 도산십이곡〉, 《한국문학사의 시각》, 창작과비평사, 1984, 51~62쪽을 참조할 것.

여기서 우리는 이황 문학의 한 특징을 알게 되는바, 그의 시문학에는 학문에 대한 근심 이외에는 다른 근심이 보이지 않는다는 점이다.[22] 그가 살던 시대를 생각하면 이해하기 어려운 일이다. 이황은 생애의 전반을 사화 속에 보냈다. 출생 3년 전의 무오사화(戊午士禍)로 사림이 의기소침해 있었고, 네 살 때는 갑자사화(甲子士禍)가 일어났다. 연산군은 성균관을 놀이터로 만들어 버렸다. 열아홉 청년 때는 기묘사화(己卯士禍)가, 45세에는 을사사화(乙巳士禍)가 있었다. 이로 말미암아 형이 죽었다. 왜구와 여진의 침략이 끊이지 않았고, 안으로는 훈척세력의 수탈과 문정왕후와 윤원형의 척신정치로 나라가 몸살을 앓고 있었다. 임꺽정 등의 도적이 창궐했고 백성들은 유랑했다. 이런 일들이 퇴계 문학에서는 근심의 대상으로 등장하지 않는다. 그는 이 모든 것을 성리학을 바탕으로 한 도덕의식의 정립으로 풀고자 했다. 무질서한 현실 배후에 존재하는 근원적 조화와 이치를 찾아 현실을 근원적으로 치유하고자 했다. 이황은 자연에서 그 실마리를 찾았다. 자연을 통해서 그것이 가능함을 확인하는 기쁨을 '흥'과 '낙'이라고 표현했다.

이 시조는 자연에서 느끼는 '흥'을 만 권 책에서 '도'를 확인하는 '낙'의 상태와 책에서 얻은 성현의 '도'를 다시 왕래풍류를 통해 '흥'으로 느끼는 순환적 과정을 드러내고 있다. 그것은 한편으로는 자연에의 몰입과 '흥'이지만 다른 한편으로는 성현의 도에 따라 그 '흥'을 제어하는 것이기도 하다. 이제 〈도산십이곡〉의 〈언지〉 마지막 수를 보자.

> 춘풍에 화만산ᄒᆞ고 추야에 월만대라
> 사시 가흥(佳興)ㅣ 사롬과 ᄒᆞᆫ가지라

22) "퇴계의 시는 …… 고귀한 문학행위인 것만은 틀림이 없지만, 현실이나 사회인식이라는 측면에서 보면 몹시 공허한 것일 수밖에 없다"(최신호, 〈문학론에 있어서의 이기, 도기, 신기의 문제〉, 《국어국문학》 105권, 국어국문학회, 1991, 168~169쪽) ; "도의의 근본을 구현하는 문학은 …… '기'의 대립적 운동으로 전개되는 현실의 문제는 도외시한 것이었다"(조동일, 앞의 책, 152쪽).

ᄒᆞ물며 어약연비 운영천광(雲影天光)이ᅀᅡ 어늬 그지 이슬고

여기서는 춘풍 속의 꽃과 가을 달빛 가득한 바위를 먼저 보여 '흥'을 제시했다. 중장에서 그 '흥'은 사시(四時)에 변함이 없다고 했다. 그것은 〈도산잡영기〉에서 "산새가 우짖고 만물이 화창하거나 바람과 서리가 사납고 눈과 달빛이 어리어, 사시의 경개가 같지 않음을 따라 흥취 역시 그지없었다"는 말에 부합하는 것이다. 여기서 사시 가흥(佳興)은 물론 자연을 즐기는 데서 오는 즐거움, 흥취다. 그러나 그것은 그것으로 그치지 않고 더 큰 의미가 부여된다. 그것은 바로 사시가 갖는 질서의 측면이다. 사시의 가흥은 사시가 갖는 엄격한 질서를 바탕으로 해서 가능하다. 봄과 가을만 들었지만, 사시가 갖는 질서가 '사람과 한가지'라는 것은 사람도 그러한 질서를 바탕으로 해서 가흥이 용인된다는 것이다.

그것은 '하물며'라는 말로 강조되는 자연 질서의 모습인즉, 어약연비 운영천광으로 확인된다. 《시경》의 언급인 어약연비와 주희 시에서 따온 운영천광은 단순한 경물이 아니다. 그것은 "그 상(上)과 하(下), 소(昭)와 은(隱)의 묘경(妙境)인 이른바 활발발지(活潑潑地)를 흔상(欣賞)하는 그 진락(眞樂)은 가이없다는 것"[23]을 드러낸다.

이 시에서도 역시 자연에서 느끼는 '흥'은 성현의 도학으로 연결되는 모습을 보인다. 이 '흥'은 자연의 질서를 자기 내면의 질서, 인간 일반의 도덕적 질서로 확립한 데서 오는 '흥'이다. 이황 시의 이러한 측면에 대해서 최신호는 "'도'를 머금고 있는 물아일체'와 '지(志)의 방향까지 제시'한 것으로, 《서경》의 '시언지(詩言志)'의 정신과는 다른 이황의 독특한 면임을 지적했다.[24]

이러한 도덕적 질서에 대한 확신은 위 (6)번의 인용문에서 밝힌바,

---

23) 이가원, 〈퇴계선생의 시가문학〉, 《退溪學及其系譜的硏究》, 퇴계학연구원, 1989, 51쪽.
24) 최신호, 〈'도산십이곡'에 있어서의 '言志'의 성격〉, 백영정병욱선생 10주기추모논문집 간행위원회, 《한국고전시가작품론》 2, 집문당, 1992, 516~517쪽.

"새 짐승과 하나가 되면서도 그릇된 줄 모르는" 것을 막는 길이다. 그래서 이황의 〈도산십이곡〉은 결국 도덕적 확신의 확립으로 고정되어 나간다. 이는 〈도산십이곡〉이 '이런ᄃᆞᆯ 엇다ᄒᆞ며 …… ᄒᆞ물며 천석고황(泉石膏肓)을 고텨 무슴ᄒᆞ료'로 시작하여서, '우부도 알며 하거니 …… 쉽거나 어렵거낫 듕에 늙ᄂᆞᆫ 주를 몰래라'는 시로 끝을 내는 것과 관계가 있다. 그가 구분한 대로 〈언지〉는 주로 자연을 통해서 느낀 흥이 출발점이었던 것과 달리 〈언학〉은 다시 성현의 도학으로 돌아가는 것을 주된 내용으로 삼고 있다.

이는 전체적으로 보아 다음과 같은 구도로 보인다. 먼저 〈도산잡영〉의 7언시에서 보여 준 '성현 → 나 → 자연'의 '낙'에서 출발하여, 〈도산잡영〉의 5언시에서는 주로 '자연 → 나 → 성현'의 '흥'의 모습을 보여 주었다면, 이제 〈도산십이곡〉에서는 다시 자연에서 출발해서 성현으로 돌아간다. 그러나 〈도산십이곡〉에서의 그 모습은 '자연 → 나 → 성현'의 복사판이 아니다. 그것은 '성현 → 나 → 자연'을 포함하고 있다. 그래서 〈도산십이곡〉의 성현과 자연은 앞에서 언급했던 삼각형의 구도를 갖고 있다.

이것은 성현만도 아니고 자연만도 아니다. 이 두 가지의 질서가 나에 이르러 하나가 된다. 이 〈도산십이곡〉에 와서야 자연과 도학이 완전히 일치되는 이황의 흥이 완성되는 것이기에 이황은 '노래를 부를 수 있는' 시, 흥을 가장 잘 드러낼 수 있는 시를 지었다고 말했다.[25]

5. 이황 문학에서 흥(興)의 위상

이황 문학에서 '흥'을 고찰하는 것이 중요한 이유는, 그것이 이황 사상 속에서는 쉽게 이해하기 어렵기 때문이다. 잘 알려져 있다시피 이황은

---

25) "덕성과 정취가 혼연히 융화된 작품이며 조선조 시가의 표준"이라는 평가는 이런 점을 드러낸 것으로 보인다(이동영, 앞의 책, 109쪽).

성(性)과 정(情) 가운데서 '성'을 중시했다. 그것은 이기(理氣) 가운데서 '이'를 중시한 것과 같은 맥락이다. '이'와 '성'은 선(善)의 근거가 되는 것이고, '기'와 '정'은 악(惡)을 내재하고 있는 것이어서 배격되어야 하는 것이다. 그런데 '낙'이나 '흥'은 '성'이 아니라 '정'이다.[26] 이황으로서는 긍정하기 어려운 '정' 속에 있는 '낙'과 '흥'을 문학에서는 크게 부각하고 있는 것이다.

이를 이해하는 퇴계 이황의 방법은 정에는 사단(四端)의 선한 경향과 칠정(七情)의 악한 경향이 있다고 문제를 푸는 것이다.[27] 이황이 말하는 '흥'은 사단의 '흥', 성정지정(性情之情)의 '흥'이다. 사단도 정이므로 '흥'을 느낄 수 있을 것 같다. 또한 이황은 '이'가 발한다는 생각을 했으니, '이' 자체에서 '흥'이 발할 이론적 근거를 마련했다고 할 수 있다. 이황이 말하는 '이'는 '활리(活理)'[28]며 "이'가 스스로 이른다[理自到]'고 한다면 '이' 자체가 '흥'을 마련할 수 있게 된다. 이 점을 그는 이렇게 말했다.

> 물격(物格)을 말한다면, 어찌 물리(物理)의 극처가 내가 궁구하는 바를 따라 이르지 않음이 없다고 하겠는가? 이에 알겠노니 정의(情意)의 조작이 없는 것은 이 '이'의 본연의 체(體)요, 곳에 따라 발현하여 이르지 않음이 없는 것은 이 '이'의 지극히 신묘한 용(用)이다. 전날에는 단지 본체의 무위

---

26) 이황의 경우에는 선험적인 '이'가 내 마음 안에도 내재되어 있어서 발(發)하여 '흥'이 생기는 것이므로 '흥'이 '정'이 아니라 '성'이라고 생각할 수 있다. 그러나 '성'은 미발 상태이므로 '흥'이 '성'이라는 주장은 '흥'이 미발 상태라는 말이 되어 요령부득이 된다. '성'이 발한 것이 '정'이므로 '성'과 '정'은 불상리(不相離)라는 점을 강조한다면, 칠정도 '정'인 만큼 사단과 마찬가지로 '성'을 근원으로 해야 한다고 하게 된다(김기현, 〈퇴계의 사단칠정론〉, 민족과사상연구회 편, 《사단칠정론》, 서광사, 1992, 58쪽). 이는 오히려 이황의 철학체계와 맞지 않는다.

27) '흥'은 하나지 사단이나 칠정으로 분류할 수 있는 것인가도 의문일 수 있다. 그러나 적어도 이황의 경우에 '흥'이 유흥의 '흥'이 아니라는 점은 분명하므로 '흥'도 몇 가지로 나누어진다고 생각할 수 있다. 그리고 이황의 경우에 사단 쪽의 '흥'과 칠정 쪽에서의 '흥'을 구분하고 있다는 것을 도산잡영 시에서 보여 준다고 생각한다.

28) 최진덕, 〈퇴계성리학의 자연도덕주의적 해석〉, 김형효 외, 《퇴계의 사상과 그 현대적 의미》, 한국정신문화연구원, 1997, 164쪽.

만을 보아 묘용의 능현을 알지 못했으니 거의 '이'를 죽은 '이'로 여기는 것과 같았다.[29]

'이'의 용에 따라 정의가 발현한다는 것이니 이는 '이'의 '정'이 있다는 말이 된다. 이는 이황 자신의 이론에 사단의 '정'을 해명하는 것은 되지만 성정 일반의 이론과 맞지 않다. 사단도 물론 '정'이지만 사단이란 측은(惻隱), 사양(辭讓), 수오(羞惡), 시비(是非)의 마음이다. 이 가운데서 '낙'이나 '흥'이 자리할 곳은 어디인가? 칠정에는 '낙'과 '흥'이 자리할 곳이 명백하지만 사단에서 그것을 말하기는 어렵다.

또한 이황은 같은 '정'이라고 하기는 하지만 사단과 칠정을 칼로 자르듯 나누었다는 데 문제가 심각하다. 이황에게 사단과 칠정은 섞일 수 없는 것이다.[30] 사단과 칠정은 '근원이 다른 샘물'인 것이다.[31] 그렇다면 이황이 말하는 '흥'이란 칠정과는 무관한 사단만의 '흥'인데, 그게 가능한가? 의문이 아닐 수 없다.

같은 사대부지만 정철의 다음과 같은 시조는 분명 흥이 넘치는데, 이를 이황 식 사단의 '흥'이라고는 도저히 말할 수 없다.

재 너머 성궐롱 집의 술 닉단 말 어제 듯고
누은 쇼 바로 박차 언치 노하 지즐 ᄐᆞ고
아ᄒᆡ야 네 궐롱 겨시냐 뎡좌슈 왓다 ᄒᆞ여라[32]

이런 시가 오히려 일반적으로 사람들이 인식하는 '흥'을 말하는 시라고

29) 及其言物格也 豈不可謂物理之極處 隨吾所窮而無不到乎 是知無情意造作者 此理本然之體也 其隨寓發見而無不到者 此理至神之用也 向也但有見於本體之無爲 而不知妙用之能顯行 殆若認理爲死理[이황, 〈答奇明彦別紙〉(《도산전서 2》, 1980, 114쪽)].

30) 윤사순, 〈퇴계의 성선관〉, 《한국유학사상론》, 열음사, 1988(재판), 97쪽 ; 김기현, 앞의 글, 49쪽.

31) 김기현, 《조선조를 뒤흔든 논쟁 — 사단칠정논변은 무엇을 남겼나》 상, 길, 2000, 210쪽.

32) 정철 지음.

할 것이다. 즉, '흥'이란 기본적으로 사단이 아니라 칠정에 근본을 두는 것이라고 할 수 있다. 그것은 홍대용이 다음과 같이 일반화한 것과 일치한다.

> 노래라는 것은 그 정을 말한 것이다. 정이 말에서 움직이고, 말이 글에서 이루어지면 노래라고 한다. 교졸을 버리고 선악을 잊고서, 자연에 의거하여 천기에서 발한 것이 노래의 최선이다.[33]

사단과 칠정이 명확히 구분되며 사단만을 선으로 긍정하는 이황의 사상에서 '흥'은 어디 위치해야 옳은가? 그의 문학에서 크게 드러나는 '흥'은 그의 사상과 어떤 연관을 갖는가? 다시 한번 그의 시를 생각해 보자. 앞에서 들었던 시 두 편을 다시 살펴보자. 먼저 〈남반(南沜)〉을 본다.

괴이한 바윗돌이 메 어구에 가려 있고	異石富山口
그 곁에 시냇물이 강으로 흘러드네	傍邊澗入江
때로는 내가 와서 세수하고 몸 씻으니	我時來盥濯
나무 그늘 맑았는데 흥취 겨워 하노라	淸樾興難雙

이 시에서 드러나는 '흥'은 사단인가 칠정인가? 칠정의 '흥'으로 보는 것이 사단의 '정'으로 보는 것보다 자연스럽다. 물론 그 의미를 취함에 '세수하고 몸 씻으니 나무 그늘이 맑은' 것을 성정지정(性情之情)을 닦아 맑게 하는 흥취라고 볼 수도 있지만, 그것은 '흥' 일반의 의미로 확대되기 어렵다. 칠정 가운데서 맑은 느낌을 준다고 하면 될 것을 공연히 어려운 설명을 다는 꼴이 된다. 그런 점에서 다음 시(〈채포(菜圃)〉)의 마지막 구는 주목할 만하다.

아늑한 나물밭이 구름 사이 고요하니	小圃雲間靜
아름다운 채소들이 비 뒤에 자라나네	嘉蔬雨後滋

---

33) 歌者 言其情也 情動於言 言成於文 爲之歌 舍巧拙 忘善惡 依乎自然 發乎天機 歌之善也(홍대용, 〈大東風謠序〉, 《湛軒書》 內集 3권, 경인문화사 영인, 1969, 26쪽).

흥취가 이룩되니 참으로 기쁘외다 趣成眞自得
학문은 그릇되나 전혀 어리석진 않았네 學誤未全癡

위의 시와 마찬가지나, 마지막 구에서 '학문이 그릇되나' 하는 것은 눈여겨볼 필요가 있다. 그것은 성현의 말씀에 선함은 '성'이나 사단에만 근거한다는 것과는 어긋나기 때문에, 칠정으로 느껴지는 '흥'에 취해 있는 자신의 모습은 '그릇되지만'이라는 뜻으로 이해된다. 흥취에 취하면 사단의 성(性)에서는 멀어지지만 그 흥취를 긍정하지 않을 수 없다는 말로 보이는 것이다.

이상의 논의는 결국 이황 자신이 의식하고 있었는지 알 수 없으나, '흥'을 두 가지로 나누고 있다는 것을 보여 준다. 일반적으로 '흥'은 칠정의 '흥'이다. 이황은 칠정의 '흥'을 부정하고 사단의 '흥'을 강조하고 싶어 한다. 사단의 '흥'은 특히 '낙'이라는 말로 자주 사용된 것으로 보인다. 그러나 〈도산잡영〉의 7언시는 사단의 '흥'을 보여 주지만, 5언시는 칠정과 가까운 자기 자신의 개인적 흥취를 드러내고 있다고 보인다. 물론 귀결점은 사단의 '흥'이겠지만 5언시에서는 그 출발점이 더 개인적이고 흥취에 몰입된 화자를 보여 준다. 이황은 모든 시가 도학과 연관되는 것은 아니라고 생각했다.

이황이 이 간극을 인지하지는 않았을 것이다. 이황으로서는 의도하지 않았겠지만, 의식 차원의 철학보다는 무의식 차원의 문학에서 우리는 이황의 속내를 엿볼 수 있다. 즉, 이황은 사상에서는 사단과 칠정을 엄히 나누는 이론을 정립했지만, 그것은 생활의 실상은 아니라고 할 수 있다. 달리 보면 시인으로서 이황이 도덕적 규범을 시와 일치시켜 나가는 과정에서 '흥'과 '도'의 양단의 차이가 드러나게 되었던 것으로 볼 수도 있다. 장승구가 퇴계의 자연주의와 도덕주의가 상호 모순되어 보이는 일면이 있다고 지적한 것도 그 점을 말한 것이다. 그러나 그는 순수하고 자유로운 진리의 세계를 마음과 자연에서 발견할 수 있다는 점에서 모순이 아니라고 했다.[34] 결과적으로는 그렇게 말할 수 있겠으나, 이황이 처음부터 자연을 도덕의 도구로 간주했다고 보는 것은 자연스럽지 못하다. 이황은 자연에서 느끼는 '흥'을 중시했기에 시를 긍정했고[詩不誤人人自誤, 〈吟詩〉], 도학과 자연을 점차적으로 일치해 나갔다고 볼 수 있다. 이 점 때문에 "처음에 청려(淸麗)한 데서 출발해서 화려한 맛을 버리고 전실(典實), 장중(莊重), 간담(簡淡)한 데에 이르러서 일가를 이루었다"는 평가를 받았다고 보인다.[35]

이는 또한 이황이 이른 시기부터 사상의 정립보다는 시 창작에 더 기울게 되었던 점과도 일치한다. 사상은 비교적 늦게 결실을 보게 되니, 그것은 사단칠정 논변이 시작되기까지 자신의 의견을 세우지 못하고 있다가 고봉 기대승과의 논쟁을 통해 비로소 완성된다. 이 과정에서 사단을 칠정에서 나누어 정립하는 것은 '도덕에 대한 요청'의 내면 답안으로 이해된다. 즉 그의 시대에 팽만해 있던 비도덕을 이론적으로 무화하기 위한 도덕적 요청에 응답하기 위해 '성'에 근거한 사단만이 선하다는 이론을 성립시켰다고 보인다.[36]

그러나 그것은 사람과 생활의 실상에는 거리가 있는 것이었다. 그 때문에 바로 당대에 기대승은 이황을 공격했고, 이이는 원천적으로 부정했으며, 후대에 홍대용이나 최한기 등은 의해 그 근거조차 무시하는 형편에 이른다. 무엇보다 그런 경향의 시는 시문학사에서 극소수에 지나지 않는 것이다. 전체 시조에서도 소수고,[37] 심지어는 이황 자신의 시에서도 '정'에 바탕을 둔 '흥'을 도외시할 수는 없었던 것이다.

---

34) 장승구, 〈퇴계의 자연성의 세계관 연구〉, 《퇴계학연구》 6집, 단국대학교 퇴계학연구소, 1992, 32쪽.

35) 조동일, 앞의 책, 149쪽 주 27, 〈언행록〉 부분 재인용.

36) 이황의 선 일변도 지향에 대하여는 윤사순의 앞의 책, 115~116쪽을 참조할 것.

37) 조동일, 〈시조의 이론, 그 가능성과 방향설정〉, 《우리문학과의 만남》, 기린원, 1988, 171쪽.

6. 맺음말

이황의 〈도산십이곡〉은 〈도산십이곡〉만으로 이해할 것은 아니다. 그것은 횡적으로는 〈도산잡영〉과 맞물려 있고 종적으로는 그의 사상과 연관되어 있다. 이들 모두는 자연과 성현과 자신의 문제로 집약된다. 이황은 사상에서는 주리론적 경향이 강하고, 칠정을 배격하고, 사단을 옹호했다. 그런데 〈도산십이곡〉과 〈도산잡영〉의 문학작품에서는 '정'의 한 부분인 '흥'과 '낙'이 크게 부각되었다. 이는 이제까지 이황의 문학을 이황 사상과의 연장선에서만 보던 시각을 조금은 바로잡아야 한다는 점을 말해 준다.

그의 문학은 그의 사상과 큰 그림은 같겠지만 어긋나는 부분도 있을 수 있다. 문학이 모두 사상으로 환원된다면 문학의 존재 의의는 그만큼 엷어진다. 이황에게도 그의 문학은 그의 사상으로 일관되게 설명될 수 없는 부분이 있다. 모든 생활을 자기 철학에 맞게 살 수는 없었으니, 그것은 특히 이황이 그의 철학을 당대의 도덕적 요청에 대한 응답으로 구성한 것이기 때문이었다. 이황의 문학을 모두 그의 철학사상에 꼭 부합되도록 설명하려는 경향은 재고되어야 할 일이다. 부절여합(符節如合)의 당위에 치우치지 말고, 그의 문학과 철학의 관계 양상을 사실대로 드러내 규명하는 일이 필요하다.

〈도산잡영 병기〉와 〈도산십이곡발〉은 이황이 생각하는 '흥'의 모습을 계층적으로 이해할 수 있는 단서를 마련해 주었다. 그것은 자연과의 만남에서 생기는 '정' 가운데서 자연과의 일체감을 통해 내면의 질서를 정립하는 기쁨인 감정인데, 이황은 이에 선함의 욕구를 넣어 그런 감정조차 지나친 데 빠지는 것을 제어했다. 〈도산잡영〉의 7언시와 5언시는 각각 책에서 얻은 보편적이고 추상적인 성현의 도를 자연을 통해서 확인하는 기쁨과, 자연을 통해 느낀 흥취를 다시 성현의 진리와 일치시키는 기쁨을 말하였는데, 그 가운데서도 5언시는 자연 자체에서 느낀 '흥'이 더 구체화 직설화되어 있다. 〈도산십이곡〉은 이황 자신이 한시로는 못다할 감정을 우리말로 나타낸 것이라 한 만큼, 자연과 성현과 자신이 일체화된 모습을 보이고, 사단의 '흥'과 칠정의 '흥'이 묘합되는 경지를 보이지만, 그것은 동시에 이적(理的) 통제에 따라 성현적 질서의 회복이라는 당위적 명제를 확인하는 길이기도 했다. 이러한 전개는 전체적으로는 도덕적 근거를 성현에 의지한다는 그의 학문적 방법에 일치하는 것이기도 하지만, 부분적으로는 그의 시에 보이는 '흥'이 그가 설명한 도덕의 구도와 일치하지 않는다는 점을 확인하게 해 주었다.

이것이 이황에 대한 부정적 평가로 이끌지는 않는다. 그보다는 초기부터 힘을 쏟았던 시 창작이 만년의 완성된 성리학 이론으로 연결되는 과정을 보여 준다고 해야 할 것이다. 만년 정론인 이발설은 오히려 시적 자아의 인식과 상황을 설명하는 데에는 제격일 수 있다. 이를 통해 서정문학 이론화에 이황의 사상을 적용해 보는 시도가 필요할 것이다.

이러한 논의는 확대되어야 할 일이다. '흥'에 대해 말한 조선 후기의 사상가나 문학가들의 견해는 이황의 그것과 많이 다르다. 대표적인 인물이 홍대용이다. 홍대용이 시조집 서문으로 여겨지는 〈대동풍요서(大東風謠序)〉에서 말한 '흥'의 개념을 살펴서, 이황과 홍대용이 어떻게 다른가 확실한 답을 마련해야 할 일이다. 그래야 조선조 시조에서 '흥'의 범주가 정해질 수 있다. 그 사이에 있는 다양한 의견은 그 양극의 범주에 놓이는 것으로 이해할 수 있는데, 그 과정이나 양상을 파악하려면 소재나 작가 중심이 아니라 문학사상 중심의 시조문학사 전개로 이어지는 연구가 필요하다. (《국어국문학》 133집, 국어국문학회, 2003)

이황의 '연비어약(鳶飛魚躍)' 이해와 시적 구현

1. 머리말

〈도산십이곡〉 가운데 〈언지 6〉의 종장에는 '어약연비(魚躍鳶飛)'가 나온다. 이 시어는 흔히 이황의 성리학적 견해를 드러내는 것으로 해석되었고, 이는 타당하고 자연스럽다. 다른 시에도 이 어휘는 여러 차례 나타나고 언행록에서도 이에 대한 이황의 의견을 볼 수 있다. 그 시어를 도학적으로 해석하는 것은 《시경(詩經)》과 《중용(中庸)》의 원전과 이에 대한 주희의 해석을 이황이 수용했기 때문임은 널리 지적된 바와 같다. 그러나 아직 그 원문과 해석 사이의 관계에 대하여 상세하게 따져본 글은 보이지 않는다. 더욱이 그 시조 중장의 '사시가흥(四時佳興)'과 '어약연비'가 어떻게 연관되는지도 더 고찰해야 할 문제로 여겨진다. '어약연비'·또는 '연비어약'은 이황의 문학을 이해하는 주요 어휘로 생각된다. 이 어휘는 이황의 사상과 문학이 만나는 접점의 기능을 수행하고 있다.

이 글에서는 먼저 《시경》과 《중용》의 원문을 보고 주희의 주석을 살펴보겠다. 원문과 해석 사이의 틈을 주목하고, 이를 이황이 수용한 양상과 시 작품의 내용을 바탕으로 살펴볼 것이다. 사상과 문학이 만나는 지점을 고찰한 뒤, 이언적과 이이가 그 어휘를 사용한 방법과 비교해 이황 문학사상의 특징을 드러내고자 한다.

2. 《시경》과 《중용》의 '연비어약'

'연비어약'이 처음으로 나타난 것은 《시경》의 〈대아 한록(大雅 旱麓)〉편이다.

저 한산 기슭 바라보니/개암나무 싸리나무 울창하네
안락하신 우리 임께선/복도 편히 받으시네

술구기엔 옥자루, 결도 고와/울창주는 그 속에 철철 넘치네
안락하신 임이야말로/하늘에서 모든 복 받으시네

솔개는 하늘을 날고/고기는 연못에 뛰네
안락하신 우리 임께선/모든 백성 덕화하시네

맑은 술을 차리고/황소도 갖추었으니
신에게 제사를 드려/큰 복을 삼가 빌리라

굴참나무 두릅나무 무성함은/ 백성들이 땔나무 할 것
안락하신 우리 임에겐/ 신들도 위로의 손을 뻗으리

무성한 드렁칡/덩굴 나뭇가지에 감겨오네
안락하신 우리 임께선/덕 닦으사 복 구하시네[1)]

6장 모두 앞의 두 구는 자연의 풍성함을 노래하고, 뒤의 두 구는 군왕의 덕을 기리고 있다. 〈모시서(毛詩序)〉에서는 주(周)나라 임금들이 선조의 성업을 올바로 계승 발전하여 복록을 가져오도록 했다는 내용으로 보았다고 한다.[2)] 군왕의 덕과 복을 기리는 내용일 뿐 도학적 함의를

1) 윤영춘 역해, 《시경》, 한국협동출판공사, 1984, 381~382쪽.
2) 위의 책, 382쪽.

갖고 있다고 하기는 어려울 것이다.

3연을 보자. 시의 전체적 내용은 군왕이 복을 받는 것은 덕을 닦고 신들의 지원을 받기 때문이다. 그러나 3연에서 '연비어약'은 백성을 덕화하는 것과 연관되었다. 원문 '하불작인(遐不作人)'은 그 앞 장의 주에서 '변화고무지야(變化鼓舞之也)'로 해설되었다. 그것은 임금의 덕으로 백성을 덕화하는 공효를 기리는 것이다. '연비어약'은 흥(興)으로 아래 주제를 이끌기 위한 구실을 한다. 백성을 덕화하는 임금의 덕을 기리고자 한 것이다. 여기서도 '연비어약'이 성리학적 도학 개념과 연결되지는 않는다.

《중용》은 이 시에서 단지 '연비어약'만을 따로 떼어내서 새로운 해석을 했다. 주희도 이 점을 지적했다.[3] 《중용》의 유명한 〈비은장(費隱章)〉은 군자의 도가 광대하면서도 은미(隱微)하여, 필부의 우매함으로도 알 수 있으면서도 성인도 다 알 수는 없다고 하면서, 이 시의 '어약연비'를 이용한다. '연비어약'은 군자의 도(道)가 위와 아래로 나타남을 말하는 것[言其上下察也]이라 했다. 그것은 자연에서 '도'의 체(體)와 용(用)이 상하로 드러나 무소부재(無所不在)함을 말한다.

주희는 이 장 첫 구의 주에서 '비용지광야(費用之廣也) 은체지미야(隱體之微也)'라고 했다. '도'의 용은 천지에 광범하게 드러나지 않음이 없어서 누구나 알 수 있고, '도'의 체는 그 속에 있지만 가시청(可視聽)의 범위를 벗어나 성현도 다 알기 어렵다는 이중성을 말했다. 이 뜻을 전달하는 데 '연비어약'이 매우 중요하게 쓰였다. 솔개가 날고 물고기가 뛰는 현상은 누구나 볼 수 있는 가시적 현상이고 그 속에 각각의 '도'가 들어 있지만, 이로 대표되는 천지·자연을 모두 묶는 이(理)의 본체는 알기 어렵다는 것이다. '도'는 현상 속에 있지만 현상을 안다고 '도'를 아는 것은 아니다. 이것은 성리학의 이중성이라 할 수 있다. 성리학은 현실을

3) 詩中之意 本不爲此 中庸借此兩句形容道體[《四書 1(대학 중용)》, 성균관대학교 양현재, 74쪽].

떠나지 않지만 현실을 넘어서는 '도'를 구한다. 이를 이황은 '하늘은 말이 없고 '도'는 형상이 없다'는 안타까움으로 표현했다.

이황은 '도'의 이런 점을 받아들였고, 이황의 사상은 이를 체계화한 것이고, 그의 시는 '도'의 이런 점이 사상만으로는 전달되지 않기 때문에 쓰였다.

3. 이황의 연비어약 수용

이황은 '연비어약'에 관한 《중용》의 본문과 주희의 해설을 충실하게 수용했다. 이 점이 왜 중요한가? 그것은 조식이 이황을 비난한 언사로 드러난다. 조식은 이황이 '이'에 천착한다고 비판했다.

> 요즘 공부하는 자들을 보건대 손으로 물 뿌리고 비질하는 절도도 모르면서 입으로는 천리를 담론하여, 헛된 이름이나 훔쳐서 남들을 속이려 하고 있습니다. 그러다 도리어 남에게서 상처를 입게 되고 그 피해가 다른 사람에게까지 미치니, 아마도 선생 같은 어른이 꾸짖어 그만두게 하시지 않기 때문일 것입니다.[4]

조식은 《소학(小學)》의 실천적 궁행을 학문의 요체로 생각했다. '이' 같은 형이상학에 대한 천착은 공리공론이 될 뿐이라고 했다. 이 두 사람은 학문에 대한 생각이 너무나도 달라서였는지 비교적 가까운 곳에 살면서도 칠십 평생 한번도 서로 만나지 않았다.

이황은 하학보다는 상달의 공부에 전념했다. 상달은 하학을 꿰는 벼리이기 때문이다. 상달의 궁극은 '이'의 체득(體得)이다. '이'는 하나이면서 만물에 통하는 근본원리기 때문이다. 그러나 그 '이'는 얻기 어렵다.

---

4) 조식/경상대학교 남명학연구소 옮김, 〈與退溪書〉, 《남명집》, 한길사, 2001, 135쪽.

개개 현상에 내재하는 '이'를 통해 세계 전체를 아우르는 '이'를 체득하는 것이 이황의 과제였다. 그 과정은 다분히 시적이다.

서정시는 개별적 시어를 통해 전체적이고 포괄적인 정서를 얻는다. 시는 두 가지 방법으로 전체성을 얻는다. 첫째는 자아라는 개별자와 세계라는 현상을 '자아화' 작업을 통해 하나로 엮는다. 둘째로 "구체적 이미지의 매개를 통해 이 매개체를 초월하는 어떤 초현실을 환기하는 기능을 수행한다." 시의 언어는 "하나의 동일한 것, 영원하고 불변적인 것, 곧 존재"[5]를 보여야 한다. 이 '존재'는 김준오가 하이데거를 설명하면서 이용한 말이지만, 이황이 지향하는 궁극적 존재인 '이'의 개념과 크게 닮아 있다. '연비어약'은 이황의 《언행록》〈논리기(論理氣)〉 항에서 취급되고 있다.

한형조[6]에 따르면, 이황이 1552년 추만 정지운의 〈천명도설(天命圖說)〉을 수정하던 당시의 시대적 풍광은 아직 사대부들 사이에서 이론적 체계나 논리적 정합성을 갖고 있지 못했다. 수입되어 읽히던 《성리대전(性理大典)》은 일상의 생활과 습관, 교유 지침의 잠언집 형태로 존재하고 있었는데, "그 잠언들은 일상의 사고와 행동을 더 크고 깊은 근원인 천(天) 또는 '도'와 연관시키는 한에서만 비로소 의미를 갖는"[7] 것이었다. 이 작업을 정지운이 시작했고 이황이 개정했는데, 이에 대해 기대승이 시비를 가리면서 이황의 주리론(主理論)은 이론적으로 체계화된다.

'연비어약'은 바로 '일상의 사고와 행동을 더 크고 깊은 근원인 '천', '도'와 연관'시키는 좋은 이미지로 이용될 수 있었다. '일상의 사고와 행동'은 '구체적 이미지'고 "천', '도'는 하나의 동일한 것, 영원하고 불변적인 존재'인바, '연비어약'은 솔개와 물고기의 구체적 이미지를 통해 약동하면서 동시에 질서를 가진 우주라는 일원적이고 항상성 있는 개념을

5) 김준오, 《시론》, 삼지원, 1993(3판), 27~59쪽.
6) 한형조, 〈남명, 칼을 찬 유학자〉, 박병련 외, 《남명 조식》, 청계, 2001, 43쪽.
7) 위와 같음

제공할 수 있기 때문이다. 이는 이황이 생각하는 '이'를 직관적으로 잘 드러낼 수 있는 요긴한 방법이었다.

이황이 '이'를 '연비어약'과 연결하는 구체적인 논점을 《언행록》과 〈답우경선문목(答禹景善問目)〉, 〈답교질문목(答審姪問目)〉을 통해 몇 가지로 정리할 수 있다. 첫째, '연비어약'은 '도'가 천지에 가득 차 있는, 그리하여 세상 어디서든 '도'를 볼 수 있다는 유학적 긍정론의 근거가 되고 있다. 이황은 "이 말은 실로 '도'의 미묘한 작용이 아래위로 밝게 드러나고 흘러 움직임이 가득히 찬 것을 뜻한다. 그러므로 주자는 "'도'의 흐름이 천지간에 나타나서 어디라도 있도다'고 했다."[8] 이러한 '도'의 적극적 작용을 '활발발(活潑潑)'이라 하는데, 이는 '도'가 천지 사이에 가득 차 있으며 활발히 움직인다는 의미를 전달하기 위한 것이다. 따라서 이 '도'는 일상의 가장 흔한 것, 가령 부부간의 생활에서도 얼마든지 찾아볼 수 있는 것이다. 이는 유학적 일상성의 근거를 확보하는 것이라 하겠다.

둘째로, '도'의 '활발발'함은 이황에게 그대로 '이'의 적극성으로 해석된다. 이 시구는 원래 '도'와 별 관계없던 것을 도학으로 해석한 것인데, 그렇다 해도 그 현상은 기(氣)의 현상일 뿐이다. 후술하겠지만 이이도 여기서 '이'를 강조하지는 않는다. 이황은 '이'를 크게 강조한다. 이황은 이 시구가 천지간의 '활발발'뿐만 아니라 조화로움을 나타내는 것으로 해석했다. 이황은 자사(子思)가 이 시를 인용한 본뜻이 '기'에 있지 않고 '이'의 '활발발'한 묘용을 드러내는 데 있다고 했다.[9] 다른 곳에서도 연비어약은 '기' 가운데 '이'가 나오는 것을 말하지 먼저 '기'를 말하기 위한 것이 아니라 했다.[10] 자연의 '활발발'을 '기'의 운동이 아니라 '이'의

---

8) 이황, 〈언행록〉(정순목, 《퇴계평전》, 지식산업사, 1994, 256쪽).

9) 其飛其躍固是氣也 而所以飛所以躍者 乃是理也 然子思引此詩之意 本不在氣上 只爲就二物 而觀此理本體 呈露妙用顯行之妙活潑潑地耳[이황, 〈答審姪問目〉(《도산전서 3》, 한국정신문화연구원, 1980, 208~209쪽)].

10) 中○者所謂形而上者也 孔子之所謂太極而子思之所謂鳶飛魚躍上面 使得他如此者也 理氣隨不可分而二之 而至論其源則其不可相雜也 …… 元亨利貞兼理氣 不可言先言氣

명령으로 읽는 것은 이황 이론의 특이성을 보여 준다.[11]

그리하여 셋째로, 이 시구는 세계의 조화 질서를 확보하는 도덕적 근거로 작용할 수 있게 된다. 솔개는 반드시 하늘에 있고 물고기는 반드시 아래에 있는 것처럼 뒤바뀔 수 없는 천지의 질서를 나타낸다. "이것은 누가 시킨 것인가? 그것은 자연의 묘한 이치로서 그렇게 되지 않을 수 없는 것이다."[12] 이는 불교에 대한 비판과 함께 나타난다. "만일 석씨(釋氏)의 말대로 한다면 소리개가 못에서 뛸 수도 있고 고기가 하늘로 올라갈 수도 있을 것이라는 말이 되니"[13] 활발발은 같아 보여도 궁극처는 다르다고 했다. 이것이 "불교가 심(心)이 있는 것은 알고, '이'가 있는 줄은 모르는 것"이며, 나아가 "인륜을 모두 끊어버리는" 것과 같은 맥락이며, 《중용》에서 이 시를 부부 얘기로 연결한 것은 가장 가까운 사이에도 천리(天理)가 있다는 말임을 강조한다. 이는 사람 사이의 도덕법칙도 자연법칙과 마찬가지의 자연스런 조화 위에 일관되게 성립한다는 믿음 위에서 주장되는 것이다.

이것이 불교 비판과 함께 나타나는 것은 불교가 말하는 초월의 경지가 유학의 궁극처와 비슷해 보이지만, 불교의 그것은 공허한 것으로 아무 작용성이 없으나, 유학의 그것은 구성력 있는 적극적 성격을 갖는다는 점에서 유학의 우월함을 드러내는 증거가 되기 때문이다.

넷째로, '물조장(勿助長)과 물망(勿忘)'의 의미다. "하늘은 욕심이 없기 때문에 '이'와 '기'가 유행하여 잠시라도 쉼이 없다. 사람 또한 일을 처리하는 데 어떠한 결과를 미리 기대해서, 미리 작정하거나, 잊어버리거나, 빨리 이루려는 마음의 병통만 없다면(욕심 없는 하늘처럼), 마음의 본체

鳶飛就氣中指出理 非先言氣也[(이황, 〈答禹景善問目〉(《도산전서 2》, 545~546쪽)].

11) 김형효, 〈퇴계 성리학의 자연신학적 해석〉, 김형효 외, 《퇴계의 사상과 그 현대적 의미》, 한국정신문화연구원, 1997, 73쪽.

12) 이황, 〈언행록〉(정순목, 앞의 책, 257쪽).

13) 이황, 〈언행록〉(정순목, 위의 책, 258쪽).

가 드러나서 묘한 작용이 끊임없이 나타나 움직일 것이니, 그 모양이 곧 하늘과 같다는 것이다."[14] 자연의 도리처럼 사람 또한 잊지도 않아야 하지만 조장하지도 않는 수행의 모습으로 이 시를 읽는 것이다.

4. 연비어약의 시적 구현

이황은 같은 생각을 시로 여러 차례 표현하고 있다. 오히려 그 드러내려는 뜻은 시를 통해 더 효과적일 수 있다. 그것은 언어와 분석을 넘어서 있는 차원이기 때문이다.

높은 대에서 바라보니 앞이 탁 트였네	高臺臨眺敞無儔
지금처럼 만사를 낚시에 맡기련다	萬事如今付釣洲
솔개는 갠 하늘에 유유히 날아 구름 속에 숨고	綃幕悠揚雲翼逸
금물결에 금린어들 발랄히 유영한다	金波潑剌金鱗游
기수(沂水) 무우(舞雩)의 즐거움 형용하기 어려우니	風雩得處難名狀
수(壽)와 낙(樂)이 나타남을 어찌 밖에서 구할 건가	壽樂徵時詎外求
늙은 나는 세월과 어긋남을 잘 알았는데	老我極知蹉歲月
다행히 비은편(費隱編)에서 숨은 그윽함을 찾았다네[15]	遺編何幸發潛幽

앞이 트인 강가에서 낚시를 한다. 낚시는 고답적이지 않은 일상적인 삶의 모습이다. 그 속에서 화자가 보는 것은 역시 일상의 새와 물고기다. 그러나 그것들은 연비어약의 그것들이다. 일상에는 어디에나 '도'가 드러나 있어서 언제든지 '도'를 볼 수 있는 것이다. 그것은 기수 무우의 즐거움이고 수(壽)와 낙(樂)의 나타남이다. 그 즐거움은 단순히 자연을 즐기는 것을 넘어서 자연 너머에 있는 이치를 생각하고 느끼는 데서 오

14) 위와 같음.
15) 이황, 〈천연대〉(《도산전서 1》, 91쪽).

는 즐거움이다. 그 이치는 솔개와 물고기에만 있던 것이 아니었다. 그것은 이미 내 안에도 마찬가지로 존재하는 것이다. 내 안에서 느끼는 이치와 나의 밖에 있는 세계의 이치가 하나임을 낚시하던 중에 새삼 느끼고 기쁨을 갖게 되었다는 것이다.

솔개 날고 물고기 뛰는 것을 뉘라서 시켰던고	縱翼揚鱗孰使然
천지 유행하는 활발발, 연못과 하늘에 기묘하다	流行活潑妙天淵
강대에 해 지도록 마음 눈이 열렸으니	江臺盡日開心眼
명성 한 큰 책을 세 번 거듭 외우련다[16]	三復明誠一巨編

이 시도 마찬가지로 '천연대(天淵臺)'를 읊은 것이다. 이 시에서는 특히 연(鳶)과 어(魚)의 '활발발'함을 체득하는 즐거움을 말하고 있다. 그것은 현상으로 나타나는 '기'의 세계지만, 그 이면에 마치 '누가 시키기'라도 한 것처럼 느껴지는 그 이치를 알아야 한다. "이것은 누가 시킨 것인가? 그것은 자연의 묘한 이치로서 그렇게 되지 않을 수 없는 것이다."[17] 자연의 '이'가 천지에 유행함을 깨닫고 마음의 눈이 활짝 열렸다는 것이다. 여기서도 다시 한번 책에서 성현의 말을 자연의 징험을 통해 확인하는 기쁨을 말하는 이황 시의 기본 틀이 반복된다.

강대가 조용하고 넓으니 함께 올라	江臺寥闊共登臨
솔개를 쳐다보고 물고기 내려다보니 느낌이 깊네	俯仰鳶魚感慨深
묘처를 응당 저로 좇아 얻으라는	妙處自應從我得
회암의 시구를 그대 위해 읊어보네[18]	晦庵詩句爲君吟

이 시는 자기 거처를 찾아온 변성온에게 그 경지를 느껴보기를 바라는 마음을 그렸다. 연비어약을 통해 '묘처(妙處)'를 깨달아야 한다고 했

16) 이황, 〈도산잡영 천연대〉(《도산전서 1》, 97쪽).
17) 주 13과 같음.
18) 이황, 〈湖南卞成溫秀才來訪 留數日而去 贈別五絶〉(《도산전서 1》, 108쪽).

다. 묘처란 위에서 본대로 '이'의 '활발발'함이며 일상에 존재하지만 일상을 넘어서 있는 근원처다. 다음 시도 마찬가지다.

매번 강대에 올라 혼자 탄식터니	每上江臺獨喟然
그대 또한 천연대를 노래했군요	如今君亦詠天淵
자사의 묘처를 명도가 밝히니	沂公妙處淳公發
천년에 누가 능히 구편을 이으리오[19]	千載誰能續舊編

이황은 '연비어약'을 정명도가 《맹자》 〈호연장(浩然章)〉의 "반드시 오로지 일삼아 미리 정하지 말라. 마음에 잊지도 말고 조장하지도 말라[必有事焉而勿正 心勿忘 勿助長也]"의 뜻으로 해석하였다는 주를 이 시에 달았다. 이 점을 알아야 천연의 묘를 안다고 했다. 《시경》에서는 아직 그 의미가 드러나지 않았으나, 자사의 《중용》에서 시작되어 정명도, 주희에 이르러 확연히 드러난 묘처를 체득하는 것이 공부의 지향점임을 말했다. 이를 혼자만 아는 것이 안타까워서 탄식해 마지않았는데, 김자앙이 이를 따르는 듯해 기쁨을 표현했다.

이들 시에서 '연비어약'은 '묘처'를 드러내는 키워드로 사용되고 있다. 그 묘처는 〈도산잡영 병기〉에서 "전자[현허(玄虛)를 연모하고 고상(高尙)을 일삼음]의 말에 따른다면 제 한 몸만을 깨끗하게 하여 인륜을 어지럽게 함에 흐를까 저어하겠고, 그 심한 자는 날짐승과 벗을 삼으면서도 그릇됨을 모르게 된다. 후자(도의를 기뻐하고 심성을 기름)에 따르면 그가 즐겨함은 조박에 지나지 않을 뿐, 그 미묘함에 이르러서는 구할수록 더욱 얻지 못하게 되니 그 무엇이 즐겁겠는가"[20]라고 한 그 미묘함인 것이다. 그것은 이치를 따져서는 더욱 얻기 어려운 것이다. '연비어약'이라

19) 이황, 〈奉次金子昂和余天淵臺韻〉(《도산전서 1》, 150쪽).

20) 由前之說則 恐或流於潔身亂倫 而其甚 則與鳥獸同群 不以爲非矣 由後之說則 所耆者糟粕耳 至其不可傳之妙 則愈求而愈不得 於樂何有[이황, 〈도산잡영 병기〉(《도산전서 1》, 95쪽)].

는 시적 상징을 통해서 전달하고자 하는 것이 그 때문이다. 이는 또한 불교와 마찬가지로 노장사상과도 거리를 둠을 명확히 했다.

고기를 안다는 장자와 혜자 논리가 초연해	知魚莊惠論超然
자사가 솔개를 대한 말과 같지 않네	不似沂公說對鳶
지금 사람 이 이치 알 것 같으면	此理今人如會得
함께 와서 천연대 즐기기를 사양 마소[21]	莫辭來共玩天淵

장자와 혜자가 고기의 마음을 아는가 모르는가에 대한 논쟁을 하던 고사를 끌어 와서 그것과 유학의 이치는 다르다고 했다. 자연과 하나임을 말하는 것은 같지만, 자연과 하나가 되는 이치는 서로 다르기 때문이다. 그것은 노장의 자연은 무비판적 일체화요, 유학의 자연합일은 자연과의 분별을 거치고 난 뒤의 합일이어서 조화와 함께 질서를 갖춘 것이기 때문이다.[22] 불교가 심(心)을 알고 '이'를 모르듯이 노장은 합(合)을 알지만 질서를 모르기 때문이다. 이런 모든 느낌이 잘 살아난 시가 〈도산십이곡〉의 것이다.

> 춘풍에 화만산(花滿山)ᄒᆞ고 추야애 월만대(月滿臺)라
> 사시가흥(四時佳興)ㅣ 사ᄅᆞᆷ과 ᄒᆞᆫ가지라
> ᄒᆞ물며 어약연비운영천광(雲影天光)이ᅀᅡ 어니그지 이슬고[23]

춘추의 사시는 화만산과 월만대처럼 각각의 충만한 내용을 갖는다. 그것은 '이'의 질서가 '활발발'하게 작용을 하여 사시의 질서로 나타난 것이다. 그런데 이 자연물의 충만함과 질서는 자연물만의 것이 아니다. 그것은 사람 사회의 것과도 한가지라고 한다. 사람도 자연처럼 충만함

---

21) 이황, 〈觀魚石〉(《도산전서 1》, 123쪽).
22) 신연우, 〈이황 산수시의 양상과 물아일체의 논리〉, 《한국사상과 문화》 20집, 한국사상문화학회, 2003, 57~63쪽.
23) 이황, 〈도산십이곡〉 언지 6.

과 질서를 갖는다는 말이다. 자연이 시키는 이 없이 존재론적으로 당위적 질서와 충만함을 갖듯이, 인간사회도 선천적이고 존재론적으로 당위적 질서와 충만함을 갖는 것이라는 이황의 생각이 이 시에 잘 드러나고 있다. 그러한 생각의 궁극처이자 합일처가 '연비어약'으로 표현된다. 그런 깨달음은 끝없는 즐거움을 준다.[24] 사시가 끊임없듯이 사시의 가흥도 끝이 없고, 사람도 'ᄒᆞᆫ가지'다.

사계절의 질서와 연비어약의 약동이 둘이 아니라 하나임을 아는 것이 이 시가 드러내고자 하는 이치다. 연비어약의 약동은 세계의 질서로 구현되어야 하고, 세계의 질서는 연비어약의 역동성을 가져야 한다. 사시로 대변되는 질서 없는 연비어약은 '기' 일방의 움직임으로 무질서로 흐를 염려를 주고, 연비어약 없는 세계의 질서는 움직임이 없는 죽은 것이다. 연비어약은 사시의 '흥'을 주고 사시의 '흥'은 연비어약으로 집약된다. 살아서 만물을 낳으면서 동시에 질서와 조화를 구현하는 세계의 근원적 모습을 포착하여 표현하는 시어가 '사시가흥'과 '연비어약'이다.

이 시의 출발은 도산서원 앞의 '천연대'와 '천광운영대'에서 늘 바라보곤 하는 구체적 생활 정경일 것이다. 그리고 "이런 자연의 경험을 통해 우주론적 인식의 세계에 이르는 확산적 의미를 갖는 것이다."[25] 바로 여기에 '연비어약'을 끌어들이는 의미가 있다. '연비어약' 자체가 위에서 살펴보았듯이, '기'의 구체적 현상을 통해서 그 너머에 존재하는 '이'의 활발한 작용을 체득하고자 하는 것이다. 그것은 "평이한 것을 통하여 조화의 활발, 본연을 깨닫는 것"[26]이다. 그러나 우주론적 인식을 갖는 것은 기론(氣論)의 설명으로도 가능하겠으나, 이황의 그것은 그 너머에 있는 '이'의 작용을 말하고자 하는 것임을 덧붙여야 할 것 같다. 그것은 이황이 발견한 것처럼 죽은 '이'가 아니라 살아 있는 '이', 활리(活理)로

24) 최진원, 《한국고전시가의 형상성》, 성균관대학교 대동문화연구원, 1988, 29쪽.
25) 성기옥, 〈도산십이곡의 재해석〉, 《진단학보》 91, 진단학회, 2001, 264쪽.
26) 최진원, 앞의 책, 32쪽.

서 하는 작용을 아는 것이 진정한 의미를 갖는 것이라고 이황이 여긴 것과 일치한다.[27)]

〈언지 6〉과 짝을 맞추어 〈언학 6〉에서 우부(愚夫)와 성인(聖人)을 놓은 것은 연비어약의 공효(功效)가 천지의 질서에서 인간사회의 질서로 옮아온다는 이해를 표현한 것이다.

> 우부도 알며ᄒᆞ거니 긔 아니 쉬운가
> 성인도 몯다ᄒᆞ시니 긔 아니 어려운가
> 쉽거나 어렵거낫듕에 늙ᄂᆞᆫ주를 몰래라[28)]

이는 《중용》 12장 본문에서 연비어약과 함께 짝을 이루어 나타났던 내용을 반복해 보여준다. 〈언지〉도 〈언학〉도 모두 《중용》 12장 내용으로 종결지은 것이다. 〈언지〉의 그것은 연비어약이라는 이적(理的) 현상을 체득한 기쁨을 말했고, 〈언학〉의 종지(終止)는 그 체득을 위한 공부를 말하고 있다. 그 공부는 연비어약의 해석대로 물망이며 물조장의 끊이지 않는 지속적 흐름으로 이루어지는 것이다.

5. 이언적 · 이이와 비교

'연비어약'은 '기'보다 '이'를 중시한 사람들에게 적극적으로 수용된 듯하다. 이언적은 주리론에서 이황의 선배인데, 이황은 조선조 선학 가운데 이언적만을 학문적으로 인정했다.[29)] 그의 학문이 "이치가 바르고 뜻이 발라 그대로 하늘이 만든 것"이라고 한 것은 그가 주리론을 표방했

---

27) 다음과 같은 시는 같은 발상을 보여 주면서 '이'의 적극적 작용을 더 강조한다. "藝藝庶物從何有 漠漠源頭不是虛 欲識前賢與感處 請看庭草與盆魚"[이황, 〈林居十五詠, 觀物〉(《도산전서 1》, 92쪽)].

28) 이황, 〈도산십이곡〉 언학 6.

29) 이황, 〈언행록〉(정순목, 《퇴계평전》, 282쪽).

기 때문이 아닌가 한다. 그런 점에서 이언적이 "성리(性理)에 잠신(潛神)하고 연비유행의 묘를 즐겼다"[30]는 행장의 기록은 의미가 있다. 그는 연비어약을 제재로 한 시도 여럿 남겼다.

오랜 비 새로 개니 운무가 걷히고	積雨新晴雲霧收
바람은 물 위에 일어 작은 배 보내준다	風生波面送輕舟
청산은 석양빛에 아른거리고	青山曖曖明殘照
백로는 쌍쌍이 먼 물가에서 자맥질한다	白鷺雙雙沒遠洲
넓게 트인 물 하늘과 함께 멀고	浩渺一望天共遠
한밤중 어스름이 달과 함께 흘러간다	朦朧半夜月同流
위로 솔개 아래로 고기 보니 흥취가 가 없네	鳶魚俯仰無邊興
큰 물 흘러흘러 머물지 않음은 누가 알리[31]	誰識洪流逝不留

석양 무렵부터 한밤에 이르기까지 배를 띄우고 흘러가며 연비어약의 이치를 생각한다고 했다. 자연의 흥취가 그 이면의 숨은 이치를 체득하는 흥취로 연결되었다. 그 이치는 《논어》에 이른 대로 밤낮으로 흘러 멈춤이 없는 것이다. 이 시가 실재의 풍경이라기보다 의구된 자연이라 할지라도[32] 자연의 형상화와 이치의 연결이 매끄럽고 자연스럽다고 할 수 있다.

연비어약이 성리학적 논리로 추출된 것이라 할지라도 그것은 시적인 표현으로 나타남으로써 그 함의를 더 잘 전달할 수 있다는 것을 보여준다. 배와 함께 흘러가면서 흐르는 물의 흐르는 이치를 생각하고, 물 위의 솔개와 물 아래의 고기를 보면서 천지에 가득한 생기를 느끼는 즐거움을 연결하는 것은, '이'에 대한 논리적 분석보다 적실한 면이 있다. 그것은 이들에게는 '기'와 마찬가지로 '이' 자체가 생명감을 드러내는 느

---

30) "潛神性理 …… 樂鳶魚流行之妙"[〈회재 이선생 행장〉, 《회재집》(한국문집총간 24), 민족문화추진회, 1996, 502쪽].

31) 이언적, 〈舟中謾興〉(위의 책, 361쪽).

32) 홍학희, 〈율곡 이이의 시문학 연구〉, 이화여자대학교 박사논문, 2001, 137쪽.

낌의 총체를 지향하기 때문이다. 어떤 면에서 이황이 시에서 "기수(沂水) 무우(舞雩)의 즐거움, 〈비은편(費隱編)〉, 활발발, 명성 한 큰 책" 등의 어휘를 직접 드러낸 데 견주어, 위의 시 같은 것은 연비어약의 함축된 의미가 정서적으로 더 잘 융화되어 있다고 하겠다.

이언적은 〈감흥(感興)〉이라는 시에서 어지러운 삼라만상의 이치는 일천(一天)이라 하며, 신령한 공덕이 천지에 가득하다며 '어약연비의 오묘한 작용이 두루 통한다[妙用通]'고 했다.[33] 연비어약은 상하로 밝게 드러나고 우주에 가득 차 일호의 틈도 없고 일식의 멈춤도 없다[34]고 하고, 불편불의(不偏不倚)하고 물망물조(勿忘勿助)하여 종용자득(從容自得) 확연대공(廓然大公)한 것을 연비어약으로 이해하기도 했다.[35] 사람이나 천지의 '이'가 천리(天理)라는 일본(一本)에 융합, 관통되는[36] 것을 뜻하고 있다. 이런 점은 이언적이 주리론에서만 이황의 길을 예비한 것이 아니라 연비어약을 시적인 성취로 드러낸 데에서도 동질성을 보여 준다. 연비어약을 흥취로 수용하는 것도 같다. 이는 이들이 주리론의 성향을 공유하기 때문인 것으로 보인다. 연비어약은 주희의 해석대로 자연에 가득 차 있으면서도 숨겨져 있는 '이'의 공효를 상징하는 대표적 시어로 받아들여진 것이다.

이와는 달리 기를 중시하는 쪽에서는 연비어약을 '이'로 수용하지 않는다. 이이를 들어보자. 이이도 연비어약이 《중용》에서 도체(道體)를 형용한 것임을 받아들였고, 그것이 '도'가 세상에 가득 차 있다는 의미임을 말했다.[37] 그러나 시에서는 그런 의미로 사용하지 않는다.

---

33) 이언적, 〈感興〉, 《회재집》, 357쪽.

34) 鳶飛魚躍 昭著上下 亘古亘今 充塞宇宙 無一毫之空間 無一息之間斷(이언적, 〈答忘機堂第一書〉, 《회재집》, 391쪽).

35) 이언적, 〈其二養心箴〉, 《회재집》, 404쪽.

36) 장도규, 《회재이언적 문학연구》, 국학자료원, 1992, 94쪽.

37) 이이, 〈浴沂辭〉, 〈理一分殊賦〉, 〈畫前有易賦〉, 《국역 율곡전서》 1, 한국정신문화연구원, 1987, 45 · 48 · 50쪽.

물고기 뛰고 솔개 나는 것 위아래가 한가지라	魚躍鳶飛上下同
저것은 색도 아니고 공도 아니로세	這般非色亦非空
무심히 한 번 웃고 신세를 돌아보니	等閒一笑看身世
석양의 나무 숲 속에 홀로 서 있네[38]	獨立斜陽萬木中

이 시는 이이가 열아홉 살 때 금강산의 한 노승과 논쟁 끝에 내놓은 것이다.[39] 불교의 즉심즉불 비색비공(卽心卽佛 非色非空)의 경지는 유학에도 존재하며 연비어약을 통해 그 점을 주장하고 있는 것이다. 일상의 비근한 현상인 연비어약도 비색비공(非色非空)처럼 초월적 경지, '절대와 해방의 공간'[40]을 말하고 있다는 것이다. 그러나 이것은 이황과 달리 '이'를 말하기 위한 언질은 아니다. 한형조에 따르면, 여기서 이이가 말하는 '연비어약'은 자연과 자신의 본원적 에너지의 절대적 힘과 공능의 적극적 지평, 그리고 그것의 언어의 상대성을 넘어선 절대성의 언어로 사용된 것이다.[41]

---

38) 이이, 〈楓岳贈小菴老僧(幷序)〉, 《국역 율곡전서》 1, 58~59쪽.

39) 한형조가 정리한 것을 발췌한다.

이이 : 불교의 핵심적 교리가 우리 유학을 벗어나지 않거늘 굳이 유학을 버리고 불교를 찾고 있소?

노승 : 유가에도 '마음 그것이 곧 부처다'라는 말이 있소?

이이 : 맹자가 인간의 본성이 선함을 말하면서 입만 열면 요순을 들먹였는데 이것이 '마음이 곧 부처라는 것'과 무엇이 다르오? 그렇더라도 우리 유학의 견해가 훨씬 적극적[實]이오.

노승 : (수긍하지 않고 한참 있다가) '색(色)도 아니고 공(空)도 아니다'가 무슨 소리요?

이이 : 이 또한 상대적 의식의 특정한 양태(前境)일 뿐이오.

노승 : (빙그레 웃다)

이이 : '소리개가 하늘에서 날고 물고기는 연못에서 뛴다' 이것은 색이요 공이오?

노승 : 색도 아니고 공도 아님은 진여(眞如)의 체(體)요, 이런 시로 어떻게 빗댈 수 있단 말이오?

이이 : (웃으면서) 언어적 표현을 거쳤다면 바로 상대적 인식의 지평(境界)이니 어떻게 체(體)라 할 수 있겠소? 허면 유가의 핵심[妙處]은 언어를 통해 전할 수 없는데 불교의 진리는 문자 언저리에 있는 셈이오.

노승 : (놀라서 손을 잡고 시 한 수를 청했다.)

40) 한형조, 〈율곡 사상의 유학적 해석〉, 김형효 외, 《율곡의 사상과 그 현대적 의미》, 한국정신문화연구원, 1995, 242쪽.

그러나 그것은 '이'의 세계, 도덕성의 근거로 사용된 것이 아니다. 이이가 유학이 불교보다 낫다고 했을 때, 노승이 즉심즉불을 말한 것은 유학이 갖고 있는 번쇄한 예의와 도덕이 우주와 자아의 막힘없는 본래적 융회와 일치를 가로막고 있음을 함축한 것이었다. 여기서 도덕을 말하는 것은 노승의 논리인 불교우위에 빠져드는 것이다. 도덕성 이전에 우주에 충만한 활발한 에너지의 확충을 체득하는 데 불교만큼이나 유교도 의미가 있다는 것을 '연비어약'을 통해 전달하려고 했다.

물론 궁극적으로 그것이 선일 수는 있다. 우주적 '기' 자체가 선이라는 유학의 전제 아래 '기'를 발현하는 것 자체는 악일 수 없다. 또 이이의 경우에 선악은 결과론적으로 결정되는 것이므로 우주적 '기' 자체에서 선악을 말하는 것은 의미가 없다. 나아가 생의(生意)를 충만히 하는 것이 선이라는 기론(氣論)의 시각에서 보면, 생명 에너지를 충만하게 하는 것이 선이다. 그러나 그것은 이황이 연비어약에서 위아래의 질서, 솔개와 물고기의 본성으로 세계의 질서를 이해한 것과 아주 다르다. 이황은 연비어약에서 선험적으로 존재하고 있는, 질서의 도덕적 측면을 보고 있다.

이 밖에 이이가 연비어약을 시적 소재로 삼은 예는 거의 없다. 〈양지객헌청감당(陽智客軒淸鑑堂) 차중온운(次仲蘊韻)〉이 유일한 듯하다. 그러나 이 시는 사대부의 진퇴에 대한 시다. "나아가면 재상이요 물러와선 산에 살아/분주함도 싫다 않고 한가함도 싫다 않네/하나의 근본이 만 가지로 달라짐을 그대가 믿는다면/솔개와 물고기를 두 가지로 보지 말게."[42] 이 시에서 연비어약은 "재상이 되든지 은거하든지 간에 출처(出處)의 의리는 하나임을 은유"[43]한 것이다.

이언적과 이황은 현상 속에 숨은 '이'를 근원으로 중시했고 연비어약

---

41) 위의 글, 223~246쪽.

42) 이이, 〈陽智客軒淸鑑堂 次仲蘊韻〉, 《국역 율곡전서》 1, 한국정신문화연구원, 1987, 249쪽.

43) 위의 글, 249쪽 주석.

을 그 언어적 구현으로 수용했다. 이언적이 '이'를 드러내는 데 주력했다면 이황은 그와 함께 상하의 질서를 통해 인간사회의 도덕적 질서를 강조하고자 했다. 이이는 그것을 굳이 '이'와 연관 짓지 않았다. 오히려 '기'의 생생함과 충만함의 표현으로 수용하고 있다고 하겠다.

왜 이럴까? 답을 알 수는 없지만 이런 추측을 해 볼 수 있을 것 같다. 주리론자들에게 '이'는 작용성이 있는 적극적 성격을 갖는다. 이것은 결국 인간사회의 도덕성의 근거를 확보하기 위한 것이다. 자연의 생기에서 질서를 읽어 내는 것은 엄밀한 의미에서 논리적이지 않다. 그 논리적이지 않은 부분은 시적 인식으로 수용될 수 있다. 이이의 경우 연비어약은 자연의 생기를 나타내는 것으로 그칠 수 있다. 굳이 인간을 위한 도덕적 구획을 상정하지 않는다. 자연은 자연을 나타내는 시적인 표현으로 충분할 뿐이다. 그리하여 이이의 시는 종종 인간의 차원을 벗어난 듯 초연한 태도를 보인다. 자연의 담박(淡泊)함만을 보일 뿐이다. 주리론자는 자연과 인간 사이의 틈새를 시로 잇는 것이고, 주기론자는 그럴 필요를 느끼지 못하는 것이다.

6. 맺음말

훗날 주리적 성향을 가진 도암 이재가 제자인 녹문 임성주에게 "'연비어약'은 사의(私意) 없이 천리가 자연스럽게 유행하는 것이지만, 이는 마땅히 묵회(默會)할 것이요, 언어로써 구할 수는 없다"고 말했듯이,[44] '연비어약'은 언어를 넘어서는 유학의 절대적 경지를 대표하는 낱말이다. 이는 《시경》 본래의 뜻에서는 벗어났지만 《중용》 이후로 궁극적 실체인 도체(道體)를 형용하는 관습구가 되었다.

---

44) 김현, 〈녹문 임성주의 철학사상〉, 고려대학교 박사논문, 1992, 166쪽.

궁극적이고 절대적인 경지를 언어로 나타낼 수 없는 것은 불교나 도교에서뿐만 아니라 유학에서도 마찬가지다. 그럼에도 언어로 나타낼 수밖에 없음도 마찬가지다. 연비어약은 바로 그런 점을 드러내기 위해 사용되었다. '연비어약' 자체가 언어로 나타낼 수 없는 본체를 언어로 표현한 것이라서, 이론적 설명과 시적 형상화 양쪽으로 나타나게 마련이었다. 그러나 이론적 설명으로는 어떻게 해도 그 궁극처를 형용할 수 없으므로 시적 형상화는 필연적인 것이다. '연비어약' 자체를 시로 수용하려는 노력이 이언적이나 이황 같은 주리적 성향의 성리학자에게 나타난 것은 자연스럽다.

그러나 이황은 언어를 넘어서는 경지라 해도 도덕적 경지를 벗어나지 않는다는 해석을 보여 준 점에서 특이하다. '연비어약'을 자연의 생기의 활발발함에서 그치지 않고, 자연이 위와 아래의 질서를 구현하고 있는 것으로 파악했다. 자연이 그러하듯이 인간도 상하의 질서가 엄존함을 보고 있는 것이다. 불교에서라면 솔개가 물 아래 놀고 물고기가 하늘을 난다고도 할 수 있을 것이라는 이황의 지적은, 불교에 대한 정확한 이해이면서 그것으로는 인간사회의 질서를 마련할 수 없다는 데서 오는 불만을 드러낸 것이다. 이황의 생각에 유학은 불교의 그 경지를 포함하면서 사회 구성력을 갖는다는 점에서 더 낫다는 것이다. 이황이 '연비어약'에 많은 관심을 기울이고 여러 편의 시로 나타낸 이유가 여기에 있다. 사계절의 질서와 '연비어약'의 약동이 둘이 아니라 하나임을 아는 것이 〈도산십이곡〉 시가 드러내고자 하는 이치다. 〈도산십이곡〉은 살아서 만물을 낳으면서 동시에 질서와 조화를 구현하는 세계의 근원적 모습을 사람들이 알기를 바라는 마음을 드러낸 시다. 그 점을 자연과 고인(古人)의 길을 통해 알 수 있다고, 알아야 한다고 설득하면서 자연과 도덕을 융화하고 있는 시이다. (《시조학논총》 21집, 한국시조학회, 2004)

이황 문학에서 '질병'의 의미

1. 머리말

이황은 끊임없이 서울의 벼슬을 사양하고 지방으로 내려가려고 애를 썼으며, 그 이유로 든 것 가운데 가장 큰 것이 몸의 질병이었다. 평생을 병에 시달리며 살았다고 말하곤 했으며, 시에서도 자주 질병을 소재로 삼았다.

사실 한시에서 질병을 소재로 하는 것은 광범위하게 이용된 것이고 다분히 상투적인 면이 있다. 구양수(歐陽修)의 "시는 궁해진 뒤에 더 좋아진다[詩窮而後工]"[1]로 대표되는 궁달론(窮達論)의 한 부분으로 '자신의 역정을 말하거나, 병과 늙음을 병치하는 것'[2]이라는 사고방식에 의한 질병의 언급도 많다.

그런데 이황에게는 특히 질병을 말한 시가 많은데, 이를 일반론적인 의미의 질병으로 이해하고 말 수는 없을 것 같다. 이황이 흠모한 주희의 시와 비교한 이수웅의 보고에 따르면 '병(病)'을 주희는 37회, 이황은 234

---

1) 정민, 《한시미학산책》, 솔, 1996, 218쪽.

2) 이종묵, 〈시인의 궁달과 한시의 미감〉, 《한국한시의 전통과 문예미》, 태학사, 2002, 149쪽 ; 김영봉, 〈시인 궁달론의 전개양상과 작품에의 영향〉, 《열상고전연구》 15집, 열상고전연구회, 2002, 6쪽.

회, '질(疾)'을 주희는 8회, 이황은 35회, '노(老)'를 주희는 86회, 이황은 175회 사용하고 있어,[3] 주희와 견주어 보아도 다르게 질병에 대한 언급이 많음을 알 수 있다.

이황의 경우 질병에 대한 시적 언급을 그의 삶과 연관 지어 이해할 필요가 있다고 여겨진다. 단순히 몸이 아팠기 때문에 그 점을 시로 나타낸 것이라는 피상적 이해를 넘어 그러한 현상이 특별한 의미를 갖는 것은 아닌가 따져 볼 필요가 있다. 이황은 자신이 10대 말에 지나친 공부로 말미암아 몸이 많이 상했다고 했으면서도 실제로 병에 대한 언급이 나오는 것은 36세에 이르러서다. 〈세계득향서서회(歲季得鄕書書懷)〉에서 "다만 공부에 쫓김을 알 뿐, 병든 몸 걱정할 겨를이 없네[但知趁公務不暇憂病骨]"라고 했다.[4]

그런 점에서 김윤식이, 수전 손택(Susan Sontag)[5]의 영향을 받아, 1920, 1930년대 한국 문단에 보이는 결핵을 낭만주의에서 세련성의 메타포, 문학의 메타포, 초기 자본주의의 마이너스적인 측면인 낭비 소모의 메타포 등으로 이해한 것[6]은 일러 주는 바가 크다. 수전 손택이나 김윤식이나 문학에 나타나는 질병을 하나의 은유로 이해하고 있는데, 이 말은 그것들이 실제 질병이 아니었다는 말이 아니다. 실제로 존재했던 질병에 사람들이 부여했던 은유적 기능을 포착했던 것이다. 필자 역시 이황이 실제로 겪었던 질병을 말한 것이 많겠지만 그것이 갖는 다른 기능, 다른 의미에 대한 천착이 이황의 문학세계를 더 깊이 있게 이해하도록 도와줄 것이라는 생각을 갖고 있다. 먼저 병에 대한 이황의 언급을 살펴

3) 이수웅, 〈이퇴계 시취 연구〉, 《인문과학논총》 27집, 건국대학교 인문과학연구소, 1995, 105쪽.

4) 이황, 〈歲季得鄕書書懷〉(신호열 역주, 《국역 퇴계시 1》, 한국정신문화연구원, 1990, 8쪽) ; 이수웅, 위의 글, 1995, 106쪽.

5) 수전 손택(Susan Sontag)/이재원 옮김, 《은유로서의 질병》, 이후, 2002.

6) 김윤식, 〈메타포로서의 결핵〉, 이재선 엮음, 《문학주제학이란 무엇인가》, 민음사, 1996, 343쪽.

보고 지방으로 돌아간 뒤의 활동들을 검토해, 그것이 지방 귀환 활동과 어떤 관계 속에서 이해될 수 있는지를 살피고자 한다.

선행 연구로는 이수웅의 것이 있다. 그에 따르면, 적극적으로 올바른 정치 실현을 주장하면서도 소극적으로 전원으로 돌아간다고 하는 것이 모순되어 보이기도 하지만, 전원으로 돌아가 교육을 통해 정치 이상을 실현해 보고자 하는 것이어서 모순이 아니라고 했다.[7] 그리고 이황 질병시를 이취(理趣), 정취(情趣), 화취(畵趣)의 시로 나누어 살펴보았다. 이는 이황 질병시의 양상을 시적 취향이라는 각도에서 검토한 것으로, "질병 속에서도 생동하는 이취를 얻고 병을 앓아 느끼게 된 심령의 깊고 절실함을 한 폭의 그림으로 묘사해 냄으로써 농후한 화취를 갖게 되었다"[8]는 결론을 끌어냈다.

2. 이황의 질병 언급

이황이 각종 편지와 상소문 등에서 자신의 병을 언급한 것은 일일이 수를 헤아리기도 어려울 정도로 잦았다. 가장 자주 언급되는 것이 17세 때의 일이다. "이때 낮에는 쉬지 않고 밤에는 자지 않으며 공부를 하다가 드디어 고치기 어려운 병을 얻게 된 적이 있다. 때로는 밤새도록 정좌하여 밤을 꼬박 새우기도 하였는데 마침내 마음의 병이 들어 공부를 폐한 지 여러 해가 되기도 하였다"[9]고 했다. 20세에는 《주역》을 읽고 그 뜻을 강구하느라고 거의 침식을 잊었다고 했으며, 또 젊을 때 망령되게 뜻한 바 있었으나 학문하는 방법에 어두워 공연히 지나치게 각고하였으므로 몸이 파리하게 마르는 병을 얻었다고 했다.[10] 그런데 〈광뢰본

---

7) 이수웅, 앞의 글, 106쪽.
8) 위의 글, 120쪽.
9) 〈廣瀨本 退溪先生 年譜補遺〉(정순목 편저, 《퇴계정전》, 지식산업사, 1992, 383쪽).

연보보유〉에는 "이 말씀은 초학자의 학문자세를 거론한 것이고, 따라서 윗글에 적힌 대로 《주역》을 읽어서 그렇게 되었다는 것이라고만 할 수는 없을 것"이라고 해설을 달았다.

53세에는 "쇠약한 병객으로 산림에 돌아가고자 오랫동안 생각하였으나 이루지 못하였다"[11]고 하였고, 65세 2월에는 '풍비증(風痺症)'을 앓아서 문인들이 약을 보내왔다. 66세 5월에는 냉습(冷濕)한 도산서당에서 창증(脹症)이 일어나 계장으로 돌아가서 《주자서절요》를 개정했다.[12] 창증은 소화불량으로 배가 붓는 병이라 한다.

상소문에서 병을 칭탁한 것은 수없이 많은데, 그 가운데서 명종 13년 8월의 것이 절절하다. "신은 품성이 평범하고 용렬하여 캄캄하게 사체를 모르는 데다가 일찍부터 질병에 걸리어 혈맥이 마르고 허약해져서 마침내 고질이 되어 치료하게 되었습니다. …… 중간에 어버이 상사를 만났고 심병(心病)까지 덮치어 여러 차례 사경을 헤매다가 겨우 회복된 뒤로는 그 병이 나았다가도 심해지곤 하여, 조금이라도 수고롭거나 번거롭게 되면 문득 다시 발동하게 되어 당장에 직무를 편안히 볼 수 없는데, 어떻게 제 한 몸은 돌보지 않으면서 충성만으로 세상일을 처리해 갈 수 있겠습니까?"[13] 이 밖에도 신명(身命)이 잔약하고 일찍부터 고질(痼疾)이 있어, 날이 갈수록 정신이 피곤하고 기운이 나른하니[14] 벼슬을 사양한다는 등의 말을 쉽게 찾아볼 수 있다.

그러나 이러한 칭탁은 다른 사람에게도 볼 수 있다. 이황의 젊은 시절 학우(學友)인 김인후(金麟厚) 또한 병이 많다는 이유로 나오지 않았다.[15] 이것은 당시 사대부들의 흔한 투식어였을 수도 있다. 이들과 동시

---

10) 정순목 편저, 위의 책, 388쪽.
11) 위의 책, 449쪽.
12) 위의 책, 499쪽.
13) 《명종실록》 권 24, 13년 戊午 8月(己酉)(정순목 편저, 위의 책, 181쪽).
14) 《명종실록》 권 18, 10년 乙卯 5月(丙子)(정순목 편저, 위의 책, 172쪽).
15) 《명종실록》 권 19, 10년 乙卯 11月(戊戌)(정순목 편저, 위의 책, 175쪽).

대를 살았던 미암 유희춘도 지방에 있는 본가에 돌보아야 할 일이 있으면 병을 칭탁하고 휴가를 내기도 하고, 가서는 불러도 오지 않기도 했다.[16] 그러나 이황의 경우는 그 정도가 유별나다 할 정도로 심한 것에 주목할 수 있다. 무엇보다 관심을 끄는 것은 실록에 기록을 남긴 사관들이 이황의 상소문에 이어 붙인 평이다. 몇 가지를 들면 이러하다.

> 세상이 자신과 맞지 않고 사세(事勢)가 마음과 어그러지므로 병으로 사양하고 시골로 돌아간 것이니, 어찌 그가 물러가지 않을 수 있겠는가?[17]

> 비록 병을 구실 삼아 물러갔지만 필시 깊은 뜻이 그 사이에 있을 것이다.[18]

> 이번에 이황이 오지 않는 것이 어찌 단지 자기 한 몸의 병 때문이겠는가? 그의 뜻은 반드시 다른 데가 있어서인 것이다. 그래서 구차하게 녹만 먹을 수 없기 때문에 비록 그처럼 부지런히 명소(命召)하여도 극력 사양하고 오려고 하지 않은 것이다.[19]

당대 사관들이 이황의 칭병(稱病)을 구실로 인식하고 있음이 단적으로 드러난다. "군자가 도를 배우고 벼슬에 나아가서 말이 행해지지 않고 계책이 쓰이지 않으면 곧 병을 핑계하고 도를 지키며 돌아가는 것"[20]으로 이해한 것이다.

그러나 이것은 이황의 칭병이 품고 있는 깊은 뜻을 정확히 지적한 말은 아니다. 이황이 현실문제에 대한 해결책을 적극적으로 내놓은 일은 많다고 할 수 없으므로, 진언한 말이 행해지지 않기 때문에 칭병을 내세웠다기보다 세상에 도가 행해지지 않기 때문이라고 할 수 있을 것이다.

---

16) 정창권, 《홀로 벼슬하며 그대를 생각하노라》, 사계절, 2003, 145쪽.
17) 《명종실록》 권 18, 10년 乙卯 5月(丙子)(정순목 편저, 앞의 책, 174쪽).
18) 《명종실록》 권 20, 11년 丙辰 6月(乙未)(정순목 편저, 위의 책, 177쪽).
19) 《명종실록》 권 24, 13년 戊午 8月(己酉)(정순목 편저, 위의 책, 186쪽).
20) 주 19와 같음.

'세상이 자신과 맞지 않는다'고 느낀 이황이 병을 구실로 내세웠음은 분명한 일이라 할 때, 그 칭병의 숨은 뜻은 오늘날 더 잘 조명될 수 있을 것이다.

3. 이황 질병시의 성격

이황이 실제로 여러 질병에 시달렸고, 그 점을 편지나 상소문에서 많이 말했을 뿐 아니라 시로도 드러내고 있다. 다음 시는 병중에 썼다고 하는 시이다.

깊숙한 집 세를 들어 저잣소리 멀어지니	賃屋深坊遠市聲
갓개인 늦가을이 한결 더 사랑홉네	端居秋末愛新晴
곧곧한 삼 나무는 바람 앞에 우뚝하고	風前挺挺杉翹幹
곱고 고운 국화는 서리 아래 꽃 피었네	霜下鮮鮮菊秀英
산지(散地)에 한가하니 병든 몸 같지 않고	散地身閒如不病
흉년이라 집이 비니 진청(眞淸)과 흡사하이	凶年家空似眞淸
그대 놀던 선경(仙境)이 꿈에도 그리우니	邇來夢想仙遊地
어느 날 잠(簪) 던지고 호올로 멀리 가리[21]	何日投簪獨遠征

병중이고 또 산지라고 한 한직(閒職)에 체직(遞職)하여 한가한 심사를 드러낸 것이 차분한 가운데 맑은 느낌을 준다. 깊숙한 곳에 세를 들어 살아서 저자 소리가 멀다는 것도 병중의 한가한 정취와 잘 어울린다. 병중에 먼 동쪽의 산수에 대해 이야기를 듣고 나도 벼슬자리를 던져 버리고 그곳에 가고 싶다는 심회를 피력했다.

그런데 한편으로는 이와 대립적으로 상당히 강한 이미지의 시어도 구사하고 있다. 꼿꼿한 삼나무가 바람 앞에 우뚝한 이미지는 병든 화자의

---

21) 이황, 〈病中有客 談關東山水 慨然遠想 復和前韻〉(신호열 역주, 앞의 책, 224쪽).

모습과는 상당히 대조적이다. 그 다음에 국화가 서리 아래 꽃피었다고 했으니, 이 두 구는 화자의 정신적 지향을 드러내는 것으로 보아야 할 것이다. 정신이 강해진 느낌이 있기에 '병든 것 같지 않다'는 말을 할 수가 있고 '홀로 멀리' 갈 수 있을 것 같다.

또한 이 시에서 공간을 셋으로 구분하고 있는 것을 유의해 볼 수 있다. 화자가 있는 곳이 있고, 그곳은 저자와 먼 곳이라서 세속의 소리가 들리지 않는 곳이다. 저잣거리에서 멀어지는 것이 화자의 소망이기에 깊은 곳에 집을 얻었다. 그런데 손님이 다녀온 곳은 더 먼 곳이고 화자는 자신도 그 선경(仙境)에 가고 싶다고 생각한다.

결국 이 시의 병은 속세로부터 멀어지기 위한 계기고, 더 멀리 있는 선경인 관동의 산수는 화자의 병을 잊을 수 있게 하는 계기다. 이 병은 실제의 병이지만 선경을 생각하면 잊을 수도 있는 병이다. 《자성록(自省錄)》에 첫 번째로 편집된 편지글 끝에 있는 시를 보자.

그대랑 서로 보지 못한 그 사이/철서는 흐르듯이 가버렸구료
與君不相見 時序去堂堂
제각기 오랜 병을 안고 있기에/둘이 다 적막하게 빛 감췄다오
綿延各抱病 寂寞兩韜光
마음은 옛사람을 바라지마는/하는 일은 방법에 희미했다오
所希在往躅 所服曾迷方
해우에도 여지가 있어야 하오/알묘(揠苗)란 이야말로 상할 뿐일세
解牛有餘地 揠苗斯自傷
서로 생각하면서 격려하자니/관령이라 풍상에 막히었구려
相思欲相勵 關嶺阻風霜
기러기 가는 편에 편지를 써 부치고/창연히 바라보니 서녘구름 아득하네[22]
緘辭寄歸雁 悵望西雲蒼

여기서도 자신이 오랜 병에 시달렸다고 했는데, 그 다음 구절에 주목

22) 이황, 〈奉酬南時甫見寄〉(신호열 역주, 위의 책, 254쪽).

해 보자. "옛사람을 바라지마는/방법에는 희미했다"는 말은 그가 20세 때 "내가 젊을 때 망령되게 뜻한 바 있었으나 학문하는 방법에 어두워 공연히 지나치게 각고하였으므로 이췌(羸悴)의 병을 얻었다"고 술회한 바와 일치한다. 결국 이 병이란 학문으로 말미암은 것이다. 도광(韜光)은 도회(韜晦)로도 쓰이는 말인데, 재능을 감추고 있는 모습이다. 병으로 말미암아 빛이 감추어졌다는 것이다. 그것은 해우(解牛)에 여지가 없고 알묘(揠苗)할 때 나타나는 병이다. 즉, 학문에서 급하게 서둘러 결과를 얻고자 하는 조급증이 병을 만든다는 것이다.

이러한 시는 화자의 병이 학문이 만족스럽게 이루어지지 않았다고 생각하는 데서 오는 것일 수 있음을 말해 준다. 이 앞에 인용한 시에서 선경으로 상징되는 경지를 생각하면 병든 것을 잊는 것과 같은 맥락으로 볼 수 있다. 이러한 모습을 잘 보여 주는 짧은 시가 있다.

병이 들어 한가한 데 던진 몸이라	因病投閑客
깊숙한 곳 가려서 속(俗)과 벙으네	緣深絶俗居
진락(眞樂)이 있는 곳을 알고 싶기에	欲知眞樂處
백발을 휘날리며 경(經)을 안았네[23]	白首抱經書

속(俗)과 어긋나게 깊은 곳을 가려 살면서도 진락이 있는 곳을 알고자 경서를 안는다. 병은 진락을 모르기에 또는 진락에 다가서기 위해 생긴 것이다. 이 점은 순간순간의 서정적 느낌에 그치지 아니하고 이황의 일관된 생각인 것을 〈도산잡영 서(序)〉에서 이해할 수 있다.

> 마침내 번롱(樊籠)에서 몸을 벗어나 농사터로 돌아오고 보니 지난날 이른바 산림의 낙이 기약하지 않고도 내 앞에 당해 왔다. 그렇다면 나는 이제 오랜 병을 없애고 답답한 근심을 풀고 늙마에 편안히 지낼 길을 이를 버리고 장차 어디서 찾겠는가. 비록 그러하나 옛날 사람으로 산림에 낙을 붙인 자를

23) 이황, 〈溪堂偶興十絶〉 其九(신호열 역주, 위의 책, 179쪽).

보면 역시 두 가지가 있다. 현허를 사모하고 고상을 일삼기 위하여 즐기는 자도 있고 도의를 즐기고 심성을 수양하기 위하여 즐기는 자도 있다.[24]

세속을 벗어나 산림으로 돌아와 한가함을 얻었다. 여기서 병을 없앨 계기를 찾았다. 그런데 병을 없애는 산림의 모습은 제한되어 있다. 세속과 단절된 산림일 뿐 아니라 산림 중에서도 도의를 즐기고 심성을 수양하기 위한 자연이라야 가치가 있다. 병을 고칠 수 있는 자연은 도학적 자연이라는 것이다. 이것으로 보아 이황이 말하는 병이 몸의 병을 넘어 마음의 병을 말하고 있다고 이해해도 좋을 것이다.

연하(煙霞)로 지블 삼고 풍월(風月)로 버들 사마
태평성대예 병오로 늘거가뇌
이듕에 ᄇᆞ라ᄂᆞᆫ이른 허므리나 업고쟈[25]

널리 알려져 있는 〈언지〉의 두 번째 시조다. 여기의 '병'은 그 앞 시조의 '천석고황(泉石膏肓)'에 이어 자연을 사랑하는 병으로 이해된다. 그러나 이제까지 여러 한시 작품에서 보았듯이 이황이 말하는 질병은 우선 자기 몸의 병을 말하는 것이니, 그 점은 여기서도 일관되게 나타나는 것이다. 병으로 말미암아 임금을 떠나 자연으로 돌아와 살고 있다는 것이다.

그러면서 동시에 자연을 사랑하는 마음의 병으로 이해될 수도 있으니, 이는 이황이 말하는 병이 몸의 질병을 넘어선 의미를 갖고 있음을 보여준다. 그러나 이것이 마음의 병이라면 태평성대와 어울리지 않는다. 자연을 사랑한다는 말과 허물이나 없고자 한다는 말이 연이어 있는 것은 자연스럽지 않다. 이황 개인의 허물보다 훨씬 큰 의미를 함축하고 있다고 보아야 할 것이다. 태평성대임에도 앓는 병은 몸의 병이면서, 개인의 마음의 차원을 넘어서 사회적 의미를 띤다고 여겨진다. 굳이 태평성대를

24) 이황, 〈도산잡영 서(序)〉(신호열 역주, 《국역 퇴계시 2》, 한국정신문화연구원, 1990, 19쪽).
25) 이황, 〈도산십이곡〉 언지 2.

언급하며 앓는 병은 태평성대라는 사회적 현상에 대한 비틈으로 볼 수 있을 것이다. 이 점은 이황이 안동 지방이라는 자연으로 귀환하여 활동한 양상을 통해 짐작할 수 있을 것으로 기대한다.

4. 자연에서 이황의 활동

(1) 서울과 자연의 이분법

이황은 28세 봄에 사마시에 합격하고, 34세에는 식년문과에 급제하여 여러 벼슬을 역임했고, 명목상으로나마 졸년인 70세까지도 벼슬을 갖고 있었다. 조광조가 34세까지 부거(赴擧)하지 않고 있다가 천거를 받자 조정에 나가 열정적으로 개혁운동을 했던 것과는 대조적으로, 이황은 처음보다 중년 이후 현실기피 의식이 더욱 커져[26] 칭병의 사직 상소문을 매우 빈번히 올렸다.

이의 직접적인 원인은 세 가지 정도 들 수 있다. 첫째는 앞에서 말했듯이 실제로 질병에 시달렸기 때문이다. 둘째는 성격이다. 학문을 좋아하고 도의로써 수양하여, 모가 나는 언행을 하지 않았고, 세상에 살되 세속에 흐르지 않았다[27]는 문인 조목(趙穆)의 말에 보이듯이, 소담(疎淡), 온겸(溫謙), 염정(恬靜) 등은 이황을 언급할 때 흔히 나타나는 어휘다. 그가 전형적인 관직 진출 경력을 가진 점과 함께, 홍문관·사헌부 경력이 많음과 달리 사간원 경력은 두 차례 밖에 되지 않는 것도 간관으로서의 적성보다는 전형적인 학자적 성품 탓이었을 것으로 이해된다.[28]

그러나 등과시의 연령이나 그 뒤 사환 경력으로 보면 젊은 시절의 그가

26) 이병휴, 〈퇴계 이황의 가계와 생애〉, 《한국의 철학》 창간호, 경북대학교 퇴계연구소, 1973, 84쪽.
27) 《퇴계선생언행통록》 권 1, 연보 권 3 부록(이병휴, 위의 글, 74쪽 재인용).
28) 이병휴, 위의 글, 78쪽.

현실정치에 무심한 것이 아니었음을 알 수 있다.[29] 그래서 셋째로 들어야 할 것은 당시의 정치상황이다. 선배인 조광조의 개혁이 무위로 끝나고 사림이 참화를 겪은 것이 19세 때의 일이고, 이황이 벼슬을 살던 시기는 소윤·대윤의 전횡으로 정치가 제대로 이루어지지 못하고, 급기야 을사사화로 말미암아 가형이 죽고 자신도 화를 입을 뻔한 일을 겪게 된다.

이황 졸년의 기사를 쓴 사신(史臣)은 그의 학문과 성품이 수월함을 높이 기리면서, 그가 벼슬에서 물러나는 이유를 "황은 스스로 나이 이미 늙고 대사를 감당하기에는 재지(才智)가 부족하다고 하였으며, 또 세상 형편을 보니 세속은 쇠락하여 상하가 믿고 의지할 수 없게 되어 선비가 뜻을 펴기 어렵다고 보아서, 간절히 사퇴하고 벼슬에서 물러나기를 빌어 마지 아니하였다"[30]고 하였으니, 선비의 뜻을 펴기 위하여 자연으로 돌아간 것으로 이해하고 있음을 알 수 있다.

나아가 자신만 사직하지 않고 젊은 사류에게도 정계를 떠날 것을 권유하기까지 했다. 기대승 같은 사람에게는 직접적으로 벼슬을 떠날 것을 권했다.[31] 이것은 자신의 사직이 병 때문이라기보다 당대의 정황에 따른 것임을 말해 준다.

이러한 생각으로 말미암아 이황의 시에도, 환로의 세속과 순수한 자연 공간을 이원적으로 대비한 작품이 많다. 그 하나는 다음의 매화시다.

내 평생 벽이 많아 매화를 하 사랑하니	我生多癖酷愛梅
여윈 신선 산택에 나타났다 말들 하네	人道癯仙著山澤
예 놀던 남방에서 옥면을 알았는데	舊遊南國識玉面
벗님네 인정 많아 뿌리째 보내왔소	故人遠惠連根得

29) 한영국, 〈퇴계이황의 시정론고〉, 《한국의 철학》 창간호, 경북대학교 퇴계연구소, 1973, 56쪽.

30) 滉自以年已老 才智不足當大事 又見世衰俗澆 上下無可恃 儒者難以有爲 懇辭寵祿 必退乃已(《선조수정실록》 권 4, 3년 12월 甲午 ; 정순목 편저, 앞의 책, 260쪽).

31) 이병휴, 앞의 글, 80쪽.

암학에 짝이 되어 함께 늙자 기(期)했는데	自期相伴老巖壑
어찌하여 풍진 속에 떠도는 몸 되었는지	胡奈風塵去飄泊
가끔 서로 서울에서 만나긴 하지마는	豈無京洛或相逢
흰옷이 다 검어져 옛 모습 아니로세[32]	素衣化緇嗟非昔

시 〈대성의 이른 봄에 매화를 보고 지은 시에 운자를 쓰다[用大成早春見梅韻]〉의 일부다. 매화가 산택에 어울리듯 자신도 그렇다고 했다. 서울은 풍진이 부는 곳이고 흰옷이 검어지는 곳이다. 매화는 남쪽 나라에 있어야 하며, 그곳에서는 흰옷이 흰옷일 수 있다. 옛날과 남쪽은 순수한 공간이고 지금과 서울은 때 묻은 공간이다. 시 〈정자중의 서한을 얻어 보고 진퇴가 어려움을 더욱 한탄하여 시를 읊어 뜨락의 매화에게 묻다[得鄭子中書 益嘆進退之難 吟問庭梅]〉[33]는 사람 흔적이 없는 순수공간에 있어야 할 매화가 관청 뜰에 있는 것을, 안동에 있어야 할 자신이 서울에 벼슬 살러 와 있는 모습과 동치로 본 시다. 매화를 아내로 삼고 학을 자식으로 삼아 인간관계를 끊고 살았다는 임포의 매화를 고절(孤節)로 치켜 올린 것은 〈도산십이곡〉이나 〈도산잡영 병기〉에서 보이는 이황의 견해로는 수용하기 어려운 모습이다. 〈도산잡영 병기〉에서는 이런 태도를 새 짐승과 하나가 되고도 잘못인 줄 모르는 짓이라고 매도했기 때문이다. 그래서 이황이 이렇게까지 자연공간과 세속공간을 양분하고 자연공간에 가치를 부여한 것은 언뜻 이해하기 어렵다.[34]

(2) 지방에서의 활약

그래서 우리는 이황이 자연인 안동 지방으로 돌아와서 어떤 일에 힘

---

32) 이황, 〈用大成早春見梅韻〉(신호열 역주, 《국역 퇴계시 2》, 한국정신문화연구원, 1990, 234쪽).

33) 이황, 〈得鄭子中書 益嘆進退之難 吟問庭梅〉(신호열 역주, 위의 책, 181쪽).

34) 신연우, 〈이황의 매화시와 도산십이곡의 관련성〉, 《한국시가연구》 11집, 한국시가학회, 2002, 234쪽.

을 쏟았는지 살펴보지 않을 수 없다.

첫째로 들 것은 당연히 성리학 연구다. 이황은 《심경부주(心經附註)》, 《태극도설》, 《주역》 등으로 주자학을 이해하고 있었으나, 고향으로 돌아가기로 결심한 것으로 보이는 43세에 입수한 《주자대전(朱子大全)》을 통해 그의 학문을 체계화했다. 50세 이후 그의 학문이 원숙하기 시작한다고 평가된다.[35] 전하두가 정리한 것을 보면 이와 같다.

53세 정지운(鄭之雲)의 〈천명도설(天命圖說)〉을 개정하고 후서(後敍)를 썼고, 《연평답문(延平答問)》을 교정.
54세 노수신(盧守愼)의 〈숙흥야매잠주(夙興夜寐箴註)〉에 관해 논술.
56세 예안향약(禮安鄕約)을 제정.
57세 《역학계몽전의(易學啓蒙傳疑)》 완성.
58세 《주자서절요(朱子書節要)》와 《자성록(自省錄)》을 완결, 서(序)를 씀.
59세 《백록동규집해(白鹿洞規集解)》에 관해 논의. 기대승과 사단칠정 논변.
62세 《전도수언(傳道粹言)》 교정, 발문.
63세 《송원리학통록(宋元理學通錄)》 탈고.
64세 이구(李球)의 심무체용론(心無體用論)을 논박.
66세 이언적의 유고를 정리, 행장을 썼고 《심경후론(心經後論)》을 지음.
68세 선조에게 〈무진육조소〉를 상서, 〈사잠〉, 《논어집주》, 《주역》, 〈서명〉 등을 강의. 《성학십도》를 저작, 헌상.

이런 과정을 거치면서 주희의 학설에서 벗어나 독창적이라고 할 수 있는[36] 이기이원론의 성리학을 체계화했다. 기대승과 논변을 거치면서 사단과 칠정을 엄밀하게 구분하는 체계를 완성한 것은 이황이 "인간의 가치의존적인 평가에 의해 선과 악을 이원적으로 분화"하고, "'기'에 의한 과불급을 드러내는 칠정의 치우침을 극복하고, 절대적이고 고귀한

35) 전하두, 〈이황〉, 《디지털 한국민족문화대백과사전》, 한국정신문화연구원, 2002.
36) 두웨이밍(杜維明), 〈주자의 理철학에 대한 퇴계의 독창적 해석〉, 이우성 편, 《도산서원》, 한길사, 2001, 169쪽.

'이'의 발현으로서 사단의 진리를 실현하고자 하는 목적지향적인 동기가 있었기 때문이다."[37]

우리는 이황의 이기이원론적(理氣二元論的) 성리학에서 '이'와 '기', '성'과 '정', 사단과 칠정 등을 명확히 갈라 그 연원을 달리 보고자 하는 강한 의도를 보게 된다. 이것은 그가 환로(宦路)의 중앙과 순수한 세계인 지방을 나누어 보는 견해와 같은 구도로 이해할 수 있다. "또 세상형편을 보니 세속은 쇠락하여 상하가 믿고 의지할 수 없게 되어 선비가 뜻을 펴기 어렵다[又見世衰俗澆 上下無可恃 儒者難以有爲]"고 보는 중앙은, '기' 또는 칠정이 차고 넘침이 있는 곳이다. 이곳과 상대되는 자연이 있는 지방은, 매화의 순수한 옥면(玉面)을 간직한 '산택(山澤)'이다. 물론 이 둘을 연결하는 과정에는 자연이 규범과 법칙적 사유의 원천이 된다는 기본적인 전제가 놓여 있다.[38] 그러나 결과적으로는 그러한 규범과 가치관을 정립하려는 것은 그가 갖고 있는 이원적 사고와 질서에 대한 강한 경향을 드러낸다.

둘째로, 그가 열심을 기울였던 것은 서원활동이다. 이우성이 지적한 대로, '이황은 일찍부터 서원 창설운동의 주동자가 되어 각 지방의 서원 발기와 경영에 이상하리만큼 적극적인 추진과 성원을 보냈다.'[39] 이황은 주세붕이 세운 백운동서원의 사액을 청하여 승인을 받았고 그 뒤로 서원을 보급 정착시키고 성격을 규정하여 발전의 토대를 마련했다.[40] 명종 말년까지 건립된 서원이 20개 미만인데, 이 가운데 반 수 이상에 이황이 관여했다.[41]

이황은 서원 창립의 이유를 서울의 번잡함과 달리 자연 속에서 차분

37) 엄연석, 〈퇴계의 자연인식과 도덕적 지향〉, 《퇴계학보》 제111집, 퇴계학연구원, 2002, 89·95쪽.
38) 위의 글, 2002, 103쪽.
39) 이우성, 〈퇴계선생의 이상사회와 서원창설운동〉, 이우성 편, 앞의 책, 148쪽.
40) 이수환, 〈서원건립활동〉, 《한국사》 28, 국사편찬위원회, 1996, 285쪽.
41) 위의 글, 286쪽.

히 공부할 수 있고, 서울 국학은 나라의 제도와 규정에 매여 있으나 지방 서원은 자유로운 분위기에서 순수한 학문 연구에 몰두할 수 있다는 것을 들었다.[42]

그러나 서원 창설운동의 중요한 의미는 "중앙통제방식의 관학적 교화체계를 부정하고 향촌 사림 위주의 새로운 교화체계의 전개"에 있다.[43] 이것은 사림의 새로운 시도였는데 선배인 조광조의 개혁운동이 실패로 끝난 것과 관계가 깊어 보인다. 이황은 조광조 개혁의 실패 이후 급격한 개혁은 오히려 화를 불러일으킨다는 조심성을 보였다. 기묘년의 영수들이 도를 배워서 이루지 못하고 별안간 큰 이름을 얻어 갑자기 경세제민을 자임한 것이 실패를 자초하는 원인이었다고 말했다.[44] 그러나 더 중요한 것은 '세쇠속요(世衰俗澆)'의 시대인식이었을 것이다. 중종 같은 왕의 치세에도 실패한 사회교화를 문정왕후와 윤원형, 그리고 정난정이 농단하는 정치 현실에서 성공할 수 있다고 보는 것은 어리석은 일이다.

이황이 택한 길은 중앙이 아닌 지방을 택하는 것이었다. 지방을 통해 중앙과는 다른 성리학적 교화의 토대를 완비하는 것이었다. 이것은 중앙의 교육에 대항하여 새로운 교육 시스템을 마련함으로써 지방을 교화의 중심으로 재편하려는 기도다. 이황은 〈서원십영(書院十詠)〉에서 9개 서원의 아름다움과 의의를 칭송한 뒤 마지막 총론에서 이렇게 읊었다.

경서 연구 늙도록에 도를 듣지 못했더니	白首窮經道未聞
다행히도 여러 서원 사문(斯文)을 제창했네	幸深諸院倡斯文
어쩌자고 과거 물결 바다를 뒤집는가	如何科目波飜海
부질없는 내 시름 구름처럼 이는구려[45]	使我閒愁劇似雲

42) 이우성, 앞의 글, 151쪽.
43) 이수환, 앞의 글, 285쪽.
44) 이황, 〈答朴參判淳〉(《도산전서 1》, 한국정신문화연구원, 1980, 286쪽).
45) 이황, 〈서원십영〉(신호열 역주, 《국역 퇴계시 2》, 한국정신문화연구원, 1990, 155쪽).

과거 중심의 중앙을 버리고 사문을 위한 자연 속의 서원들을 찬미하는 것이다. 이는 바로 "성리학의 토착화를 통하여 가장 시급한 과제인 사림의 사습과 사풍을 바로잡고자"[46] 하는 의도가 실려 있는 것이다. 이는 학문적인 면에서 지방의 독립화, 지방의 중심화라고 할 수 있겠다.

셋째로 이황은 향촌 안정을 위한 향민 교화에 힘을 기울인다. 사림은 15세기 후반부터 향촌의 질서를 성리학적으로 편성하는 데 많은 힘을 기울였다. 이의 대표적인 활동이 향약운동인바, 1518년 김안국이 〈여씨향약〉을 경상도에서 시행한 것이 최초고, 이후 이를 시행하기 위해 많은 노력이 이루어졌다. 이황은 김안국과 조광조의 선례를 이용해 1547년 온계 친계(溫溪 親契), 1556년 〈예안향약〉을 입조했다. 이황은 이를 바탕으로 집안을 다스리고, 나아가 고을을 이끄는 성리학적 실천을 통해 예속을 홍륭케 하는 것과, 특히 향토의 선비들에게 사명감을 자각하도록 하는 일을 강조했다.[47]

이러한 향약운동은 중앙 파견 수령들의 직접적 통솔 아래 있는 유향소-경재소의 일방적인 수탈에서 소농민을 보호하는 기능을 하였고, 동시에 사림들은 《이륜행실도(二倫行實圖)》를 보급함으로써 장유와 붕우의 질서 존중과 함께 사림 자체의 결속을 도모했다. 이는 결국 "향촌의 일반 농민들을 수령권의 직접적인 통제에서 벗어나게 하는 동시에, 유교적 공동체 조직 속에 끌어들임으로써"[48] 사회를 더욱 안정시킬 수 있다고 믿었던 사림의 활약이었던 것이다. 물론 이 배경에는 농업생산의 발달로 말미암아 성리학 자체가 농민들과의 관계를 더 인격적인 것으로 재정립하려는 이론적 산물이었다는 사회사적 이유도 있었다.[49] 서원

46) 이수환, 앞의 글, 286쪽.
47) 권오봉, 《예던 길》, 우신출판사, 1988, 256~257쪽.
48) 이태진, 〈향촌질서의 재편운동〉, 《한국사》 28, 국사편찬위원회, 1996, 277쪽.
49) 모리모토 준이치로(守本順一郎)/김수길 옮김, 《동양정치사상사연구》, 동녘, 1985, 71~91쪽.

건립운동은 향약운동에 이어 나온 같은 맥락의 활동이었다.[50]

5. 이황의 질병과 그 의미

이황은 중앙정부에서 현실문제 해결 방안을 제시하는 데는 소극적이었지만, 병을 칭하고 자연으로 물러나서 향촌의 질서를 정립하는 데는 적극적인 활동을 했다.[51] 앞에서 본 이기이원론적 성리학 이론의 정립, 향약 보급운동, 서원 건립운동 등은 그가 향촌에 있으면서 이룬 가장 큰 활동이고 업적이다. 이들은 뚜렷한 공통점이 있다. 그것은 바로 중앙정부가 제시하는 질서를 수용하기보다 사림 중심의 새로운 향촌 질서를 정립하고자 한다는 점이다.

향약운동과 서원운동은 명확히 중앙 질서에서 이탈하여 새로운 지방 질서를 만드는 작업이다. 중앙의 교육 방침과 제도에 대해, 중앙의 비도덕적 삶의 방식에 대해, 삶과 교육에서 지방을 우월하게 만들려는 시도라고 결과적으로 말할 수 있다. 이는 권력에서는 중앙정부가 중심이지만, 정신・학문・윤리에서는 지방이 중심이 되는 것이다.

지방이 정신・학문・윤리의 중심이 되는 근거는 그곳에 자연이 있기 때문이다. 자연은 이(理)의 질서가 더 명확히 드러나는 곳이다. 사계절로 대표되는 '이'의 구현을 통해 인륜의 질서까지 확립하려는 이황에게 자연은 모든 사유의 전제가 된다. "자연의 사실적 세계를 인간의 시각에서 가치를 투사하여 해석"하는 이황에게는 '자연[天]이 곧 도덕적 원리'[52]인 것이다. 이런 점에서 중앙에 부도덕한 훈구세력이 제멋대로 날뛰는 것은

---

50) 이태진, 앞의 글, 278쪽.

51) 김덕현은 퇴계의 퇴거(溪居)는 은일(隱逸)이 목적이 아니라 도의와 심성을 위한 적극적이고 현세적인 것임을 지적한다(김덕현, 〈유교의 자연관과 퇴계의 山林溪居〉, 《문화역사지리》 11호, 문화역사지리학회, 1999, 46쪽).

52) 엄연석, 앞의 글, 102~103쪽.

부적절하게 치우친 기(氣)의 운동 때문이고, 이를 바로잡을 수 있는 것은 조화발육의 보편진리를 구현할 수 있는 자연이기 때문이다.

이황 산수시에 질병에 대한 언급이 많은 것은 이황이 자연을 바라보는 시각과 질병을 말하는 까닭이 같은 맥락임을 암시한다. 그것은 실제적 질병이지만, 함의하는 바는 실제를 넘어선다.

첫째, 서울인 중앙에서 벗어나 지방인 자연으로 귀환하는 계기자 명분이라는 더 직접적인 기능을 갖는다. 이황은 처음 서울에서의 활동에 기대를 한 바도 있으나 바로 꿈을 접고 자연으로 돌아갈 것을 기약한다. 자연으로 돌아가기 위한 명분으로 이용한 것이 질병이었다. 병은 초년에도 있었으나 병에 대한 시를 읊기 시작한 것은 중년에 들어선 뒤였다. 서울살이를 본격적으로 시작한 뒤로 질병에 대한 언급이 많아진다.

난간을 기대고서 한 마당 잠에 드니	困倚欄干睡一場
의연히 꿈은 가네 오색구름 서린 데로	依然夢到五雲鄕
국화가 처음 필 때 율리(栗里)를 떠났고	寒花初發去栗里
고운 풀 우거질 때 서울을 하직했네	芳草欲生辭洛陽
병 많으니 임의 은총 받들기 어려워라	多病不堪承誤寵
한 말로 진강(眞剛)이라 허락할 순 없지 않소	一言未可許眞剛
하늘이 졸(拙)한 나를 외진 곳에 숨겼으니	天敎至拙藏深僻
눈썹 사이 상서(祥瑞) 기운 노랗게 떠 있으리[53]	知我眉間彩色黃

〈낙생역에서 김응림의 증별시에 차운함[洛生驛樓 次金應霖贈別韻] 이수(二首)〉에서 둘째 수다. 꿈은 대궐로 간다고 하였지만, 실은 지방 외진 곳으로 떠나가는 기쁨에 눈썹 사이로 노란 상서로운 기운이 감돈다. 임금의 분부를 이행할 수 없는 이유는 병 때문이라고 했다. 이 시 첫 연에도 나타나지만, 떠나는 화자의 기쁨은 시냇가에 생동하는 봄기운과도 같이 즐겁다고 했다.

53) 이황, 〈洛生驛樓 次金應霖贈別韻〉(신호열 역주, 《국역 퇴계시 1》, 1990, 115쪽).

이황은 무신년 정월 외직(外職)을 자청하여 서울을 떠나면서도 "십년을 병에 잠겨 공밥 먹기 부끄러운데/홍은에 오히려 이 고을로 나간다[十載沈痾愧素餐 鴻恩猶得郡符縣](〈赴丹山 書堂朴仲初〉, 문집 권 1)"고 하여, 외직으로 나가는 기쁨을 말하면서도 임금의 은혜라고 했다. 그러나 실은 서울을 떠나는 것이 그의 바람이었고, 10년 숙병이라는 것이 그 명분이 되었다.

둘째, 수정(守靜)과 염퇴구지(恬退求志)의 의미를 갖는다.

인일(人日)에도 내 집 문 두드리는 사람 없어	人日無人叩我廬
문 닫고 옛 사람의 책을 읽는다	閉門且讀古人書
쇠약한 몸 어찌 세속에 얽히랴	羸形豈合嬰塵累
소심한 성품으론 고요히 지내길 좋아했지	褊性從來愛靜居
참새는 숲에 울고 안개는 막막	雀噪林間烟漠漠
소 잠든 울타리에 해는 뉘엿뉘엿	牛眠籬下日舒舒
감히 지업(志業)을 논함은 내 분수가 아니지	敢論志業非愚分
떨어져 지내며 늘 근심은 미혹을 못 떨치는 것[54]	離索長憂或未祛

세속에 어울리지 않고 고서를 탐독하고 미혹을 떨치는 것은 쇠약하고 여윈 몸 때문이라는 것이다. 쇠약한 몸, 소심한 성격은 정거(靜居)에 어울린다. 정거는 미발의 중(中)을 지키는 마음공부를 하는 데 필수적이다. 〈차운기명언증김이정(次韻奇明彦贈金而精) 이수(二首)〉의 둘째 수는 〈수정(守靜)〉이라는 제목을 갖고 있다. 이 시 앞부분에서 이황은 이렇게 읊는다.

몸 지킴은 흔들림 없어야 하고	守身貴無撓
마음 수양 미발(未發)로부터서라네	養心從未發
진실로 정(靜)이 근본 되지 않으면	苟非靜爲本
움직여도 멍에 없는 수레 같다오	動若車無軏

54) 이황, 〈人日〉(《도산전서 3》, 한국정신문화연구원, 1980, 474쪽 ; 《퇴계전서 12》, 퇴계학연구원, 1993, 391쪽의 번역 이용).

내 천성 산에 숨길 좋아하기에	我性愛山隱
검은 먼지 벙으론 적 오래였더니	塵紛久消歇
하루아침 세상을 나와서 보니	一朝來嘗世
신(神)이 하마 밖으로 흔들려지네	已覺神外滑
도성 안은 더구나 어쩌겠는가	何況都城中
앞 다투어 욕해(欲海)에 빠져드는 걸[55]	欲海競顚越

산에 숨길 좋아하는 천성이나, 쇠약한 몸이라 세속에 얽히지 않는다는 것은 같은 함의를 갖는다. 그것은 모두 정(靜)을 지켜 본(本)이 흔들리지 않게 하는 수양으로서 의의가 있는 것이다. 도성은 정신이 밖으로 흔들려지고 욕망의 바다에 빠지게 되는 곳이다. 고요함과 흔들림, 산과 도성, 수양과 욕망의 대립 속에서 몸의 쇠약함, 질병의 고요함, 수양, 산을 택하는 계기가 된다. 질병은 마음을 고요히 하고 자연에 은거하여 경(敬)을 수양하는 것을 함축하고 있다. 앞에도 든 〈계당우흥십절(溪堂偶興十絶)〉 가운데 아홉 번째, "인병투한객(因病投閑客) 녹심절속거(綠深絶俗居) 욕지진락처(欲知眞樂處) 백수포경서(白首抱經書)"에도 병을 핑계로 경서를 껴안고 진락(眞樂)을 찾는다고 하였으니 이와 같은 뜻이다.

셋째, 많지는 않지만 질병은 사회의 병과 함께 나타난다.

내 본시 병을 안아 늘 괴로운데	我素抱痾長坎坎
백성은 밥을 그려 아우성치네	民今思食政喁喁
정완의 동포 사랑 어쩌지 못해	訂頑不奈憐同體
존성(尊性)으로 제 게으름 깨우치노라[56]	尊性還須警己慵

숙병으로 괴로운 것을 백성의 배고픔과 나란히 했다. 그런데 화자가 생각하는 것은 덕성(德性)이다. '정완(訂頑)'은 장재(張載)의 〈서명(西銘)〉을 말한다고 한다. 〈서명〉은 천지 사람이 다 나의 동포이니 어려운 사람

55) 이황, 〈次韻奇明彦贈金而精 二首〉(신호열 역주, 《국역 퇴계시 2》, 248쪽).
56) 이황, 〈病慵〉(신호열 역주, 《국역 퇴계시 1》, 한국정신문화연구원, 230쪽).

을 돕지 않는 것은 인(仁)을 해치는 적도(賊徒)라는 내용이다. 존성은 존덕성(尊德性)을 말하는 주희의 가르침이다. 백성의 배고픔과 화자의 숙병을 다 치료할 수 있는 것은 존덕성이기 때문이다. 3, 4구는 제 게으름으로 말미암아 백성의 배고픔이 생겼다는 느낌을 준다. 제 게으름을 깨치면 동포사랑이 이루어질 것이라는 말이다. 그러므로 제 게으름은 1행의 병과 동치가 된다. 이 병은 세상을 근심하는 우환(憂患) 의식이다.

세상을 근심하는 우환 의식도 성리학적 도를 깨침으로 해결할 수 있다는 것은 자연과 인간세계가 동치인 가치규범을 갖기에 가능하다고 이황은 생각한다. 〈18일 조청 감흥(十八日 朝晴 感興)〉이라는 시가 이 점을 잘 드러낸다. 이 시는 세찬 비바람 끝에 다시 해맑은 하늘이 된 것을 앞부분에 제시하고, 여기서 자연 본원의 태허(太虛)를 생각하게 된다는 내용이다. 치란(治亂)과 선악이 변화가 많아 현실에서 본연을 알기는 쉽지 않으나 사람에게는 하늘이 준 본연의 '성'이 있음을 알아야 함을 말했다. 마지막으로 "팔수록 맛 깊은 건 우산장(牛山章)이라/병중에도 언제나 세 번씩 읽네[雋永牛山章/病中恒三復][57)]"라 했다.

자연세계에 흔히 보이는 비 끝에 맑은 하늘과 인간세계에 흔한 난(亂)과 악의 끝에 치(治)와 선(善), 이것은 동치다. 이황의 병은 난과 악을 없애고 본연의 성을 찾기 위한 수행의 병이다.

6. 활동의 장(場)으로서 질병

이황이 말하는 병이 자신의 실제적인 질병을 말하고 있음은 분명하다. 그러나 지나치게 자주 병을 말하는 것은 이 병이 동시에 다른 의미를 함축하고 있기에 그렇다고 생각해 볼 수 있다. 이황의 병이 순수하게 몸의

57) 이황, 〈十八日 朝晴 感興〉(신호열 역주, 위의 책, 162쪽).

질병을 말하는 것이 아님은 당대 사관들의 견해로도 나타난다. 그것은 부패한 중앙 도성에서 물러나 자연으로 돌아가기 위한 명분이었다.

결국 이황이 말하는 병은 중앙과 자연을 양분하는 경계선인 병이다. 중앙과의 연결을 끊고 자연을 매개로 윤리적, 정신적인 면에서 지방을 중심화하는 것이 이황의 노력이었다. 이황을 부르는 자연은 지속적으로 병과 더불어 표현된다. 그것은 자연이 갖는 규범적 본질의 이면에서 그 자연에 머물게 하는 수정(守靜)의 등가물(等價物), 문학적 표현물이다.

질병이 있기에 자연에 머물면서 자연의 규범과 이치를 자신의 것으로 정립할 수 있었는바, 이때 이 질병은 신체적이라기보다 문화적, 은유적인 것이라 할 수 있다. 자신을 중앙 문화의 패턴에서 벗어나서 학문적, 사상적, 규범적인 면에서 자연의 새로운 패턴을 인식하고 정립하게 하는 장(場)을 '병(病)'이라 일컬을 수 있다는 것이다. 병이라는, 외형적으로는 조용하고 소극적인 장 안에서 향약운동, 서원운동 등 향촌의 질서 재편과 주리론적 성리학을 정립하여 사림이 도덕적 명분을 확고히 하는 길을 마련했던 것이다. 바꾸어 말하면 병이라는 장이 마련되지 못했다면 이황의 모든 업적은 성취되기 어려웠을 것이다.

동편이라 큰 기슭에 새 터를 가렸더니	新卜東偏巨麓頭
암석이 가로 세로 모두가 그윽하네	縱橫巖石總成幽
구름 연기 아득아득 산 사이서 늙었는데	煙雲杳靄山間老
시냇물은 돌고 돌아 들녘으로 흘러가네	溪澗彎環野際流
만권서적 이 생활 의탁 있어 반가워라	萬卷生涯欣有托
농사짓는 심사도 욕망 생겨 한탄일세	一犁心事歎猶求
행여나 시승(詩僧)에겐 이런 말 하지 마소	丁寧莫向詩僧道
참다운 휴식인가 병으로 휴식이지[58]	不是眞休是病休

이 시에서 자연과 만권 서적과 병으로 말미암은 휴식을 연결한 것은

58) 이황, 〈東巖言志〉(신호열 역주, 《국역 퇴계시 1》, 84쪽).

바로 활동의 장으로서 질병이라는 틀을 제시한 것이다. 자연에서 찾는 규범과 인간의 규범을 일치시키는 것이 그의 목표였고, 그것은 병을 칭한 휴식으로 이루어졌다. 이것이 문자적인 의미에서 휴식이겠는가? 그렇지 않다. 이 휴식은 자연과 만권 서적을 연결하기 위한 휴식이고, 욕망을 제어하는 수양을 위한 휴식이다. 같은 의미에서, 병이 준 휴식은 성리학을 체계화하고 향약운동과 서원운동을 하게 한 전제조건이었다.

이황이 그토록 병을 언급한 것이 병을 통해 자신의 사업을 이루어나가면서도 병의 그늘 아래 자신을 숨겼던 것을 알 수 있다. 그것은 자연을 수없이 말하면서 자연을 통해 사상을 완성하고 자연 속에 자신을 숨겼던 것과 짝이 된다.

이것은 이황이 중앙에서 자신의 뜻을 펼치기 어려우니까, 향리를 또는 지방을 선택했고, 그곳에서 자연은 하나의 대안으로 발견되었고, 그 대안이 서원, 향약 같은 것으로 나타났다고 보기에, 성리학적 자연의 발견과 궁구가 있었다고 보는 것에서 한 걸음 더 나아간 견해다. 그런 점은 사실이기는 하지만 대안 이상이라고 평가해야 한다. 즉, 이황에게서 자연이 있는 향리는 '전면적, 궁극적 희망', '새로운 세계', '능동적 선택', '인생의 희망', '중심의 재편'이라는 의미를 갖는다.

중세가 언제나 임금을 중심으로 세상을 구축하려 했다는 생각은 오늘의 편견일 수도 있다. 이황의 예를 보면 또 다른 시도들이 있었다는 생각을 하게 된다. 물론 그것은 당시 역사적 현실태인 군주 중심의 세계를 무너뜨리는 것을 의미하는 것은 아니고, 당시 중세는 이렇게 또 다른 꿈이 가능한 유연한 세계였다는 것이다.

이 글은, 이황의 경우 그러한 생각이 자연이라는 오래되고 수용이 용이한 매개체를 통해 가능했고, 그 자연을 확보하는 개인적 계기의 장으로 질병이 이용되었다는 점을 살펴보았다.

(《열상고전연구》 18집, 열상고전연구회, 2003)

이황의 〈매화시〉와 〈도산십이곡〉의 관련성

1. 머리말

이황은 매화를 몹시 사랑해서, 심지어 임종 때에도 제자들에게 매화에 물을 주라고 부탁했다. 매화시를 100편 정도 남겼고, 손수 매화에 관한 시만 추려서 〈매화시〉 또는 〈매화시첩〉을 남겼다.[1] 한편으로 〈도산십이곡〉은 한글로 지은 시면서도 작품과 서발문(序跋文)을 통해 이황의 시 의식을 잘 알 수 있는, 시조문학사에서 으뜸 가는 중요한 작품이다. 이황에게는 〈매화시〉와 〈도산십이곡〉이 다같이 그의 정신세계를 드러내는 중요한 작품이었다. 그런데 〈도산십이곡〉에는 매화에 대한 언급이 하나도 없다. 왜일까? 이르고자 하는 지향점이 다르기 때문일까? 그 지향점은 무엇일까?

〈도산십이곡〉에 꼭 매화가 나와야 하는 건 아니라고 생각할 수 있다. 대나무나 복숭아꽃도 안 나오기는 마찬가지기 때문이다. 사실 이황의 〈도산십이곡〉과 〈매화시〉의 시세계는 매우 달라 보인다. 전자는 한글 시조시고 후자는 한시라는 외형적 모습에서뿐 아니라 내용면에서도 상

1) 〈매화시첩〉은 몇 종류가 있는데, 이 글에서는 한국정신문화연구원 소장, 《退陶梅花詩》를 본으로 하고 《국역 퇴계시》(한국정신문화연구원 간행)의 번역을 이용한다.

당히 다르다. 그래서 함께 고찰하고자 하는 것이 무리라는 생각이 들 수 있다. 〈도산십이곡〉에 대한 연구는 〈매화시〉에 대한 것보다 양적으로 풍성하며 그 둘을 함께 고찰한 선행 연구는 없다.

그러나 한 사람의 작가가 쓴 두 경향의 작품이기에, 연관성을 고려해 보는 것은 자연스러운 생각이다. 시조시와 한시의 차이점을 확인할 수 있으면서 동시에 이황 시세계의 일관성을 읽어볼 수 있으리라는 기대를 하게 한다. 더구나 이황이 쓴 〈매화시〉의 특징을 이해하면 그것이 이황 사상의 한 특징을 잘 짚어내고 있다는 점을 알 수 있게 되고, 이황의 사상은 〈도산십이곡〉에서도 여러 번 지적되는 것이기에 그 둘을 연관지어 보려는 시도가 무망하기만 한 것은 아니다.

그렇다고 해도 〈도산십이곡〉과 〈매화시〉를 직접 연관 짓기에는 무리가 있다. 그 간격에 다리를 놓아 주는 것이 〈도산잡영〉의 시라고 필자는 생각한다. 〈도산잡영〉의 자연 소재 시들을 통해서 〈매화시〉와 〈도산십이곡〉에 보이는 이황의 시세계를 더 선명하게 이해할 수 있다.

이 세 편의 시 선집은 이황 자신이 손수 꾸민 것이다. 문집은 사후에 문인들이 펴낸 것이지만, 이들은 이황 자신이 자신의 시세계를 규정하고 있는 무엇보다 좋은 자료집이라고 하지 않을 수 없다. 이를 통해 이황 시의 전체적 성격의 맥을 짚어 볼 수 있을 것으로 기대한다. 특히 다른 작품들과 비교 고찰함으로써 〈도산십이곡〉의 성격을 더욱 명확히 이해할 수 있다.

2. 〈매화시〉, 〈도산잡영〉, 〈도산십이곡〉 시의 성격

이황 연구자들은 흔히 이 세 편의 시첩에서 자연과 성리학을 모두 읽어 낸다. 이황 시에 보이는 자연은 성리학의 이념을 드러내는 수단으로 사용된다는 것이 공통된 결론이다. 그렇다면 우리는 이 셋이 어떻게 다른가 하는 점이 궁금해진다. 내용을 분석해서 이 셋이 자연과 성리학을 다루는 관점과 비중이 어떻게 서로 다른가 하는 점을 따져 볼 필요가 있다. 우선 자연을 대하는 태도의 변별성을 검토한 뒤에 성리학과의 접맥을 생각해야 한다.

우선 〈매화시〉의 시들은, 기존 연구에서 보였듯이[2] 환로의 세간과 매화가 있는 순수자연공간이 이원적으로 명확히 대립된다.

내 평생 벽이 많아 매화를 하 사랑하니	我生多癖酷愛梅
여윈 신선 산택에 나타났다 말들 하네	人道癯仙著山澤
예 놀던 남방에서 옥면을 알았는데	舊遊南國識玉面
벗님네 인정 많아 뿌리째 보내 왔소	故人遠惠連根得
암학에 짝이 되어 함께 늙자 기(期)했는데	自期相伴老巖壑
어찌하여 풍진 속에 떠도는 몸 되었는지	胡奈風塵去飄泊
가끔 서로 서울에서 만나긴 하지마는	豈無京洛或相逢
흰옷이 다 검어져 옛 모습 아니로세[3]	素衣化緇嗟非昔
……	……
매화 너는 고고하여 고산이 알맞은데	梅花孤節稱孤山
어째서 옮겨왔나 번화로운 성 안으로	底事移來郡圃間
필경에는 너 역시 이름으로 그르친 것	畢竟自爲名所誤
늙은 이름 때문에 시달린다 무시마라[4]	莫欺吾老困名關

앞 시는 매화가 산택에 어울리듯 자신도 산택에 어울리는 사람으로 매화와 같다는 말을 한다. 서울은 풍진이 부는 곳이고 흰옷이 검어지는 곳이다. 매화는 남쪽 나라에 있어야 하며 그곳에서는 흰옷이 흰옷일 수 있다. 옛과 남쪽은 순수한 공간이고 지금과 서울은 때 묻은 공간이다.

---

2) "시인의 서울과 도산에 대한 인식은 부정적/긍정적으로 극명하게 대비된다."(이택동, 〈퇴계 매화시 연구〉, 서강대학교 석사논문, 1989, 47쪽).

3) 이황, 〈用大成早春見梅韻〉(신호열 역주, 《국역 퇴계시 2》, 한국정신문화연구원, 1990, 234쪽 ; 앞으로 매화시의 번역은 이 책에 따르고, 책의 권차와 쪽수만 밝힌다).

4) 이황, 〈得鄭子中書 益嘆進退之難 吟問庭梅〉(《국역 퇴계시 2》, 181쪽).

자신과 매화는 남쪽에 있어야 하는데 어쩌다 보니 서울까지 와서 몸을 더럽히게 되었다.

다음 시의 고산(孤山)은 송나라 임포(林逋)가 매화를 아내로 삼아 은거하던 곳이다. 사람 흔적이 없는 순수공간에 있어야 할 매화가 관청 뜰에 있는 것을, 안동에 있어야 할 자신이 서울에 벼슬 살러 와 있는 모습과 동치로 본 시다. 임포는 매화를 아내로 삼고 학을 자식으로 삼아 인간관계를 끊고 살았다는 인물이다. 이것은 이황의 견해로는 "새 짐승과 하나가 되어도 잘못인 줄 모르는[與鳥獸同群 不以爲非矣, 〈도산잡영 병기〉]" 잘못된 태도가 아닌가? 이황이 이렇게까지 자연공간과 세속공간을 양분화하고 자연공간에 가치를 부여한 것은 언뜻 이해하기 어렵다.

이와 함께 눈여겨볼 수 있는 것은, 서울에 있는 매화의 위상이다. 남쪽 안동에 있는 매화는 있을 곳에 있어서 순수를 지키는 매화다. 서울에 있는 매화는 속(俗)의 넓은 공간 속에서 순수를 지키는 아주 작은 공간이다. 매화는 비록 서울에, 관청 뜰에, 매화에 어울리지 않는 세속의 공간 속에 있더라도 그 고절(孤節)을 잃어버리지 않는다는 점이 중요하다. 물론 이황은 서울 매화가 되기보다는 안동의 매화로 있고 싶어 한다. 그러나 어쩔 수 없이 서울에 있더라도 매화의 순수함은 잃어서는 안 된다는 자각으로 각오를 새롭게 한다.

그것은 서울 집에 있는 매화와 헤어질 때를 노래한 다음 시에 선명하게 드러나 있다.

쓸쓸한 나를 짝한 매선이 고마워라	頓荷梅仙伴我凉
소쇄한 객창에 꿈 혼이 향기롭네	客窓瀟灑夢魂香
그댈 끌고 동으로 가지 못해 한이로세	東歸恨未携君去
서울이라 먼지 속에 부디 고이 보전하세[5]	京洛塵中好艶藏

5) 이황, 〈漢城寓舍盆梅贈答〉(《국역 퇴계시 2》, 263쪽).

이황은 서울에서는 객이라는 의식을 버릴 수가 없었다. 그곳은 오래 있을 곳이 아니고 마음 줄 곳도 아니었다. 신산한 서울에서의 삶에 소쇄함과 향기를 주는 것은 객창의 한 그루 매화였다는 것이다. 서울이라는 티끌 세상 속에 있지만, 그곳에서도 자신의 원래 모습, 곱고 서늘한 본성을 잊지 말 것을 당부하고 있다. 서울에 있지만 서울의 티끌을 묻히지 않아야 매화다.

이황이 생각하는 매화는 먼지 속에 있지만 먼지를 타지 않는 수동적인 모습뿐 아니라, 꽃피기와 향기를 조절하는 능동적인 모습을 보여 준다. 다음 시는 위의 시에 이어지는 것으로 서울 매화가 이황의 시에 대답하는 내용이다.

말 들으니 도선도 우리마냥 쓸쓸한 이	聞說陶仙我輩凉
임 가실 때 기다려 천향(天香)을 풍기리다	待公歸去發天香
여보소 우리님 대할 때나 그릴 때나	願公相對相思處
옥설(玉雪)과 청진(淸眞)을 고이 잘 간직하세	玉雪淸眞共善藏

서울의 매화는 이황에게 옥설의 맑음을 서로 잘 간직하자고 제언하고, 도산의 매화는 이황 오기를 기다려 꽃을 피우고 향기를 뿜는다. 위에 인용한 바 있는 〈용대성조춘견매운(用大成早春見梅韻)〉에서는 "어찌 알리 도산 매화 추위 타는 내 병 알아 / 날 위해 늦게 피길 아끼지 않는 줄을[豈知陶梅知我病畏寒/爲我佳期晩發猶不惜]"이라고 했다. 도산의 매화는 이황이 병들고 추위를 싫어하는 것을 알아, 이황에게 좋은 때에 맞춰 피고도 아쉬워하지 않는다는 것이다. 이것은 매화를 인격화하는 것으로, 시인이 시적 대상을 의인화하는 것이니 특기할 만한 사항은 아니다. 그러나 〈도산십이곡〉과 〈도산잡영〉에는 그런 경향이 있지 않다면, 이는 매화시의 특별한 성향으로 간주할 수 있다.[6)]

---

6) 이택동에 따르면, 국화를 대상으로 한 시에도 문답시가 있다. 그러나 매화를 대상으

이황의 〈매화시〉에서 무엇보다 특기할 점은 신선(神仙) 소재와의 접맥으로 심하게는 도교적 경향이라고까지 말할 수 있는 부분이 드러난다는 것이다.

군옥산 꼭대기 제일의 신선	羣玉山頭第一仙
얼음 살결 눈(雪) 빛이 꿈에도 고와	氷肌雪色夢娟娟
일어나 달 아래서 만나를 보니	起來月下相逢處
가는 바람 휘감고 한번 빙그레[7]	宛帶仙風一燦然

군옥산은 신선이 거처하는 곳이다. 밤에 일어나 매화를 보고 제일의 신선이라고 하고, 거듭해서 신선의 풍채가 완연하다고 상찬했다. 그 상찬의 대상은 얼음 살결과 눈 빛깔이다. 그것은 순수의 극치다. 이 시에서 매화는 군옥산 산머리에 있어서 공간적으로 일상에서 벗어났고, 달 아래 있어서 시간적으로 생활에서 벗어났고, 그 자체가 얼음 살결 눈 빛깔로 순수의 상태를 극대화하고 있다.[8] 그렇게 일상에서 벗어난 상태를 적실하게 드러낼 수 있는 말이 신선이다. 신선은 사람살이의 일상적 시간과 공간을 벗어나 있고, 그 자체로 양생이나 호흡을 통해 인간 육신의 찌꺼기를 제거해 순수해진 사람이다. 위에 보인 시들에서 매화가 순수한 공간에 어울리는 순수한 존재임을 잘 보여 주었지만, 한 걸음 더 나아가 매화를 신선의 경지로까지 파악하고 있는 것이다. 이러한 성향은 여러 편에 거듭 나타난다.

막고산 신선님이 눈 내린 마을에 와	藐姑山人臘雪村

로 한 문답시는 매화가 시적 자아에 깊이 침윤되어 시인의 의경을 시인과의 일체감 속에서 표현함에 비해, 국화는 시인에게 있어 끝까지 대상으로 일관된다고 한다(이택동, 앞의 글, 52쪽).

7) 이황, 〈溪齋夜起 對月詠梅〉(《국역 퇴계시 2》, 321쪽).

8) 박혜숙은 "퇴계와 매화가 함께 하는 공간은 '암학(巖壑)'이나 '외물(物外)'로 표현된바, 탈세속의 공간이다"라고 지적했다(박혜숙, 〈조선의 매화시〉, 《한국한문학연구》 26집, 2000, 434쪽).

형체를 단련하여 매화 넋이 되었구려[9]	鍊形化作寒梅魂
내 바로 포옹이라 환골한 신선인데	我是逋仙換骨仙
그대는 학을 타고 요양에 내렸구려[10]	君如歸鶴下遼天
들새가 정스럽게 울어대지 않더라도	野鳥不須啼更款
맑은 밤에 마고신선 기다리려 작정했네[11]	淸宵將擬待麻姑

막고산인은 《장자》 〈소요유(逍遙遊)〉 편에 나오는 신선으로 '기부약빙설(肌膚若氷雪)'이라 되어 있다. 위의 '군옥산 신선'을 말할 때 사용한 표현이 그대로 나타난다. 마고할미는 손톱이 몹시 길다고 하는, 예부터 널리 알려진 선녀의 이름이다. 이러한 성향은 〈도산십이곡〉이나 〈도산잡영〉 시에는 보이지 않는 것이다. 우리가 흔히 이황 시의 특성을 '온유돈후(溫柔敦厚)'라고 할 때 신선세계를 찾는 성향을 포함시키지는 않는다. 이것은 또한 이황의 사상적 성향과도 어울려 보이지 않는다.[12] 그래서 우리는 이런 성향의 매화시를 어떻게 일관되게 이해해야 하는가 하는 문제에 봉착하게 된다.

다음으로 〈도산잡영〉 한시의 기본적 성격을 고찰해 본다. 〈도산잡영〉은 7언시 18수와 5언시 26수로 이루어져 있다. 그런데 그 둘의 성격이 차이를 보인다. 〈도산잡영〉은 먼저 순임금이라는 성현을 지적하는 것으로 시작한다. 첫째 수인 〈도산서당〉을 본다.

---

9) 이황, 〈湖堂梅花暮春始開用東坡韻〉(《국역 퇴계시 1》, 59쪽).

10) 이황, 〈代梅花答〉(《국역 퇴계시 2》, 196쪽).

11) 이황, 〈再訪陶山梅十絶〉(《국역 퇴계시 2》, 210쪽).

12) 이종석은 "〈도산십이곡〉에 나타난 퇴계의 인간상이 도학자 일변도의 인간상이라면, 〈매화시〉에 나타난 인간상은 선인형(仙人型)의 인간상이라고 할 수 있다"고 그 차이점을 지적했다(이종석, 〈퇴계의 시문학 연구 — 매화시를 중심으로〉, 고려대학교 석사논문, 1975, 92쪽) ; 최두식은 이런 경향이 이황의 학문에 배치되는 요소라고 할 수 있으며, 그 직접적 동기는 그의 지병이라고 판단했다(최두식, 〈퇴계시의 선적 경향〉, 《석당론총》 32집, 동아대학교 석당전통문화연구원, 2002, 51쪽).

순이 친히 그릇 구우니 즐겁고도 마음 편코　　大舜親陶樂且安
연명 몸소 농사하니 얼굴 역시 기뻤다오　　淵明躬稼亦歡顔
성현의 그 심사를 내가 얻음 아니로되　　聖賢心事吾何得
백수로 돌아왔나니 이에 숨어 살으리랏다[13)]　　白首歸來試考槃

순임금이나 도연명 같은 성현의 심사를 얻고 싶어하는 마음을 나타냈다. 성현의 심사를 얻고자 하는 목적은 '즐겁고 마음 편코 기쁨을 갖기' 위해서다. 비록 지금 그 심사를 얻지는 못하고 있지만 그를 본받음으로써 그 심사를 얻을 수 있으리라고 기대하고 있다. 그 심사를 얻는 길은 '귀래(歸來)' 즉 자연으로 돌아오는 것이다. 자연에 숨어 살면서 성현들을 본받고자 하는 것이다. 다시 말하면, 이 시에서 이황이 자연을 찾은 것은 자연 자체가 이황을 불러서라기보다 성현의 심사를 얻어 보고자 하는 목적에서이다. 그런 모습은 둘째 수 〈암서헌(巖栖軒)〉에 더 선명하게 보인다.

증씨는 안연더러 실하면서 허한 듯이　　曾氏稱顔實若虛
병산은 회옹에게 가르치던 처음이라　　屛山引發晦翁初
바위에 깃드는 뜻 늦게서야 엿봤으니　　暮年窺得巖栖意
박약이니 연빙이니 성기었음 두려웁소　　博約淵氷恐自疎

이 시는 도산서당 동편의 '암서헌'을 두고 읊은 시다. 이 시에는 증점, 안연과 송나라의 유학자인 유자휘·주희 등 성현의 가르침이 거듭 나온다. 암서헌이라는 당호도 주희의 〈운곡시(雲谷詩)〉에서 그 뜻을 취했다고 한다. 암서헌에서 '실하면서 허한듯이'의 뜻을 엿보고 익히고자 하는 것이고 그 방법은 '박약(博約)'이니 '연빙(淵氷)'이니 하는 것들이다.

셋째 수 〈완락재〉에는 '집의(集義) 공부'니 '주렴계의 태극도'가 나오고 그 경지를 알면 천추의 기쁨을 얻는다고 했다. 그 뒤로도 〈도산잡영〉

13) 이가원 역주, 《퇴계전서 2》, 퇴계학연구원, 1991, 50쪽 이하에 있는 번역문.

7언시의 주된 내용이 성현의 가르침을 확인하고 체득하고자 하는 노력과 기대되는 기쁨의 토로다.

자연을 말하는 경우에도 자연이 그 자체로 기쁨을 준다는 내용이 아니라 성현의 가르침과 일치하는 것을 확인하는 기쁨으로 이어지곤 한다. 곧, 7언시는 '성현 → 자연'의 구도를 보인다. 그 과정을 잘 나타낸 것은 〈천연대〉다.

솔개 날고 고기 뜀을 뉘라서 시켰던고	縱翼揚鱗孰使然
활발한 그 움직임 소와 하늘 묘하도다	流行活潑妙天淵
강대에 해 지도록 맘과 눈이 열렸으니	江臺盡日開心眼
명성 한 큰 책을 세 번 거듭 외우련다	三復明誠一巨編

기구(起句)는 '연비어약(鳶飛魚躍)'이라는 말로 잘 알려진 내용이다. 유학적 도의 자연스러움과 일상성을 대표하는 말로 《시경》에서 비롯한 말이다. 승구(承句) 또한 《중용》의 주에 붙인 정자의 주에 있는 말을 빌려왔다. 이런 사전 지식을 통해 이황은 자신의 마음과 눈을 열었다. 그래서 연못과 하늘의 묘함을 인지하는 기쁨을 얻었다. 그 기쁨을 확인하는 것이 다시 결구의 '명성 한 큰 책' 즉, 《중용》의 〈비은장(費隱章)〉이다.

결국 이황의 자연은 자신이 찾은 자연이라기보다 성현이 제시한 기준의 자연을 재발견하는 기쁨이다. 이 기쁨을 그는 낙(樂) 등의 말로 나타냈다. 이것은 아직 흥(興)이 아니다. 특기할 만한 것은 이 7언 18수에는 '흥'이라는 말이 한 차례도 나타나지 않는다는 점이다.

5언시에서는 '자연 → 성현'으로 반대의 구도 또는 '자연'만 나타난다. 물론 성현의 말이라든가 도학의 경도가 보이지만 그 양상은 사뭇 다르다. 위에서는 성현의 말이나 책, 시들이 먼저 보이는 것이 주류를 이루었던 것과는 달리, 여기서는 성현을 말하는 것도 있기는 하지만, 자연을 먼저 말하는 것이 주가 되고, 무엇보다 성현의 말이나 책이 거의 등장하지 않는다. 5언의 네 번째 시인 〈간류(澗柳)〉를 본다.

봄의 그 조화가 무궁도 하였지만 無窮造化春
애초부터 이 나무가 풍류롭기 그지없네 自是風流樹
도정절과 소강절 천고에 두 늙은이 千載兩節翁
몇 번이나 길이 읊어 홍취를 붙였던고 長吟幾興寓

시냇가의 버드나무에서 봄의 조화를 탄상하면서 도연명과 소강절을 끌어들이고 있다. 도연명이나 소강절의 말을 추인하기 위해 자연을 선택한 것이 아니다. 자연이 그 자체로 먼저 드러나고 화자가 참여한 그 뒤에 성현의 말, 그것도 경전이 아니라 두 사람의 버드나무 소재의 시만을 언급한다.

〈남반(南沜)〉 같은 시에는 아예 성현이나 그의 말이 등장하지 않는다.

괴이한 바윗돌이 메 어구에 가려 있고 異石富山口
그 곁에 시냇물이 강으로 흘러드네 傍邊澗入江
때로는 내가 와서 세수하고 몸 씻으니 我時來盥濯
나무 그늘 맑았는데 홍취 겨워하노라 清樾興難雙

자연으로 말미암아 촉발된 화자 자신의 흥취만 있다. 이런 점은 7언시에서와는 판이하다고 할 수 있다. 이들 5언시에서는 술잔을 이끌어 보기도 하고[〈취미(翠微)〉], 우주 밖으로 솟아나서 신선 사는 곳을 찾아보고 싶다고 하기도 하고[〈요랑(寥朗)〉], 들새가 제멋대로 모여들어 깃을 치는[〈관정(官亭)〉] 것에서 '흥'을 느끼기도 하는 등 여러 모양으로 자연에서 느끼는 화자의 '흥'을 직접적으로 드러내고 있다.

이런 자연의 모습은 〈도산십이곡〉에서와도 다르다. 위의 시에서 '괴이한 바윗돌 곁에 시냇물이 있고 그곳에서 내가 세수하고 몸 씻으며 흥겨워 하는' 모습은 대단히 구체적으로 형상화되어 있다. 자신이 본 바위와 시내, 자신이 들은 냇물 소리, 세수하고 나서 나무 그늘에 앉았을 때의 시원함 등이 구체적으로 느껴진다. 그런 곳에서 맑은 나무 그늘 아래 앉아 있다면 시인뿐 아니라 독자도 그 '흥'을 더불어 느끼기에 충분하다.

이에 견주어 〈도산십이곡〉의 자연은 구체적이지 않다. 〈언지〉 첫 수에 보이는 천석고황(泉石膏肓)이 자연에 대한 혹심한 사랑이라고 하지만 자연의 구체적 모습은 없다. 다음 시구에서도 그런 경향은 여지없이 드러난다.

연하(煙霞)로 지블 삼고 풍월(風月)로 버들 사마
태평성대(太平聖代)에 병(病)으로 늘거가뇌[14]

춘풍(春風)에 화만산(花滿山)ᄒᆞ고 추야(秋夜)애 월만대(月滿臺)라
사시가흥(四時佳興)ㅣ 사롬와 ᄒᆞᆫ가지라[15]

연하니 풍월이니 하는 것은 구체적인 자연의 모습이 아니다. 자연을 나타내는 거의 관습화된 표현일 뿐이다. 그것은 태평성대라는 말의 관습성과 동일한 차원에 놓여 있다. '춘풍에 화만산' '추야애 월만대'도 마찬가지다. 그것은 봄이니 꽃이 많다는 것이고 가을이니 달이 밝다는 관습화된 말일 뿐이고, 이황 자신의 구체적 체험이 놓여 있는 자리는 아니다. 물론 〈언학 1〉에는 천운대와 완락재라는 특정 장소가 나타난다. 또 전체적으로 이황의 도산이라는 특정 장소에서 가진 경험의 소산이기도 하다. 그러나 몇 개 구절이 당시의 구체적 자연을 드러내는 것이 중요한 것이 아니다. 〈도산십이곡〉에서 제시하는 자연의 모습은 개인의 특별한 체험을 중시하기보다는 보편의 도를 말하기 위한 방편으로서 갖는 기능이 더 크다고 할 수 있다.

그것은 이황으로서는 당연한 일이고 의도적인 것일 수 있다. 그렇게 당연한 것이 바로 이(理)기 때문이다. 〈언지 6〉의 다음 구(종장)는 'ᄒᆞ믈며 어약연비 운영천광이아 어늬 그지 이슬고'인데, 어약연비야말로 '이'의 자연스러움을 나타내 주는 말이다. 그것은 일상의 모습을 떠난 것이

14) 이황, 〈도산십이곡〉 언지 2.
15) 이황, 〈도산십이곡〉 언지 6.

아니기 때문에 유학적 '이'의 모습을 잘 보여 준다는 것이다. 그는 불교 같으면 물고기가 하늘을 날고 소리개가 바다 속을 헤엄친다는 말도 가능하다고 했다. 유학적 '이'는 그렇지 않다는 것이다. 개인의 특별한 체험이 아니라 보편의 도(道)를 실현하는 것이 유학적 '이'다.

따라서 〈도산십이곡〉에 나오는 자연은 어느 한 지역의 특정한 대상물로 나타나지 않는다. 그것은 세계 어느 곳에서나 통용될 수 있는 자연이다. 연하와 풍월뿐 아니라 유란(幽蘭), 백운(白雲), 길, 청산, 뇌정(雷霆), 백일(白日) 등 모든 자연이 그러하다. 그것은 보편성에 대한 믿음이고 강조이다. 그것은 "이'는 통(通)하고 기(氣)는 국한(局限)하다'는 말에서처럼 '이'의 보편성을 거듭 보여 준다.[16]

또한 〈도산십이곡〉은 〈도산잡영〉과 마찬가지로 자연과 성현의 두 축으로 이루어져 있다. 〈언지 2〉에서는 '연하로 지블 삼고 풍월로 버들' 삼지만, 〈언지 3〉에서는 '인성(人性)이 어질다는 성현의 말씀'을 드러내어 말하고 있다. 성현을 직접 말하는 또 하나의 대표적 시조는 〈언학 3〉이다. '고인(古人)이 간 길이 앞에 있으니 아니 가고 어쩌겠냐'는 것은 이황의 학문적 태도를 집약해 보여 준다고 할 수 있다. 언지와 언학이라고 나누었지만, 지(志)나 학(學)이나 모두 자연과 성현을 통해서 유학적 도에 이르는 길을 보여 준다. 지에도 자연과 성현의 두 축이 필요하고, 학에도 성현과 자연의 두 축이 필요한 것이다.

그러나 〈도산잡영〉에서는 7언시에 성현의 뜻이 강조되어 있고, 5언시에서 자연의 흥취가 강조되어 있다면, 〈도산십이곡〉 시조는 그 둘이 함

16) 이런 견해는 성기옥의 견해와 대조된다. 성기옥에 따르면, 〈도산십이곡〉은 경험의 언어로 되어 있으므로 이들 시에 표현된 도산의 정취를 직접 경험해야 참맛을 알 수 있다고 한다(성기옥, 〈도산십이곡의 재해석〉, 《진단학보》 91, 2001). 〈도산십이곡〉의 자연은 도산의 자연인가 하는 문제를 불러일으킨다. 그리고 이에 대하여는 당연히 그렇기도 하지만 그렇지 않기도 하다는 대답이 가능하다. 그것은 구체적 경험이 뒷면에 깔려 있다 해도 표현은 그렇지 않기 때문이며, 이황이 추구하는 주제 또한 도산의 한정된 공간을 넘어서는 것으로 볼 것이기 때문이다.

께 구현되어 있다고 할 수 있다. 언지, 언학에 각각 성현과 자연이 나옴으로써 그 둘의 관계가 더 자연스럽게 연결되고 있다.

〈도산십이곡〉의 또 하나의 특징은 교육적 또는 교훈적 성격이다. 여기서는 성현의 말씀을 가르침으로 삼아야 한다는 뜻이 이황 자신을 위한 것이기도 하지만 일반 사람들도 교훈을 실천하면 유익함이 있다는 의도적 목적이 강해 보인다. 〈매화시〉에서는 매화의 성격을 인식해 드러내는 것이 주된 것이고, 〈도산잡영〉 7언시에서는 자신의 공부와 깨달음, 5언시에서는 자신의 흥취를 드러내는 것이 주된 내용이었다면, 〈도산십이곡〉의 시조는 깨달은 바를 다짐하고 실천한다는 교훈의 성격이 강하다.

> 청산는 엇뎨ᄒᆞ야 만고(萬古)애 프르르며
> 유수는 엇뎨ᄒᆞ야 주야(晝夜)애 긋디아니ᄂᆞᆫ고
> 우리도 그치디 마라 만고상청(萬古常靑)호리라[17)]

이런 교훈의 의도는 물론 이황 자신이 말한 "마음에 비루하고 인색한 것을 깨끗이 씻어 내고, 느낌이 일어나 융화하여 통하여, 노래 부르는 사람이나 듣는 사람이나 서로 유익함이 없을 수 없다[蕩滌鄙吝 感發融通 而歌者與聽者 不能無交有益焉]"는 서문에 명시되어 있는 바와 같다. 이런 교훈의 성격과, 위에서 말한 구체적이지 않고 일반적인 자연의 모습은 일정한 관계가 있는 것은 아닐까? 일반적인 자연의 모습은 바로 '이'의 일상적이고 보편적인 내용을 담기 위해서였다. 그것이 〈도산십이곡〉에서 나타난 것은 바로 일반 사람을 위한 교훈의 성격 때문이었다. 즉 이황 자신을 위해서는 이러한 일반적 자연의 모습이 꼭 필요한 것은 아니었다. 이는 〈매화시〉에서 알 수 있다.

이제까지 살펴본 것을 다음과 같이 요약할 수 있다. 〈매화시〉는 매화

---

17) 이황, 〈도산십이곡〉 언학 5.

에 대해서만 집약적으로 보여 주고 있다.[18] 자연 가운데 극히 일부인 매화에 대한 집중적 탐구이고 그 끝에는 신선과 같은 현상세계 너머의 존재와 연결되어 있다. 〈도산잡영〉은 7언시에서 성현의 교훈을 도산의 자연에 결부하고 있고, 5언시에서는 자연에서 느끼는 흥취를 체험적으로 보여 주고 있다. 이때의 자연은 도산과 그 주변이라는 구체적인 장소의 것이다. 이는 매화보다는 많이 넓어졌지만 〈도산십이곡〉의 자연보다는 대단히 협소하다. 〈도산십이곡〉의 자연은 세계 전체와 같다. 그곳의 청산과 유수는 특정 시간이나 공간의 그것이 아니다. 그것은 보편적 차원의 것이다. 이상의 내용을 간략하게 도식화해 본다.

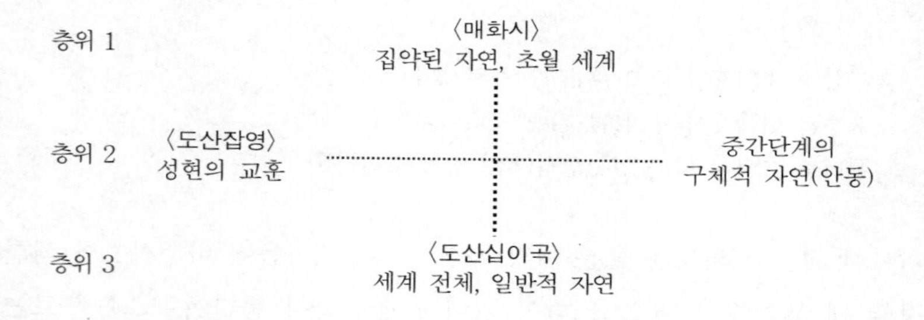

이러한 층위별 도식은 이들 시첩이 보여 주는 독자의 양상과도 일치한다. 〈매화시〉는 자기 자신이 화자면서 청자다. 그만큼 현실과의 직접적 연결이 없어 이상적이고 자족적이다. 〈도산잡영〉의 경우 7언시는 더 교술적이고 5언시는 더 서정적이다. 서정적인 면은 자족적인 면에 닿아 있고 교술적인 면은 교훈성에 닿아 있다. 〈도산십이곡〉은 명백히 청자를 배려하고 지은 작품이다. 서정과 교술을 한 작품에서 아우르려고 노력한 시조

---

18) 손오규는 퇴계의 〈매화시〉에 등장하는 매화는 산수화의 축약인 정물화를 또 축약한 것으로, "시인의 철저한 수사의식에 의하여 축약되고 생략되어 고도로 예술화된 미의 형상화"라고 지적하고 있다(손오규, 〈퇴계 매화시의 의상〉, 《반교어문연구》 10집, 반교어문학회, 1999, 142쪽).

다. 이것은 자연이면서도 일반적 성격의 자연으로 나타나는 결과를 낳았다. 〈매화시〉는 자족적인 만큼 개인적 크기의 자연을 보여 주었다.

3. 〈매화시〉, 〈도산잡영〉, 〈도산십이곡〉 시의 관계론적 이해

우선 〈매화시〉에 보이는 신선세계를 어떻게 이황의 사상에서 일탈 없이 일관성 있게 이해할 것인가가 문제다. 널리 알려져 있는 다음 인용구에서 보이듯이, 자연을 사랑한다고 하면서 현실의 세상을 벗어나는 것은 새 짐승과 같아지기 때문이다.

> 전자[현허(玄虛)를 연모하고 고상(高尙)을 일삼음]의 말에 따르면 제 한 몸만을 조촐하여 인륜을 어지럽게 함에 흐를까 저어하겠고 그 심한 자는 새 짐승과 벗을 삼으면서도 그릇됨을 모르게 된다. 후자(도의를 기뻐하고 심성을 기름)에 따르면 그가 즐겨함은 조박에 지나지 않을 뿐, 그 미묘함에 이르러서는 구할수록 더욱 얻지 못하게 되니 그 무엇이 즐겁겠는가.[19]

이 인용문은 〈도산잡영〉뿐 아니라 〈도산십이곡〉의 시조를 설명할 때 흔히 사용되며, 나아가 이황의 사상적 특성으로도 이용되는 것이다. 노장적 자연, 도가적 자연에 대한 반감이 뚜렷해서, 이황이 초월적 신선세계를 지향했다는 것이 얼른 이해가 가지를 않는다. 실제로 〈도산십이곡〉이나 〈도산잡영〉에는 신선과 같은 초월세계의 언급이 전혀 나타나지 않는다.

〈도산잡영〉에서는 한 군데, 〈절우사(節友社)〉에서 매화를 노래했지만 그것도 곧은 절개, 맑은 향내라는 관습적 지표만을 제시했을 뿐이다.

---

19) 由前之說則 恐或流於潔身亂倫 而其甚 則與鳥獸同群 不以爲非矣 由後之說則 所耆者糟粕耳 至其不可傳之妙 則愈求而愈不得 於樂何有[이황, 〈도산잡영 병기〉(《도산전서 1》, 한국정신문화연구원, 1980, 94쪽)].

〈도산십이곡〉에는 매화 자체가 등장하지를 않는다. 〈도산십이곡〉의 자연은 초월적이지 않고 현실의 모습을 관습적 표현으로 나타내 상투적이고 진부한 느낌을 줄 정도인 것이다. 앞에서 말했듯이 이 상투성・관습성・보편성은 이황이 생각하는 '이'의 모습과 관계가 있다. 그것은 일상성과 보편성으로서 '이'의 모습이다.

> 일용(日用)에 나아가 보면 사물은 형이하(形而下)이고 사물이 갖추고 있는 이치는 형이상(形而上)이다. (이 이치를) 갖고 있지 않은 사물이 없고 그렇지 않은 곳도 없다.[20]

우리가 일상생활에서 사용하고 있는 사물은 형이하지만 이치를 갖추지 않은 것이 없다. 우리가 사는 장소도 이치를 갖추고 있지 않은 곳이란 존재하지 않는다. 우리가 사는 모든 곳, 부딪치는 모든 사물에는 이치가 들어 있는 것이다. 이런 전제가 있어야 유학적 교화가 가능하다. 그것은 어떤 우부(愚夫)에게도 태극의 순연한 이치는 존재한다는 기본 전제와 마찬가지다.

당위론적인 측면이 강한 이 점은 〈도산십이곡〉에서 '태평성대에 병으로 늙어 간다'는 말로도 연결해 볼 수 있다. 이황 당대는 문정왕후와 윤원형의 농간으로 을사사화가 벌어지는 등 그의 평생 동안 세 번의 사화가 일어났고 자신의 형도 그에 연루되어 죽었다. 이러한 시대를 '태평성대'라고 지칭한 것은 사실적 판단이라기보다 요청적 판단, 당위론적 전제일 수 있다. 그런 이상적 상태를 설정해야 지향할 목표가 있을 수 있기 때문이다.

그것은 사실을 사실로 놓아두어서는 안 되는 유학적 관점이다. 사실은 파편화되어 있고 타락해 있고, 도덕적이지 않을 수 있다. 그런 사실을 그

---

20) 就日用而看 事物爲形而下 所具之理爲形而上 蓋無物不有 無處不然 凡形而上 皆太極之理 凡形而下 皆陰陽之器也[이황, 〈答李宏仲〉(《도산전서 3》, 한국정신문화연구원, 79쪽)].

대로 두는 것이 아니라 더 이상적인 상태로 높여야 한다. 그 방법이 바로 모든 사실에는 순연하고 도덕적인 이치가 있다는 것이다. 그 '이'를 찾기만 하면 된다는 것이다. 그래서 모든 사물 장소에는 '이'가 있게 된다.

그것의 대표적인 관습어가 '연비어약'이다. 솔개가 하늘로 날아오르고 물고기가 물에서 뛰어논다는 것은 자연의 자연스러운 모습이면서 이치의 자연스러움을 보여 준다. 솔개가 물 속으로 뛰어들면 자연의 이치가 아니겠지만 일상의 자연은 나름의 질서가 있고 그 배경은 바로 '이'의 구현인 것이다. 그것은 '연비어약'뿐 아니라 매미 울음소리나 풀 한 포기에서도 느낄 수 있다.

> 황은 평시 이런 대목을 극히 사랑했다. 그래서 매번 여름철 녹음이 어우러지고 매미 소리가 귀에 가득하면 마음에 두 선생의 기풍이 우러러 그리워진다. 뜨락의 풀들은 한 한물(閒物)일 뿐이지만 이를 볼 때마다 문득 주렴계의 그 일반의사(一般意思)를 생각하게 되는 것과 같다.[21]

〈도산십이곡〉에 보이는 자연의 일반성은 바로 이런 맥락에서 이해될 수 있다. '연하와 풍월, 춘풍에 화만산과 추야애 월만대' 등은 자연의 일상적이고 보편적인 모습을 제시함으로써 '이'의 일상적이고 보편적인 모습을 보이고 있다. 이것은 〈언학 3〉에서 '인성(人性)이 어디다 ᄒᆞ니 진실로 올ᄒᆞᆫ마리'와 같은 차원이다. 인성이 어질다는 것은 모든 인간에 대한 보편적 진실로 제시되는 것이다. 인성이 어질다는 전제를 긍정해야 현실세계를 긍정할 수 있는 유학적 대전제가 성립한다.

이 점이 바로 불교나 도교로부터 멀어지는 점이다. 위에서 말한 모든 사물에는 '이'가 있다는 것은 모든 사물에는 불성(佛性)이 있다는 불교적 사유와 많이 닮아 있다. 그러나 유학의 그것은 인간의 덕성을 긍정하고 나아가 세계의 모습을 긍정하기 위한 것이다. 불교의 그것은 인간만

---

21) 이황, 〈答李仲久〉(《도산전서 1》, 한국정신문화연구원, 308쪽).

의 덕성으로 제시되지는 않는다. 그래서 세계 전체의 모습도 인간 위주의 긍정적 사고방식과는 거리가 멀다. 만물은 평등하고 세계의 자성은 부정되어야 할 것으로 나타난다. 이황은 이런 생각에 크게 반대했다.

그러면서도 또다시 이황의 '이'는 대단히 불교적, 도교적 성격을 보인다. 그것은 세상 모든 사물에 '이'가 있기는 하지만 모든 사물 자체가 '이'는 아니기 때문이다. '이'는 감추어져 있다. 그것을 애써 찾아야 한다. 동시에 '이'는 개개 사물에 있는 것뿐만 아니라 개개 사물을 개개 사물이게 하는 총체적 원리로서 이황은 개개 사물의 개별적 '이'보다 훨씬 상위에 있는 초월적 '이'의 개념을 상정하게 된다. 그것은 사물 자체와 엄격히 분별되는 것이다. 그것이 바로 〈비리기위일물변증(非理氣爲一物辨證)〉이라는 널리 알려진 논설의 주제고, 다음 인용문에서도 선명히 드러나는 바와 같다.

> 대개 그대의 뜻은 [중용(中庸)의] 비은장 안에서 우부우부(愚夫愚婦), 성인과 천지, 연비어약 등을 들어 말한 것이 모두 형이하자인 때문에 이를 가리켜 비(費)라 하고 그 '이'가 은(隱)이 된다는 것으로 가깝지 않은 것은 아니다. 그러나 형이하자는 '도'가 아니니 어찌겠는가? 역에 이르기를 일음일양지위도(一陰一陽之謂道)라 하니 음양은 '도'가 아니고 한번 음이 되고 한번 양이 되는 까닭인 '이'가 곧 '도'이다. 이 장의 많은 사물은 '도'가 아니고 사물에 갖추어진 '이'가 '도'이다. …… 만일 그대의 말과 같이 형이상하를 합해 하나의 사물로 만드는 것이라면 …… '물'을 가리켜 '도'라고 하는 해에 빠지게 되어 형이상하의 구별에 어두울 뿐 아니라 석씨의 '작용이 성이다'라고 한 잘못에 떨어진다. 또 배우는 자로 하여금 '도'는 있지 않는 곳이 없으니 내가 알기만 하면 비록 창광망행(猖狂妄行)을 해도 가는 곳마다 '도'가 아님이 없다고 잘못 말하게 할 것이니 그것이 가하겠는가?[22)]

---

22) 蓋來說之意 緣見章內擧愚夫愚婦聖人天地鳶飛魚躍等事物而言 皆形而下者 故欲指此爲費 而其理爲隱 非不近似 然柰形而下非道何 易曰 一陰一陽之謂道 陰陽非道 所以一陰而一陽之理卽道 如此章許多事物非道 所具於事物之理斯爲道 …… 若如公說又欲合形而上下 作一團物事衮說法 …… 所以差入於指物爲道之害 不惟昧於形而上下之別 而

'이'와 사물은 다르다는 것이다. 이 '이'는 현상 사물 자체가 아니고 사물의 배후에, 사물 너머에 있는 것이다. 사물과 '이'는 엄격히 구분해야 한다. 이황에 따르면 이러한 '이'는 순수한 선(善)이고 더럽혀지지 않으며, 수동적으로 존재하지 않고 능동적 기능을 한다. 순수한 '이'를 이 세계와 엄격히 구분하는 것이 중요하다.

이러한 '이'의 성격은 이황의 〈매화시〉에 보이는 매화의 성격과 비슷하다. 환로(宦路)의 세간과 매화가 있는 순수자연공간이 이원적으로 명확히 대립되고, 비록 서울 관청의 뜰, 매화에 어울리지 않는 세속의 공간 속에 있더라도 그 고절(孤節)을 잃어버리지 않으며, 수동적인 모습뿐 아니라 꽃 피기와 향기를 조절하는 능동적인 모습을 보여 준다. 또한 생활의 일상적 시간과 공간을 벗어나 있고, 그 자체로 형기(形氣)의 찌꺼기를 제거해 순수해진 신선의 모습을 보여 준다.

그것은 "일상적 세계를 지탱해 주고 있는 도덕의 내원(來源)은 인간의 작위 이전의 무위 자연의 세계에 있는 것이고, 그가 탐닉했던 신선과 매화는 인간보다 앞서는 저 무위자연의 '이'의 육화된 모습"[23]이다. 이 점을 고려하면 선행 연구에서 매화와 신선을 '이'로 본 해석이 수용될 수 있다.[24]

墮於釋氏作用是性之失 且使學者 誤謂道無不在 吾旣知之 則雖猖狂妄行 亦無適而非道矣 其可乎[이황, 〈答禹景善問目〉(《도산전서 2》 545~546쪽)].

23) 최진덕, 〈퇴계성리학의 자연도덕주의적 해석〉, 김형효 외, 《퇴계의 사상과 그 현대적 의미》, 한국정신문화연구원, 1997, 156·161쪽.

24) '신선 중의 제일의 신선은 매화이며, 또 '이'의 절대세계를 비유한다'(정석태, 〈이퇴계의 매화시〉, 고려대학교 석사논문, 1987, 64쪽) ; 홍우흠은 '퇴계는 언제, 어디서나 성리의 철리를 계시하는 이 절우의 정절을 사모'한다고 했다(홍우흠, 〈퇴계의 매화시에 대한 연구〉, 《인문연구》 4호, 영남대학교, 1983, 28쪽) ; 박혜숙은 퇴계의 매화가 탈세속의 공간에 나타난다는 점을 지적하고 이를 "퇴계에게 있어 매화는 순수한 정신의 표상이며 탈속적인 삶의 동반자였다"고 하여 순수한 정신을 표상하는 매화의 이미지를 강조했다. 그 순수한 정신이란 이황 사상으로 치환하면 '이'에 다름 아닐 것이다(박혜숙, 앞의 글, 2000, 434쪽) ; 퇴계 매화시에 대해 설득력 있는 해명을 보여 준 손오규는 "모든 개념적 한계와 시대적 간섭에서 벗어난 본질적이며 절대적인 개념으로서의 순수성을 함유"하고 있다고 했다(손오규, 〈퇴계 매화시의 의상〉, 《반교어문연구》 10집, 반교어문학회, 1999, 166쪽).

이황이 보기에 순수한 '이'는 도처 사물에 내재하고 있으나 형기(形氣)에 가려 있고, 또한 형기에 싸여 있는 우리 인간이 그 '이'를 파악하기는 매우 어려운 일이라는 것이다. 그러나 하나도 버릴 수는 없다. 도처의 사물에도 '도'가 있으므로 사물을 말해야 하고, 그 가운데 대표적인 것이 자연물이며, 그것은 개별적 특성보다는 보편적 성격을 띤다. 동시에 현상의 사물 너머에 있는 초월적 '이'의 모습을 현상과 엄격히 구분하고 현상의 근원과 작용의 원리를 파악해야 한다. 이 두 가지를 모두 얻어야 하는 방법으로 이황이 말하는 것이 주일무적(主一無適)으로서 경(敬)이다.

그러나 내적 수양방법인 '경'을 말하는 것과 함께 이황이 외적인 학습방법으로 사용하는 것이 성현과 자연이다. 성현은 공부를 통해서 '이'에 투철한 완성된 인격이고 천지자연은 자연이연(自然而然)한 무위의 본체의 본 모습이다. 사람은 성현을 목표로 "작위적 노력으로서의 공부도 필요하고", 자연의 본체를 깨달아 "작위에 앞서 주어져 있는 무위의 본체를 함양하는 공부도 필요하다."[25)]

이 두 가지 요소는 〈도산십이곡〉에도 주된 제재로 나타나지만, 〈도산잡영〉 시에서도 뚜렷하게 제시되어 있다. 7언시는 주로 성현을 통한 자연의 발견을 보여 주고, 5언시는 주로 자연을 통해 생생지리(生生之理)인 도체에 다가서려 하는 것이다. 이렇게 보면 앞서 보인 도식을 다시 정리할 수 있다.

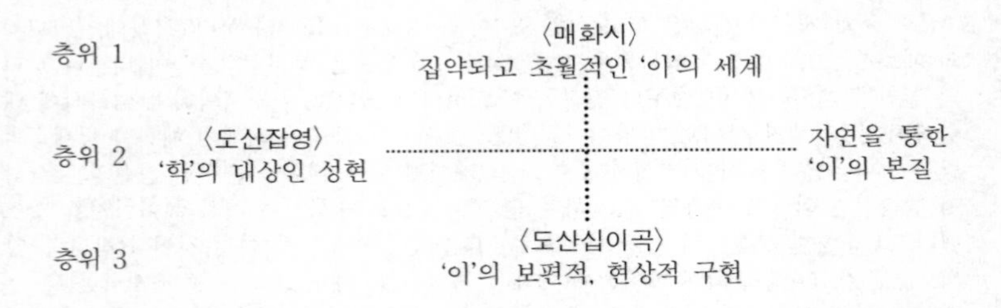

25) 최진덕, 앞의 글, 189쪽.

층위 1과 층위 3의 '이'는 모순되어 보이기까지 한다. 층위 3은 현상이 '이'라고 하면서 층위 1은 현상 자체가 '이'가 아니라고 하기 때문이다. 그러나 이러한 인식은 이황에게는 전혀 모순으로 보이지 않는다. 층위 3에서는 일상을 포용하는 현실주의의 유학적 원리가 있고, 층위 1에서는 현실의 가능성을 보장하는 형이상학적 원리가 있다. 이 두 세계를 함께 묶는 것이 이황이 한 일이다. 층위 1만 있었으면 도교나 불교와 같은 모습을 가졌을 것이고 층위 3만 있었다면 현실세계의 다양함을 하나로 묶어 이해할 수 없게 되었을 것이다.[26] 층위 1과 층위 3은 각각 층위 2의 성현과 자연을 필요로 한다. 층위 1의 초월적 '이'는 성현과 자연이라는 몸체를 빌려 구현되는 것이고, 층위 3의 보편적 '이'는 일반 사람들이 하여금 성현과 자연이라는 매개항을 빌려 층위 1에 도달할 수 있는 단초를 제공하는 것으로 이해할 수 있다.[27]

4. 맺음말

이황의 〈매화시〉, 〈도산잡영〉, 〈도산십이곡〉 시는 이황 자신의 사상적 범주들을 구체화해서 보여 준다. 물론 이황이 이런 구도를 의식하고 이 시편들을 제작했다고 볼 수는 없다. 그러나 그의 시를 일관성 있게 이해하고자 하는 현대인들에게는 이황 자신이 아꼈던 이들 시편들이 서로를 보완하면서 그의 사상을 문학적으로 드러내고 있다는 점에 흥미를

26) 물론 '기'로도 가능하겠지만, 이황에게는 '기'란 형기의 제한을 받는 것으로 인식되었기 때문에 '이'가 갖는 보편성을 가질 수 없다. 이황은 '기'로 모든 것을 설명하는 서경덕을 비판하면서 사실은 '이'를 말하면서 '기'로 오해하고 있다고 보았다.

27) 이와 관련해 김헌선 교수는 이러한 사고가 유학자 일반의 사고의 틀과 연관 있는 것은 아닌가 지적했다. 주렴계의 〈태극도설(太極圖說)〉에서 제일의 '태극이무극(太極而無極)'의 층위와 마지막의 '만물과 남녀' 층위의 구체성, 그리고 그 사이에서 음양오행의 중간자적 기능이라는 측면과 구도가 같을 수 있다고 지적했다. 이에 대해서는 더 깊은 천착이 필요할 것이다.

가질 수 있다. 나아가 그의 시의 사상적 맥락을 통해 시세계를 일관성 있게 이해할 수 있다. 〈매화시〉에서 보이는 쉽게 납득할 수 없는 신선 모티브를 〈도산십이곡〉이나 〈도산잡영〉과의 관계 속에서 이황 시세계의 필연적 결과물로 수용할 수 있다.

같은 맥락에서 왜 〈도산십이곡〉에는 매화 소재가 나타나지 않는지도 이해할 수 있다. 그것은 이황 스스로는 자연스럽게 여겼겠지만 우리에게는 자연스럽게 여겨지지 않는 '이'의 두 가지 모습, 현상계에 편만한 '이'와 현상 너머에서 현상을 움직이는 실체로서의 '이'의 두 모습이 나뉘어 있기 때문이다. 〈매화시〉에서는 후자를 보인 것이고, 시조에서는 전자를 보인 것이다. 이 둘은 섞일 수 없는 것이기에 〈도산십이곡〉과 〈매화시〉의 성격은 다른 것이다. 〈도산십이곡〉에는 매화의 초월적 심상이 나타날 수 없는 것이다. 〈도산십이곡〉에는 전혀 보이지 않는 매화가 〈도산잡영〉에는 7언시 〈절우사〉에 한 차례 등장하는 것도 〈도산잡영〉의 중간적 성격을 보여 주는 것 같아 흥미롭다.

사상을 통해 문학작품을 이해하려는 시도는 언제나 조심스럽다. 그러나 조선조 사대부, 이황과 같은 경우는 그의 사상의 맥락 속에서 그 시 작품을 더 잘 이해할 수 있는 것도 분명하다.

(《한국시가연구》 11집, 한국시가학회, 2002)

〈도산십이곡〉의 미학적 접근

1. 머리말

이황의 〈도산십이곡〉을 첫 대면하고 시적인 감흥으로 출렁이는 느낌을 가지는 사람은 거의 없을 것이다. 성기옥(成基玉)이 적절하게 지적했듯이 질박하고 평명한 언어와 육중한 사상의 무게, 교훈적 어조로 말미암아 시적 묘미를 느끼기 어렵다.[1] 오히려 표제에서부터 일방적 교훈을 내세운 정철의 〈훈민가(訓民歌)〉가 더 시적인 울림을 갖는다고 할 수 있다.

그런데 훈민가나 오륜가 등속도 꾸준히 재생산되었지만, 〈도산십이곡〉 또한 후배 시인들에게 지속적으로 영향을 주어 아류 작품들을 낳게 했다. 성기옥이 보여 주었듯이, 텍스트를 넘어선 텍스트 상황, 곧 이황 당시 정신적 상황과 작품의 자연배경에 대한 충분한 이해가 선행된다면, 지금도 이 시 감상의 감동을 공감할 수 있다.

당시의 정치현실, 이황의 정신세계, 도산서원 부근의 자연배경 등 모든 상황을 다 알고 나서 작품을 완벽하게 이해하는 것이 바람직하겠지만, 그러나 더 일반적이고 보편적인 접근도 필요하다. 그 방법의 하나로 이 시를 미학적 측면에서 접근하는 길을 생각해 볼 수 있다. 체계적으로

---

1) 성기옥, 〈도산십이곡의 재해석〉, 《진단학보》 91, 진단학회, 2001, 249쪽.

정립된 현대적 학문인 미학(美學) 이론이라기보다 시를 예술이게 하는 일반론적 차원에서 미학을 말할 수 있다. 당대 현실 상황을 고려하지 않을 수 없지만 가능한 한 작품 자체를 출발점으로 하여 작품의 이해를 최대화하는 것이 필요하기도 하기 때문이다.

이황은 미(美)에 대해 별 언급을 하지 않았다. 그것은 성리학이라는 사상을 바탕으로 한 내용 우위의 전제가 있었기 때문이다. 그러나 성리학 자체가 벌써 미학적 요소를 가지고 있기에 성리학적 미학에 대한 논의는 이미 풍성하게 이루어져 왔다.[2] 이에 따라 이황 문학의 미학적 측면에 대한 이종호, 민주식의 논의도 있었다. 민주식은 시작품을 들지는 않고 자연완상과 인격형성을 연결하는 이황의 의식을 미적인 것으로 설명했다.[3] 이종호는 인격·자연·문예가 통일되는 인간 중심의 자연미로 이황 미학을 폭넓게 설명했다.[4] 인간을 중심으로 해서 인격미와 자연미를 통일하고자 했다는 이들의 공통된 지적은 이황 시문학의 전체적 특성을 포괄적으로 잘 설명했다. 그러나 한편으로는 포괄적이고 원론적인 지적이어서 개별 작품을 구체적으로 감상하는 문학행위로 쉽게 이어지지 않는다. 이황의 미학은 교훈성을 목표로 한다는 쉬운 말을 복잡하게 설명했다는 혐의를 받을 수도 있다.

이 글에서는 이황의 〈도산십이곡〉을 이황의 미의식 측면에서 고찰할 것이다. 이황 문학의 교훈성이 미학과 어떤 관련을 갖는지 해명하는 것

---

2) 하정화, 〈理學美學의 구조와 특질〉, 《동양예술》 4호, 한국동양예술학회, 2001, 205~229쪽 ; 최병규, 〈儒家 '中和之美'의 藝術觀〉, 《퇴계학》 9집, 안동대학교 퇴계학연구소, 1997, 295~324쪽 ; 양충열, 〈중국 고전문예이론에 있어서 심미 주객체의 조화관념〉, 《인문논총》 7집, 동신대학교 인문과학연구소, 2000, 267~183쪽 ; 박낙규·서진희, 〈송대 이학의 예술 미학 사상〉, 《인문논총》 45집, 서울대 인문학연구소, 2001, 203~226쪽.

3) 민주식, 〈미학의 실천적 과제로서의 인간형성－퇴계 미학사상에 관한 고찰〉, 《예술문화연구》 5집, 서울대 인문대 예술문화연구소, 1995, 27~41쪽.

4) 이종호, 〈퇴계미학의 기본 성격〉(上), 《퇴계학》창간호, 안동대학교 퇴계학연구소, 1989, 125~148쪽 ; 이종호, 〈퇴계미학의 기본 성격〉(下), 《안동문화》 10집, 안동대학교 안동문화연구소, 1989, 139~171쪽.

을 목적으로 한다. 그것은 앞머리에서 제기한 질문 즉, 이황은 교훈을 내세웠으면서도 왜 훈민가나 오륜가 같은 직접적인 윤리 덕목을 제시하는 시를 쓰지는 않았을까, 그 교훈은 훈민가류의 교훈과 어떻게 다른가 하는 문제를 구체적으로 해명하는 것과도 관계가 있다.

2. 미학적 시각의 소인

이황이 미에 대한 고찰을 따로 하지는 않았지만, 이황 시문학의 미학적인 면에 대해 말할 수는 있다. 그것은 동양의 오랜 미의식의 전통 아래, 무엇보다 성리학의 범주 안에서 파악될 수 있을 것이다. 민주식은 이론으로서 다뤄지는 서양 미학과는 달리, 동양의 미학은 실천의 미학이라고 하면서, 산동대학(山東大學) 주래상(周來祥) 교수의 동서 미학 비교론을 소개하고, 이황의 자연완상과 성정 함양을 미적인 가치로 고찰했다.[5] 주래상은 동양 고전 미학이 형식적 조화보다 윤리적 원리, 사실의 모사적 재현보다 감정과 정서의 표현, 진(眞)과 미의 통합보다 선과 미의 통합이 두드러진다고 한다. 박낙규와 서진희는 이상적 인격과 인생의 경계에 관한 사상으로서 성리학의 미학[理學美學]을 상정했다.[6] 하정화는 이학 자체가 미학의 범주에 속해 있다고 했다.[7]

이황의 사상체계는 인간사회의 도덕적 질서의 근거를 확립하는 것이고, 그 근거는 자연의 질서다. 곧, 이황은 자연의 질서와 도덕적 본성의 상응성과, 자연적 질서의 심성론적 전환을 사상의 틀로 정립한다.[8] 자연을 근거로 심성론적으로 도덕적 본성을 정립하고자 할 때 그것은 미학적

5) 민주식, 앞의 글, 28쪽.
6) 박낙규 · 서진희, 앞의 글, 215쪽.
7) 하정화, 앞의 글, 214쪽.
8) 엄연석, 〈퇴계의 자연인식과 도덕적 지향〉, 《퇴계학보》 111집, 퇴계학연구원, 2002, 45~104쪽.

작업이 된다. 그것은 결국 '유기체적 자연의 질서와 패턴에 대한 관심'이며 '자연의 유기체적인 생성 변화와 질서가 조화와 균형을 이루는 현장'[9]이기 때문이다. 자연의 질서와 조화를 인간 본성의 차원에서 파악하는 그 순간 인간 본성은 질서와 조화라는 미학적 차원과 동치가 된다.

〈도산십이곡〉의 미학적 접근도 이러한 생각의 틀에서 벗어날 수는 없을 것이다. 그러나 민주식이 이황의 미의식을 자연미를 통한 인격미로 보거나, 이종호가 인격과 자연과 문예를 통일하는 천인합일(天人合一)의 심미이상(審美理想)에 대해 말한 것들은 현상의 측면을 잘 지적하였지만, 그런 점들이 어째서 미학적인 것인가 하는 점에 대하여는 해명이 있어야 한다. 자연이 어째서 인격 함양의 미적인 인식으로 동력적(動力的)으로 작용할 수 있었는가 하는 점에 대한 해명이 필요하다.

윤리와 미학이 동궤에 놓인다는 동양적 사상의 구현이라는 지적은 여러 차례 거듭되지만 문학론이지는 않다. 결국 작품의 분석적 이해를 통해서 작품에 구현된 윤리나 미학이 하나로 아우러지는 모양을 구체적으로 보여 주어야 한다. 윤리와 미학을 별개의 것으로 다루는 선입견을 배제하고, 이학의 범주 안에서 이황의 문학이란 윤리가 미학이 될 수 있음을 보이는 좋은 예로 이해될 수 있다.

우리 또는 옛사람들이 이황의 시를 읽을 때, 그 도덕적이고 윤리적인 내용의 교훈 때문이 아니라, 시로서의 감흥을 느꼈으리라 상정해야 한다. 그렇지 않다면 그것은 문학이 아니다. 문학을 가장한 교훈이고 선동이다. 문학을 하다가 도학에 들어갔고, 한시를 2천 수나 남겼으며, 그 흥(興)을 다 못 풀어 국문시가인 〈도산십이곡〉을 지은 것은 이황의 시적인 감흥에 대한 이해가 필요함을 말해 준다. 주희의 〈무이도가(武夷棹歌)〉에 대해 입도차제(入道次第)가 아니라 인물기흥(因物起興)이라고 해명한 것도 시를 대하는 그의 마음을 보여 준다. 그런 감흥의 미학적 윤

9) 위의 글, 98 · 101쪽.

리적 통일성이 어떻게 가능한가 하는 점을 이해할 필요가 있다.

인물기흥이라고 할 때의 '흥'은 이황 시를 미학적으로 접근하는 중요한 단서가 된다. 이황은 〈도산잡영〉 7언시를 짓고 감흥을 더 잘 드러내기 위해 5언시를 지었으며, 그 시들에서 '흥' 또는 '낙(樂)'이라는 용어를 여러 번 사용하고 그 느낌을 드러냈다.[10] 〈도산십이곡〉은 한시로는 얻을 수 없는 즐거운 상태를 드러내기 위해 국문으로 지은 노래였다. 이황 시에서 이렇게 '흥' 또는 '낙'을 중시한 것은 이유가 있다. 그것은 '흥'과 '낙'이 객관 세계의 본체와 인간의 관계를 파악한 기쁨을 심미적으로 드러내는 것이기 때문이다. 그것은 공자가 "시에서 감흥하여, 예에서 일어나며, 음악에서 완성한다[興於詩 立於禮 成於樂]"[11]고 한 것으로 집약될 수 있다. 이에 대해 주희는 시가 사람을 감동시켜 선을 택하고 악을 꺼리게 할 수 있으며, 음악이 사람의 성정을 함양하고 마음의 더러움과 찌꺼기를 깨끗하게 씻어 줄 수 있다는 해설을 붙였다.[12] 이는 도덕적 효험과 미적인 즐거움을 하나로 파악하는 것이다. 이황이 철학적 탐색을 목적으로 하는 산문에 만족하지 않고, 시를 짓고 '흥'과 '낙'을 강조하는 것은 이러한 맥락에서 이해될 수 있다.

3. 〈도산십이곡〉 전반의 흥(興), 낙(樂)

〈도산십이곡〉에도 '흥' 또는 '낙'의 정서 지향이 시적 성취로 나타난다. 시 전체의 지향하는 바가 '흥' 또는 '낙'이라고 할 수 있는데, 우선 문면에도 '흥'과 '낙'을 내세우는 점부터 생각해 보자. 〈언지〉의 마지막 시에서는 "사시가흥(四時佳興) ㅣ 사롬과 흔가지라", 〈언학〉의 첫 시에서는

10) 신연우, 〈도산잡영과 도산십이곡에서의 '흥'〉, 《국어국문학》 133, 2003, 197~222쪽.
11) 《논어》 泰伯 제8.
12) 可以養人之性 而蕩滌其邪穢 消融其渣滓 …… 是學之成也(《논어》 泰伯 제8, 朱熹 註).

"만권생애(萬卷生涯)로 낙사ㅣ 무궁ᄒᆞ애라"와 같이 '흥'과 '낙'을 드러낸다. 전자에서는 자연과의 교감에서 얻을 수 있는 최대의 성취인 천인합일을 지향하고, 후자에서는 성현과 교감하는 기쁨을 말하는 것으로 〈언지〉와 〈언학〉의 주제연이라 할 만한 것이다.

〈언지〉 여섯 연은 주제를 향해 점점 나아가는 모습을 보인다. '천석고황을 고텨 므슴ᄒᆞ료' 하는 1연에서는 자연을 사랑하는 자아의 마음을 나타냈다. 초장의 반복구는 리듬감을 주어 흥취를 얻고 있다. 자연으로 돌아온 기쁨을 나타낸 것이다. 2연에서 '연하와 풍월의' 자연으로 돌아온 현실을 드러냈다. '병과 허물'을 말함으로써 중장을 거쳐 종장에 이르면 자연 속에서 인간의 위상에 대한 관심으로 옮아갔다. 그 관심을 3연에서 이었다. 인간의 본성인 '인성(人性)'과 사회의 질서인 '순풍(淳風)'의 선함을 확인하는 것으로, 2연 종장에 보인 자아의 의구심을 없앴다. 4연에서는 그런 선함의 근거가 유란(幽蘭), 백운(白雲) 등 자연임을 다시 보였다. 그 자연의 끝에 있는 존재는 '피미일인(彼美一人)'으로 집약된다.

5연은 이제 확실히 잡은 자연의 궁극처로부터 멀어지지 않겠다는 자아의 다짐을 보였다. 자연을 곁에 두고 '머리 ᄆᆞᄋᆞᆷᄒᆞᄂᆞᆫ(먼 곳에 마음을 두는)' 망아지[白駒]가 되지 않겠다고 했다. 6연은 흔들리지 않는 자아가 포착한 자연의 본래 모습을 그린 것이다. 그것은 사계절에 고르게 존재하는 것이고, 자연과 사람의 경계를 허무는 것이며, '연비어약'이라는 자연 본래의 생기를 잃지 않는 것으로 형상화되었다. 이 흔들리지 않음과 생동감의 역동적인 모습이 '흥'이라는 미적인 성취로 집약되는 점에 주목해야 하는 것이다. 이 모습을 마음에서 잃어버리지 않는 것이 바로 〈언지〉다. 그것은 이황 사상의 중핵(中核)인 경(敬)의 다른 이름이다.

〈언학〉은 먼저 집약하고 서서히 풀어 간다. 1연 초장의 천운대와 완락재는 생활공간이면서 자연의 이치를 생각하는 공간이다. '만권생애'와 '왕래풍류(往來風流)'는 이황이 공부하는 두 가지 방책이다. 이는 〈도산잡영 병기〉에서 잘 드러났던 긴장된 공부와 이완된 공부의 두 모습을 표현한 것이다. '만권생애'가 도(道)에 대한 집중적, 분석적 접근이라면 '왕래풍류'는 물조장(勿助長)의 이완 속에서 직관적으로 '도'를 파악하는 방법이 될 수 있다.[13] 이 둘은 순환적이다. 성현 공부가 막히면 자연을 찾고, 자연에서 얻은 것이 다시 성현 공부로 이어진다고 〈도산잡영 병기〉에 소상히 밝혀 놓은 바와 같다. 이 공부의 내용은 앞의 시, 〈언학 6〉의 그것이다. 그것을 생활과 자연에서 체득해 나가는 것, 그것이 '낙사무궁(樂事無窮)'이다. 그 체득의 과정을 풀어놓는 것이 〈언학〉이다.

2연은 그 낙사를 모르는 사람을 '귀머거리, 봉사'라고 했다. 눈과 귀가 총명한 사람이 되어야 한다고 했다. 총명으로 알아야 할 것은 세계의 근원적 질서며, 그 매개는 자연과 성현이다. 3연은 그 낙사를 아는 좋은 길로 고인(古人)의 길을 제시했다. 고인의 길은 만권생애의 생활과 같다. 고인이 '녀던 길'이 내 앞에 있으니 아니 갈 수 없다고 했다. 4연은 그 길이 사실은 우리가 원래 예던 길이라고 했다. 이 부분은 벼슬길에 들어섰던 잘못을 바로잡고 성현의 길로 돌아오는 모습으로 이해되곤 하지만, 앞의 3연과 연관 지어 이해하면 고인이 녀던 길이 바로 우리가 녀던 원래의 길 즉, 인간 본연의 선한 본성으로 볼 수 있다. 그 길을 잃어버린 생활을 해 왔지만, 이제 다시 그 길을 찾고 다른 곳에 마음 두지 말자고 다짐하고 있다.

5연은 다시 그 길이 자연에서 파악한 것과 다른 것이 아님을 재확인한다. 청산(青山)의 본성은 만고에 푸른 것이며, 유수(流水)의 본성은 주야로 그치지 않는 것이다. 우리가 가야 할 길은 우리의 본성을 찾는 길이고, 성현의 길이고, 자연의 본성과 일치하는 것임을 확인한다. 6연은 그 점을 체득해 가는 과정이 어려우면서도 쉽다고 했다. 그것은 우부와 성인 모두에게 일생의 과제다. 그러면서도 마지막으로 그 과정에서 '늙

13) 신연우, 〈이황 산수시의 양상과 물아일체의 논리〉, 《한국사상과 문화》 20집, 한국사상문화학회, 2003, 39~68쪽 ; 신연우, 〈이황 산수시에서 '경'의 의미〉, 《민족문화논총》 28집, 2003, 42~48쪽.

는 줄을 모른다'고 했다. 그 과정 자체가 즐거움이어야 한다는 점을 말하는 것이다. 〈언학〉 첫 연 첫 행에서 자연으로 돌아온 흥겨움을 말하는 것이, 〈언지〉 끝 연 끝 행에서 성현의 길을 찾는 과정 자체의 흥겨움으로 포개져서, 시 전체를 '흥'과 '낙'의 상태로 견인한다.

4. 자연의 조화와 이(理)와 도덕

그러나 그 '흥'이며 '낙'은 사실 쉽게 얻어지는 것이 아니다. 여기에는 적어도 세 가지 요소에 대한 기본적 소양이 전제된다고 작품 자체가 말하고 있다. 그것은 이치와 조화에 대한 인식, 이(理)의 활발발(活潑潑)에 대한 인식, 조화와 도덕의 관계에 대한 이해 등으로 파악된다.

첫째로 〈도산십이곡〉은 세계의 이치와 조화에 대한 인식을 말한다.

> 유란(幽蘭)이 재곡(在谷)ᄒᆞ니 자연이 듣디됴해
> 백운(白雲)이 재산(在山)ᄒᆞ니 자연이 보디됴해
> 이듕에 피미일인(彼美一人)를 더옥 닛디 몯ᄒᆞ얘[14]

초장과 중장은 난초와 백운, 골짜기와 산, 후각과 시각을 대비하면서 그것들이 모두 자연스럽고 좋다고 한다. 이들이 있을 곳에 있기 때문이다. 있어야 할 곳이 있는 곳이고, 있는 곳이 있어야 할 곳이다. 당위와 존재가 하나인 상태는 우아한 아름다움으로 이해된다. 있어야 할 곳에 있기에 난초는 유란이 되고 구름은 백운이 된다. 위협적이고 무질서한 자연이 아니라 그윽하고 순수한 자연이 이황이 찾는 자연이다. 그것은 자연의 자연 상태 그대로가 아니라 자연의 현상 너머 있는 본질 상태를 상정하기 때문이다. 현상인 자연은 듣기나 보기에 좋지 않을 수도 있으나, 이치의 근원으로서 자연은 순수하고 정적인 그윽함 속에 있기 때문이다.

---

14) 이황, 〈도산십이곡〉 언지 4.

자연의 자연스러움을 이해하는 것은 종장의 '피미일인'을 생각하고 있기 때문이다. '그 고운 한 님'은 난초가 골짜기에 있어 유란이 되고, 구름이 산에 있어 백운이 되게 하는 원리다. 이 임을 임금으로 보는 견해는 이 시의 진정성을 감소한다고 생각된다. 이 연이 '도산 내경의 상하원근이 조성하는 자연스러운 아름다움, 도산의 고즈넉한 정취'를 나타내는 것이고, 임은 그 속에서도 '왕을 잊지 못하는 사대부 지식인으로서의 겸선의식'[15]으로 볼 수 있지만, 그것은 이황을 사대부 일반의 통념으로 파악해도 무방하게 한다. 이황이 왕을 잊지 못하는 마음을 가졌다면 그것은 다분히 관념적인 것이다. 이황이 겪은 임금은 연산군, 중종, 명종 그리고 초년의 선조였으며, 사림이 상정하는 도학정치를 이룰 성군과는 거리가 먼 왕들이었고 그 치세였다. 이황이 끊임없이 지방으로 내려가고자 노력했던 것은 이런 중앙에 대한 부정적 인식의 결과일 수 있다.[16] 이런 속에서 이황이 자연의 아름다움과 임금을 같은 비중으로 수용했다고 보기보다는, 자연의 조화에 대한 발견과 그 근원처에 대한 진지한 탐구로 이해하는 것이 더 자연스럽게 여겨진다.

이황이 아무 왕이나 왕이기 때문에 연군지정을 가졌다고 하는 것은 이황을 범속한 유학자로 오해하게 한다. 창작 당시 임금은 명종이었는데 명종을 '더욱 잊지 못한다'는 것은 납득하기 어렵다. 이황이 "임금을 지칭할 때는 군은(君恩), 성은(聖恩), 천은(天恩), 홍은(鴻恩) 등 은혜에 주안을 둔 용어를 썼고, 그가 명종에 대해 갖는 정서는 꿈에도 못 잊는 '그리움'은 아니다."[17] 이런 조화는 〈언학〉 시에서도 반복된다.

> 청산ᄂᆞᆫ 엇뎨ᄒᆞ야 만고애 프르르며
> 유수ᄂᆞᆫ 엇뎨ᄒᆞ야 주야애 긋디 아니ᄂᆞᆫ고

---

15) 성기옥, 앞의 글, 259~261쪽.
16) 신연우, 〈이황 질병시의 의미〉, 《열상고전연구》 18집, 열상고전연구회, 2003, 147~151쪽.
17) 한형조는 이 미인(美人)을 주희(朱熹)로 보았다(한형조, 〈幽貞, 혹은 유교적 은자의 길〉, 《퇴계학보》 111집, 퇴계학연구소, 2002, 165쪽).

우리도 그치디마라 만고상청 호리라[18)]

이 시는 산과 물, 만고와 주야, 푸르다는 시각적 인식과 그치지 않는다는 다분히 촉각적 인식이 대비되고 있으면서, 동시에 그 각각의 상태가 자연스럽고 만족스럽게 인식되고 있다. 산은 만고에 푸름을 잃지 않아 청산인 것이며, 물은 주야로 흐르기를 멈추지 않아 유수인 것이다. 우리에게도 그러한 변치 않음이 있으니 그것을 '만고상청'이라고 했다. '만고상청'은 청산만의 속성이 아니다. 우리를 포함한 만물의 근원적 속성을 대표한다. 그것은 저 영원한 님[彼美一人]처럼 영원한 푸름이다. 이런 조화에 대한 인식이 가장 잘 드러난 것은 다음 시일 것이다.

춘풍에 화만산ᄒᆞ고 추야애 월만대라
사시가흥ㅣ 사ᄅᆞᆷ과 ᄒᆞᆫ가지라
ᄒᆞ물며 어약연비 운영천광이ᅀᅡ 어늬 그지 이슬고[19)]

춘풍과 추야는 사계절을 다 포괄한다. 꽃과 달은 자연 만물을 다 포괄한다. 꽃이 가득하고 달빛이 가득한 것은 자연이 충만함을 말한다. 이 충만함은 사계절이 질서를 갖고 있고 계절마다의 본성을 지키기 때문이다. 자연세계가 질서와 조화로 충만되어 있음을 아는 것은 '가흥(佳興)'이 된다. 조화를 인식하는 즐거움은 흔히 경험하는 것이다. 그것이 온 세상의 것으로 확대되고 온 세상이 하나의 질서와 조화로 이루어져 있음을 경험하는 것은 더 없는 즐거움이다. 그것이 '흥'이며 '낙'이다.

그런데 사람은 그 질서와 조화에 참여하는가? 이황은 그렇다고 했다. 그러나 사시와 사람을 따로 언급한 것은 그 둘이 다르다는 점이 강하게 부각되고 있기 때문이다. 자연의 조화로움은 상대적으로 쉽게 이해된다. 사람의 조화로움은 좀처럼 파악하기 어렵다. 그래서 이 중장이 특별

18) 이황, 〈도산십이곡〉 언학 5.
19) 이황, 〈도산십이곡〉 언지 6.

히 필요한 것이다. 사람도 자연처럼 조화로운 것이 원래의 모습이었다는 사실을 체득해야 한다는 것이다. 이황은 〈언지 3〉의 "인성이 어디다 ᄒᆞ니 진실로 올ᄒᆞᆫ마리"라고 한 것, 〈언학 5〉의 "만고상청", 〈언학 6〉의 "우부(愚夫)도 알며ᄒᆞ는" 그 쉬운 길 등으로 거듭 반복하며 인성의 본래적 조화와 질서를 강조하는 것이다.

그 질서와 조화는 종장의 "어약연비 운영천광"으로 집약되는 바, 이는 자연세계의 조화를 드러내면서 동시에 우리의 두 번째 논의인 자연의 생기 또는 '활발발'의 상태에 대한 인식으로 우리를 인도한다.

이 연(聯) 전체는 물론 도산서원 주변의 실제적인 경치에서 촉발된 것으로서, 종장 역시 서원 앞의 천광운영대의 정경을 묘사한 것[20]으로 보아야 한다. 그러나 이를 통해 얻은 인식은 도산을 넘어선다.

솔개 날고 고기 뛰니 누가 시켜 그러한가!	縱翼揚鱗孰使然
활발한 그 움직임 천연(天淵)에 기묘해라	流行活潑妙天淵
강가 바위에서 해 지도록 마음 눈 열어놓고	江臺盡日開心眼
명성 한 큰 책을 세 번 거듭 외운다네[21]	三復明誠一巨編

많고 많은 뭇 사물이 어디로부터 좇아 있는가	芸芸庶物從何有
아득한 근원머리는 빈 것이 아니로다	漠漠源頭不是虛
옛 현인 느낀 경지를 알려면	欲識前賢與感處
청컨대 정초(庭草)와 분어(盆魚)를 살펴보시게[22]	請看庭草與盆魚

앞의 시 역시 천광운영대에서 지은 시인데, 연비어약의 발상이 《중용》에서 연원하고 있음을 명확히 하고 있다. 연비어약은 중요한 의미를 갖는다. 그것은 태극의 근원이 공허한 것이 아님을 단적으로 보여 주는 문학적인 표현이다. 태극의 본체는 현상 너머에 있지만 태극을 인지할

20) 성기옥, 앞의 글, 264쪽.
21) 이황, 〈도산잡영, 천연대〉(《도산전서 1》, 한국정신문화연구원, 1980, 97쪽).
22) 이황, 〈林居十五詠, 觀物〉(《도산전서 1》, 92쪽).

수 있는 것은 현상에서뿐인데, 현상을 다 제시할 수는 없다. 태극을 인지할 수 있는 현상 가운데 대표적이고 상징적인 것이 연비어약이다. 연비어약은 '도'가 천지 사이에 발현하여 없는 곳이 없음을 나타내기에 아주 적절한 표현이었다. 이에 대해 이황은 '도'가 "상하로 유행하여 나타나는 것이 두드러진다"[23]고 했다. 이황의 경우에 이는 특히 '이'의 '활발발'을 나타내는 것이기에 중요하다. 태극인 '이'가 발(發)한다는 것은 그의 도덕적 지향성을 단적으로 드러내는 이론이다. '이'가 기(氣)에 선행하며 '기'를 제어할 수 있다는 그의 희망은 세계의 원래 모습을 조화와 질서로 인식하는 그의 철학의 정론이다.[24]

둘째로 연비어약은 세계의 원래 모습을 제시하는 데서 성리학이 불교보다 우위일 수 있게 했다. 이황은 '이'의 원두처가 '활발발'이라는 것이 석씨의 말이 아니냐는 제자의 물음에, 불교는 심(心)이 있는 것은 알고 '이'가 있는 것은 모르며, 소리개가 못에서 뛸 수도 있고 고기가 하늘로 올라갈 수도 있다는 것이니 전혀 다르다고 대답한다.[25] 불교에 '활발발'과 같은 것이 있어도 그것은 자연의 조화와 질서를 어그러뜨리는 것이기에 배격해야 한다고 이황은 생각한다. 이이 역시 노승과의 대화에서 연비어약의 의미가 불교의 색공(色空) 이론보다 실하고 차원이 높다는 생각을 피력했다.[26] 이는 불교처럼 세계가 공허한 것이 아니고, 낳고 낳는 인(仁)의 구현이라는 의식과 동치다. 〈언학 6〉도 〈언지 6〉의 연장이다.

우부도 알며ᄒᆞ거니 긔 아니 쉬운가
성인도 몯다ᄒᆞ시니 긔 아니 어려운가
쉽거나 어렵거낫듕에 늙는주를 몰래라[27]

---

23) 〈언행록〉 4(정순목, 《퇴계평전》, 지식산업사, 1994, 257쪽).

24) "'이'의 자발적인 능동성과 주체적인 작용능력을 긍정하는 것이 퇴계 철학의 독창적 특징이다."(엄연석, 앞의 글, 47쪽).

25) 〈언행록〉 4(정순목, 앞의 책, 258쪽).

26) 이이, 〈楓岳贈小菴老僧(幷序)〉(《국역율곡전서》 1, 한국정신문화연구원, 1988, 58~59쪽) ; 신연우, 《사대부 시조와 유학적 일상성》, 이회, 2000, 127쪽.

이 내용은 《중용》 〈비은장(費隱章)〉에 이미 연비어약과 같은 의미로 기술되어 있고, 이황 역시 한 가지 의미로 이해하고 있다.[28] 우부에게도 쉽지만 성인에게도 어려운 것은 바로 연비어약의 '활발발'한 원두처에 대한 이해며 자연과 세계를 이루는 조화와 질서의 체득이다.

〈도산십이곡〉의 여러 시구는 이러한 시각에서 읽힐 수 있다. 〈언지 3〉의 '인성이 어진' 것은 인간이 '이'의 원래 모습을 나누어 갖고 있기 때문이다. 〈언지 4〉의 유란과 백운은 누가 만든 것이 아닌 원두처의 자연스러움[29]으로 말미암아 자연세계가 자연스럽게 현현되는 모습을 말한 것이다. 〈언학 1〉의 만권생애와 왕래풍류는 그 경지를 얻고자 하는 이황의 공부 방법의 양면성[30]이며, 〈언학 2〉의 농고(聾瞽)가 못 듣는 것이 바로 그것이다. 고인이 녀던 길, 내가 갈 길의 실질적인 내용이 바로 그 경지다. 〈도산십이곡〉은 전체가 자연의 조화를 알고 그 근원인 '이'의 '활발발'함을 깨닫는 과정의 여러 양상을 표현한 것으로 볼 수 있다.

셋째로 앞에서 계속 언급한 것이지만 조화가 도덕이라는 생각이 〈도산십이곡〉의 기저에 놓여 있는 전제다. 〈언지 6〉에서 춘풍과 추야의 질서와 사시와 사람의 가흥, 연비어약의 조화와 〈언학 6〉의 우부와 성인이 공통으로 수행해야 하는 과제는 같은 내용이다. 그것은 이황이 소리개는 하늘에서 날고 고기는 연못에 있고, 수레는 육지로 다니고 배는 물로 다니는 것이 사람의 일상생활에서 부부와 성인 모두의 길인 인륜의 '이'[31]라고 이해하는 것과 같다. 〈도산십이곡〉은 자연과 인사(人事) 어느 한편에 치우치지 않고 똑같이 배려하고 있는데,[32] 그것은 자연이 바로 도덕

---

27) 이황, 〈도산십이곡〉 언학 6.

28) 주 24와 같음.

29) "소리개는 양물(陽物)이므로 하늘로 올라가지만 고기는 음물(陰物)이기 때문에 뛰면서도[躍] 날지는 못하는 것이다. 이것은 누가 시킨 것인가? 그것은 자연의 묘한 이치로써 그렇게 되지 않을 수 없는 것이다"[〈언행록〉 4(정순목, 앞의 책, 257쪽)].

30) 신연우, 〈이황 산수시에서 '경'의 의미〉, 《민족문화논총》 28집, 2003, 56쪽.

31) 〈언행록〉 4(정순목, 앞의 책, 257쪽).

적 원리라고 이황이 말했던바 “자연의 사실적 세계를 인간의 시각에서 가치를 투사하여 해석”[33]하는 그의 철학적 성향에 맞물려 있다.

〈언학 1〉, 〈언학 2〉에서 자연으로 귀환하기에 이어 바로 '순풍이 죽다 하니' 하는 연이 나오는 것은 이황에게 자연과 인사는 동치기 때문인 것처럼, 〈도산십이곡〉 전반은 자연과 인사를 동일한 차원에서 섞고 있다. 그것은 다기한 현상보다는 현상 너머에서 현상을 움직이는 자연의 질서를 도덕적 질서와 하나로 간주하기 때문이다. 〈언학〉에서 말하는 고인의 길, 나의 길이 도덕적 함의를 지니고 있으며, 우리도 만고상청하리라 할 때 역시 도덕적 불변성이 뒷면에 놓여 있는 것은 당연하다 하겠다. 지금도 우리가 이 시를 읽을 때 이러한 함의를 읽기에 이 시조가 교훈적이라고 생각하게 된다. 그러나 이 교훈은 도덕적일 수는 있지만 훈민가나 오륜가 등의 구체적 도덕 항목 제시와는 근본이 다르다.

5. 〈도산십이곡〉 도덕의 미학적 함의

일반적으로 도덕적 교훈의 시조는 옳고 그름에 대한 규범이 더 강조된다. 정철의 훈민가나 주세붕·박인로의 오륜가 등에서 확인할 수 있듯이, 어떤 행동은 옳고 어떤 행동은 그르다. 문학이 옳고 그름에 대한 선택을 제시하기란 어렵다. 예술이란 현실생활의 기준을 구체적으로 제시하기 위해 존재하는 것은 아니다. 음악이나 미술은 옳고 그름의 문제를 다루기 위해 존재하는 것은 아니다. 시도 그렇다.

흔히 오해되고 있지만, 이황의 시조가 도덕적이라고 말하는 것은 그가 어떤 특정한 도덕, 성리학적 윤리를 우리에게 제시하기 때문이 아니다. 그가 우리에게 제시하는 것은 특정한 도덕이 아니라 행동의 근거가

32) 성기옥, 〈도산십이곡의 구조와 의미〉, 《한국시가연구》 11집, 2002, 208쪽.
33) 엄연석, 앞의 책, 102~103쪽.

되는 '판단과 정서의 규범'[34]이다. 그것이 성리학적 내용으로 이루어져 있지만, 이황의 이 시조는 '현실에서의 행동이나 존재 양식을 규정하는 인간 의지의 성취물'[35]을 독자인 우리가 느끼고 알게 하는 기쁨을 준다는 의미에서 예술적 도덕성인 것이다. 예술의 도덕은 우리가 세계를 파악하는 지적인 기쁨을 주는 데 있다.[36] 그것은 세속의 도덕과는 별 관계가 없다. 세계가 잘못되어 있다는 진실을 시에서 전해 받을 때에도 지적인 희열이 있는 것이다. 내가 아직 모르던 세계의 총체적 모습을 그 시를 통해 이해한 것 같은 기쁨을 받을 때 그 시는 나에게 도덕적이다. 허버트 리드(Herbert Read)가 횔덜린(Hölderlin)의 말을 빌려 "시란 실체를 소유하고 있는 것이며, 우리의 이해 속에 실체의 지평을 처음으로 정립하는 것[37]"이라고 했을 때, 나에게 그 지평을 열어 보이는 시의 소임이 나에게 도덕적 덕목이다.

위에서 살펴본바 〈도산십이곡〉에 보이는 세계의 질서와 조화, 그 원두처인 '이', 조화인 도덕은 서로 깊이 관계하고 있다. 그것은 자연과 세계의 질서, 조화를 인간세계의 도덕으로 보려는 생각에서 비롯된다. 자연의 조화와 동치인 인간의 도덕 또한 조화의 원리에 따라 파악되는 것이다.

앞에 인용한 〈언지 4〉의 '유란이 재곡ᄒᆞ니 자연이 듣디됴해'와 〈언지 6〉의 '춘풍에 화만산ᄒᆞ고 추야애 월만대라'를 생각해 보자. 골짜기의 유란과 산 위의 백운은 그 있을 곳에 있음으로 말미암아 듣기 좋고 보기 좋다. 이것은 세계가 제자리에 놓인 질서와 조화를 아름답다고 파악하는 화자의 판단을 전해 준다. 그러한 세계 질서의 근원적 원리는 미인(美人)으로 표현되었다. 자연의 현상이 아름다운 것은 그 근원적 원리의

---

34) 수잔 손탁(Susan Sontag)/이민아 옮김, 〈스타일에 대해〉, 《해석에 반대한다》, 이후, 2002, 50쪽.

35) 위의 책, 50쪽.

36) 위의 책, 36~68쪽.

37) 허버트 리드(Herbert Read)/김병익 옮김, 《도상과 사상》, 열화당, 1982, 18쪽.

아름다움에 말미암는다. '이' 자체가 아름다운 것이다. 그것은 현상적 질서의 근원적 질서기 때문이다. 세계가 있는 그대로 존재하는 모습은 있어야 할 그 모습이 현현된 것이므로 아름답다. 그것은 자연뿐 아니라 사람까지 포함한다. 그것은 〈언지 5〉에서 보였듯이, 청산과 유수의 질서가 '우리도'로 확장되는 것과도 같은 구도다.

〈언지 6〉에서 사시의 질서가 가흥이면서 동시에 '사람과 한가지'라고 파악되는 것도 마찬가지다. 사시의 질서는 유란 · 백운 · 청산 · 유수보다 자연의 질서를 더 잘 드러낸다. 그것은 움직이고 변화하면서도 제 위치를 잃지 않는 자연의 질서를 더 잘 설명한다. 그 질서는 '화만산 월만대'와 같이 실질적 내용을 가지면서도 실체화되지 않는 변화의 축으로서 태극의 모습을 제대로 전달하기 적절하다. 그것은 아름다운 '흥'이다.

사람도 그 '흥'을 그대로 가지고 있다. 그리고 무엇보다 사시의 자연과 사람의 만남에서 가흥을 느낀다. 여기서 주목해야 할 것이 있다. 사시의 자연과 사람이 직접 만나는 '흥'을 말하는 것이 아니라는 점이다. 이 '흥'은 개별적 자연물을 개별적 인간이 만나서 즉물적으로 흥겹다고 느끼는 것을 말하는 데서 그치지 않는다. 그것은 자연의 근원적 조화와 충만한 실질과 역시 자연의 태극을 나누어 갖고 있는 인간의 보편적 근원적 심성이 조화롭게 일치됨을 확인하는 데서 오는 '흥'이기에 아름답다[佳].[38]

이 뜻을 이황은 요산요수의 의미를 해명하면서 이렇게 나타낸 바 있다.

> 산과 물에 나아가 인(仁)과 지(智)를 구하게 한 것은 아닐 것이다. 그러므로 내 생각에 그 두 즐거움의 뜻을 알고자 하면 마땅히 인자(仁者)와 지자(智者)의 기상과 의사를 구해야 하고, 인자와 지자의 기상과 의사를 구하고자 하면

---

38) 언어기호가 사물과 이름을 결합하는 것이 아니라, 개념과 청각영상을 결합한다고 한 소쉬르 언어학 이론을 참고할 수 있다. 이때 청각영상은 물질적인 소리가 아니고 심리적인 것이다. 자연 경관과 내가 만나는 것이 아니고, 자연이라는 개념과 자연을 질서로 파악하는 심리적인 내가 만나는 것이라 하겠다(F. D. Saussure, *Course in general linguistics,* New York : Philosophical Library, 1959, p.66).

> 또한 어찌 다른 곳에서 구하겠는가? 내 마음으로 돌이켜 그 실질을 얻을 뿐이다. 진실로 내 마음에 '인'과 '지'의 실질이 있어 속으로 가득 차 겉으로 드러난 즉, 요산요수는 애써 구하지 않더라도 자연히 그 '낙'이 있게 될 것이다.[39]

내가 산과 물에 나아갔다고 해도 '인'과 '지'를 구할 수 있는 것이 아니라는 말이다. '인'과 '지'의 실질이 있다면 산과 물에서 '인'과 '지'의 실질을 얻을 수 있다는 것이다. 그것이 즐거움이 된다고 했다. 이 '낙'은 사시가흥의 '흥'과 같다.

이러한 경험, 즉 구체적 자연물을 통해서 세계의 근원적 조화를 만난다는 심미적 경험이 바로 〈도산십이곡〉의 주제라고 할 수 있다. 이 경험은 우리 의식 속에 들어와 세상을 이해하고 그에 따라 삶의 틀을 형성해 나가는 자양분이 된다. 그 결과물이 세계를 사는 포괄적 행동규범의 근거를 제공해 줄 수도 있다. 그것을 도덕적이라고 말하게 된다. 〈도산십이곡〉이 말하는 것은 여기까지다.

도덕적 교훈 시조, 훈민가나 오륜가류(類)는 이 결과물만을 제시하는 것이다. 이럴 경우 도덕은 강압이 되고 이데올로기가 된다. 조선조의 훈민 이념은 백성에 대한 목민(牧民)의 개념이었으므로 이런 일방적 교훈으로 나타난 것이다. 따라서 현대인에게 별 감흥이 없을 것은 자명하다. 그러나 〈도산십이곡〉은 가르침이 있다 하더라도 그것은 세계의 근원과 만남이라는 심미적 경험을 바탕으로 한 것이기에 그 차원이 다르다. 그것이 〈도산십이곡〉에는 오륜가류의 개별적이고 구체적인 도덕적 행동

39) 樂山樂水 聖人之言 非謂山爲仁而水爲智也 亦非謂人與山水本一性也 但曰 仁者類乎山 故樂山 智者類乎水 故樂水 所謂類者 特指仁智之人氣象意思而云爾 觀朱子集註 兩下有似字以釋之 可見其意 故其下文動靜之訓 亦以體段而言 樂壽之義 亦以效驗而言 皆非眞論仁智本然之理也 故吾恐聖人之意 豈不以仁智之理微妙 人未易曉 故於此或指其氣象意思 或指其體段效驗而反覆形容之 欲人因可象而求其實 以爲指準模範之極耳 非欲其就山水而求仁智也 故吾以爲欲知二樂之旨 當求仁智者之氣象意思 欲求仁智者之氣象意思 亦何以他求哉 反諸吾心 而得其實而已 苟吾心有仁智之實 充諸中而暢於外 則樂山樂水不待切切然求 而自有其樂矣[이황, 〈答權章仲 丙辰〉(《도산전서 3》, 127쪽)].

에 대한 교훈이 있을 수 없는 이유다. 후대에 〈도산십이곡〉을 본뜬 작품이 여럿 있었어도 작품의 긴장감이 떨어지는 것은 이런 인식과 자각이 살아나지 못했기 때문이다.

6. 맺음말

이황이 〈도산십이곡〉을 지을 때, 또는 조선조의 선비들이 그 노래를 들을 때, 표면적으로 드러나는 것은 도덕과 윤리를 우선시하는 유학적 성향이라 해도, 그 이면에 엄존하는 것은 인물기흥의 미학적 감상이라는 점을 우리는 안다. 그것이 이 작품의 경우에는 '낙'과 '흥'의 범주로 표현되었다. 이는 유학이 포용할 수 있는 범위 안에서 최대한의 것인 동시에 유학적 세계 긍정의 미학으로, 도교나 불교의 미학을 넘어설 수 있다는 의식의 표현이기도 하다.[40] 그 표현은 〈도산십이곡〉에서 '연비어약'과 '낙사무궁'으로 범주화되었다.

이 범주는 다시 세계의 조화에 대한 인식, '이'의 '활발발'에 대한 인식, 조화와 도덕의 관계에 대한 이해로 세분화되었다. 이황이 자연에 대한 관심을 보인 것은 자연을 통해 세계의 근원적 질서를 통찰할 수 있기 때문이다. 그리고 그 근원적 질서는 인간사회의 현상적 질서의 근원이라고 생각되었다. 완벽한 조화의 근원으로서 자연은 아름답다. 〈도산십이곡〉은 그 근원의 아름다움을 체득하는 '흥'과 '낙'을 언어로 드러내는 시다.

이황이 제시한 이러한 기쁨은 독자로 하여금 자신도 그 깨달음에 참여한다는 기쁨으로 전이되고 있다. 독자가 그러한 깨달음의 주체가 된다는 느낌을 주는 것이 이 시조의 교훈이라면 교훈이라 할 것이다.

(《고전문학연구》 25집, 한국고전문학회, 2004)

---

40) 신연우, 〈이황의 '연비어약' 이해와 시적 구현〉, 《시조학논총》 21집, 2004, 192쪽.

2부
이황과 조선전기 시문학

이황과 그 문인(門人)의 시조에 나타난 도(道)와 흥(興)

1. 머리말

퇴계 이황이 우리 시조 문학사에서 차지하는 비중과 가치는 새삼 이를 것이 없다. 이황과 〈도산십이곡〉에 대한 연구도 연륜과 깊이를 더해 가고 있다. 이황의 〈도산십이곡〉을 모범으로 해서 새롭게 지어진 시조가 많다는 사실도 잘 알려져 있다. 그들 시조를 연관 지어 시조문학사의 맥락을 잡아본 연구도 있다.

또 한편으로는 이황의 직계 문인들도 시조를 지었다는 사실도 널리 알려져 있다. 그들에 대한 연구도 종종 선을 보이고 있다. 그런데 그들을 한데 묶어서 그 관계를 이해하는 시도는 없었다. 이 글은 이황과 그의 문인 가운데 특히 세 사람의 시조 작품을 검토하여 상호 관계성을 천착하고자 한다.

이황의 문인은 《도산급문제현록(陶山及門諸賢錄)》에 따르면 368인이라고 한다.[1] 이들 가운데는 이이나 정철 등도 포함되어 있다. 그러나 이들은 중요한 시조작가들이지만 시조사에서는 이들의 시조를 이황 시조의 영향으로 간주하지는 않는다. 이황의 영향을 명확히 보여 주면서 5

1) 정순목, 《퇴계평전》, 지식산업사, 1994, 135쪽.

수 이상의 시조 작품을 남긴 이황의 문인으로는 매암 이숙량, 송암 권호문, 두곡 고응척을 들 수 있다. 이들은 사림의 성격이 잘 드러나는 16세기에 작품활동을 했고, 이황의 직접적인 훈도를 받아서 그 영향이 도드라지는 사람들이라 할 수 있다.

이들에 대한 개별 연구로는 권호문에 관한 것이 가장 많고,[2] 고응척 관계 논문이 몇 편[3] 있으나 이숙량[4]에 대한 것은 거의 없다. 이들을 연관 지어 연구한 사람으로 조규익[5]과 이강룡[6]이 있다. 이강룡은 영남 사림파 시조를 지역별로 구분하여 안동・상주・경주・진주지역으로 나누고, 그에 속하는 작가들의 작품을 검토하여 형태・주제・공간의식 등 영남 사림파 시조의 특성을 정리했다. 앞부분은 지역에 따른 검토고, 뒷부분은 영남 전체 시조의 특성이어서, 지역 구분이 영남 시조를 밝히는 데 어떤 구실을 했는지 의문이 든다. 각 지역 내 시조 검토도 그 상호 관계를 드러내는 데는 관심을 두지 않았다.

조규익은 〈16세기 안동지역 가맥의 연구〉에서는 이현보・이황・권호

---

2) 우응순, 〈권호문의 시세계〉, 고려대학교 석사논문, 1982 ; 한석수, 〈은둔문학고－송암 권호문을 중심으로〉, 《논문집》 20집, 상주농잠전문대학, 1981 ; 최선미, 〈송암 권호문 시가의 연구〉, 이화여자대학교 석사논문, 1995 ; 권상수, 〈권호문의 한거십팔곡 연구〉, 부산외국어대학교 석사논문, 1995 ; 한장원, 〈송호문 국문시가의 시적 지향에 관한 연구〉, 고려대학교 석사논문, 1995 ; 정재기, 〈권호문 시가 연구〉, 한국교원대학교 석사논문, 1996 ; 남재주, 〈송암 권호문의 시세계〉, 안동대학교 석사논문, 1988 ; 김명희, 〈권호문론〉, 《속 고시조작가론》, 백산출판사, 1990 ; 윤영옥, 〈권송암과 한거십팔곡〉, 《시조문학연구》 2집, 영남시조문학연구회, 1983 ; 김문기, 〈권호문의 시가연구〉, 《한국의 철학》 14집, 경북대학교, 1986 ; 최진원, 〈독락팔곡, 한거십팔곡과 隱求〉, 《한국고전시가의 형상성》, 성균관대학교출판부, 1988 ; 김상진, 〈송암 권호문 시가의 구조적 이해〉, 《한국학논집》 18집, 한양대학교 한국학연구소, 1990.

3) 김동욱, 〈두곡시조연구〉, 《한국가요의 연구・속》, 선명문화사, 1975 ; 박규홍, 〈두곡시조고〉, 《시조문학연구》 2집, 영남시조문학연구회, 1983 ; 강전섭, 〈고응척의 두곡가곡에 대하여〉, 《시조학논총》 2집, 한국시조학회, 1986 ; 조규익, 〈두곡 고응척의 가곡〉, 《어문연구》 29집, 어문연구학회, 1997a.

4) 심재완, 〈川講好歌攷〉, 《동양문화》 9집, 영남대학교 동양문화연구소, 1969.

5) 조규익, 〈16세기 안동지역 가맥의 연구〉, 《숭실대학교논문집》 (인문사회), 1994 ; 조규익, 〈조선조 道義歌脈의 일단(1)〉, 《동방학》 제3집, 한서대학교 동양고전연구소, 1997b.

6) 이강룡, 〈남사림파시조연구〉, 한국교원대학교 석사논문, 1993.

문을 검토했고, 〈조선조 도의가맥의 일단(1)〉에서는 주세붕·이황·권호문·고응척의 시조를 살폈다. 이 연구들은 영남 가맥을 도의가(道義歌)의 범주로 정리하여 큰 흐름의 맥을 잡았다. 그러나 도의가라는 한쪽의 조명은 문학작품으로서 전체적 조명의 한 부분일 뿐이다. 이황 시조가 갖는 흥취의 측면도 검토할 필요가 있다.

이 글에서는 이황 자신의 시조와 함께 그 문인들의 시조를 연관적으로 검토해 보고자 한다. 흥미롭게도 이황의 문인들은 그의 학문과 성품에 동조하고 계승하면서도 그의 밖에서 그를 객관화하고 있는 것으로 보인다. 다시 말하면, 그 문인들은 전체적으로는 이황의 시가관(詩歌觀)에 동의하면서도 그들 각자가 지향하는 바에 따라 중점적으로 강조하는 것이 다르다. 이황 시조의 한쪽씩을 선명하게 드러내고 있는 이들을 통해서, 이황 시조의 전반적인 성격을 재구성하고 더 선명히 드러낼 수 있을 것으로 보인다.

2. 교(敎), 학(學), 한거(閑居)의 시조

이숙량의 시조, 고응척의 시조, 권호문의 시조를 각각 교(敎)의 시조, 학(學)의 시조, 한거(閑居)의 시조라고 할 수 있다. 이 점은 선명하게 드러나는 것으로 그 자체를 지적하는 것은 새롭지 않다. 새로운 것은 이들이 보여 주는 관계적 맥락일 것이다. 이에 대해 차례로 살핀다.

(1) 이숙량의 교(敎)의 시조

이숙량(1519~1592)은 농암 이현보의 여섯째 아들이면서 이황의 문인이다. 25세에 사마시에 입격했으나 이황의 문하로 물러나 부친과 사부의 가르침을 실천하는 데 힘썼다. 〈분천강호가(汾川講好歌)〉 여섯 수를 남겼는데, 이는 《여씨향약(呂氏鄕約)》을 모방한 《분천강호록(汾川講好緣)》의 끝에 붙이게 되어 있다. 《분천강호록》은 매 삭망(朔望)에 여러 젊은이들[諸幼]을 모아 장유(長幼)의 예를 차린 후에 효부모(孝父母), 우형제(友兄弟), 화친척(和親戚), 목인보(睦隣保)의 네 항목에 대해 강론하는 모임 절차를 기록하고, 그 끝에 〈분천강호가〉 여섯 수를 부르게 되어 있다. 따라서 〈분천강호가〉는 위의 효부모, 우형제, 화친척을 내용으로 하고 있다. 이 가운데 효부모의 내용이 3편, 형제와 친척에 대한 것이 각각 1편, 마지막으로 종합적인 것이 1편이다.

부모 구존(俱存)하시고 형제무고(兄弟無故)ᄒᆞᆷ믈
놈대되 닐오ᄃᆡ 우리지비 ᄀᆞᆺ다터니
어엿븐 이내 ᄒᆞᆫ 모ᄆᆞᆫ 어듸 갓다가 모ᄅᆞ뇨

부모님 겨신 제ᄂᆞᆫ 부모ᄂᆞᆫ주롤 모ᄅᆞ더니
부모님 여흰 후에 부모ᄂᆞᆫ줄 아로라
이제사 이ᄆᆞᅀᆞᆷ 가지고 어듸다가 베프료

디난일 애다디 말오 오ᄂᆞᆫ날 힘 ᄡᅥᄉᆞ라
나도 힘 아니 ᄡᅥ 이리곰 애ᄃᆞ노라
니일란 ᄇᆞ라디 말오 오ᄂᆞᆯ나롤 앗겨ᄉᆞ라

효부모를 노래한 첫 세 수이다. 첫 수는 부모 형제가 무고히 잘 있는 것의 복됨을 말했다. 그것은 가정의 기반이고 가정은 나라의 기반이다. 유학적 견지에서 부모에 대한 효와 형제에 대한 우의는 사회를 이루는 기본 날줄과 씨줄이다. 종장은 이숙량 자신이 분내를 떠나 병암, 달성 등지에 우거하다가 이황 별세 후 다시 돌아왔던 사정을 언급하는 것으로 보인다. 이미 아버지인 이현보도 계시지 않아 그 당시의 가족 모임과 풍류가 사라진 것을 못내 아쉬워하는 모습이다.

둘째 수는 단순하고 쉽기에 그 의미가 더욱 명백하며 진솔한 느낌을 준다. 이숙량은 부친 이현보를 37세에 여의었다. 그 뒤 52세에 스승 이황을 잃은 일도 큰 슬픔이었다. 이 노래는 부모님이 이미 돌아가신 뒤에야 부모님을 모시려는 마음을 어디에 베풀겠느냐고 한탄하는 것이다.

그러면서도 셋째 수에서는 지난 일을 애달파 하지 말고 오늘에 힘쓰라는 것이다. 내일은 바라지 말고 오늘을 아껴 쓰라고 했다. 아껴 쓰라는 말은 부모 공양에 하루하루를 아껴 쓰라는 말이다. 이미 자신의 부모님은 안 계신데 누구에게 하는 말인가? 바로 그 모임에 참석한 여러 젊은이들에게 하는 말이다. 그것은 분천 주변 예안이라는 향촌사회의 젊은 사람들일 수도 있고 자신의 문중인 영천 이씨네의 젊은이들일 수도 있다. 어느 쪽이든 이 시들은 자신의 자책과 함께 다른 사람들에게 효부모의 내용을 숙지시키고자 하는 교훈적 성격[7]을 갖고 있다. 그래서 이숙량은 위의 각 시조에 대하여 "부모형제를 사모하는 노래다[此慕父母兄弟之歌也]", "봉양하지 못함을 한탄한다[此追恨其未及養也]", "앞의 2장을 맺어 후인을 힘써 나가게 한다[此結上二章以勉進後人也]"는 주(註)를 붙여 놓았다.

우형제(友兄弟)와 화친척(和親戚)을 말하고 마지막으로 총결하여 반복해서 힘쓰게 한다는 내용의 시조를 노래했던 것도 모두 같은 맥락이다. 이 여섯 수의 시조는 바로, 최재남이 적절하게 지적했듯이, '소학적 세계관의 시적 진술방식'[8]이다.

당대 세력을 왕실, 관인(官人), 사림의 셋으로 구분해 볼 때, 효제충신(孝悌忠信) 등 백성의 윤리 문제에 관심이 있었던 쪽은 왕실과 사림이었다. 왕실은 향촌질서의 안정이라는 목표에서 사림세력과 의견이 같았다. 여말선초의 지방민은 농업 생산의 발달을 수용하여 경제적으로 자

---

7) 凡此六章 皆自責以勉人也 …… 欲使聽之者 庶幾感發其善心 而徵創其逸志也(이숙량, 《매암선생문집》 권 1, 雜著, 〈汾川講好歌 六首〉, 서울대학교 규장각).

8) 최재남, 〈소학적 세계관의 시적 진술방식〉, 《사림의 향촌생활과 시가문학》, 국학자료원, 1997.

라났고, 지방의 유력자들인 향리들은 경제적인 성장과 함께 의식적인 성장을 한 지방의 농민을 직접 대면하면서 살았던 사람들이었다. 이들은 중국의 선진 농업기술을 받아들이는 것과 함께 주자학도 받아들였는데, "지주가 전호(佃戶)를 학대해서는 안 된다"는 주희의 권농문(勸農文) 내용을 함께 받아들일 정도로 교양을 가진 사람들이었다. 이들 세력의 조선 건국은 폭력에 따른 지배를 교화에 따른 지배로 대체하는 시대가 시작되었음을 보여 준다. 훈민정음의 창제와 반포는 이러한 시대적 사명을 능동적으로 이행해 나간 왕실 쪽의 운동이었다.

왕실과 이념에서 함께 출발했으나 훈구(勳舊) 벌열세력(閥閱勢力)이 된 관인은 성격이 달라졌다. 이들은 이념의 순수성을 잃었고 추구해야 할 목표를 상실하여 고려 말의 귀족세력과 같은 성격을 갖게 된다. 대토지를 확보하고 돈을 벌고 권력을 강화하고 사치스러운 생활을 하는 것이 삶의 과제가 되었으며 이 과정에서 백성을 학대 착취하게 되었다. 이들의 부도덕함을 소리 높여 비판한 세력이 사림이다. 이들은 백성의 생활 안정이 자신들 기반의 안정임을 알고 있었다. 그리하여 사림은 훈구세력을 비판 견제하고 향촌을 안정시키기 위하여, 유향소(留鄕所)운동과 서원운동을 벌이고, 훈민시조(訓民時調)를 창작하였고, 왕실과 사림은 함께 삼강오륜(三綱五倫)의 보급을 위한 서적을 보급하고, 사림의 강력한 주창으로 《소학(小學)》 보급운동과 향약운동을 함께 벌였다.[9] 이러한 큰 맥락에서 구체적으로 영남을 중심으로 한 소학 실천의 경과는 최재남이 《사림의 향촌생활과 시가문학》에서 상세하게 보여 주었다.

이숙량이 《여씨향약》을 본받아 《분천강호록》을 만들고 실천했다는 것은, 그가 이러한 사림의 소학적 실천운동의 연장선에 있음을 보여 준다. 그의 〈분천강호가〉는 그 실천의 일환으로 노래의 기능을 살린 것이다. 또한 이와 같은 맥락에 있는 선배 주세붕의 시조 등의 영향을 받았

9) 신연우, 《조선조 사대부 시조문학 연구》, 박이정, 1997, 62쪽.

을 것이다. 이숙량의 시조는 사부인 이황이나 이현보의 시조보다 교훈적 의도가 더 강하게 드러나 있다.

(2) 고응척의 학(學)의 시조

고응척(1531~1605) 역시 이황의 문인으로 과거에 합격하고 벼슬을 살았지만, 어려서부터 경서와 도학 공부에 매진했다고 한다. 특히 《대학(大學)》을 중시하여 연령을 따지지 않고 사람들을 만날 때마다 대학 1, 2장을 강의했다고 한다. 더 나아가 《대학장구》의 내용을 25수의 시조로 나타냈다.

ᄒᆞᆫ 권 대학책이 엇더ᄒᆞ야 됴ᄒᆞᆫ 글고
나 ᄉᆞᆯ고(成己格致誠正修) ᄂᆞᆷ사니(成物治齊平) 긔 아니 됴ᄒᆞᆫ 글가
나 속고(欺身) ᄂᆞᆷ 소길(誤國) 그리아이라난 닐어 므슴ᄒᆞ료.10)

격치(格致)로 눈ᄂᆞᆯ 뼈셔(收來) 성의(誠意)로 걷게ᄒᆞ니(推考)
눈 ᄠᅳ고(耳目致知) 걷거니(手足力行) 문의 아니드러가랴
엇ᄶᅧ셔 고금에 사ᄅᆞ만 몯보고셔 ᄃᆞᆫᄂᆞᆫ다.11)

고응척 시조의 명백한 특징은 강하게 드러나는 교술성이다. 그리고 그 교술의 대상은 사물이 아니라 경학적 지식이다. 그래서 시조 문면으로만 이해되지 않는 부분이나 그 뜻을 명확히 전달해야 할 부분은 위와 같이 주를 달아 보였다. 《대학》의 어느 부분을 설명한 것인지 보이기도 했다. 다음 시조와 같은 곳에는 발문(跋文)을 달아 상세한 설명을 따로 주었다.

---

10) 고응척, 〈대학곡(大學曲)〉.
11) 고응척, 〈입덕곡(入德曲)〉.

두 귀롤 넙게 ᄒᆞ니 한중(閑中)에 금고(今古)ㅣ로다
두 눈을 볼게 ᄒᆞ니 정리(靜裡)에 건곤(乾坤)이로다
ᄒᆞ말며 활연처(豁然處)에 오ᄅᆞ면 일월인둘 멀리잇갓.[12)]

천하의 사물을 궁구하기[格]를 다하면 그 눈은 보지 못하는 바가 없고 그 귀는 듣지 못하는 바가 없다. 내 마음이 아는 바를 다하면[致] 한갓 눈으로 볼 뿐이 아니라 마음으로 보며, 귀로 들을 뿐이 아니라 마음으로 듣는다. 지혜로운 사람은 뭇 이치에 공교로워 만물을 주재하여 거두니, 마음이 일월과 합하여 밝다.[13)]

ᄇᆡ 골하 셟ᄃᆞᄒᆞ야 화병(畵餠)이 긔 됴ᄒᆞ랴
종일담하(終日談河)인둘 지갈(止渴)을 엇디ᄒᆞ료
진실로 부윤옥(富潤屋)ᄒᆞ면 궁(窮)타ᄒᆞᆫ달 엇더ᄒᆞ료.[14)]

그림의 떡은 볼 수는 있어도 먹을 수는 없고, 이야기 속 강물은 말할 수는 있어도 마실 수는 없다. 부유하여 집을 윤택하게 하면 만난 떡을 먹을 수 있으니 한갓 그림의 떡이 되지 않고, 좋은 술을 마실 수 있으니 한갓 이야기 속 강물이 되지 않는다. 이미 배부르고 취하였는데 알지 못하는 사람은 주리고 목마르다고 생각하니, 이미 취하고 배부르면서도 서로 주리고 목마르다고 속이는 것은 앎이 이르고 뜻이 성실하면서도 치국의 효험과 평천하의 흡족함이 없다는 것과 같다.

대개 천하의 사물을 궁구하면 고요 속에서 볼 수 있고, 반드시 천하의 이치를 말해야 한가한 속에서 옛날을 지금으로 할 수 있다. 그러나 볼 수는 있으나 아침저녁 오가는 사이에 사용할 수 없다면 그림의 떡을 보고 먹지 못하는 것과 무엇이 다르겠는가? 말할 수 있으나 조용하고 움직이는 사이에 실천할 수 없으면 강물을 말하면서 마시지 못하는 것과 또한 무엇이 다

---

12) 고응척, 〈격치곡(格致曲)〉.

13) 格盡天下之事物 則其目無所不見 其耳無所不聞 能致吾心之所知 則不徒見之以目 而見之以心 不徒聞之以耳 而聞之以心 智者妙衆理宰萬物收來 方寸日月合明(고응척, 〈두곡가곡〉, 《두곡선생문집》; 성호경, 〈두곡 고응척의 시가 변정〉, 《한국학보》, 일지사, 2004. 6. 88~94쪽 영인자료).

14) 고응척, 〈성의곡(誠意曲)〉.

> 르겠는가? 그러므로 볼 수 있고 이용할 수 있고, 말할 수 있고 실천할 수 있으면, 이는 바로 가멸진 노인이 술과 음식을 마련하여 이미 취하고 이미 배부른 것이다. 뜻이 이미 정성스럽고 마음이 이미 바르고 몸이 이미 닦였으면, 이 또한 이미 취하고 배부른 자다. 이러면서도 사람이 혹 알지 못하여 한때 치국 평천하의 효험을 얻지 못한다면 이 또한 취포(醉飽)를 속여 기곤(飢困)이라고 생각하는 것과 무엇이 다르겠는가? 성의 · 정심 · 수기는 몸의 취하고 배부름이요, 제가 · 치국 · 평천하는 한 집 한 나라가 취하고 배부른 것이다.[15]

노래에 숨어 있는 의미를 다 전달하지 못한다고 생각하여 발문을 통해 그 의미를 확실히 밝혀 주었다. 다시 말하면 발문의 내용을 알아야 이 시조의 내용을 다 알 수 있게 된다. 이것은 특히 〈성의곡〉과 같이 시조 문면만으로는 무슨 의미인지 파악하기 어려운 시조에는 반드시 필요하다. 종장의 부윤옥(富潤屋)은 심신의 덕을 말한다. 그 점이 시조만으로 전달이 되지 않기에 상세한 발문이 필요했다.

그런데 이들 시조는 경학 또는 도학이라는 외적 지식을 작품 안으로 수용하면서, 그 도(道) 또는 이치는 내 밖에 있는 것이 아니라 내 안에 있다고 말한다. 특히 〈격치곡〉에 이 점이 선명히 보인다. 고금과 건곤, 일월은 예로부터 변함없이 나의 밖에 있다. 그 대상을 인식하기 위해서 내가 해야 할 일은 두 귀를 넓게 하고 두 눈을 밝게 하는 것이며, 나아가 내 마음이 활연처(豁然處)에 이르기까지 수양하는 것이다. 내가 '도'

---

15) 畵餠日能見而不能食 談河口能言而不能飮 富潤屋能食美餠而不徒爲畵餠能飮美酒而不徒爲談河 旣飽旣醉也 不知者以爲飢渴 旣醉旣飽而彼此飢渴之譏 猶知至意誠而不治效治平也.
盖旣格天下之物 則靜裏而能見矣 必能言天下之理而閑中今古矣 然能見而不能用之於朝夕酬酌之際 則與能見畵餠而不能食者 何異哉 能言而不能踐履於動靜之間 則與談河而不能飮者 亦何異哉 故能見又能用 能言又能踐 則是富翁之能辨酒食 旣醉旣飽者也 意旣誠心旣正身旣修 是亦旣醉旣飽者也 如此而人或不知不得效治平於一時 則是亦何異於誚醉飽爲飢困哉 誠正修身之醉飽也 齊治平一家一國醉飽也(고응척, 〈두곡가곡〉, 《두곡선생문집》; 성호경, 앞의 글, 88~94쪽 영인자료).

를 깨치면 일월의 이치가 절로 밝다. 내가 내 안의 이치를 깨치지 못하면 밖의 이치를 깨칠 수가 없다. 같은 〈대학곡〉의 둘째 수에는 '격치(格致)로 눈늘 뻐셔 성의로 걷게 ᄒᆞ니'라는 초장에 이어, 종장에서는 '엇짜셔 고금에 사ᄅᆞᆷ은 몯보고셔 ᄃᆞᆮᄂᆞᆫ다'고 했다. 격치를 어떻게 해석하는가가 문제지만, 일반적으로 격치란 내 밖의 사물의 이치를 깨닫는 것이다. 나 중심이 아니라 사물 중심으로 사고하는 것이다. 격치의 해석이 그러하기에 양명과 같은 독실한 학구파는 실제 대나무를 앞에 놓고 그 대나무의 이치를 깨치기 위해 노력했으나 실패하고 말았다는 일화가 가능하다. 그런데 종장에서는 사람들이 '못 보고서 (문을) 닫는다'고 했다. 문을 닫는 것은 내 안의 문을 닫는다는 뜻이다. 이 말에는 내 안의 문을 닫지만 않으면 사물의 이치를 깨칠 수 있는데 유감스럽게도 사람들이 자신의 내부에 있는 촉수를 거두어 버린다는 것이다.[16]

고응척의 시조에서는 교술성이 경학 또는 유학적 윤리의식으로 한정되어 있었다고 할 수 있다. 이것은 당시 사대부들의 문학의식이 문학을 경학이나 유학적 사고 방식과 유리하지 않았던 것과도 관계가 있을 것이다. 이른바 '재도적(載道的) 문학관 또는 관도적(貫道的) 문학관' 가운데 어느 것을 취하더라도, 문학을 그 자체의 흥(興)을 위해 긍정한다거나 개인의 사적인 결핍 상황을 진술한다거나 하는 식의 서정 양식이 용납되지 않았으리라는 것과 관계가 있다. 한시와 같은 정식 문학뿐 아니라 여기(餘技)로 여겨지곤 하던 시조문학도 그 제한에서 벗어나는 것을 용납하지 않았다.

> 시는 비록 말단의 기예지만, 그 근본은 성정(性情)에 있다.…… 함부로 써대는 것은 비록 한때 쾌감은 얻을 수 있어도 만세에 전하기 어렵다.…… 더욱이 마음의 '도'를 수습하는 데 방해가 되니 마땅히 경계해야 할 태도다.[17]

---

16) 신연우, 〈16세기 사대부 시조의 교술적 성격과 후기의 변모〉, 《조선조 사대부 시조문학 연구》, 박이정, 1997, 163쪽.

결국 시조 작품이 이러한 생각의 틀 위에 자리한 것으로 인정한다면, 그들 시조의 서정성은 서정성 자체를 목적으로 형성될 수는 없는 것으로 보인다. 시조문학이 비록 서정 갈래기는 하지만, 순수한 서정시라는 느낌에서는 벗어나는 것이 사실이기 때문이다.[18] 이황의 시조에서도 이런 경향이 있음을 부인할 수 없다. 그러나 고응척은 결사 부분에 이르면 상당히 다른 경향을 보여 주기도 한다.

> 천지 만물이 엇디ᄒᆞ야 삼긴게고
> 옥당금마(玉堂金馬)는 어듸 미인ᄂᆞ뇨 운산석실(雲山石室)이 간ᄃᆡ마다 노플셰고 구프려 바틀가니 ᄯᅡᆼ이 비록 만코 울워러 ᄑᆞ롬부니 하ᄂᆞ리 무ᄒᆞᆫᄒᆞ다 내 비즌 한 ᄆᆞᆯ 술 벗님과 취ᄒᆞ새다 이삼월 춘풍은 품에 ᄀᆞ득 ᄒᆞ엿ᄂᆞᆯ 구시월 단풍ᄋᆞᆫ ᄂᆞ치 ᄀᆞ득 오ᄅᆞᄂᆞ다
> 아마도 취리건곤(醉裡乾坤)을 나와 너와 놀리라.[19]

이런 노래는 "강호의 즐거움을 좀더 풍류적으로 강조하고 있다는 점에서 앞의 부류들과는 약간 다르다."[20] '취리건곤'은 흥취가 극대화된 표현이다. 이런 풍류와 앞에서 강조하고 있는 수신제가의 지향점은 퍽이나 달라 보인다. 물론 고응척은 수신제가의 만족할 만한 경지에 이른 모습의 흡족한 마음 상태를 그런 풍류로 비유하였다. 그러나 그것은 그 시조들의 사정을 안팎으로 잘 알고 이해하고자 하는 마음을 가진 독자나 받아들일 수 있다.

고응척의 시조는 교술적 경학시조와 흥취를 토로하는 시조가 작품마다 달리 나타났다고 할 만하다. 이황은 이 둘을 갈라놓지 않았다. 〈도산십이곡〉은 각 작품마다 고응척이 말하는 도학과 흥취를 융화하고자 했

---

17) 未時雖末技 本於性情 …… 胡亂寫去 雖取快於一時恐難傳於萬世 …… 尤有妨於謹出言收放心之道切宜戒之[이황, 〈與鄭子精〉(《도산전서 3》, 53쪽)].
18) 신연우, 앞의 글, 152쪽.
19) 고응척, 〈호호가(浩浩歌)〉.
20) 조규익, 앞의 글, 1997a, 474쪽.

다. 같은 소재의 시조를 비교해 보면 알기 쉽다.

티미러 도라보니 짓도텨 노피는다(鳶飛)
└리미어 술펴보니 비눌도텨 논니느드(魚躍)
우리도 그 스이 낫거니 아니놀고 엇뎌료.[21]

춘풍에 화만산ᄒᆞ고 추야에 월만대라
사시 가흥이 사룸과 ᄒᆞᆫ 가지라
ᄒᆞ믈며 어약연비 운영천광이야 어늬 그지 이슬고[22]

〈연어곡〉은 연비어약의 주(註) 없이는 종잡을 수 없는 내용이다. 종장에서 새와 물고기 사이에 났으니 '아니 놀고 엇더리'의 의미가 생성되지 않았다. 그러나 〈언지 6〉에서는 그 '노는 것'이 사시가흥과 같은 자연과의 물아일체의 '흥'이며, 그것은 춘풍, 화만산, 추야, 월만대 같은 자연으로 구체화되어 자기 안에서 의미를 생성한다. 고응척은 이황이 보여 준 종합을 둘로 나눠 버렸다.

(3) 권호문의 한거(閑居)의 시조

권호문(1532~1587)은 이황의 친척이자 동향 출신으로, 일찍부터 이황 문하에 들었다. 그는 국문시가로 경기체가 형식의 〈독락팔곡(獨樂八曲)〉과 19수로 이루어진 시조 〈한거십팔곡(閑居十八曲)〉을 남겼다. 권호문의 인생역정이 은구(隱求), 한거를 구하고 그에 맞게 살았다는 것은 이미 여러 연구자가 지적한 바와 같다.[23] 그의 시조작품인 〈한거십팔곡〉도 결국은 그 경향 속에 있다. 그러나 이 작품은 〈독락팔곡〉과 달리 앞부분

21) 고응척, 〈연어곡(鳶魚曲)〉.
22) 이황, 〈도산십이곡〉 언지 6.
23) 김명희(1990), 우응순(1982), 김문기(1986), 최선미(1995) 등 앞의 글 참조.

에서 출처의 갈등을 뚜렷하게 드러내 보여 주는 특징이 있다. 세속의 일이나 인사를 대조하면서 자신의 은구가 도덕적으로 우위라는 의식을 보여 주기도 한다.[24] 첫 수 첫 행이 '생평(生平)에 원ᄒᆞᄂᆞ니 다믄 충효뿐이로다'라고 하면서도 넷째 수에 이르면 다음과 같은 갈등을 적나라하게 보여 준다.

> 강호(江湖)에 노쟈ᄒᆞ니 성주(聖主)를 ᄇᆞ리례고
> 성주를 셤기쟈ᄒᆞ니 소락(所樂)에 어긔예라
> 호온쟈 기로(岐路)에 셔셔 갈딕 몰라 ᄒᆞ노라[25]

'소락'은 자연으로 물러나 즐기는 기쁨이다. 성주를 택하는 '출(出)'과 자연을 택하는 처(處)를 때에 맞게 하는 것은 모든 유학자가 고민하는 바였다. 〈한거십팔곡〉은 첫 수에서 8수까지는 출처의 갈등을 시조로 표현했고, 9수부터는 자연을 택한 즐거움을 말했다. 처음부터 한거에 뜻이 있었으나, 출사는 유학 선비의 거스를 수 없는 명분이었다.

권호문은 모친을 사별하는 33세까지는 과업을 위한 공부를 했으나 본심은 자연 속에 한거하는 것이었다. "녹녹하게 과장(科場)에 나간 것은 어머니를 위해서였는데 이제 무엇 때문에 과업(科業)에 힘쓰리오" 하고 이 뜻을 스승 이황에게 알렸는데, 이황은 이를 몹시 칭찬했다. 〈한거십팔곡〉 13과 14를 보자.

> 날이 져물거ᄂᆞᆯ ᄂᆞ외야 ᄒᆞᆯ닐 업서
> 송관(松關)을 닫고 월하(月下)애 누어시니
> 세상애 ᄠᅳᆺ글 ᄆᆞᄋᆞᆷ이 일호말(一毫末)도 업다[26]

---

24) 조규익, 〈권호문의 노래〉, 《가곡창사의 국문학적 본질》, 집문당, 1994, 203쪽.
25) 권호문, 〈한거십팔곡 4〉.
26) 권호문, 〈한거십팔곡 13〉.

월색계성(月色溪聲) 어셧겨 허정(虛亭)의 오나놀
월색(月色)을 안속(眼屬)ᄒᆞ고 계성(溪聲)을 이속(耳屬)히
드리며 보며 ᄒᆞ니 일체청명(一體淸明) ᄒᆞ야라[27]

〈한거십팔곡〉 13에서는 유학자로서는 지나치다 싶을 정도로 세상과 자연을 단절한다. 권호문이 갖고 있는 이러한 경향은 이황 주변의 누구보다도 그를 문장에 심취하게 했고, 이 때문에 장구에 힘쓴다 하여 이황의 질책[28]을 받기도 했다. 그의 시조는 이황의 시조보다 좀더 서정적이라는 평가[29]를 받기도 한다.

〈한거십팔곡〉 14에서 보듯이 달빛과 시냇물 소리가 어우러지는 공간을 허정(虛亭)이라고 함으로써 꽉 차 있던 색(色)과 성(聲)이 태허의 빈 곳으로 돌아가는 느낌을 준다. 달빛은 눈으로 물소리는 귀로 들어가지만, 그것은 감각적 쾌락으로 그치는 것이 아니라 맑은 자연과 일체가 된 투명한 자아의 모습을 보여 준다. 그것이 '일체청명'이라는 말로 표현되었다. 자연을 통해서 순수해지는 자아의 포착은 과연 서정시의 모습이라 하겠다.

권호문은 출처의 갈등 뒤에 자연에 한거하는 뜻을 시조로만 나타낸 것이 아니라 〈한거록(閑居錄)〉으로도 드러내었다. 〈한거록〉은 53세에 쓴 것인데, 글머리에서 세상을 다스리는 도를 실천한 사람들과 재주를 가지고도 세상에 쓰이지 못한 사람들을 들고, 이어 다음과 같이 말했다.

만약 먼 곳으로 이끌어 오래 가서 왕후(王侯)를 섬기지 않고, 혼잣몸을 깨끗이 하여 세상에 오만하여 산림(山林)에서 홀로 선하다 하는 것은 비록 성현의 일에서 달라진 것 같지만 또한 스스로 은구(隱求)하는 즐거움을 얻은 것이다.[30]

---

27) 권호문, 〈한거십팔곡 14〉.
28) 이황, 《퇴계집》 권 37, 〈答權章仲好文丙辰〉.
29) 최선미, 앞의 글, 51쪽.

이 뒤에는 자연에 은거해 사는 즐거움을 여러 가지로 열거하는 내용이 이어진다. 그런데 이 글은 권호문의 스승인 이황의 삶의 역정을 떠올리게 한다. 이황은 자연에 은거하여 결신(潔身)하는 무리들에 대해 새 짐승과 같게 여긴다며 신랄하게 비판을 했다.[31] 그러나 자신은 중앙에서 여러 차례 벼슬을 주고 불렀으나 나아가지 않았고, 나아갔어도 병을 핑계 대어 빨리 산림으로 돌아오곤 했다. 즉 성현의 말에 산림에만 거하려 하는 것은 옳지 않다고 하지만, 산림에 있는 즐거움을 어쩔 수 없다는 권호문의 말과 같은 것이다. 물론 이황은 권호문과 달리 자연이 위기(爲己)의 즐거움만을 위한 공간이 아니라, 도학의 이론적 근거를 제공하고 위인(爲人)을 위한 수양의 터전임을 강하게 제시하고 있다. 이 차이점에 대하여는 뒤에 설명하겠다.

권호문은 자연에 대한 혹호(酷好)가 선현의 '도'와 아주 다른 것만은 아니라는 논리를 스스로에게 확인하여 정당화한다. 이 논리는 출처일도(出處一道)의 논리다. 출과 처가 사뭇 다른 것 같지만 그 궁극의 '도'는 같다고 한다.

> 성현의 가신 길히 만고애 ᄒᆞᆫ가지라
> 은(隱)커나 견(見)커나 道ㅣ 엇디 다ᄅᆞ리
> 일도(一道)ㅣ오 다ᄅᆞ디 아니커니 아ᄆᆞ딘들 엇더리[32]

'은견일도(隱見一道)'라고 할 이러한 논리를 마련하였기에 권호문은 평생을 향촌에서 자족하며 한거할 수 있었다. 최선미는 이에 대하여 권호문이 주희의 '행장일도(行藏一道)' 사상에서 길을 찾은 것이라 지적하고 있

30) 若夫遠引長往 不事王侯 潔身傲世 獨善山林者 雖似異於聖賢之事 亦自得其隱求之樂也(권호문, 〈송암집〉 권 5, 《韓國文集叢刊》 41, 민족문화추진회, 1990, 167쪽).

31) 由前之說則 恐或流於潔身亂倫 而其甚 則與鳥獸同群 不以爲非矣(이황, 〈도산잡영 병기〉, 《퇴계집》 권 3).

32) 권호문, 〈한거십팔곡 17〉.

다.[33] 권호문이 《심경(心經)》을 읽다가 '사거여사(舍去如斯) 달거여사(達去如斯)'라는 부분에 대해 이황에게 묻자, "주자가 이르기를 '사(舍)와 달(達)이 한가지 일이니 어찌 분별이 있겠는가' 했다, 나대운의 학림옥로에 이르기를 '달은 지(智)요 사는 용(勇)이다, '도'를 듣는 것이 달이고 이를 위해 죽을 수 있는 것을 사라 한다' 하였으니 이런 관점으로 볼 것이다[34]"는 대답을 얻은 것이 출처(出處)의 갈등을 해결할 수 있는 단서였다는 것이다. 이는 이황의 대답이니만큼 이황 자신도 이러한 논리를 수용하고 있었다고 보아도 무방하다. 이황이 비난을 받을 정도로 자주 거듭했던[35] 퇴사(退仕)에는 이러한 논리가 바탕이 되어 있었다.[36]

3. 이황 시조의 도(道)와 흥(興)

이황 시조 시학의 특장은 '온유돈후(溫柔敦厚)'라 할 것이다. 속요나 한림별곡류의 방탕, 교만함을 물리치고, 이별의 육가(六歌)의 완세불공(玩世不恭)도 용납하지 않은 〈도산십이곡〉의 정서를 이황은 '온유돈후'라는 한 마디로 지향점을 세웠다.[37] 장경세는 온유돈후의 내용을 의사(意思)의 진실, 음조(音調)의 청절(淸絶), 선단(善端)의 흥기(興起), 사예(邪穢)의 탕척(蕩滌)으로 보았다.[38] 이는 온유돈후의 내용적 측면을 지

---

33) 최선미, 앞의 글, 60쪽.

34) 朱子謂舍達只是一事 安得有分別耶 羅大經學林玉露云 達是智 舍是勇 聞道爲達 死可爲舍 以此觀之[이황, 〈答權章仲心經問疑〉(《퇴계집》 권 37)].

35) 辭小受大 以退媒進[이황, 〈戊辰辭職疏〉(《퇴계집》, 권 6)].

36) 大隱隱城市 不必以山林爲高致 雖然磨不磷 涅不緇 非大賢以上 未易言也 故山林之義果若眞有勝於城市者矣 …… 雖不得已處於城市 顧吾所守與所樂如何耳[이황, 〈答李仲久〉(《퇴계집》 권 10)].

37) 이황, 〈陶山十二曲跋〉(《퇴계집》, 권 43).

38) 余少時 因友人李平叔 得涀退溪先生陶山六曲歌 意思眞實 音調淸絶 使人聽之足以興起善端 蕩滌其邪穢 眞三百篇之遺旨也[장경세, 〈江湖戀君歌跋〉(박을수 편, 《時調의 序跋類聚》, 아세아문화사, 2000, 360쪽)].

적한 것이고, 후대의 학자들도 대부분 이와 비슷한 견해를 보인다.

그런데 이러한 온유돈후를 정립할 수 있는 방법은 무엇일까? 이에 대하여 조규익은 이별의 육가와 비교해서 시인 자신의 감정이입이 이루어지지 않고 서정성의 핵심인 대응구조가 결여되어 대립이 해소된다고 했다. 즉 "순탄하고 명료하며 예측 가능한 시적 전개의 양상으로부터 온유돈후의 시교가 구현"되고 "낮추거나 감춤으로써 겸허 염퇴의 미덕을 구현한 것에 퇴계 노래와 관점의 핵심이 있다"[39]고 보았다. 이것은 이황이 비판적으로 인식했던 이별 육가와 비교할 때는 타당한 지적이지만, 순탄하고 대립을 없애고 나를 낮춤으로써 온유돈후가 성립되지는 않는다고 보인다. 조규익의 지적은 이별 육가의 부정적인 편향을 극복한 것을 언급한 의의가 있지만 온유돈후의 적극적인 내용을 지적한 것은 아니다. 장경세의 지적과 같이 구체적이고 적극적인 내용의 지적이 온유돈후의 내용을 채울 수 있는 것이다.

그러나 장경세가 지적한 의사의 진실, 선단의 흥기, 사예의 탕척은 또 어떻게 얻어지는가? 앞에서 살펴본 이황 제자들의 시조 검토에서 그 일단의 설명을 얻을 수 있다고 본다. 진실한 마음으로 선을 일으키면서 더러움을 씻어 버리는 그 내용을 이황 자신은 "비루하고 인색함을 깨끗이 씻어 버려, 느낌이 일어나 화합하고 통하니, 노래 부르는 사람과 듣는 이가 서로 유익함이 없을 수 없다[蕩滌鄙吝 感發融通 而歌者與聽者 不能無交有益焉]"[40]고 했다.

위에서 살펴본 이황 제자 3인의 시조는 각각 교(敎), 학(學), 한거(閑居)의 시조라고 했다. 그런데 이 세 가지는 이황 시조를 지탱하는 세 개의 다리 구실을 한다. 이에 대해 검토해 보자.

먼저 '학'은 이황 시조의 근간이다. 그것은 후육곡 — 언학 여섯 수의

39) 조규익, 앞의 글, 1997b, 16~17쪽.
40) 이황, 〈陶山十二曲跋〉(박을수 편, 앞의 책, 356쪽).

근간이며, 다음 시조로 대변된다고 할 수 있다.

> 고인도 날 몯보고 나도 고인 몯 뵈
> 고인을 몯봐도 녜던길 알픠 잇ᄂᆡ
> 녜던길 알픠 잇거든 아니 녀고 엇뎔고[41]

고인의 길을 따라가는 것이 뒷사람이 할 일이다. 그것은 선현(先賢)의 고금명저(古今名著)를 스승으로 삼아 착실하게 공들여 본받는 것[師效][42]으로 바로 학(學)을 말하는 것이다. 이이가 이황은 의양지학(依樣之學)[43]을 했다는 말을 했을 정도로, 이황은 "도학에서뿐만 아니라 문학에서도 자기를 내세우기보다는 이미 이루어진 전례에 의거하고자 했다."[44] 그것은 '이제야 돌아온 길'(언학 4)이고, '만권 생애의 낙사'(언학 1)가 있는 길이고, 순풍이 살아 있고 인성이 어질다는 말씀(언지 3)으로 〈도산십이곡〉에 거듭 나타나는 생각이다.

그러나 이황의 시조는 고응척의 시조와 달리 그 학이 성현에게만 있지 않고 자연에서도 있다. 그것은 '유란과 백운이 자연이 보고 듣기 좋은'(언지 4) 것, '사시가흥과 어약연비'(언지 5), '청산과 유수의 항상됨'(언학 5) 등에 거듭 보인다. 즉, 선현에서 배운 이치와 자연의 질서를 일치시키고 있다. 이 가운데 하나만 더 설명을 하겠다. 언지 4에서 "유란이 재곡(在谷)하니 자연히 듣디 됴해"라는 것은 《대학》의 신독(愼獨) 사상과 연관 지어 볼 수 있다. 그러나 그런 경학과의 연관만큼이나 다음과 같은 발언도 역시 주목되어야 한다.

> 군자의 배움은 위기일 뿐이다. 위기라는 것은 장경부가 말한바 하는 바

---

41) 이황, 〈도산십이곡〉 언학 3.
42) 仍取古今名家著 實加工而師效之 庶幾不至於墜墮也[이황, 〈여정자정〉(《퇴계집》 권 35)].
43) 이이, 〈答成浩原〉, 《栗谷集》 10.
44) 조동일, 《한국문학사상사시론》, 지식산업사, 1978, 149쪽.

가 없이 그러하다는 것이다. 마치 깊은 산 숲 속에서 한 난초가 있어 종일 향을 뿜으면서 그 스스로는 향이 됨을 알지 못하는 것과 같다. 군자위기의 뜻에 바로 맞으니 마땅히 깊이 체화할 것이다.[45]

경학의 내용이라 할 수 있는 사상을 자연물을 통해 제시한 것은 고응척이 보여 주지 않은 이황의 방법이었다. 이황은 자연을 통해서 사상을 드러냄으로써 고응척의 시조보다는 서정적 성격을 부여할 수 있었다.

다음으로 '교(敎)'의 길도 함께 나타난다.

순풍(淳風)이 죽다 ᄒᆞ니 진실로 거즈마리
인성(人性)이 어디다 ᄒᆞ니 진실로 올ᄒᆞᆫ마리
천하애 허다 영재(英才)를 소겨 말ᄉᆞᆷᄒᆞᆯ가[46]

우부도 알며ᄒᆞ거니 긔아니 쉬운가
성인도 몯다ᄒᆞ시니 긔아니 어려운가
쉽거나 어렵거낫 듕에 늙는주를 몰래라[47]

이숙량이 효부모, 우형제, 화친척을 말하고 마지막으로 읊은 시조는 다음과 같다.

공명(功名)은 재천(在天)ᄒᆞ고 부귀는 유명(有命)ᄒᆞ니
공명부귀는 히므로 몯ᄒᆞ려니와
내 타난 효제충신(孝悌忠信)이 ᄯᅩ 어늬 히믈 빌리오[48]

효부모, 우형제, 화친척은 구체적인 하나하나의 항목이고, '효제충신'

45) 君子之學 爲己而已 所謂爲己者 則張敬夫所謂無所爲而然也 如深山茂林之中 有一蘭草 終日薰香 而不自知其爲香 正合於君子爲己之義 宜深體之[《言行錄》 권 2(《퇴계전서 下》, 성균관대학교 대동문화연구원)].

46) 이황, 〈도산십이곡〉 언지 3.

47) 이황, 〈도산십이곡〉 언학 6.

48) 이숙량, 〈분천강호가 6〉.

은 조금 더 일반화된 개념이며, '인성이 어질다'는 것은 가장 추상화된 일반론으로 정립된 개념이다. 이숙량은 구체적인 하나하나를 설명하다가 마지막으로 그것을 종합하는 중간 개념을 제시하여 벼리를 삼았고, 이황은 그것을 더 추상화하여 철학적으로 이론화한 명제를 보여 준다.

그 길은 이론이면서 실천이어야 한다. 그 실천의 길을 제시한 것이 〈언학 6〉이다. 우부도 할 수 있는 쉬운 길이니 누구도 포기하지 말아야 하며, 성인도 다 못하는 것이니 누구도 멈추어서는 안 된다. 그 길은 중단 없는 실천의 길이다.

무엇보다 이 시조는 "노래 부르는 사람과 듣는 사람이 서로 유익[歌者與聽者 不能無交有益焉]"하기 위한 것이다. 이 노래를 부름으로써 탕척비린(蕩滌鄙吝) 감발융통(感發融通)하여 서로에게 유익하지 않을 수 없으니 이 노래 자체가 교육의 효과를 목적으로 하고 있다. 이것은 자연과 고인에게서 소학적 윤리의 이치를 증험한 것이기에 가르침의 효과가 있다.

이것을 하학(下學)과 상달(上達)이라는 말로 이해할 수 있다. 이숙량은 유학의 기본 실천과제인 하학을 주로 말했지만, 이황은 하학의 추상적 원리인 상달의 경지를 보여 주고 있다. 철학자로서 이황의 기질이 구체적이기만 한 《소학》 내용에 그치지 않고, 일반화 · 사상화 · 이론화의 경향을 갖는 것은 당연한 일일 수도 있다.

마지막으로 자연에 한거하는 뜻을 보자. 〈도산십이곡〉이 자연 속에서 한거의 뜻을 밝히고 있다는 것은 일찍부터 지적되어 왔다. 〈언지〉 첫 수에서부터 천석고황(泉石膏肓)을 고치지 않겠다고 했고, 둘째 수에서 다음과 같이 노래했다.

> 연하로 지블 삼고 풍월로 버들 삼아
> 태평성대에 병으로 늘거가뇌
> 이듕에 ᄇᆞ라ᄂᆞᆫ 이른 허므리나 업고자[49]

이 병은 역시 천석고황의 병이다. 이 병을 고치는 데는 연하와 풍월이 필요하다. 그런데 연하와 풍월 속에서도 이 병을 고치지 않고자 하는 것이 화자의 마음이다. 그러나 이 병이 허물이 될 수도 있다. 자연에 지나치게 빠지는 것은 병이다. 이황 자신이 그 병은 바로 새 짐승과 하나가 되고도 잘못인 줄 모르는 병이라고 구체적으로 지적한 일도 있다.

그래서 이황의 자연은 세속과 지나치게 단절되지 않도록 매우 유의한 자연이다. 이황이 이별의 육가를 완세불공(玩世不恭)하다고 평가했을 때, 이미 자신은 세상을 주체와 대립된 대상으로만 인식하지 않겠다는 뜻을 보인 것이다. 이별 육가가 보이는 세속과 자연의 단절적 이분법은 유학자의 본분에 어울리지 않는다는 것이다.

자연과 세속을 하나의 도로 묶는 길은 '만권생애(萬卷生涯)'와 '고인의 길'에 있다. 그것은 자연에서, 세상에 쓰일 '도'의 논리 기반을 추출한다. 그것은 자연에 한거하면서도 감발융통·탕척비린의 단서를 포착해 낸다.

권호문이 자연 속에서 한거한 점은 이황과 같지만, 그리고 그 또한 유학자로서 도학적 문학관에서 벗어나지 않고 있지만, 자연이 세속을 위한 도덕의 원천으로 이해되는 데까지는 이르지 못했다. 이황의 감발융통에 대해, 권호문은 '감발흥탄(感發興嘆)'[50]이라는 말을 택했다. 듣는 사람이 융통하게 하는 것과 흥탄하게 하는 것은 다르다. 그리하여 연구자들은 권호문의 시조가 이황의 시조에 견주어 더욱 '탈세속적 지향과 내면적 의식[51]'을 갖고, '서정적인 측면이 강하다'[52]는 평가를 하기도 했다.

권호문의 흥탄(興嘆)은 교나 학에서는 일정한 거리를 두고 있는 것과 달리 이황은 '흥'을 교, 학과 밀접한 관련을 주려 했다. 그래서 그의 '흥'

---

49) 이황, 〈도산십이곡〉 언지 2.

50) 黃墨之暇 會有嘉辰之興 可詠之事 發以爲歌 調以爲曲 揮毫題次 擬爲樂府 雖嗚嗚無節 聽而察之 則使中有意 意中有指 可使聞者 感發而興嘆也[권호문, 〈獨樂八曲幷序〉, 《송암집》 권 6(《한국문집총간》 41, 민족문화추진회, 289쪽)].

51) 우응순, 앞의 글, 64쪽.

52) 최선미, 앞의 글, 26쪽.

은 사시가흥인 자연의 '흥'이면서도 춘추의 질서가 엄연하고, 어약연비의 성리학적 도학의 비유를 통해서 자연 속에 존재하는 세계질서의 원리를 궁구하는 '흥'이다.

> 춘풍에 화만산ᄒᆞ고 추야에 월만대라
> 사시 가흥이 사롬과 ᄒᆞᆫ 가지라
> ᄒᆞ믈며 어약연비 운영천광(雲影天光)이야 어니 그지 이슬고

이것은 〈언지 6〉이다. 봄과 가을의 꽃과 달, 이러한 자연의 흥취가 사람과 한가지라고 했다. 이것은 그저 산에 놀러가거나 가을밤에 달을 보며 느끼는 순간의 흥취가 아님에 유의해야 한다. 이것은 그 앞의 〈언지 5〉까지 제시한 바를 따라 수양한 사람이 얻을 수 있는 정신적 경지다. 그것은 사람이 사시의 질서와 같은 규범을, 거듭되는 반성적 사고와 행위인 수양을 통해 얻었을 때만 얻어지는 것이다. 그 정신적 경지를 단적으로 표현하는 것이 종장의 '어약연비 운영천광'이다.

물고기가 뛰고 새가 하늘로 날아오르고, 구름 사이에서 하늘은 빛을 낸다. 이것은 생명의 순수한 발현 상태다. 생명으로서 자연물이나 인간이나 동일하게 그득 차 있는 만개한 기운이다. 이 느낌을 사람이 갖는 것은 오랫동안 잊혀졌지만 소중한 꿈이다. 도가나 불교에서는 세간을 떠난 초월적 자리에서 이러한 경지를 말하며, 이에 따라 일탈적 행동이 크게 부각된다. 이황의 특징은 이러한 경지가 자연을 매개로 한 인간의 도덕적 수양에 따라 이루어져야 한다는 점을 부각하는 것이다.[53)]

그 경지를 '흥'으로 파악하는 것에 이황 시조문학의 특장이 있다. 그것은 '도'와 연결된 '흥'이다. 일반적으로는 권호문 시조에서와 같이, '흥'이 '도'와 연결되는 것은 아니다. 오히려 '흥'은 '도'와 대립적이기 쉽다. 그것은 이황이 〈도산잡영기〉에서 보여 준 태도로 집약된다.

---

53) 신연우, 앞의 책, 103쪽.

…… 더러는 몸이 가볍고 편안하여 정신이 깨끗이 깨어나면 우주를 굽어 보았다가 또 쳐다보았다 하여, 느낌이 얽혀지면 책을 뽑아 지팡이를 집고 나가서 헌함에 다달아서 못을 구경하기도 하고 …… 뜻대로 거닐되 설렁이며 바장이면서 눈에 닿는 대로 '흥'이 나고 경개를 만나자 취미 이르러, '흥'이 극도에 이르다가 돌아오게 되면 고요한 한 방안에 도서가 벽에 가득할 제 책상을 마주 잠잠히 앉아 마음을 바로잡고 연구 모색하여 마음에 합치됨이 있을 제는 문득 다시금 기뻐하고 먹기를 잊었으며 …… 산새가 우짖고 만물이 화창하거나 바람과 서리가 사납고 눈과 달빛이 어리어, 사시의 경개가 같지 않음을 따라 흥취 역시 그지없었다. ……[54]

이것은 그대로 〈도산십이곡〉의 세계다. 자연 속에서 즐기다가 '흥'이 극에 이르면 벽에 가득한 책을 읽으며 자연과 사물의 이치에 대해 궁구하고 그것이 마음에 합치됨이 있을 때는 문득 다시 '흥'이 고조된다. 이것은 바로 〈언학 1〉에 드러난다.

천운대 도라드러 완락재 소쇄(瀟灑)훈듸
만권생애로 낙사ㅣ 무궁훈애라
이 듕에 왕래풍류를 닐어 무슴홀고

이러한 모습은 권호문의 자연시조에서는 찾기 어려운 부분이다. 권호문도 티끌 없는 맑은 자연과 그 속에서 '일장금 만축서(一張琴 萬軸書)'[55]를 말하기는 하지만, 그것은 앞뒤 시조의 연결로 보아 출처의 갈등을 해소한 뒤, 한거의 즐거움을 말하기 위한 수단일 뿐이다. 이것은 오히려 권호문과 이황 시조의 차이점을 도드라지게 드러낸다.[56]

54) 幽憂調息之餘 有時身體輕安 心神灑醒 俛仰宇宙 感慨係之 則撥書攜笻而出 臨軒玩塘 …… 隨意所適 逍遙徜徉 觸目發興 遇景成趣 至興極而返 則一室岑寂 圖書滿壁 對案嘿坐 競存研索 往往有會于心 輒復欣然忘食 …… 若夫山鳥嚶鳴 時物暢茂 風霜刻厲 雪月凝輝 四時之景不同 而趣亦無窮 ……[이황, 〈도산잡영기〉(이가원 옮김, 《퇴계전서》 2, 퇴계학연구원, 1991, 48~50쪽)].
55) 권호문, 〈한거십팔곡 11〉.

이상의 논의에서 이황 시조의 세 가지 특성이 그의 문인 세 사람의 시조에 배분되어 나타나고 있다는 흥미로운 사실을 알게 되었다. 즉, 소학적 윤리는 주로 이숙량이 말했고, 자연은 주로 권호문이 말했으며, 고인의 말은 주로 고응척이 말했다. 이황은 이 모두를 함께 나타내고 있다. 그 양상을 다음과 같이 그림으로 나타내면 더 선명하다.

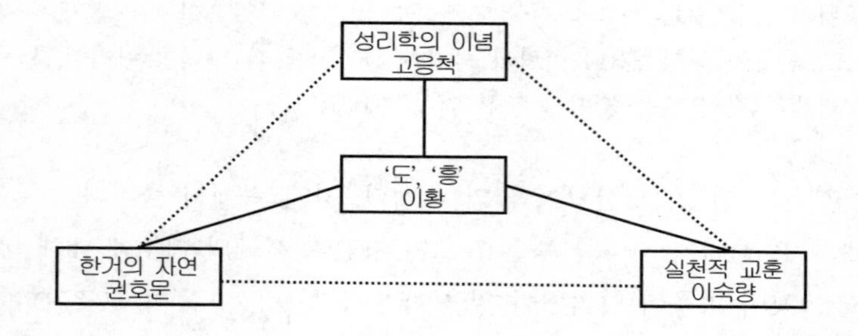

이 세 가지의 경향이 세 문인에게 나타나는 것도 뚜렷하고, 이 셋을 이황 시조에서 종합적으로 볼 수 있다는 점도 뚜렷하다. 이는 곧 이황의 '도'와 '흥'은 이 세 경향을 종합한 것이라는 말이 된다. 먼저, 이황의 '도'는 성리학적 이념이나 소학의 실천적 교훈만으로 성립되지 않고 한거의 자연이 매개되어야 완성된다. 자연은 한거의 공간이자 '도'의 실현 공간이다. 또 이황의 '흥'은 자연에 한거하며 즐기는 것에다가 성리학적 이념과 실천적 교훈이 더해져야 가능하다.

이 점은 다음과 같은 데서도 잘 드러난다. 이황은 주희의 〈무이도가〉를 해석함에 '입도차제(入道次第)'로 보기보다는 '인물기흥(因物起興)'의 시각을 택한다. 이는 이황이 시를 도학의 관점으로만 보는 것이 지나치다는 생각을 갖고 있기 때문이다. 도학의 관점만큼이나 흥취의 관점도 소중하기 때문이다. 이황은 도학적 견해를 무엇보다 중시했지만, 도학에 천착(穿鑿)하고 부회(附會)하는 것은 옳지 않다고 본 것이다.[57] 반대

56) 최선미, 앞의 글, 49쪽.

로 이황은 유명한 〈도산잡영기〉에서 산림을 즐기는 자의 두 가지 태도 가운데, 도의를 기뻐하고 심성을 길러서 즐기는 자가 되겠다고 했다. 산림을 즐긴다면서 도의가 없으면 현허(玄虛)와 고상(高尙)을 즐기는 것이지만, 그것은 결신난륜(潔身亂倫)에 흐른다고 보았다.

그래서 필자는 이황이 말한 온유돈후의 모습을 세 문인의 시 경향을 종합하는 방향에서 거꾸로 재구성할 수 있다고 본다. 그것은 '도'와 '흥'이 하나 되는 경지다. 이것은 참으로 어려운 경지일 수 있다. 그래서 이황에게 배워 더 나아져야 할 세 문인이 이황의 한쪽씩만 갖게 된 것도 탓할 일은 아니다. 달리 보면, 그것은 이황이 그만큼 뛰어났다는 말이다.[58]

이것은 세 문인의 교·학·한거를 〈언지〉와 〈언학〉으로 종합한 과정이었다고 할 수 있겠다. 이 과정이 궁극적으로 온유돈후의 '도'로 귀착하는 양상에 대하여는 구체적으로 검토해야 할 일이다.

4. 맺음말

이황 문인들의 시조를 검토하는 일은 오히려 이황 시조의 모습을 조금 더 구체적이고 튼실하게 이해하는 길을 열어 준다. 이황이 경학과 소학의 실천과 자연을 연결하는 시조를 쓴 것을 문인들은 한 가지씩 특화해서 보여 주었다고 할 수 있다.

고응척은 경학의 내용에 충실한 시조를 보여 주었다. 이황은 같은 내용이지만 자연을 매개로 해서 좀 더 서정시다운 모습을 만들었다. 이숙량은 소학의 실천적 유교의 모습을 보여 주었다. 이황은 그러한 하학을

57) 이민홍, 《사림파문학의 연구》, 형설출판사, 1987(수정증보판), 111쪽.

58) 비록 비판적인 견지에서 나온 말이기는 하지만, "시가 반드시 이황이 바라는 경지에 이르러야 한다면 성현이 아니고는 시를 쓸 수 없다"는 지적까지 나오게 되었다(조동일, 앞의 책, 145쪽).

종합하고 추상화한 상달의 원리적 측면을 드러내는 시조를 썼다. 권호문은 자연에 한거하는 시조로써 탈세속적 지향과 내면적 의식을 보여 주었다. 이황은 자연 속에 있지만 물러나기만 한 것이 아니라, '도'에 참여하는 모습을 보여 주었다. 자연 자체가 도의 원리가 되고 소재가 된다는 점을 잘 보여 주었다.

이황 자신이 말한 "비루함을 씻고 느낌이 일어나 융통하여 노래하는 이나 듣는 이 모두 유익하다[蕩滌鄙吝 感發融通 而歌者與聽者 不能無交有益焉]"는 것이 온유돈후의 내용이라면, 이황 문인들의 시조 작품을 통해서 우리는 온유돈후로 나아가는 방법을 조금 더 구체화할 수 있었다고 할 수 있을 것이다. 그것은 이황에게는 경학에서 마련되는 성리학의 이념과 유학의 근간을 이루는 소학의 실천적 지표, 그리고 훈구세력과 구분되는 사림의 자연 한거의 도덕성 등 3자의 결합이었다.

이러한 종합은 결국 이황의 시조가 '도'와 '흥'이 하나인 경지에 있는 작품이라는 것을 알려 준다. '도'와 '흥'은 일반적으로 함께 구현되기 어렵다. '도'를 강조하면 '흥'이 사라지고 '흥'을 강조하면 '도'가 있을 곳이 없게 되는 것이 일반적이다. 이황은 이러한 경지가 서정시가 가야 할 길이라는 점을 명확히 보여 주었다.

물론 이황의 사상인 이기이원론에 반론을 말할 수 있고, 본연지성(本然之性)의 순수한 마음을 청산과 유수같이 갖고 있어야 시를 쓸 수 있다는 것에 반대할 수 있다. 그러나 '도'를 말하는 시가 있고 '흥'을 말하는 시가 있듯이, '도'와 '흥'을 함께 아우르려는 시도 있을 수 있고, 그러한 시도 자체가 부정될 수는 없다. 비록 현대를 사는 우리가 지켜야 할 '도'가 본연지성인가에 대하여는 이론이 있는 것이 당연하겠지만, '도'와 '흥'을 함께 아우르려는 시도는 지금뿐 아니라 다가오는 시대의 시인들도 주목해야 할 덕목일 것이다.

(《정신문화연구》 24권 4호, 한국정신문화연구원, 2001)

사대부 시조와 '위인(爲人)', '위기(爲己)'의 자연관

1. 머리말

사대부 시조 연구에서 윤선도(尹善道)의 시조가 도가적 경향을 띤다는 견해는 오래전부터 있어 왔다.[1] 그렇지 않고 유가적 자연관의 연장선에서 보아야 한다는 견해도 그만큼의 설득력이 있다.[2] 그 밖에 조동일과 같이 고산문학과 노장사상의 연관성을 살필 필요가 있다는 지적[3]도 있고, 원용문과 같이 유교사상 중심이면서 도(道)·불(佛)·노장(老壯) 등을 수용하고 있다는 연구[4]도 있다.

하나의 대상 작품에 대하여 논의가 양분되는 것은 물론 작품 자체의 성격에 말미암을 것이다. 그렇지만 연구자마다 어느 한쪽을 지지한다고

---

1) 문영오, 《고산 윤선도 연구》, 태학사, 1983 ; 문영오, 〈고산시가의 도교철학적 조명〉, 《한국문학연구》 14집, 동국대학교 한국문학연구소, 1992 ; 문영오, 〈〈산중신곡〉과 〈금쇄동기〉의 교융성〉, 《국어국문학》 124집, 국어국문학회, 1999 ; 원용문, 〈윤선도의 문학사상〉, 《한국문학사상사》, 계명문화사, 1991.
2) 김열규, 〈고산작품론〉, 《고산연구》 창간호, 고산연구회, 1987, 76쪽 ; 김대행, 〈시조와 가사의 거리〉, 《시가시학연구》, 이화여자대학교출판부, 1991, 193쪽 ; 최진원, 〈〈산중신곡〉과 〈금쇄동기〉의 관계〉, 《고산연구》 3집, 고산연구회, 1989, 7쪽 ; 성기옥, 〈사대부 시가에 수용된 신선모티프의 시적 기능〉, 한국고전문학회 편, 《국문학과 도교》, 1998.
3) 조동일, 〈고산연구의 회고와 전망〉, 《고산연구》 창간호, 고산연구회, 1987.
4) 원용문, 《고산 윤선도의 시가 연구》, 태학사, 1996, 265쪽.

밝히는 것으로 결론이 나는 것은 아니다. 이제까지 연구자들은 그 점을 반성하면서도 어느 한 편의 견해로 귀속되거나 다양한 사상을 그대로 인정하는 것이 일반적이었다.[5] 양쪽의 시각이 나름대로 타당하면서도 바른 해답은 아니라고 보아 접근 방향을 달리해 볼 필요가 있다고 생각한다.

이러한 경향은 신흠(申欽) 시조에 대한 최근의 논의에서도 거듭되고 있다. 성기옥이 신흠 시조를 성리학적 자연시조의 기본 틀에서 보아야 한다[6]고 하자, 김창원이 성리학적 자연관에서 가장 멀리 있는 은자(隱者)의 은일(隱逸) 공간[7]이라고 했고, 고정희는 신흠의 도가적 이미지는 수사적 차원 이상으로 세계관적 기반을 달리하는 것[8]이라고 지적했다. 이에 대해 김석회는 신선계를 말하는 신흠의 시조는 소박한 전원적 삶의 알레고리며 도가적인 것으로 확대 해석하는 것은 무리라고 보았다.[9]

사대부 시조에 보이는 자연을 유학적 전통 안에서 처리하느냐 도가적 세계관의 반영으로 보느냐 하는 것은 앞에서 보다시피 그 자체로 판정짓기 어렵다. 그것은 결국 연구자 자신의 성향을 드러낼 뿐인 것으로 보인다. 그래서 시조 문학사적 관점에서 비교에 따른 평가로 시선을 돌릴 필요가 있다. 누구나 인정하는 대표적 성리학자인 이황의 시조로부터 자연의 모습을 비교 검토함으로써 각각의 위상을 정리해 볼 길이 있을 것으로 기대한다.

---

5) 성기옥의 앞의 글(1998)과 원용문의 위의 책(1996)이 대표적이다.
6) 성기옥, 〈신흠 시조의 해석 기반—〈방옹시여〉의 연작 가능성〉, 《진단학보》 81호, 진단학회, 1996.
7) 김창원, 〈신흠 시조의 특질과 그 의미〉, 《고전문학연구》 16집, 한국고전문학회, 1999.
8) 고정희, 〈신흠 시조의 사상적 기반에 관한 연구〉, 《고전문학과 교육》 1집, 청관고전문학회, 1999.
9) 김석회, 〈상촌 시조 30수의 짜임에 관한 고찰〉, 《고전문학연구》 19집, 한국고전문학회, 2001.

2. 사대부 시조 자연관의 양상

(1) 위인(爲人) 시조의 권위

이황으로 대표되는 조선전기 사대부의 시조문학은 흔히 교훈성의 맥락에서 읽힌다. 이것은 이이나 정철 등 시조문학의 대표자들에게 공통된 현상이다. 이러한 경향은 조선후기의 삼죽 조황이나 이세보 같은 사람의 시조에까지 선명하게 이어져 왔다. 이러한 시조들은 순수한 서정시와 상식적 의미에서 거리가 있다. 이황의 시조가 직설적 교훈으로 이루어져 있는 조황의 시조들과 성격이 같다고 할 수는 없다. 그러나 '다른 사람을 위해' 창작되고 그 의도에 교훈이 포함되어 있음은 분명하다. 이러한 시를 우선 '위인'의 시조라고 하고, 그 대표적 이론가인 이황의 시조를 검토하기로 한다.

이황도 세속과 자연을 대비해 놓고 그 가운데서 자연을 택하는 구도를 취하기는 다른 시조작가들과 다르지 않았다. 〈도산십이곡〉 첫 수에서 "이런들 엇더ᄒᆞ며 뎌런들 엇더ᄒᆞ료"라 하면서도 종장에서 "천석고황을 고텨 므슴ᄒᆞ료"라고 한 것은 자연을 택하기로 한 면모를 보여 준다.

이 점은 동향 선배인 이현보의 시조와도 대비가 된다. 이현보는 세속의 '십장홍진(十丈紅塵)'이 싫어서 자연을 찾았다고 했지만, 이황은 그보다는 자신이 가진 병 때문에 어쩔 수 없이 자연을 택했다고 했다. 세속과의 단절을 강하게 드러내지 않는다는 점은 〈도산십이곡〉 첫 수에서 주목해야 할 점이다.

> 연하로 지블 삼고 풍월로 버들 사마
> 태평성대에 병으로 늘거가뇌
> 이 듕에 ᄇᆞ라ᄂᆞᆫ 이른 허므리나 업고쟈[10]

2연에서 이황은 '연하'와 '풍월' 속에서 '태평성대'를 산다고 했다. 이황이 자연을 사랑하는 병을 앓을 수 있는 것은 세속이 태평성대기 때문이다. 태평성대라야 자연에 몰입하는 것이 가능하며, 거꾸로 완벽한 자연에서의 삶은 태평성대와 동격이다.

그러나 실제로 이황의 시대가 태평성대는 아니었다. 계속되는 사화로 이황 자신의 가족들도 큰 피해를 입었다. 결국 이황이 말하는 '태평성대'는 실제의 상황이 아니라 하나의 이상적 상태를 말하는 것으로 보인다. 완벽한 자연에 어울리는 완벽한 세상, 이 둘을 함께 제시하는 것이 이황의 시조가 노리는 바다. 그런데 자연은 이미 완벽한 상태로 선험적으로 존재하고 있다. 따라서 완벽함을 지향해야 하는 것은 이 세상이다. 그 속에서 화자는 '허물'이 없도록 자신을 수양한다. 그리고 이어지는 3연은 그러한 소망이 개인을 넘어서서 사람 일반으로 확대되는 기대를 보여 준다.

> 순풍이 죽다 ᄒᆞ니 진실로 거즛마리
> 인성이 어디다 ᄒᆞ니 진실로 올ᄒᆞᆫ마리
> 천하애 허다영재를 소겨 말솜ᄒᆞᆯ가[11]

순풍과 어진 인성은 현실인가? 이황에게 그것은 현실이어야 한다. 그 당위는 자연의 이법(理法)이며 자연의 이법을 체화한 성현들이다. 그들은 세상에 허다한 영재를 속이지 않는 이들이다. 이황의 시조는 자연과 성현의 완벽함을 따라야 한다고 일반 사람들에게 말해 주고 있는 것이다.

이것은 '춘풍에 화만산, 추야에 월만대'에서 드러난 자연의 '사시가흥'을 '사람과 한 가지'로 보는 것에서 극대화된다. 그것은 '어약연비 운영천광'의 세계와 자연 규범이 인간의 내적 규범으로 완성되었을 때 가능

10) 이황, 〈도산십이곡〉 언지 2.
11) 이황, 〈도산십이곡〉 언지 3.

한 기쁨인 '흥'의 경지다.

이황은 이 경지를 다른 사람들과 함께 나누고자 한다. 그것은 '청산'과 '유수'의 만고상청함을 배우는 것이 '우리'로서, '우부'와 '성인'을 다 아우르는 것으로 나타났다. 다른 곳에서 상세히 개진한 바 있듯이, 언지 여섯 수는 자연 즉, 사시의 질서와 '한 가지'가 되는 '뜻'을 말하고, 언학 여섯 수는 그 '하나 됨'이 성현을 공부하는 길에서 얻어질 수 있다는 것을 보였으니, 자연과 도학을 기본 축으로 삼고 있다고 할 수 있다.[12)]

우리는 이 자연공간을 '위인의 공간'이라고 부를 수 있다. 그것은 자신의 수기(修己) 차원을 넘어서서 위인을 위한 자연공간으로 상정하는 것이기 때문이다.[13)] 그것은 성리학적 자연공간이라 할 것이고 노장적 자연공간은 아니다. 그것은 다음의 널리 알려진 이황의 말로 뚜렷해지며, 이황의 노장에 대한 태도와 성리학에 대한 확고한 태도에 의문을 가질 여지를 없앤다.

> 전자[현허(玄虛)를 연모하고 고상(高尙)을 일삼음]의 말에 따른다면, 제 한 몸만을 조촐하여 인륜을 어지럽게 함에 흐를까 저어하겠고, 그 심한 자는 새 짐승과 벗을 삼으면서도 그릇됨을 모르게 된다. 후자(도의를 기뻐하고 심성을 기름)에 따르면, 그가 즐겨함은 조박에 지나지 않을 뿐, 그 미묘함에 이르러서는 구할수록 더욱 얻지 못하게 되니 그 무엇이 즐겁겠는가.[14)]

이것은 이황이 노장적 도가사상에 얼마나 반감을 갖고 있었는지 말해준다. 그가 때로 신선과 매화를 찾는 시를 남긴 것도 노장이나 불교에

---

12) 이황 시조에 대한 논의와 더 자세한 언급은 신연우, 《사대부 시조와 유학적 일상성》, 이회문화사, 2000, 96~114쪽을 참조할 것.

13) 물론 이황은 공부방법에서는 철저하게 위기(爲己)의 학문을 주장하여 "군자의 학문은 위기일 뿐이다[君子之學 爲己而耳]" 했다. 그러나 시조에서는 위기로 그치지 않고 위인의 내용을 보여 주었다. 이황의 한시에서는 위기가 강조되고 시조에서는 위인을 강조한 것에 대하여는 더 깊은 고찰이 필요하다.

14) 由前之說則 恐或流於潔身亂倫 而其甚 則與鳥獸同群 不以爲非矣 由後之說則 所耆者糟粕耳 至其不可傳之妙 則愈求而愈不得 於樂何有(이황, 〈陶山雜詠記〉, 《퇴계집》 권 3).

연관 지을 것이 아니다. 그것은 '자연도덕주의'라고 말할 수 있는데, 인위적 도덕을 제거해야 자연의 본성을 찾을 수 있다고 생각하는 노장사상과 달리, 자연이 도덕의 근본이라는 전제를 망각하지 않는 한도의 것이다.[15]

이황의 시조는 성리학적 세계관에 기반을 둔 사대부 시조의 한 기준이 된다. 이를 기준으로 신흠이나 윤선도 시조의 자연이 여기서 얼마나 벗어나 있는가 또는 벗어나 있지 않는가를 검토할 필요가 있다.

(2) 위기(爲己)의 극대화

윤선도의 시조는 분명히 이황의 시조와 다르다.

수국(水國)의 ᄀᆞ올히 드니 고기마다 술져 읻다
만경(萬頃) 징파(澄波)의 슬ᄏᆞ지 용여(容與)ᄒᆞ쟈
인간을 도라보니 머도록 더옥 됴타[16]

가을의 둘째 수이다. 이런 시는 인간세계와 단절된 순수한 자연에 대한 동경을 보이고 있어서, 이황이 말한 '새 짐승의 무리와 어울려도 그릇된 줄 모르는' 시로 여겨지기도 한다. 윤선도의 시조에 이러한 경향이 강하게 나타난다는 점을 부인할 수 없다.

그러나 이를 곧 노장사상의 구현이라고 보는 것은 타당한가? 성기옥이 잘 지적한 바와 같이 〈어부사시사(漁父四時詞)〉 겨울 넷째 수에는 "선계(仙界)ㄴ가 불계(佛界)ㄴ가 인간이 아니로다"라 했으니, 선계의 도가사상과 함께 불교사상도 구현하고 있다고 말해야 하겠는가? 그것은 전혀 타당하지 않다. 그것은 윤선도가 선계와 불계를 어떤 사상과의 연관 없이 세속과의 단절을 나타내기 위해 사용한 관용적 어구일 뿐이다.

---

15) 신연우, 앞의 책, 159쪽.
16) 윤선도, 〈어부사시사(漁父四時詞), 추사(秋詞) 2〉.

그러나 이렇게 말해도 그의 시조에는 노장사상적 특징이 들어 있지 않는가 하는 의문이 말끔히 해소되지 않는다. 그래서 우리는 노장사상의 본질적 물음에 대해 묻게 된다. 윤선도의 시조에는 노장사상의 본질적 사상이 구현되어 있는가? 만일 그렇다면 노장사상의 침윤을 인정할 일이요, 그렇지 않다면 그것은 노장사상과는 별 관계없는 단순한 수사적 언급에 지나지 않는 것으로 보아야 할 일이다.

이제까지 윤선도 시조와 노장사상의 연관이 집요하게 주장되면서도 노장사상과의 직접적 관련성을 해명하는 시도는 없었다는 점은 의아하다. 도교사상과 고산 시조의 관련성을 지속적으로 주장하는 문영오의 설명이 그러한 태도를 대표적으로 보여 준다. 그는 이렇게 말한다.

> 고산은 조선조 500여 년 간 이단으로 취급되는 도교적 이념을 생활공간으로 옮겨 산거생활과 해중생활을 실천한 자이다. 그러므로 우리는 고산을 도교 철학적 삶을 실천한 자라고 명명하기에 인색할 필요가 없다. …… 왜냐하면 그의 삶의 공간 마련과 실생활의 영위는 유학이념으로는 도저히 설명되지 않는 큰 구석이 분명 존재하기 때문이다.[17]

무엇보다 '도교 철학적 삶'이란 어떤 것인지에 대한 해명이 없으므로 이 말만으로는 긍정도 부정도 하기 어렵다. 유학적 태도와 다른 자연관을 보였으니 도교 철학적이라는 견해는 존재하는 모든 사상이 유학이거나 도교철학일 때만 타당하다. 다른 가능성을 인정하지 않는 오류라고 지적할 수도 있다.

여기서 더 나아가 〈만흥(漫興)〉 둘째 시조인 '보리밥 풋나물을 알마초 머근 후에/ 바횟긋 믉ᄀᆞ의 슬ᄏᆞ지 노니노라/ 그나믄 녀나믄 일이야 부롤 줄이 이시랴'를 도가의 득도 과정의 첫 단계와 마지막 단계로 풀어서, "초장은 절욕(節欲)의 경지를 노래했다면 중장과 종장은 법자연(法

17) 문영오, 앞의 글, 1999, 75~76쪽.

自然)의 경지를 노래하고 있으니, 곧 사람은 땅을 법 받고 땅은 하늘을 법 받으며 하늘은 도(道)를 법 받고 '도'는 자연을 법 받는다는 경지[18]가 그것이다"[19] 하고 해석한 것은 도교철학적으로 보아야겠다는 지나친 천착의 결과로 빚어진 '과욕의 해석'이라고 하지 않을 수 없다.

도가사상의 본령은 철학자들이 정리한 바를 이용하면, '도'와 '무위(無爲)'라고 할 수 있다. 노사광은 《도덕경》 사상의 대요를 "(a) 상(常), '도', 반(反) (b) 무위, 무불위(無不爲) (c) 수유(守柔), 부정(不爭), 소국과민(小國寡民), 무위관념의 전개"의 셋으로 보았다.[20] 박이문은 노장사상을 "'도'와 진리, '무위'와 실천, '소요(逍遙)'와 가치"라는 세 측면에서 정리했다.[21] 이 두 사람의 견해는 노장사상을 '도'와 무위의 관점에서 정리할 수 있다고 하는 공통점이 있다.

그렇다면 윤선도의 시조를 '도'와 무위의 관점에서 논의할 수 있는지가 문제다. 먼저 '도'에 대해 생각해 보자. 윤선도 시조에는 '흥'과 근심이 많이 나오는 것과 달리 '도'라는 말은 나타나지 않는다. 내용에서는, 우선 〈견회요(遣懷謠)〉에 보이는 충과 효, 〈파연곡(罷宴曲)〉에 보이는 예와 덕은 유학적이다. 〈오우가(五友歌)〉는 '수석송죽(水石松竹)'의 항상성(恒常性)과 달의 무언(無言)을 교훈으로 제시하고 있다. 이 '항상성'은 '도'와 관련이 있는가? 그렇지 않아 보인다.

오히려 노장이 말하는 '도'는 자연이 항상성이 없음을 지적하는 것이다. "돌이킴은 '도'의 운동이다[反者 道之動 ; 老子, 《道德經》 40장]"을 인용하면서 노사광은 "순환하며 서로 바뀐다는 의미로 반(反)을 말하고 이것으로 '도'를 묘사하였다"[22]고 했다. 《도덕경》의 첫 구절, "'도'라고

18) 《老子》 25장.
19) 문영오, 앞의 글, 1999, 77쪽.
20) 노사광(勞思光)/정인재 옮김, 《中國哲學史》(고대편), 탐구당, 1990년(6판), 215쪽.
21) 박이문, 《노장사상 — 철학적 해석》, 문학과지성사, 1980, 차례.
22) 노사광, 앞의 책, 217쪽.

이름할 수 있는 '도'는 항상된 '도'가 아니고, 이름 붙일 수 있는 이름은 항상된 이름이 아니다[道可道 非常道 名可名 非常名]"는 바로 존재의 항상성에 대한 부정으로 유명한 말이다. '변치 않는다'고 말하는 '변치 않음'은 진정한 '변치 않음'이 아니라고 말하는 것이니, 바위의 변치 않음이, '바위의 도'일 수는 있겠지만 그것이 노장사상이 말하는 '도'는 아닌 것이다.

"아는 자는 말하지 않고 말하는 자는 알지 못한다[知者不言 言者不知]"라는 《도덕경》 56장의 말 또한 개개 사물에 대해 알면서도 말하지 않는 것이 '도'라는 다분히 처세론적인 언급이라고 보기 어렵다. 그것은 "'도'라고 하는 존재 전체는 분석될 수 없는 하나의 존재 혹은 전체로서의 '도'라는 개념을 딴 여러 가지 말들의 개념으로 분석될 수 없다는 것을 말하고자 할 따름"[23]이다. 이를 〈오우가〉의 달의 의미망이 '노장의 언어부정 의식'[24]이라고 보는 것은 역시 '과욕의 해석'이다. 이는 오히려 윤성근의 해석대로 "달에서 추상된 고고성, 겸선성, 침묵성은 군자가 가져야 할 궁극적 목표가 되므로 윤선도는 이를 가장 중시하였다"[25]는 평범한 해명이 설득력이 있다. '말을 괜히 많이 했다, 차라리 말을 하지 말걸'이라는 정도의 말을 꼭 사상의 차원으로 해석해야 하겠는가? 사상이 아니어도 좋을 문학적 표현을 굳이 사상으로 환원해야 할 필요는 없다. 문학은 사상과 관련이 있지만, 문학이 사상은 아니다.

또한 〈어부사시사〉 40수 어디에도 세계 전체의 본질에 대한 반성적 인식으로서 '도'에 대한 언급은 있지 않다. 〈어부사시사〉의 대표적 주제를 드러내는 '인간을 도라보니 머도록 더옥 됴타'와 같은 인식은 세속과의 단절을 말하기는 해도 노장적 도와 연관이 있지는 않다.

그렇다면 그 시구는 '무위'와 관련이 있지는 않은가 따져 볼 필요가

23) 박이문, 앞의 책, 62~63쪽.
24) 문영오, 앞의 글, 1999, 78쪽.
25) 윤성근, 《윤선도 작품집》, 형설출판사, 1982, 26쪽.

있다. 유학적 질서를 인위적이라 간주하고, 유학적 도덕을 무익할 뿐 아니라 유해한 것으로 보았던 도가적 견해가 이 시에 들어 있어 보이기도 한다. "자연에의 귀의라는 동양적 이상에는 노장의 반문화사상이 그 대표가 된다"[26]는 점에서 윤선도의 시조와 노장사상을 연결하는 것은 퍽 자연스러워 보인다.

물론 윤선도는 유학적 윤리의 세계를 부정하지는 않았다. 그는 오히려 유학윤리가 인간의 인간다운 길임을 강조하는 사람이다. 원칙은 유학적이지만, 시에서는 낭만적인 태도로 도가적 자연관을 가진 것인가? 그럴 수 있다. 그 경우 그것은 사상인가? 윤선도 시조의 경우 친자연적 태도는 반유학적 태도인가? 그렇다고 할 수 없을 것이다. 반유학적 노장사상이라면 유학적 사상체계 전체를 부정하는 것인데, 윤선도는 그런 태도를 보인 바 없다. 여러 시조에서 유학적 윤리를 소재로 하고 있으면서도 전체적으로 자연 친화적 태도를 보인다. 이것은 물론 이황 식 자연관과는 다르지만, 그렇다고 '사상으로서 도가적 자연관'이라고 말할 수도 없다는 것이다. 〈어부사시사〉에 보이는 자연 친화는 문명에 대한 체계적 거부의식이라기보다 정치적 패배의 결과[27]고, 인간에 대한 거부는 정치적 반대파에 대한 거부로 보인다. 윤선도의 시조를 무위의 관점에서 볼 수 없음은 윤성근이 상세히 해명한 바도 있다.[28]

이황도 자연에 몰입하는 친자연의 태도를 보였고, 공자도 친자연의 태도를 보였지만, 그들을 친도가적이라고 말할 수는 없다. 친자연의 태도는 도가적이 아니어도 가능하다. 유학적 태도에서도 물론 가능하다. 그러나 윤선도의 자연관이 이황의 자연관은 아니므로 유학적이라고도 말하기 어렵다. 다만 자연친화적이라고 해서 곧바로 노장의 자연관, 반문명적 자연관이라고 말하기는 어려운 것이다.

26) 박이문, 앞의 책, 101쪽.
27) 윤성근, 앞의 책, 161~165쪽.
28) 위의 책, 181쪽.

그러나 역시 윤선도의 시조에는 노장사상적인 측면이 있음을 부인할 수도 없다. 그것은 단순히 자연친화적이거나 도가적 수양의 논리와 일치한다는 점 때문이 아니라, 다음의 두 가지 측면에서다. 한 가지는 윤선도가 자연을 인간과 극단적으로 절연시키고 있다는 점이다. "인간을 도라보니 머도록 더옥 됴타"는 노장사상의 본질인 '도'와 연관이 있어서 노장적인 것이 아니라, 세속과의 단절을 공공연히 언표하고 있어서 노장적이라는 것이다.

그런데 이것은 노장사상의 본질에서 나온 것이 아니라, 이황 식 노장 이해에 말미암는 것이다. 앞에서 인용한 대로, 이황은 '결신난륜(潔身亂倫), 새 짐승과 구분이 없게 되는' 태도에 대해 심한 불만을 말하고 있거니와, 이것을 바로 노장적 자연관으로 이해하고 있는 것이다. 노장사상은 그 자체만으로 볼 때는 인간 자체를 불신하고 문명을 거부하는 것이 아니다. 그것은 유학적으로 다듬어진 인위적인 문명을 거부한다. 그들은 유학자가 일하는 예와 법에 따라 다스려지는 큰 나라가 아니라, 자연 읍락 정도의 정치생활을 지향하는 것이다. 노자가 말하는 무위는 '소국과민(小國寡民)'을 위한 것이지, 그 자체로 자연과 인간을 절연시키고자 하는 것이 아니다.

이황은 이 점에 대한 고려 없이 단지 자연으로 돌아가자는 결과적 구호만을 노장사상으로 보았던 듯하다. 물론 이황은 무위나 소국과민의 지향도 거부했을 것이다. 여하튼 이황이 〈도산잡영 병기〉에서 말한 도식적 구분으로 볼 때, 윤선도의 시조는 도가적 자연시조라 할 수 있을 것이다.[29]

다음으로 〈어부사시사〉만을 놓고 볼 때, 노장사상적 견해와 연관 지을 여지가 있어 보인다. 그것은 생애 자체를 하나의 놀이로 보는 태도

29) 필자가 <만흥>첫 수를 '도가적 경향을 띠는 한정적(閑情的) 자연시조(自然時調)'라고 했는데, 이러한 관점에서 그 말을 사용한 것이다(신연우, 앞의 책, 203쪽).

다. 무엇보다 삶과 사회의 어떤 특정한 목적을 지향하지 않는 노장의 태도, 삶과 사회를 그 자체가 목적이므로 하나의 놀이로 보는 것은 인간 윤선도의 삶의 태도라고 말하기는 어렵지만 〈어부사시사〉에 보이는 태도라고는 말할 수 있다. 〈어부사시사〉 전체가 하나의 놀이로 된 한 해[一年]를 보여 주고 있다. 사계의 매 계절이 그러하며, 한 계절의 대표로 나타나는 하루가 그러하다. 그리하여 〈어부사시사〉에는 한순간이 아니라 일 년 전체, 또는 생애 전체가 놀이의 관점에서 이루어졌음을 보이는 어구가 여러 차례 등장한다.

> 내일이 또 업스랴 봄 밤이 몃듯 새리
> 두어라 어부 생애는 이렁구러 지내노라[30]
>
> 물외에 조흔 일이 어부 생애 아니런가
> 두어라 사시흥(四時興)이 ᄒᆞᆫ가지나 추강(秋江)이 읃듬이라[31]
>
> 내일도 이리ᄒᆞ고 모래도 이리ᄒᆞ자[32]
>
> 삼천육백 낙시질은 손 고븐제 엇디턴고[33]

〈하사(夏詞) 10〉에도 '와실(蝸室)을 바라보니 백운이 둘러 있다/부들부체 ᄀᆞᄅᆞ쥐고 석경으로 올라가쟈'라고 하여 하루가 끝나지만 놀이는 끝나지 않음을 말하기도 한다. 삶을 놀이로 보는 태도는 삶에는 어떤 식으로든 목적이 있다고 보는 태도와 뚜렷이 대조된다.[34] 그것은 다분히 노장사상적 태도라 할 수 있다. 장자가 아내의 죽음 앞에서 "비유하면 춘하추동 사시가 왔다 갔다가 다시 오듯이 무한히 순환함과 다르지 않다"

30) 윤선도, 〈춘사(春詞) 10〉.
31) 윤선도, 〈추사(秋詞) 1〉.
32) 윤선도, 〈추사(秋詞) 9〉.
33) 윤선도, 〈동사(冬詞) 9〉.
34) 박이문, 앞의 책, 123쪽.

며 항아리를 두드리고 노래를 부른 것[35]은 이러한 태도를 극명하게 보이는 것이다. 삶을 그 자체가 과정인 놀이로 보는 것은 일 년 전체가 놀이로 구성되는 〈어부사시사〉의 태도와 공통된 점이 있다.

그럼에도 윤선도의 시조를 노장사상의 영향으로 몰아붙이는 것은 무리가 있다. 노장사상의 '도'가 구현되지도 않고 무위의 자연친화적 태도만으로 노장사상과 연관을 짓는 것도 어려운 일이다. 그러나 그의 시조가 이황 식 의미에서 노장적 경향을 띠고, 〈어부사시사〉만으로 보았을 때, 생을 놀이로 구성하는 태도는 노장사상과 닮아 있다고 할 수 있다. 왜 또는 어떻게 그런 일이 생겼는가 하는 문제는 글을 달리해 밝힐 문제다.[36]

그래서 종합적으로 윤선도 시조의 자연공간을 이황의 그것과 대조해서 '위기(爲己)의 공간'이라고 할 만하다. 이황이 공변된 질서의 구현을 위한 위인(爲人) 공간으로서의 자연관을 가졌다면, 윤선도는 자신의 즐거움과 위안을 위한 자연 즉, 위기를 위한 공간으로서 자연관을 가졌다는 것이다. 그것은 윤선도 식으로 인간과 자연을 양분하는 것이 자아의 일방적인 즐거움을 위하는 것이 되기 때문이다. 현실에서 인간과 부단한 싸움을 겪은 윤선도에게는 싸움을 걸지 않는 자연, 자신이 편한 대로 해석할 수 있는 자연은 마음에 즐거움을 준다. 혼자 즐기는 자연공간이라는 의미에서 '위기의 공간'이라고 말할 수 있는 것이다. 그것은 현실에 끊임없는 관심을 가져야 한다는 유학적 이념을 가진 이황과 같은 사람에게는 거부될 수 있다.[37]

그러면 언제 이황 식의 '위인의 공간'이 윤선도 식의 '위기의 공간'으로 전이되었는가? 언제라고 꼬집어 말할 수는 없겠지만, 그 실마리가

---

35) 장주/김동석 옮김, 《장자》, 을유문화사, 1966, 140쪽.
36) 이는 조동일이 지적한 대로 호남지역 남인(南人)이 한편으로는 성리학과 다른 한편으로는 도가사상과 얽혀 있던 양상에 대한 고찰이 필요할 것이다(조동일, 앞의 글, 3쪽).
37) 신연우, 앞의 책, 203쪽.

신흠의 시조에 보이는 것은 분명하다. 신흠의 시조는 이황보다 윤선도에 더 가깝다.[38]

산촌에 눈이 오니 돌길이 무쳐셰라
시비(柴扉)를 여지 마라 날 차즈리 뉘 이시리
밤 즁만 일편 명월이 긔 벗인가 ᄒᆞ노라

이 시조에 보이는 자연은 도학적 목적과 무관하다. 목적이 있다면 자아의 감흥에 봉사하는 것이다. 이 시에서 '시비를 열 필요가 없다, 명월이 내 벗이다' 하는 것은 사물을 자기 중심으로 생각하기 때문이다.[39] 또한 시비 밖의 세상과 그 안의 자아를 단절시키고 있는 점에서 윤선도의 시조에 더 가깝다. 이 시조와 함께 그의 다른 시조들은 '폐색의 상황에서 고난의 공간으로 구체화'하고 있으며, '외부와의 통로를 차단당한 단절의 상황'이며 '극한적 소외상황'[40]을 보여 준다.

또한 다음 시조는 세속과 자신이 속한 세계인 순수 자연을 분별하면서도 '역군은(亦君恩)'을 말해 더욱 윤선도에 가깝게 느끼게 한다.

공명(功名)이 긔 무엇고 헌신짝 버스니로다
전원에 도라오니 미록(麋鹿)이 벗이로다
백년을 이리 지냄도 역군은이로다

공명의 세속과 미록이 있는 전원을 대비하여 세속을 헌신짝처럼 절하하는 것과, 그러면서도 임금 은혜를 말하는 것은 〈만흥(漫興)〉을 비롯한 윤선도의 시조에서 익히 보던 바다.

---

38) 다음과 같은 시조는 윤선도가 작가라 해도 모르고 지나갈 수 있다.
어제 밤 눈 온 後에 돌이 조차 비최엿다
눈 後 돌 빗치 물그미 그지 업다
엇더타 천말부운(天末浮雲)은 오락가락 ᄒᆞᄂᆞ뇨
39) 신연우, 앞의 책, 200쪽.
40) 성기옥, 앞의 글, 1996, 239쪽.

더욱이 신선을 소재로 한 시조는 윤선도보다 더 구체적이다. 신선, 약수(弱水), 옥녀(玉女), 금동(金童), 세성(歲星), 주하사(柱下史), 청우(靑牛) 등 신선세계를 가리키는 말이 윤선도의 시조에서보다 더 구체적으로 이용되고 있다.

그러나 이를 도가사상의 발현이라고 말하는 것은 지나치다. 그것은 사대부의 벼슬하는 것과 물러나는 것에 관한 견해[出處觀]의 연장선에서 이해할 수 있기 때문이다. 그것은 김창원이 지적한 대로 "유가의 윤리를 벗어나지 않으면서 중심에서 가장 멀리까지 가 있는"[41] 것으로 이해할 수 있다. 유가의 윤리 범위 안에서 이해할 수 있는데 도가사상까지 끌어들여 작가 의식의 이중성까지 말할 필요는 없는 일이다.[42] 특히 고정희가 '술 먹고 노는 일을 나도 왼 줄 알건마는/신릉군 무덤 우희 밧가는 줄 못 보신가' 이하 《진청》 125~130번의 시조를 '변역(變易)의 철학에 뒷받침된 깨달음의 노래'라고 보는 것은, 문영오가 윤선도 시조를 굳이 도가사상에 묶어 해석하는 것과 마찬가지로 지나친 천착에서 온 결과다.[43] 신흠 시조에 표현된 자연이 '정신적 이상공간으로 해석되는 한' 16세기 사대부 시조의 전통에 있다는 성기옥의 연구가 설득력을 갖는다. 신선 이미지는 심지어 이황도 그의 한시에서 자주 이용하고 있다.

어젯밤 꿈속에 흰 옷 입은 신선을 만나	昨夜夢見縞衣仙
흰 봉황을 함께 타고 천문(天門)에 날아들었네[44]	同跨白鳳飛天門

41) 김창원, 앞의 글, 104쪽.

42) 김석회의 주장과 달리 김창원은 신흠의 시조가 '도가적(道家的) 은일(隱逸)의 공간'을 나타냈다고 말한 것은 아니다. 김창원은 단지 신흠의 시조가 기존의 강호 시조와 달라졌다는 점을 말했고, 그것은 은자(隱者)의 세계상이며, 은자의 세계상은 조선전기 지배계급들이 자신들의 생활윤리로 삼았던 것이고, 이는 유가의 윤리를 벗어나지 않으면서 가장 멀리까지 가 있다고 말했다.

43) 고정희, 앞의 글.

44) 이황, 〈湖堂梅花暮春始開〉(이상은, 《국역 퇴계시》(1), 한국정신문화연구원, 1990, 140쪽).

군옥산 꼭대기 제일의 신선 群玉山頭第一仙
얼음 살결 눈빛이 꿈에도 고와[45] 氷肌雪色夢娟娟

이러한 유선시(遊仙詩)들이 여러 편 있다. 이를 가지고 퇴계가 도가사상을 나타낸 것이라고는 아무도 말하지 않는다. 그것은 이황에게, 일상의 도덕은 일상에 있지만, 그 도덕의 근원은 일상을 넘어선 곳에 있기[46] 때문이다. 이황에게 그곳은 때때로 자연에의 깊은 침윤으로 나타난다. 그러니까 이황에게 일상의 도덕과 자연에 몰입하기는 서로 다른 것이 아니었다. 한시에 보이는 자연은 궁극적으로는 시조의 자연과 같은 맥락의 연장선에 있다. 그러므로 신선 소재가 나타난다거나 자연에 몰입한다거나 하는 점이 도가사상을 나타내는 증거라고 할 수는 없다.

그래서 아마 고정희가 신흠의 시조에 대하여 도가적 세계관을 나타내는 완전히 새로운 시조라고 말하는 것을 제외하고는, 성기옥과 김석회가 16세기 사대부 시조와의 연관성을 말하는 것과, 김창원이 유가 범위 안에서 가장 멀리 있는 것이라고 말하는 것은 모두 일치하는 의견으로 보인다. 그것은 신흠의 시조가 사대부의 유학적 세계관의 연장선에서 해석될 수 있음을 말한다.

그러나 고정희와 김창원, 최웅[47]이 지적하고 있는 바와 같이, 신흠 시조가 기존 사대부의 시조와 몹시 다르다는 점이 강조되어야 한다. 이황이나 이이의 시조에서 보이는바, 자연을 도피의 공간으로 삼지 않고 자연의 질서를 인간 내면의 질서와 사회의 질서로 정립하려는 원대한 목표에서 크게 벗어나 있기 때문이다.

신흠이 〈방옹시여서(放翁詩餘序)〉에서 "내 전원에 돌아옴은 세상이

---

45) 이황, 〈溪齋夜起對月詠梅〉(이상은, 위의 책, 321쪽).
46) 최진덕, 〈퇴계 성리학의 자연도덕주의적 해석〉, 김형효 외, 《퇴계의 사상과 그 현대적 의미》, 한국정신문화연구원, 1997, 156쪽.
47) 최웅, 〈상촌 시조 연구〉, 《한국시가문학연구》 백영정병욱선생환갑기념논총 2, 신구문화사, 1983, 271쪽.

나를 버리고 내 또한 세상에 염증을 느꼈기 때문이다"라고 한 말은 이황이 자연에 대해 갖는 태도와 차원이 다른 것이다. 염증을 느낀 세상을 버리고 택한 전원은 자기의 즐거움을 위한 공간이다.

> 시비(是非) 업슨 후ㅣ라 영욕(榮辱)이 다 불관(不關)타
> 금서(琴書)를 흐튼 후에 이 몸이 한가ᄒᆞ다
> 백구(白鷗)ㅣ야 기사(機事)를 니즘은 너와 낸가 ᄒᆞ노라

신흠의 이 시조에는 세상의 시비에 염증을 느꼈고 영욕의 가치관에서 벗어나, 거문고와 책을 마음대로 흩어 보는 한가한 즐거움이 있다. 이 전원에서는 기사(機事)를 잊는다. 세상의 시비와 영욕과 기사를 다 잊는 것은 혼자 살겠다는 말이다. 자신만의 즐거움이 보장되는 자연이기에 가치가 있다는 것이다. 시비를 걸지 않는 자연은 자신을 편안하게 해 준다. 백구는 자기와 영욕을 다투지 않기에 싸울 일이 없다. 이는 시비 영욕과 기사의 근본 원리를 찾기 위한 자연의 모습은 전혀 아니다.

(3) 생활로 수렴되는 '위인'·'위기'

성리학이라는 도학적 견지에서 보면, 이황의 시조가 중심이고 윤선도나 신흠의 시조가 주변적이라 할 수 있다. 그래서 이황의 〈도산십이곡〉을 본 딴 작품이 조선후기까지 여러 차례 창작되곤 했다. 그러나 개인적 삶의 즐거움이라는 관점에 서면 이황 시가 꼭 바람직한 것은 아니라고 할 수도 있다. 모든 개인이 이황처럼 도학을 세상에 펼쳐야 하는 의무감으로 살아야 하는 것은 아니다. 윤선도의 시조가 보여 주는 즐거움, 신흠의 시조가 보여 주는 유흥의 느낌은 개인의 삶에서 무엇보다 중요한 것일 수 있다. 윤선도 시에서 느끼는 즐거움과 경탄은 그 점에 대한 반응일 수 있다. 그러나 성리학적 견지에서는 위기의 즐거움만으로 만족하고 마는 것은 잘못이다.

서로에 대해 불만스럽게 생각할 수 있는 이 두 경향을 하나로 수렴하는 시조가 나타났다. 바로 남구만, 이휘일이나 위백규 등의 시조다. 이른바 '전가시조(田家時調)'라고 하는 이들 생활시조는 이황의 궁극적 목표였던 일상의 삶을 벗어나지 않으면서, 윤선도가 보여준 자연에 대한 흥취를 일상으로 옮겨왔다. 그러나 이황과 달리, '도'의 근원적 모습이 일상 너머에 높이 있는 것이 아니라 땀 흘리고 애쓰며 사는 현실 한가운데 있다고 했다. 윤선도와 달리, 생활에서 멀어진 자연에의 흥취가 아니라 생활현장 한가운데에서 흥취를 찾는다고 했다. 이휘일의 시조를 본보기로 들어 보자.

> 서산에 ᄒᆡ 지고 ᄑᆞᆯ 긋테 이슬난다
> 호뮈를 둘너 메고 돌 듸여 가쟈ᄉᆞ라
> 이 중의 즐거운 뜻을 닐러 무슴ᄒᆞ리오48)

이 시조는 하루 일을 마치고 집으로 돌아가는 모습을 그린 제8연이다. 자연과 농사일을 융합하여, 자연의 시간질서에 맞추어 살아가는 모습이 긍정적으로 드러나 있다. 그것은 '즐거운 일'이다. 이 '즐거움'은 이황이 먼저 드러냈던 것이다. 이황은 자연의 질서에 대한 인식과 그것을 내면화한 성현을 배워 가는 것이 '즐겁다'고 했다. 이휘일은 자연의 질서를 표면에 부각시키지도 않고, 더구나 성현을 배우는 책과 공부를 말하지도 않았다. 윤선도와 달리 자연만을 부각시키지도 않았다. 그는 그러한 모든 것을 '생활' 속으로 수렴했다. 생활에서만 질서의 인식이 보람 있게 되는 것이다. 그것은 특별히 교훈을 내세우지도 않는다. 질서에 맞추어 생활을 잘 하는 것이 교훈인 것이다. 그것이 바로 이 '생활'이 '즐거움'과 더불어 존재할 수 있는 비결이다. 즐거움을 자연이나 성현에서 찾지 않고 생활에서 찾는 것, 이것은 그 질서 개념이 이제 사람들의 구체

48) 이휘일, 〈楮谷田家八曲 夕〉, 윤영옥 편, 《시조의 이해》, 영남대학교출판부, 1986, 225쪽.

적인 생활에까지 침윤되어 내재화했음을 말해 준다.

여름을 노래한 3연에서는 불같이 달아오른 밭에서 땀 흘리며 일하는 모습을 그렸다. 곡식 알갱이 하나하나가 모두 신고(辛苦)의 노동의 결과임을 말했다. 그리고는 바로 이어 가을의 풍성한 곡식을 보였다.

> ᄀᆞ을희 곡셕 보니 됴흠도 됴흘세고
> 내 힘의 닐운 거시 머거도 마시로다
> 이밧긔 천사만종(千駟萬鍾)을 부려 무슴ᄒᆞ리오[49]

여름의 땀이라는 '내 힘'과 여름 지나 가을이라는 계절의 질서가 곡식을 이루었다. 자연의 질서인 가을은 저절로 오는 것이지만, 그 질서를 따라야 하는 '사람'은 그 질서에 맞추어 땀을 흘려야 한다. 그러나 그렇게 하는 것이야말로 '먹어도 맛'이 나는 보람 있는 행위다. '땀'은 자기 개인의 무질서한 생활에서는 나오지 않는다. 놀고 싶을 때 놀고 쉬고 싶을 때 쉬는 본능을 이겨내고 객관 세계의 질서에 자기를 맞추어 나가는 데서 땀이 나오는 것이다. 그러나 이 땀이야말로 결과적으로는 보람을 가져오는 것임을 말하고 있다.

종장에서 '천사만종'은 벼슬살이를 말한다. 농촌에서의 삶이 벼슬살이 부럽지 않다는 것이다. 이현보가 세속의 벼슬살이를 버리고 자연으로 돌아갈 것을 소망한 것처럼, 벼슬살이에 대한 대립의식을 보여 준다 할 것이다. 그렇지만 여기서는 돌아가는 곳이 자연이 아니라 농촌이다. 자연에는 휴식이 있지만, 농촌에는 노동이 있다. 이황이 돌아간 자연에는 관념이 있지만, 이휘일의 농촌에는 살갗에 흘러내리는 땀이 있다. 윤선도의 '십장홍진(十丈紅塵)'의 대립항으로 자연이 아니라, 농촌을 택한 것은 관념이나 도피가 아니라 현실이고 참여라는 점에 의의가 있다.

---

49) 이휘일, 〈楮谷田家八曲 秋〉.

밤의란 ᄉᆞ출 ᄭᅩ고 나죄란 ᄠᅱ를 부여
초가집 자바ᄆᆡ고 농기(農器)점 ᄎᆞ려스라
내년희 봄 온다 ᄒᆞ거든 결의 종사(從事)ᄒᆞ리라[50]

겨울에는 논밭에 나가 하는 일은 없다. 그러나 새끼 꼬고 띠를 엮어 초가를 매고 농기구를 점검해 두는 일을 한다. 이것은 내년 봄을 위함이다. 봄은 다시 '밭에 나가서 이웃집 일을 먼저 하자'는 2연으로 돌아가는 계절이다. 그것은 위에서 본 것처럼, 내면화된 질서의식의 외화(外化)가 구현되는 계절이다. 이러한 방식으로 계절이 순환된다. 삶은 이 순환 속에서 생산과 질서를 얻는다. 이휘일의 시조는 이러한 내용을 표면에 드러내지 않고 친숙한 어휘로 포장해 제시한다.[51] 사대부 시조는 이들에 와서야 도가적 경향성에 대한 시비에서 완전히 벗어날 수 있다.

3. 자연관 차이의 현실적 기반

우리의 관심은 같은 사대부들이 이토록 서로 다른 자연관을 갖게 되는 연유를 어떻게 설명할 수 있는가로 옮겨 간다. 이황과 신흠의 거리보다는 신흠과 윤선도의 거리가 훨씬 가깝다. 그런데 우리는 이황과 신흠이 그들의 시조만큼이나 그 삶의 토대가 다르다는 점에 주목할 수 있다. 물론 두 사람 모두 성리학을 모태로 한 사대부 유학자라는 것과, 중앙 관료의 삶을 살았다는 공통점을 전제로 한다. 그렇지만 시대적인 차이가 크게 작용했다.

이황은 사화기의 인물이다. 사화란 훈구파에 밀려 산림으로 들어갔던 사림들이 중앙 정계로 진출하려는 과정에서 훈구파들에게 입은 제재다.

---

50) 이휘일, 〈楮谷田家八曲, 冬〉.
51) 신연우, 앞의 책, 145~149쪽.

이황은 결과적으로 이런 사림의 이념적 바탕을 마련하는 철학을 세운 사람이다. 그 철학이 이황의 이기이원론이다. 선(善)의 이(理)와 악(惡)의 기(氣)를 대립시켜 세상을 이원화하는 것은 부패한 정치세력인 훈구파와 유학의 순수한 이념을 구현하려는 사림의 대립에 잘 맞는다.

이황은 그 이념의 근원에 자연을 두었다. 중앙 정계에 대비했을 때, 산림인 그의 기반이 자연인 것이다. 그는 산림인 자연에서 중앙으로 진출이라는 사림의 과제에 이념적 토대를 마련했다. 그의 자연은 현실 정치세력인 중앙정치를 포섭하는 것이었고 현실에 지속적으로 연계를 맺는 것이었다. 그 자신은 여러 번 물러나기를 원했고 시골에 물러나 살았지만, 그의 사상은 사림세력의 중앙 진출의 토대가 되었다. 그것은 그의 의도가 아닐지 모르나, 시대적 소임이었던 것으로 여겨진다.

이황의 강호가도(江湖歌道)인 자연시조는 자연에서 도학을 발견하는 것이었다. 도학이란 현실 생활, 현실 정치를 이끌어가는 구심점이다. 그의 시조에서 자연이 현실과 단절되지 않고, 지속적으로 현실을 포섭하고 도학을 구현하려는 것은 그의 시대적 사명과 같은 구도다.[52]

사림은 선조 대가 되면 중앙에 자리를 잡는다. 그러나 광해군 때에 또 한번의 시련을 맞게 된다. 신흠이 살던 때가 이때다. 잘 알려진 바와 같이, 광해군의 행악 때문에 관료들은 관직에서 쫓겨난다. 신흠도 바로 이때 광해군이 방축하여 김포로 내려갔다. 성기옥의 상세한 조사에 따르면, 이때가 1613년 계축년으로, 김포에 내려와서 그의 시조 〈방옹시여(放翁詩餘)〉를 창작했다.[53]

이렇게 보면 신흠은 이황과 반대로, 중앙의 현실 정치를 담당하던 관료에서 전원이 있는 지방으로 물러난 것이다. 이황이 자연에서 중앙 진

52) 이황 시조와 이이 시조의 차이도 재야 처지의 이황과 그 뒤에 태어나 사림 집권을 일찍 본 이이의 차이에서 온 것일 수 있다(신연우, 《조선조 사대부 시조문학 연구》, 박이정, 1997, 100쪽).

53) 성기옥, 앞의 글, 1996.

출 내지 포섭의 원리를 연계했던 것과 달리, 신흠은 중앙에서 밀려나 지방으로 방축되었던 것이다. 이 방축에는 어떤 원리도 이념도 없었다. 단지 중앙의 악한 군주와 지방의 순수한 자연을 갈라놓는 구실을 했다. 따라서 이 자연에는 어떤 원리도 없다. 단지 중앙 정치세력과 분별하는 것으로만 있다.

원리가 없는 자연은 경관의 대상이고, 심미적 탐구의 대상이 된다.54) 그래서 여러 사람이 지적했듯이, 신흠이나 윤선도의 시조는 그 이전 사림들의 시조에 견주어 미적인 어구를 더 많이 사용하게 된다. 가령 "눈 후(後) 둘 빗치 물그미 그지 업다"라거나 "압희는 만경유리(萬頃琉璃) 뒤희는 천첩옥산(千疊玉山)"과 같은 수사는 이들의 특장이다.

---

54) 이 점 때문에 이황의 시조보다 후대인 신흠 등의 시조가 강호와 세속의 분리의식이 약하다고 평가된다. 김흥규는 16세기 사림의 시조는 사림이 중앙 정계를 장악하지 못하여 강호-세속의 배타적 이분법이 강했다고 보았다. 선조 이후 이런 도학주의적 비타협적 비전은 약해지고 이분법적 세계 인식도 준별되지 않게 되었다고 보았다(김흥규, 〈16, 17세기 강호시조의 변모와 전가시조의 형성〉, 《욕망과 형식의 시학》, 태학사, 1999, 186~187쪽). 이러한 견해는 이 글과 대립된다.

김흥규는 강호-세속의 대립이 매우 높은 표현 수준을 보이는 것으로 이현보·이별·이황·이정·고응척·권호문을 들었다. 그러나 이들은 성격이 서로 다르다고 생각된다. 이황의 자연과 이현보의 자연은 다르다. 이현보의 자연은 이별과 함께 윤선도에 가까운 이분법을 보여 주는데, 이는 이황이 추구하는 자연의 모습이 아니다. 고응척과 권호문은 강박적 이분법을 보이는데, 이 역시 이황이 보여 준 것과 다르다. 이들의 시조는 자연과 세속을 기계적으로 구분하여 그 둘 사이의 단절을 보이고 있다. 이들의 시조는 김흥규가 말하는 훈구파와 대척적으로 싸우는 16세기 사림의 정치적 입지에 맞는 것이다. 결국 단순히 문면의 표현에 의해 강호-세속의 단절로 함께 묶기에는 석연치 않은 면이 있다는 것이다.

김흥규는 가령 이황이 '고인(古人)의 길'이 참된 가치의 길로서 혼탁한 세속의 길과 준별되는 점을 강조했는데, 그것은 단절을 말하기 위해서가 아니라 그 길로의 참여를 말하기 위해서다. 그것은 '우부우부(愚夫愚婦)도 알며 하거니 긔 아니 쉬온가'의 권유와 참여의 길이다. 구분은 있지만 연결을 꾀하는 이황의 시조와 단절 자체를 지향하는 이현보나 이별의 시조와는 다른 것이다. 김흥규는 이이를 이황과 다른 경향으로 파악했지만, 그 권유는 '벗님네를 오라'고 하는 이이의 시조로 이어지는 것이다.

후술하겠지만 이황이나 이이의 시조 같은 것은 사실 예외적 작품이다. 이현보나 이별의 것은 윤선도까지 찾아지는 일반적 대립 양상을 보이는 더 보편적인 것이다. 고응척과 권호문은 성리학의 도학이 교술적으로 시조에 이입된 것이다.

신흠이 현실을 선별적으로 이해하여 수용·배척하지 않고, 몰아서 하나로 인식해 자연과 대치시키고 있음은 광해군에 대한 그의 태도에서 드러난다. 광해군은 임해군·능창군·영창대군 등 형제를 죽이고 인목대비를 폐하는 폐륜을 저지른다. 이는 물론 그의 힘으로 지탱하기 힘든 왕위를 지키려는 그의 필사적 몸부림이었다. 이에 대해 사림은 윤리적으로 문제를 삼는다. 그러나 사림에게 더 큰 문젯거리는 광해군이 새로 흥기하는 만주인과 외교관계를 수립하고 명에 대한 기존의 사대외교를 백지화하려 한 것이다. 이는 다른 일이다. 그러나 그는 이 둘을 같은 문제로 이해했다. 그래서 광해군을 몰아내고 인조반정(仁祖反正)을 일으킨다.

이것은 신흠과 같은 당시의 사대부 관료가 현실을 악 아니면 선의 양분 구도로 이해하고 있음을 보여 준다. 광해군의 정책은 선악이 아니라 현실적 이해였다. 그것은 철저하게 '기' 안에서의 대결이었으나, 신흠은 '기' 자체를 악으로 이해해 배척했던 것이다.

그러나 신흠 시조에서는 선악의 대립이 강하게 드러나지는 않는다. 다만, 현실과 자연을 이념이나 원리 없이 대립시켜 놓는 구도만을 드러냈다. 그래서 그 자연은 미적 공간, 자기의 개인적 심회를 풀어놓는 위기의 공간이 되게 했다. 이 위기는 술을 마시고 노는 일로 나타나기도 한다. 신흠 시조는 이 정도에서 그친다.

선악의 대립은 윤선도에서 뚜렷이 드러난다. 그것은 신흠의 경우 왕인 광해군을 포함한 현실세계의 단순한 대립이었으나, 윤선도의 경우는 송시열의 노론과 싸우면서 왕인 효종을 끌어들여야 했던 데 말미암은 것이다. 노론을 강하게 악으로 인식하는 것이 왕을 자신 쪽으로 끌어당기는 힘이 되는 것이다. 그가 실제로 나중의 1, 2차 예송에서 보여 준 송시열에 대한 적대감은 왕을 뺏기지 않겠다는 남인의 의지로 읽힌다. 그러나 그가 현실적으로 거듭 정치에서 패배함으로써, 윤성근이 말한 '내적 윤리'[55]에 빠지게 되었다. 그것은 〈오우가〉에서 보이듯이, 그가 찾는 관계의 대상이 사람이 아니라 행위가 없는 식물로 국한되는 윤리로서

'행동의 윤리보다 개인의 인격 완성'에 더 관심을 갖는 것을 말한다. 이 '내적 윤리'는 바로 자신과 식물인 자연은 인격완성을 얻으므로 윤리적이지만, 다른 사람은 그렇지 않아 윤리적이지 않다는 판단을 유도한다.

이런 점들은 신흠과 윤선도의 시조가 비슷하면서도 다른 점을 말해 준다. 또, 이황·신흠·윤선도가 같은 유학자의 범위에 있으면서도 다른 경향의 시조를 쓰게 된 사정을 말해 준다. 그러나 또 하나의 문제는 이현보나 이별의 시조와 같은 강호—세속 단절의 시조가 이미 이황에 앞서 존재한다는 점이다. 그런 시조는 이황보다 오히려 윤선도의 시조에 가깝게 여겨진다.

이현보는 이황과 같은 시대인이고 늙도록 벼슬살이도 오래해 정치적 패배와 별 관련이 없는 사람이다. 그런 사람의 시조가 윤선도의 시조와 비슷한 위기의 공간으로서 시조를 보이는 이유는 무엇일까? 시대적 구실에 따른 이유를 댈 수는 없지만, 한 가지 이해 방법은 이현보나 신흠, 윤선도 같은 위기의 시조가 이황과 같은 위인의 시조보다 더 보편적인 것이라는 점이다. 즉, 이황의 시조는 예외적이며 특별한 것[56]이고, 일반적으로는 이현보나 윤선도의 시조 같은 것이 더 자주 나타날 수 있다는 것이다. 이황의 시조는 특별한 훈련을 받은 정신적 경지를 요구하는 것과 달리, 위기의 시조는 더 쉬운 길, 도피와 위안의 기능을 하기 때문이다.[57]

이현보는 이황에 앞서 사림에게 자연을 발견하게 한 공이 있다. 아직

---

55) 윤성근, 앞의 책, 190쪽.

56) "이황의 시조와 같은 것은 오히려 예외적인 편이다. 시조는 도학자의 것만이 아니고, 도학자의 시조가 아닌 시조가 더 많다는 말이다."(조동일, 〈시조의 이론, 그 가능성과 방향 설정〉, 《우리문학과의 만남》, 기린원, 1988, 171쪽).

57) 그것은 마치 사막의 모래언덕에서 공이 바람에 불리는 것과 같다. 이 경우 공은 모래언덕 위에 얹힐 확률보다 평평한 곳에 놓일 확률이 월등하다. 이것은 일종의 사고(思考)의 엔트로피라고 할 수 있을 것이다. 사고는 특별한 힘을 가하지 않는 한 항상 모래언덕 같은 특정한 경지에서 내려와 낮고 편안한 상태를 지향한다. 물의 경우 특정한 열을 가하지 않는 한 뜨거운 물이기보다 차가운 물이기 쉬운 자연의 경향이 그것이다(바이세커(Weizsäcker)/강성위 옮김, 《자연의 역사》, 삼성문화재단, 1975, 65~91쪽).

사림이 중앙에 본격적으로 진출하기 전, 화(禍)를 받고 있을 때, 이현보는 최진원이 말한 '당쟁하의 피세' 관점에서 자연을 발견해 이황에게 넘겨주었다고 할 수 있다. 이현보는 아직 자연에서 경(敬)이나 이(理)와 같은 도학적 원리를 발견하지 못하고 단순한 위안의 자연을 보여 주었지만, 그것을 이황은 도학적 자연으로 완성했다. 결국 위기의 자연은 위인의 자연보다 일반적인 것이고, 그때그때의 상황에 따라 쉽게 나타나는 것이지만, 특정한 원인이 제공될 때 더 높은 경지의 자연의 모습으로 전화되는 것이다.

이것을 굳이 노장사상의 영향이라고 볼 필요는 없다. 유학사상 안에서도 자연 친화에 대한 이론적 근거는 얼마든지 있고, 자연에 대한 지향성은 어떤 사상의 정립 이전에 언제든지 가능하다.[58] 이황과 이이 같은 사람은 그 자연에 성리학적 이념을 첨가했던 것으로 이해하면 될 뿐이다. 그렇게 마련된 성리학적 이념이 나중에는 전가(傳家)의 보도(寶刀)가 되어 사대부들에게는 경학시조(經學時調)로, 일반인들에게는 오륜(五倫) 위주의 훈민시조(訓民時調)로 나타나는 것은 그 적용이 이미 기계적

---

58) 위에서 윤성근이 윤선도의 시조가 무위의 경향이 있지 않다는 점을 해명했다고 했다. 그러나 이황에게조차 우리는 유학자에게서 기대하기 어려운 무위의 경향을 보게 된다. 이황의 《退溪先生言行錄》 권 2에 "君子之學 爲己而已 所謂爲己者 卽張敬夫所謂無所謂而然也 如深山茂林之中 有一蘭草 終日薰香 而不自知其爲香 正合於君子爲己之義宜深體之"라 했다. 여기서 우리는 무소위이연(無所謂而然)에서부터 심산(深山)의 난초(蘭草)로 옮아가는 논리를 본다. 이는 유학식 자연친화 논리의 하나다. 이황이 매화와 신선을 소재로 한 한시를 여러 편 남긴 것도 바로 이 논리의 연장이다. 윤성근이 윤선도의 시조는 전혀 무위의 경향이 있지 않다고 했지만, 이 논리로 접근하면 윤선도 시조에서 무위의 의의를 찾을 수 없는 것도 아니다. 이황은 이러한 위기의 자연을 넘어서서, 위인의 자연공간을 시조에서 제시했던 것이다. 물론 이 과정은 이황에게는 단속없이 이어진 과정이었겠지만, 윤선도나 신흠의 시조에서의 자연처럼, 위인의 공간으로까지 올라서지는 않았던 것이 더 보편적이고 접근하기 용이한 자연관이었다는 것이다. 또한 이황과 같은 시대 유학자였던 이언적에게서도 자연이 도학적 이념 체현의 장이면서도 동시에 무위의 이상향으로 나타난다는 점, 그것이 '도가의 물외한인(物外閒人)적인 것이 아니라 무작위하고 순천리(順天理)하는 가운데 얻을 수 있는 도학적 무위의 이상향'이라는 장도규의 연구도 위의 논지를 돕는다(장도규, 〈회재 이언적의 자연인식〉, 《국어국문학》 124집, 1999, 181쪽).

이 되어가는 모습을 보이는 것이다. 경학시조와 훈민시조가 시조의 본령이라고 말하는 것은 잘못이다. 자연 전체를 대상으로 한 일반적 수준의 자연시조로 범위를 확대할 때 사대부 시조와 기타 많은 자연소재 시조들을 무리 없이 이해할 수 있다.

이렇게 이해하면 최근 부상되는 전가시조(田家時調)에 대한 논의도 쉽게 정리할 수 있다. 위기의 자연시조 범주를 벗어나지 않으면서 이황과 이이 시조의 생활성의 맥을 이은 시조들이 이른바 전가시조들이다. 이들 전가시조는 신흠이나 윤선도의 시조보다, "세상에 대한 실천적 관심 속에, 자연을 매개로 한 인간사의 질서 정립, 인간사를 위한 자연의 상찬을 보여주는 것으로, 학문과 교훈을 내세우지 않고도 사회질서를 구현하는 개인의 내면적 질서의식을 자각하고 실천할 수 있는"[59] 시조의 맥을 이은 것이다.

특히 이들 시조에는 사대부가 백성을 일방적으로 가르친다는 생각을 버린 점이 의미가 있는데, 여기에는 물론 조선초기의 사회실정과 달라진 시대 분위기가 큰 영향을 끼쳤을 것이다. 주세붕으로 대표되는 백성을 가르친다는 사대부의 입장이 이휘일에 오면 완전히 사라진다. 가장 큰 영향을 미친 것은 아마 임진 · 병자 양란이었을 것이다. 양반들이 마련한 제도와 성리학적 규범이 조선전기에는 신뢰를 받을 수 있었겠지만, 양란 이후는 지속될 수 없었다. 나라를 지키지 못한 지배층에 대한 불신과 곳곳에서 일어난 민중영웅과 의병운동은 백성의 역량에 대한 믿음을 쌓아 나가게 했다.

이런 현상은 공고했던 15, 16세기 사대부의 성리학이 16세기 말부터 현실 지탱의 이론적 구실을 하는 데 부족한 점을 드러내기 시작했다는 점과 연관이 있을 터다. 그리고 물론 이것은 임 · 병 양란으로 말미암은 사회적 영향의 크기에 더 큰 원인이 있을 터다. 이런 시각에서 지봉(芝

---

59) 신연우, 앞의 책, 152쪽.

峰) 이수광(李睟光, 1563~1628)과 같이 당대에 이미 성리학적 틀을 벗어나고자 하는 사상가[60]가 여럿 있었다는 점은, 이 시기 사대부 시조의 변이와 시대적 연관을 갖는 것이 아닌가 하는 생각을 하게 한다. 이수광 같은 이는 특히 만년에 성리학을 정학으로 간주하여 연구하였으나, 성리학의 본체인 사단칠정이라든가 이기 해석론에 대하여는 별 관심을 갖지 않았으며, 당대의 시대적 주제였던 예설(禮說)에도 별 흥미를 갖지 않았다. 그리고 이황이 위기의 학문을 드러내 강조한 것과 대조적으로, 이수광은 개인의 사사로운 처지에서는 위기가 중요하지만 집단을 위한 공인의 입장에서는 공공의 이익[致用]을 위한 위인의 공무에 힘써야 한다고 했다.[61] 그는 "'도'는 민생의 일용지간(日用之間)에 있다. 여름에 베옷을 입고 겨울에 갖옷을 입으며, 배고프면 먹고 목마르면 마시는 것이 '도'"라고 했다. 불가나 도가류의 발언처럼 들리기도 하지만, 이수광이 강조하고자 한 것은 성리학적 사고의 틀을 벗어나서 '도'의 목적이 백성의 삶을 향상하는 것이라고 말하는 것이다.

이런 견해를 전가시조와 연관 짓는 것은 우스운 일이겠지만, 당대에 전기 성리학의 틀을 깨는 새로운 경향의 사상이 나타나기 시작한 것과 전기의 도학적 세계관을 바탕으로 한 시조의 틀을 깨는 새로운 경향의 시조가 나타나기 시작한 것은 넓은 견지에서 함께 고찰해 볼 필요가 있겠다. 17세기 초반 조선 사상계는 이황학파나 이이학파의 주자성리학과는 다른 면을 보는 다양한 사상 조류가 존재했고, 지역적으로도 다양한 편차를 보이고 있다[62]는 일반적 경향 속에서 제시되는 것이라면 그리 큰 무리는 아닐 것이다.

60) 이민홍, 〈지봉 이수광의 조선중기 사단 인식〉, 《조선중기 시가의 이념과 미의식》, 성균관대학교출판부, 1993, 393쪽.

61) 윤사순, 〈지봉 이수광의 무실사상〉, 《한국유학사상론》, 예문서원, 1997.

62) 고영진, 〈16세기 후반 ~ 17세기 전반 서울 침류대학사의 활동과 그 의의〉, 《조선시대 사상사를 어떻게 볼 것인가》, 풀빛, 1999, 198쪽.

4. 맺음말

이 글은 윤선도와 신흠의 시조를 도가적 경향으로 파악하는 문제에 대해 다음과 같은 논의를 전개했다. 첫째, 그렇게 볼 수 있는 면이 그들 시조 안에 있는 것은 사실이다. 그러나 그것은 도가적이라고 단정하기에는 너무 넓은 자연 지향을 보인다. 둘째, 이황의 시조는 '위인'을 목적으로 하고 있으나 이황도 신선을 소재로 하는 한시를 여러 편 남겼다는 점을 볼 때, 이황을 도가와 연결할 수 없다면, 신선 소재시가 나타난다고 그것을 바로 도가적 경향과 연결하는 것은 옳지 않다. 셋째, 그렇다면 윤선도와 신흠 등의 시조에 보이는 도가적 경향이라고 하는 것은 '위기'의 측면이 극대화되어 나타난 것으로 볼 수 있다. 위기는 자연에 대한 탐닉과 유흥 등 자신의 즐거움을 위한 것으로 나타난다. 위기의 공간을 수용하면 굳이 도가적 성향이라는 무리한 해석을 하지 않아도 유학 안에서 그런 성향을 이해할 수 있다. 넷째, 이황과 윤선도에서 보이는 두 경향의 시조는 이휘일 등 전가시조에 이르러 현실 공간에서 하나로 수렴된다.

이러한 결과는 우리 시가문학에서 도가사상을 배제하려는 것이 결코 아니다. 다만 도가사상을 연결하려면 도가사상의 본질적 측면이 어떻게 침윤되어 있는지를 설명해야 한다. 지금의 상황에서는, 오히려 시조의 담당 계층인 사대부들의 사상과 연관 지어 이해하는 것이 더 자연스럽다. 이렇게 볼 때 우리는 이휘일 등의 전가시조까지 일관성 있게 이해할 수 있었다. 그들의 시조를 도가적 경향과 연결하고 나면 이휘일 등의 시조는 또 다른 설명의 틀을 가져야 한다. 그보다는 이황에서 이휘일에 이르는 다양함을 하나의 사상적 변주로 이해하는 것이 아직은 더 타당해 보인다. 도가에 대한 연구가 축적되고 사대부들이 도가를 사상이나 문학에서 어떻게 수용했는지가 또 다른 측면에서 일관성 있게 밝혀지기까지는 이러한 이해가 더 적응성 있어 보인다.

나아가 현대시조가 이어야 했을 부분이 선초의 양반시조가 아니라 그 두 경향을 결합해 완성한 전가시조, 생활시조였다면 더 설득력이 있지 않겠는가 하는 문젯거리를 생각해볼 수 있다. 사설시조를 이어야 했다는 견해도 있지만, 사설시조가 보여 주는 지나친 분방함에 거부감을 갖고 있는 사람도 전가시조의 생활성에는 손을 들어주었을 것이다. 현대시조가 더 많은 지지를 얻고, 도남 조윤제가 말한 생활시로 확산되는 길로는 전가시조를 잇는 것이 더 나은 길이 될 것이라는 게 현대적 문제의식이다. (《시조학논총》 17집, 한국시조학회, 2001)

조선전기 관인(官人) 농촌시의 구도

1. 머리말

조선은 고려말의 중소지주층이었던 신흥사대부가 주력이 되어 일으킨 새로운 나라다. 신흥사대부는 농촌 현지에서 실무에 직접 간여하면서 농민 생활의 고초를 지켜보았다. 동시에 그 고초의 원인이 귀족계층의 부패와 무능이 낳은 농민 착취에 있다고 파악했다. 조선 건국이란 적어도 명분으로는 농민을 착취에서 구제하기 위한 것이었다.[1]

신흥사대부는 농민을 소재로 한 시를 많이 남겼다. 김극기 · 이규보 · 최해 · 이곡 · 윤여형 · 정도전 등 여러 사람들이 농민생활의 핍박함을 사실적으로 그려냈다.[2] 이들의 시는 대개 농민의 비참함을 고발하는 성격을 갖고 있다.[3] 이들의 시에서 바라보는 세상은 비관적이고 뒤틀려

---

1) "이성계 일파는 그들의 전제개혁을 당시 권문세족에게 가혹한 수탈을 당하던 농민을 구제하기 위한 것이라고 하면서 인정(仁政)을 표방하였다"[최승희, 《한국사》 22(조선왕조의 성립과 대외관계), 국사편찬위원회, 1995, 18쪽].

2) 조동일은 중세후기로 문학사적 전환을 언급하면서 이 시기에 "산천의 아름다움이 아닌 농촌실정을 문제 삼고 농민의 어려운 처지에 공감하고자 하는 작품이 나타난 것은 이에 따른 전환의 결과였다"고 지적했다(조동일, 《한국문학통사 2》, 지식산업사, 1994, 6-1항 · 6-9항).

3) 가령 다음과 같은 예를 보편적인 성향으로 드러내 보일 수 있다. 최해(崔瀣)의 오언고시(五言古詩)인 〈三月二十三日雨〉의 한 부분이다. "去年乖雨暘/農家未揷秧/萬民樂饑

있다. 그것은 세계의 조화로움이라는 말과 가장 거리가 멀다. 이색의 작품에서 농민의 자족적 삶의 모습을 그린 것도 실은 "농민을 안정시킨다는 정치적 이상을 현실로 구현시킬 수 없는 처지에서 단지" 그려 본 것에 지나지 않으며, "실제 현실과는 거리가 먼 이상"일 뿐이었다.[4)]

그런데 이들이 세운 나라인 조선은 농민의 나라를 표방했으나, 농민의 처지에서 보자면 주인만 바뀐 것이었다. 즉 "결국 구귀족의 토지를 빼앗아 이성계 일파와 신진관료들에게 재분배한 것이었고, 농민은 토지분배에서 제외"[5)]된 결과를 낳고 말았다. 그러나 이들은 새 왕조가 개창된 이상 자신의 명분, 즉 농민을 구제했다는 기치를 내릴 수 없었다. 이들은 나아가 새 나라가 주나라를 모범으로 한 이상적 국가라는 관념적 생각을 구현해 나가게 되었다.[6)] 그 다른 한편으로 이들은 그 관념에 현실을 맞추기 위한 노력을 지속적으로 보여 농업은 전대에 견주어 많은 발전을 이루게 되기도 했다.

이런 상황에서 이들이 바라보는 농촌의 모습은 집권층의 문학 속성을 그대로 드러내게 된다. 이 경향의 시는 많다고는 할 수 없지만, 왕조 건국의 이유와 관료의 임무가 치민(治民)에 있으므로, 관인문학[7)]으로는 가장 중요한 범주일 수 있다.[8)] 이 글에서 필자는 조선이라는 새 왕조에서 권력을 쥔 훈구세력들이 농촌을 어떻게 바라보게 되었으며, 그것은 그들의 이념과 어떤 관계에 있는지 그 구도를 정리하고자 한다. 그리고

坎/相視顏色凉/今年春又旱/拱手愁慫陽/青泥井水涸/赤血朝暾光/道路多餓殍/郊原阻農桑"(조동일, 위의 책, 222쪽 재인용).

4) 정재철, 〈고려말 신흥사대부의 등장과 한시 — 농민인식을 중심으로〉, 《한국한문학연구》 15집, 한국한문학연구회, 1992, 102~103쪽.

5) 최승희, 앞의 책, 19쪽.

6) 김성룡, 《여말선초의 문학사상》, 한길사, 1995.

7) 이 글의 관인문학은, 관각문학을 담당하는 관인이면서 사림과 대립적 개념이고, 또한 사사로운 창작까지 포괄하는 의미에서 관인문학이라고 정리한 조동일(《한국문학통사 2》, 365쪽)의 개념에 따른다.

8) 임형택, 〈이조전기의 사대부문학〉, 《한국문학사의 시각》, 창작과비평사, 1984, 380쪽.

그들이 농촌시[9]에 지속적인 관심을 갖게 된 현실적 배경을 검토하고 그 변모양상을 정리하겠다.

2. 조선전기 관인 농촌시의 기본 성격

관인 농촌시 작가 가운데 강희맹만큼 농촌의 현실 가까이 간 사람도 없었다. 다른 사람들은 농촌에서 멀어진 느낌을 준다.[10] 그래서 일반적으로 조선전기 관인 농촌시는 관념적으로는 농촌 지향이면서도, 실제로는 농촌의 모습을 직시하지 않으려 한 관인의 위상을 보여 준다. 그 대표적 예로 서거정과 신숙주를 들 수 있다.

서거정의 다음과 같은 시는 그가 농촌을 바라보는 관점을 보여 준다.

큰 비는 오히려 견딜 만하네	大雨尙可言
간조한 땅은 그 이를 입으니.	燥者蒙其利
큰 가물은 오히려 견딜 만하네	大旱尙可言
습한 땅은 그 은덕을 받으니.	濕者蒙其賜
큰 바람은 과연 말할 수 없네	大風不可言
백물이 모두 시들어지네	百物盡憔悴
어찌타 일년 동안에	如何一年內
세 가지 재변이 겹쳐오는고	三災同荐至
세 번이나 탄식, 또 탄식하고	三歎復三歎
이에 시로써 기록하노라[11]	是用詩以誌

9) 농촌시라는 용어가 애민시나 농민시와 비교해서 이 경우 가장 적절해 보인다. 애민시는 주로 고려후기 신흥사대부의 시적 경향을 잘 나타내는 말이고, 서거정 등의 시는 전원시적 경향을 띠기도 하여 농민시라고 하기도 어렵다.

10) 이는 관각문인의 선두에 있는 양촌 권근의 시가 탈자연의 경향을 보인다는 점과 같은 맥락에 있는 것으로 간주할 수 있을 것이다. 전수연은 권근이 "자연의 미감보다는 행동하는 인간의 업적에 가치를 두는 사고"를 보인다고 지적했다(전수연, 《권근의 시문학 연구》, 태학사, 1998, 104~120쪽).

이 시에서 화자가 세 번이나 탄식하고 또 탄식하는 것은 자연의 재변이다. 물론 그 해에 큰 가뭄과 큰 홍수가 있었고 7월 19일에는 큰 바람이 불어 "나무가 다 뽑히고 집들이 모두 무너져 서울 안에 날린 기와가 산더미처럼 쌓이고 온갖 풀과 곡식이 태반이나 말라지고 쓰러져 풍재의 변이 근고(近古)에 없이 심하였다"는 배경 설명이 있으니 그 사실을 지적한 것일 뿐이다. 그러나 같은 시대를 산 성간(成侃)은 어린 자식들이 울어도 밥이나 죽을 끓일 거리를 구하지 못하는 백성의 처지를 말하고, "아전들의 토색질로 늙은 아내가 묶여 있다[里胥來索錢/老妻遭縛束]"고 읊어서, 아전들의 토색질을 직접 거론하기도 하였다[12]는 사실을 염두에 두어야 한다. 서거정이 맹사성과 마찬가지로 백성의 고난은 제도나 관리에서가 아니라 자연재해로 말미암은 것만을 지적하고 있다는 점은 의미있는 사항이다.

여기서 한걸음 나아가 서거정이 농촌을 바라보는 시각은 농촌의 바깥, 농민의 현실 밖에 놓여 있다는 점을 지적할 수 있다.

산굽이 반쯤에 몇 간 띠집	數間茅屋半山隈
오늘 매화를 찾아 말을 달려 도네	今日尋梅走馬回
이웃에선 닭 완숙 대접도 여러 차례	鷄爛屢逢鄰舍餉
술 향기에 옛 사람과 함께 잔을 드네	酒香同擧故人杯
세금에서 도망해 집들은 해마다 주는데	戶因逃賦年年減
아전들은 징병하러 날마다 찾아오네	吏爲徵兵日日來
남은 집 등불 앞에 하룻밤 이야기	剩借燈前一夜話

11) 서거정, 〈七月十九日 夜始陰雲 三更小雨〉, 민족문화추진회, 《국역 동문선》 10, 1998, 126쪽.

12) 성간은 훈구파의 한 사람으로 분류된다. 그러나 그는 훈구파와는 몹시 다른 성향을 보였다. 그는 "용모가 추하고 성격이 괴팍해 웃음거리였다고 하며, 훈구파의 폐쇄적인 의식에 불만을 품은 기질 때문에도 고난을 겪어야 했다"(조동일, 앞의 책, 377쪽). 따라서 성간을 보편적으로 부려(富麗) 섬세(纖細) 예민(銳敏)한 관인문학의 성격을 논하는 범주에 넣기는 어렵다.

시골 생활의 슬픔을 감당하기 어려워라[13] 田家生理絶堪哀

작품 후반부에서 농민 생활의 간고(艱苦)함을 인식하고 있다. 세금과 부역에 '날마다' 시달리는 현실을 잘 알고 있음을 보였다. 그러나 그러한 인식은 지인(知人)과 술을 마시면서 '참 어렵겠다'고 동조하는 차원에 머무른다. 그것이 어떤 식이든 사회적 고발이나 문제의식의 발로로 여겨지지 않는다. 매화를 찾아 말을 달려 온 사람이 시골의 현실 앞에서 충격을 받을 수 있었겠으나, 이 시의 화자는 동정하는 데 머무르는 모습을 보여 준다. 실제로 서거정의 농촌시에는 과중한 세금과 부역에 시달리는 농촌의 모습을 그린 것이 여러 편 있지만, 전체적으로는 이러한 범위의 것들이다. 서거정의 농촌시를 본격적으로 고찰한 백연태는 그의 "애민시가 소극적이고 어투가 가라앉아 있으며, 그저 멀리서 고통을 바라보며 겉만 빙빙 도는 답답한 느낌"을 준다고 지적하고 있다.[14]

농민의 간고함을 멀리서 바라보고, 자연재해를 더 강조하는 서거정의 의식에는 체제를 옹호하려는 의식적 노력이 작용했음을 쉽게 이해할 수 있다.[15] 이러한 의식적 노력은 집권세력으로서 조선 건국의 명분을 확립하고, 계층적 질서를 정립해 사회를 안정시키며, 자신들이 만든 현실이 최선의 것임을 드러내려는 당대 훈구파의 노력에 다름 아니다. 이러한 의식을 뚜렷이 보여 주는 것이 신숙주의 시다.

건듯 바람 불어 온화하니 倏風扇微和
생의(生意)가 넉넉하네 生意乃悠然

13) 서거정, 〈移病〉, 〈四佳詩集〉 권 2(《한국문집총간》 10, 민족문화추진회, 1988).
14) 백연태, 〈徐居正의 愛民詩 考察〉, 《語文研究》 34집, 어문연구학회, 2000, 280쪽.
15) 장호성은 〈직부행(織婦行)〉을 들고 서거정이 "백성들의 처지에 동정을 보내면서도 이를 체제상 당연한 분수라고 무마시키며, 오히려 그들을 독려하여 경제기반을 안정시키려 하고 있는데 이는 중세적 봉건지배체제를 강화해 나가던 당시 시대적 분위기 속에서 문필을 통해 그 역할을 담당했던 시인으로서는 당연한 귀결"이라고 했다(장호성, 〈진일재 성간 연구〉, 《성균한문학연구》 28집, 성균관대학교, 1988, 54쪽).

성인은 하늘 도를 법(法) 받아　　聖人體天道
인(仁) 베풀기를 우선하네[16]　　敷仁以爲先

꽃 피는 풀들이 활짝 예쁘고　　花卉逞姸華
새 짐승들은 숲에서 우네　　禽鳥鳴林薄
마을마다 때에 맞는 비 풍족하니　　村村時雨足
남쪽 밭일이 바야흐로 시작이라[17]　　南畝事方作

맑은 냇물 봇도랑에 그득하고　　淸流滿溝澗
푸른 나무 겹구름에 닿았구나　　綠樹連層雲
농부는 김매기에 분주하니　　農夫走鋤耨
남쪽 밭일이 바야흐로 한창이라[18]　　南畝事方殷

사계절 서로 이어지니　　四序相代謝
농사나 잠업이나 때를 맞출 일　　農桑各趨時
하루라도 그 힘을 앗는다면　　一日奪其力
백성은 춥고 주린다네[19]　　使民寒與飢

이 시는 전체 11수의 오언절구다. '초춘(初春)－춘만(春晩)－초하(初夏)－만하(晩夏)－초추(初秋)－만추(晩秋)－초동(初冬)－만동(晩冬)－잠초(蠶初)－잠만(蠶晩)'의 순서로 되어 있다. 봄에서 천도(天道)를 얻은 성인이 인(仁)을 베푸는 설정이 앞에 섰다. 마지막으로는 백성이 일할 수 있게 해야 한다고 했다. 처음과 끝에서 치자의 도리를 말했다. 그 중간의 내용은 두 가지로 하나는 백성이 할 일을 제시한 것이고 또 하나는 때에 맞춘 자연의 풍족함이다.

16) 신숙주, 〈초춘(初春)〉.
17) 신숙주, 〈춘만(春晩)〉.
18) 신숙주, 〈만하(晩夏)〉.
19) 신숙주, 〈摠詠農桑 題屛風〉, 《保閑齋集》 권 3(《한국문집총간》 권 10, 민족문화추진위원회, 1988, 27・28쪽에 재수록).

이 시는 농촌 현장을 보고 지은 것이 아니다. 이것은 농업의 질서를 원리적으로 말한다. 마지막 연은 농잠은 때를 맞추어 해야 한다는 것과 그것을 가능하게 하는 것이 하늘 도(道)를 본받은 성인, 임금이 할 일이라는 점을 말한 것이다. 계층적 질서 속에서 임금이나 농부나 자기 직분에 충실해야 한다는 원리를 말하고 있다.

이 시는 사시의 질서와 함께 백성의 할 일, 그리고 임금의 덕과 천도의 도움을 함께 언급하고 있다. 이 네 가지 요소의 결합이 본문 내용의 풍족함을 이룬다. 그것은 현실이 아니다. 이 시가 병풍의 그림을 보고 지은 시라 하듯이 어떤 이상적 내용을 담은 것이라 할 수 있다. 현실이 아닌 당위의 제시에 맞춰 현실을 개선하려는 것이 건국 직후 선초 권력층의 희망이었을 것이다. 이 희망에 따라 현실을 바라보려는 강한 욕구가 선초 관인문학에 큰 영향을 주었던 것으로 보인다. 그 결과는 김성룡의 연구 결과와 일치한다. 즉 "현실에 사물의 조화로운 양상이 실현되었으며", "현상의 모든 것은 이미 '도'가 실현되어 현상 속에 나타난 것이 되고 만다."[20] 위의 시에서 보이는바 풍족함의 소망과 '도'의 실현은 같은 위상에 있다.

이러한 관점은 선초 특히 집현전 문인의 애민의식과 이념적 가치 지향성에 말미암은 것으로 보인다. 세종 때 집현전 문인들의 시에는 애민시라고 한 것들이 눈에 뜨인다. 특히 이석형은 창덕궁 개축 공사로 백성의 고통을 격렬하게 형상화하고 대신들을 풍자하기도 했다. 이러한 고발성 애민시는 물론 고려 후기 신흥 사대부의 그것에 닿아 있다. 신숙주의 경우 이러한 애민시는 없지만, 백성을 안정시켜야 한다는 원칙을 강하게 고수하고 있다. 고려말부터 유랑하던 백성들을 세금과 군역을 위해 원래 고향으로 되돌려 보내려는 정책에 대해 신숙주는 강하게 반대한다. 지금이라도 잘 살고 있는 백성을 또다시 고난에 빠뜨리게 된다는

20) 김성룡, 앞의 책, 307쪽.

것이다.[21] 국가 정책에 반대해서라도 백성의 안정을 도모하려는 뜻은 신숙주가 갖고 있는 의식의 지향점을 보여 준다.

그러나 이러한 의식은 이념성을 띠고 있다. 그것은 현실을 당위의 이념에 맞추어야 한다는 데서 나왔다. 그 이념이란 〈몽유도원도(夢遊桃園圖)〉 제찬(題讚)에서 보이는 것처럼 미적이고 도덕적인 것이 하나로 결합된 것이다. 위에 보인 제화시(題畵詩)도 《시경》의 〈빈풍(豳風)〉, 〈칠월시(七月詩)〉를 본받아 지은 것으로 추측된다고 하는데,[22] 그렇다면 그것은 〈몽유도원도〉에서와 마찬가지로 자신의 현실 체험이기보다는 선험적으로 설정되어 있는 어떤 가치 지향적 대상을 놓고 현실을 그에 맞추어 나간 또 하나의 예인 것이다. 위의 시가 병풍의 그림에 붙인 것이라는 점도 마찬가지다. 집현전 학사들 가운데서도 신숙주의 제화시가 설리성(說理性)이 강하다는 지적[23]은 신숙주가 그만큼 이념 지향성을 보여 준다는 것을 말한다.

앞에 인용한 신숙주의 시는 백성에 대한 통치의 원론적 측면을 보여 준다. 현실성보다는 이념성이 앞서지만, 하늘의 도에 따라 백성을 다스려야 하고 백성도 자기 직분의 질서에 따라 살아야 한다는 원리를 천명한다는 사실이 중요하다. 그것은 고려 후기의 농민시를 아직 사대부가 잊지 않고 있기 때문이고, 동시에 집권층으로서 이념을 제시하고 있음을 보여 준다. 다른 면으로 보면, 농민 문제가 이념의 제시 문제로 바뀌는 것은 관인층이 현실의 구체적 농민 모습에서 멀어지기 시작한다는 뜻이 되기도 한다.

---

21) 신숙주, 〈泰安郡壁記〉, 《보한재집》 권 14(《한국문집총간》 권 10, 민족문화추진위원회, 1988, 113쪽에 재수록). 본문의 내용은 김남이, 〈집현전 학사의 문학 연구〉, 이화여자대학교 박사논문, 2001, 102쪽에서 인용.

22) 김남이, 위의 글, 163쪽.

23) 이종묵, 〈신숙주의 생애와 시세계〉, 한국한시학회 편, 《한국한시작가연구》 2, 태학사, 1996.

3. 강희맹의 농촌시, 〈농구(農謳)〉

이러한 구도 속에서 농민에게 가장 가까이 간 관인은 강희맹이다. 조선전기 관인 농촌시의 대표작은 강희맹의 〈선(選)농구(農謳)〉다. 이 작품은 허균이 《국조시산(國朝詩刪)》에서 강희맹의 대표작으로 꼽았고, 《동문선(東文選)》에도 수록되었으며, 병와 이형상도 조선전기 대표작으로 높이 평가했다.[24] 당연히 이 작품을 우선 고려해야 조선전기 농촌시 양상의 실마리를 잡을 수 있다.

강희맹은 1424년에서 1483년까지 살았다. 세종 6년에서 성종 14년의 시기다. 조선왕조가 창업의 기틀을 일단락 짓고 문물을 정비하여 완성되는 시기다. 다른 말로 하면, 세조로 대변되는 왕권의 강화와 그에 편승한 귀족세력의 정립기라고 할 수 있다. 이 시기 말에 이르러 사림세력이 고개를 들기 시작했다. 다른 한편으로 이 시기는 농업의 발전이 있었고, 후기에는 치세의 융성기로서 권력층의 폐단, 즉 부(富)의 과도한 축적과 문화의 부려(富麗)함이 극대화되는 시기다. 강희맹은 세종 29년 문과에 급제해 세조 때 형조판서를 지내고, 예종 때 남이를 죽인 공으로 익대공신이 되었다. 성종 때 이조판서와 좌찬성을 지냈고, 말년에는 사림의 탄핵을 받고 사림파에 대한 비판적 견해를 갖게 된, 이른바 훈구파의 대표적인 인물이라 할 수 있다.

이런 인물이 농촌에 거주하면서 농사를 짓고 촌로들과 이야기를 나누고 농사 경험을 책으로 펴내기도 하고 농촌시를 남기기도 했다. 그의 농촌시는 《금양잡록(衿陽雜錄)》에 〈농구〉라는 이름으로 남아 있다. 그런데 〈농구〉도 두 가지의 성격을 띠고 있으며 또 〈농구〉와는 전혀 다른 성격의 농촌시도 그의 작품으로 남아 있다. 우선 그 점을 고찰해 보기로

24) 정용수, 〈사숙재 강희맹 시연구〉, 성균관대학교 박사논문, 1990, 40쪽에서 재인용.

한다. 〈고우탄(苦雨歎)〉이라는 시가 있다.

이미 지나간 천년 일을 알 수는 없지만	旣往千載不可知
금년 같은 곤궁함은 듣도 보도 못 했네	見聞無有今年窮
홍수가 난 해는 마르고 가문 해는 습해서	澇年宜燥旱宜濕
이쪽이 궁하면 꼭 저쪽이 통하는 것인데	那窮必有這邊通
백성의 지금 생애는 참으로 어려워라	民今生理太局蹙
가뭄과 홍수가 끝없이 이어져	旱潦無極連始終
큰 파도를 기울여 타는 솥에 붓는 듯하고	如傾巨浪沃焦釜
더러운 진흙이 잘 자란 곡식을 덮어버리네	泥汚后土理芃芃
노인이 나이 들어 죽는 것은 분수겠지만	老人年老死自分
눈앞에 아이들 고생이 애도래라[25]	哀我眼前虧兒童

이 시의 특성은 두 가지다. 하나는 백성의 고난을 현실 그대로 묘사하고 있다는 점이다. 이 점은 고려 말 신흥 사대부들이 농민의 참상을 고발하는 많은 애민시를 남겼던 전통을 잇는 것으로 볼 수 있다. 조선초 국가적으로 농민을 위한 정책을 발의했고, 실제로 많은 발전이 있어서 고려말보다 훨씬 호전되어 있었다고 하지만, 세종 때에도 15퍼센트의 지주가 43퍼센트의 전지를 점유하고 있었고, 토지를 소유한 농민이라 해도 그 규모는 1, 2결에 불과한 실정이었던 것이다.[26] 이 상황에서 절대다수의 농민은 곤궁한 생활에서 벗어나기 어려웠다. 강희맹 자신도 《금양잡록》 〈농담(農談) 2〉에서 농민의 열악한 현실 상황을 제시하기도 했다.

이 시의 다른 특징은 고려말 애민시와 달리, 농민의 궁핍과 고난의 원인이 귀족이나 관료나 정부에 있지 않고 자연재해에 있다고 말하는 것이다. 이것은 무엇보다 조선이 농민을 위한 많은 정책을 시도하던 현실에서, 농민의 곤궁이 정부나 관리들 책임이라고 돌릴 수는 없던 사정 때

25) 강희맹, 《사숙재집》(《한국문집총간》 12, 민족문화추진회, 1996, 51쪽에 재수록).
26) 이재룡, 《한국사》 24(조선초기의 경제구조), 국사편찬위원회, 1994, 2쪽.

문인 것으로 볼 수 있다. 그 예로 이앙법(移秧法)을 들 수 있다. 이앙법의 효과가 알려진 것은 이미 고려후기 13세기 말이지만, 그 기술을 도입하려고 국가적으로 노력한 것은 조선에 들어서였다. 그러나 수리시설의 미비로 이앙법은 금지되고 말았다. 하천수를 활용하기 위해 수차를 개발해 보급하려는 노력이 태종대에 한번 있었고, 세종대에 7년 동안이나 지속되었지만 결국 실패로 돌아갔다.[27] 이앙법을 포기한 것은 천수답으로 돌아가 자연에 의존할 수밖에 없게 된 사정을 말해 준다. 홍수나 가뭄이 지속적으로 발생했고, 그로 말미암은 농민의 피해가 클 수밖에 없던 것이 당시 현실이었다. 관인의 처지, 농업기술 개발을 위한 정책을 펴는 입장에서 정부 쪽을 비난할 수 없게 되었다.

그렇지만 농민 고난의 원인으로 정부의 책임보다 자연재해를 더 강조하는 것에는 현실적인 사정보다 이념적 요인이 더 큰 작용을 했던 것으로 보인다. 그 이념이란, 조선이 농민을 위해 세워진 개혁적 성향의 국가였으며, 국왕의 존재 기반이 명분으로라도 백성의 안위를 보장하기 위한 것이라는 이데올로기다. 그러나 그 방향은 위에서 아래로의 일방적 교화만 있을 뿐이다. 왕의 존재에 의문을 제기할 수 있는 부정적인 언급은 있어서는 안 될 것이었다. 오히려 왕의 덕화(德化)에 대한 칭송이 나타나게 되는데, 그것이 〈농구〉 첫째 수인 〈우양약(雨暘若)〉이다.

성군께서 왕의 위(位)를 세워	聖君建皇極
심오한 덕 가만히 통하시니	玄德潛通
우양(雨暘)이 이미 순조롭네	雨暘時旣若
우양이 모두 갖추었으니	雨暘極備
우리 농사를 하나도 다치지 않네	無一切傷我穡
흙덩이 안 깨지고 가지도 흔들리지 않네	塊不破枝不揚
온화한 기운으로 천하를 태평하게 하네	絪緼調玉燭

---

27) 이태진, 《조선유교사회사론》, 지식산업사, 1990, 79쪽.

아, 늙은 농부들이야 임금 힘입은 줄 어찌 알리　呼老農豈知蒙帝力
즐겁게 밭 갈고 우물 팔 뿐이라네[28)]　熙熙但耕鑿

이것은 조선 초기에 거듭 나왔던 악장과 같은 맥락의 창작이라 할 것이다. 여기서는 '성군－왕－자연－농부'의 위계질서가 보인다. 성군은 황극을 있게 하는 근원적 존재다. 그로부터 천명을 받아 왕이 된다. 천명을 받은 왕은 천명의 뜻에 따르므로 자연을 순조롭게 조절할 수 있다. 그 혜택을 농민이 받는다. 이 상황은 사실 차원이 아니라 이념 차원이다. 당위와 희망의 차원이다.

우양(雨暘)이 순조롭다는 설정은 〈고우탄〉에서 자연재해의 피해를 말한 것과 대극적(對極的)이다. 그것은 전자는 이념의 당위성을 말한 것이요, 후자는 현실의 모습을 그린 것이기 때문이다. 그러나 현실의 고난에는 인위적인 것도 있고 자연적인 것도 있었을 것이나, 강희맹이 후자에서 자연으로 말미암은 것만 다루게 되는 것은, 바로 이념성은 시비하지 않겠다는 훈구파의 태도 때문이라고 보인다. 이념으로는 완벽한 체계를 갖춘 성리학적 질서를 실현했다는 훈구파의 의식이 현실의 자연적 고난은 인정하지만, 왕으로까지 소급하는 천명의 질서를 어지럽히는 것은 용납할 수 없었기 때문이다.

이 점은 강희맹과 같은 시기에 사림의 사종(師宗)이 된 김종직(金宗直)의 농민시와 대조해보면 더욱 뚜렷이 드러난다. 김종직은 세조 때인 1465년 중앙의 사치를 위해 지방민이 수탈을 당하는 상황을 시로 그려냈다.

소바리 새재를 넘고　牛車歷鳥道
논밭엔 남정네 없네　農野無丁男
강가에 누웠는 밤도　江干夜枕藉
아전들 탐욕은 어찌 그리 많은지　吏胥何婪婪

28) 강희맹, 《사숙재집》(《한국문집총간》 12, 민족문화추진회, 1996, 152쪽에 재수록).

조그만 장터 물고기 실오리 같고	小市魚欲縷
주점의 술은 쌀뜨물 같네	茅店酒如泔
돈 추렴해 기생 부르니	醵錢喚遊女
푸른 깃털장식에 분홍저고리 남치마라네	翠翹凝紅藍
백성의 고통은 살과 뼈를 갉는 듯한데	民苦剜心肉
아전들은 제멋대로 취해 지껄이네	吏恣喧醉談
두곡을 속여 또 이문을 남기니	斗斛又計贏
조운(漕運) 관리는 제발 좀 부끄러워해라[29]	漕司宜發慚

여기서 보다시피 사림인 김종직의 농민시는 고려말의 농민시와 더 가깝다. 백성들의 고난은 자연재해보다는 과도한 세금과 수탈 때문이라는 인식이 그러하다. 강희맹도 농민의 고난에 대한 인식이 있었지만 그 원인으로 든 것에 이렇게 차이가 나는 것은, 강희맹은 집권층에 속해 정책을 발의하는 편이었고, 김종직은 집권층의 정책에 대해 비판적인 시각을 가질 수밖에 없는 사림이었기 때문이다. 물론 김종직도 관리로 기용되어 일을 했고 다른 젊은 사림보다는 유화적인 사람이었지만, 기본 시각은 역시 훈구파에 대해 비판적이고 공격적인 것으로 보인다.

사림은 강희맹에 대하여도 몇 차례 탄핵을 했는데, 강희맹은 이에 대해 "지금 보니 젊고 혈기 찬 신진유사들이 날마다 사람 헐뜯기를 일로 삼으니 그 폐해가 장차 어떻겠는가?"[30]라고 했다 한다. 강희맹이 갖고 있는, 사림에 대한 부정적 시각을 알 수 있다. 이러한 차이는 역시 관인과 사림이라는 처지 때문이라고 보인다. 김종직과 강희맹의 농촌시가 이러한 차이를 갖는다는 것은 단지 두 사람만의 문제가 아니고, 관인과 사림이라는 집단이 가지는 이해관계의 문제다.

---

29) 김종직, 〈可興站〉.

30) 今觀年少氣銳新進儒士 日以搏擊人物爲事 弊將何如(서거정, 《서사가전집》, 〈필원잡기〉 권 2 ; 안장리, 〈퇴계의 산수지락 연구〉, 《동방고전문학연구》 4집, 동방고전문학회, 2002, 15쪽에서 재인용).

그런데 앞에서 살펴본 〈농구〉의 첫 수인 〈우양약(雨暘若)〉은 그 아래 이어져 있는 13수의 시작품과 또 성격이 달라 보인다. 이들 가운데 어느 연구에나 이용되는 대표작 〈경장무(竟長畝)〉를 본다.

사래는 길어 밭은 거칠어	竟長畝畝正荒
해가 등을 쬐 땀이 장 흐르듯 하네	日煮我背汗飜漿
어른이 아이보다 강하지 못하여	大郞不及小郞强
지척에서 다투느라 손발이 바쁘네	爭咫尺手脚忙
사래 긴 밭머리 돌려 어른을 웃으니	竟長畝回頭笑大郞
어른은 문득 아이의 강함에 부끄럽네	大郞却慙小郞强
사래는 길어 밭은 거칠어[31]	竟長畝畝正荒

〈농구〉에는 발문(跋文)이라고 할 글이 실려 있는데, 이에 따르면 강희맹은 농장 경영뿐 아니라 직접 농사일을 하였으며, 일하는 동안 농부들이 부르는 노래를 채집했다고 한다. 위의 노래는 김을 매는 농요 〈기음노래〉를 채록하여 한역한 것으로 볼 수 있다. 그 가운데 몇 곡은 가사가 없던 것을 강희맹이 임의로 만들어 붙였다고 한다.

이들 노래는 무엇보다 농사 현장을 보여 준다는 점에 큰 의의가 있다. 김매는 일의 괴로움과 힘센 젊은이에 밀리는 어른의 쑥스러움이 있는 그대로 그려졌다. 김성룡은 이들 시를 일러 '듣고 보아서 안 농촌'을 그린 농촌시라고 말하기도 했다.[32]

그러나 이들 시는 강희맹이 임의로 가사를 만든 것도 있고, 전체 시의 벼리가 되는 첫 수인 〈우양약〉의 시의(詩意)도 고려한다면, 순수하게 농요를 채록하기만 한 것으로 보기도 어렵다. 여기는 강희맹 자신의 편찬 의식이 고려되어야 한다. 그것은 두 가지로 나타나는데, 하나는 〈농구〉에 속하는 작품들의 내용이고, 다른 하나는 《금양잡록(衿陽雜錄)》에 있

---

31) 강희맹, 《사숙재집》(《한국문집총간》 12, 민족문화추진회, 153쪽에 재수록).
32) 김성룡, 앞의 책, 195쪽.

는 다른 기사와의 연계적 고려다. 먼저 〈농구〉의 작품들을 발문에 있는 강희맹 자신의 말로 정리해 보자.

1. 우양약(雨暘若)－아름다움을 임금에게 돌림.
2. 권로(捲露)－새벽이슬을 맞고 밭으로 나감.
3. 영양(迎陽)－곡식이 무럭무럭 자라는 모양.
4. 제서(提鋤)－힘 써 할 일이 호미질임을 강조.
5. 토초(討草)－잡초 제거에 힘쓸 것.
6. 과농(誇農)－농사가 가장 괴로우나 이를 좋아해야 근본이 섬.
7. 상권(相勸)－게으르지 않게 서로 권면함.
8. 대엽(待饁)－반나절 일한 뒤 시장해 점심을 먹음.
9. 고복(鼓腹)－배부르니 다시 힘을 내어 일함.
10. 망추(望秋)－보리가 익으니 가을을 바라보는 인지상정.
11. 경장무(竟長畝)－어른과 아이가 경쟁하다시피 일함.
12. 수계명(水鷄鳴)－비오리 소리에 맞춰 술을 내옴.
13. 일함산(日啣山)－김을 다 맨 뒤 노래 부르며 집으로 돌아감.
14. 타족(濯足)－농가의 일이 하루하루가 다 바쁘고 고생스러움.

이 전체의 주지를 가장 간단히 요약하자면 '농사일은 힘들고 고생스럽지만 생활의 근본이고 즐거움도 있으니 힘을 내어 열심히 일하자'는 내용이라 할 수 있다. 물론 논농사 민요 자체가 이런 내용을 담고 있기도 하다. 가령 대구 지역의 논매는 소리에는 가을 추수에 대한 기대와 구슬 같은 땀이 팥죽같이 쏟아진다는 고생스러움이 함께 나타나는 것을 볼 수 있다.[33] 그러나 논농사 민요에는 그보다는 애정의 사연이 더 풍부하다.[34] 그럼에도 강희맹이 민요를 이런 식으로 편집한 것에는 그

33) "에이 유월 농부야 칠월 신선 우리 농부가 너무 디데이/에이 칠팔월을 들어가면 금년 가을 추수하시에/에이 바늘 겉은 가는 몸에 태산 같은 짐을 지고/구슬 겉은 두 땀이 팥 죽거치도 쏟아지네 ……)"(《한국민요대전》 경상북도 민요해설집, 문화방송, 1995, 64쪽).
34) 임동권은 "농가에 있어서는 노골적인 연정을 토로하고 때로는 이루어질 수 없는 애정을 고백하고 구애하고 있어 염정성이 풍부하다"고 지적하였고, '한국민요의 특질' 중

의 의도가 크게 작용했다고 보인다.

이러한 시각의 연장선에서 첫 수인 〈우양약〉의 위상을 이해할 수 있다. 그것은 거꾸로 농민이 힘들지만 열심히 일함으로써 '온화한 기운으로 천하를 태평하게 하는 데' 참여하게 되는 것이다. 그럴 경우에야 우양이 순조로울 수 있는 것이다. 이런 논리로 〈고우탄〉의 현실 묘사를 이해할 수 있다. 〈고우탄〉의 어려운 현실을 극복하는 길은 농구에서 제시한 것처럼 부지런히 일에 힘쓰는 것일 수 있다. 그 결과가 '온화한 기운으로 천하가 태평하게' 되는 것이다.

〈우양약〉에서는 이 모든 일이 임금의 덕화가 낳은 결과로 제시되었다. 그러나 이하 13수에서는 농민의 부지런함으로 이런 결과에 다가설 수 있다는 지은이의 '의도'를 보여 주었다. 결국 농촌의 안정은 위로는 임금의 덕화와 아래로는 농민의 힘씀으로 이루어지는 것임을 나타냈다.

이러한 '의도'는 다분히 교훈적일 수밖에 없다. 그 교훈의 의도는 《금양잡록》 〈농담 2〉에서 읽어낼 수 있다. 강희맹은 농부와의 대화를 통해, 씨뿌리기를 일찍 하고 씨는 조밀하게 뿌리고, 김은 자주 매야 수확이 늘어난다는 것을 알려 주고 있다. 그렇게 하지 않았기에 수확이 적어 세금을 내고 나면 먹을 게 없고, 대여곡(貸與穀)을 얻어 종자까지 먹으니 또 씨를 성글게 뿌릴 수밖에 없는 악순환에서 벗어나야 한다는 점을 지적하고 있다. 이러한 농사 기술에 대한 언급은 당시 정책적으로 활성화되던 농업기술 향상이라는 국가적 과제의 실현과 무관하지 않다.

결국 우리는 강희맹이 보여 준 농촌시는 당대 집권층의 시각을 대변하는 것으로 간주할 수 있다. 같은 뿌리에서 나온 사림파의 농촌시나 방외인인 김시습 등의 농촌시가 수탈을 중심으로 한 농민의 고통을 집중적으로 드러내고 있는 것은 그와 좋은 대조가 된다. 집권층으로서 강희

농가의 특징으로는 염정성만을 들 뿐이다. 염정성은 그만큼 주된 내용을 이루는 것이라 하겠다(임동권, 《한국민요연구》, 이우출판사, 1980, 228쪽).

맹의 농촌시는 부정적 현실을 타개할 방법으로, 왕화(王化)와 함께 농민의 정신적 방향을 긍정적으로 이끄는 데 많은 관심을 가졌던 것이라고 할 수 있다.

강희맹의 시는 농촌 현장에서 지어진 것이지만, 농촌의 현실 그대로의 모습보다는 나아가야 할 모습을 제시하고 있다. 그것은 왕화와 농민의 계몽이다. 서거정의 시도 농촌 현장의 모습을 그리고 있지만, 화자는 농민의 밖에 있으면서 사회적 질서를 옹호하려는 의도를 보인다. 이 둘의 시는 관인 농촌시가 이르고 있는 두 가지 다른 지점을 보여 준다. 그러나 이 둘은 뚜렷한 공통점을 보여 주고 있는데, 그것은 농촌의 현장 안에 있든 그렇지 않든 왕화와 사회질서의 수립이라는 측면이다. 차이 나는 이 두 경향의 시를 묶어 이해할 수 있게 해 주는 것이 신숙주의 시다. 그것은 농촌의 안에 있건 밖에 있건 농업의 질서를 지켜야 하고 사회의 질서를 수립해야 한다는 집권 관인층 의식의 꼭짓점을 보여 준다.

4. 관인 농촌시의 변모와 사림의 농촌시

그러나 그 의식은 농촌의 현실에서 멀어지고 있었다. 고전적 조화로움의 이상으로 제시되었으나 현실에서는 그 이상이 유지되지 않았다. 서거정이나 강희맹의 시가 농민의 현실 모습에서 한 발짝 물러나 있게 된 것이 벌써 집권 관료의 현실인식 즉, 부정적 현실을 부정하려 하는 의식이었으며, 농민 현실에서 물러난 그 의식의 자리에 농민은 더 이상 자신과 동등하거나 같은 목적을 가진 계층이 아니게 된다. 고려말의 신흥사대부가 가졌던 명분이 사라졌고, 관인층은 농민을 의식적으로 착취하였다.

이태진의 연구에 따르면, 15세기 말엽부터 사적(私的) 경제기반을 확보하기 위하여 강제적 인력동원을 지속했다. "이러한 비법적 수탈행위로 임꺽정의 난이 일어났듯이 피지배층으로부터 직접적인 반발을 받기도 하였지만, 개발 자체는 16세기 초엽의 엄연한 현실로 활발하게 전개되었다. 이 시기의 정치가 권력의 첩로(捷路)인 척신(戚臣)관계를 중심으로 이끌어진 것도 그러한 이권의 쟁취와 보전이 관인사회의 중요한 관심사였기 때문이었다."[35]

이러한 현실에서 관인 농촌시의 한 모습을 보여 주는 것이 16세기 대표적 관각문인의 한 사람인 양곡(陽谷) 소세양(蘇世讓)의 시다. 한성부 판윤과 대제학을 지냈고, 서거정 문학논리를 반복하고 있다는 평을 받은[36] 소세양은, 농사의 풍흉에 대한 시를 여러 편 남겼다. 그러나 당시 사회문제가 되고 있던 농민 수탈이나 관인의 부패에 대한 언급은 없다. 오히려 흉년에도 유람을 다니면서 조금씩 농민의 근심이 있다는 언급 정도에 머물러서, 농민을 바라보는 서거정이나 강희맹의 시각에서 후퇴했다고 보인다. 그 단적인 예가 1559년 흉년 때 지어진 시다. 이 시에는 세주(細註)가 달려 있는데, 내용은 이렇다. "금년은 심한 흉년이다. 들에는 화곡(禾穀)이 없고 옥야(沃野)는 더욱 심해 바라보면 단지 풀빛만 있을 뿐이다. 그래서 제3구에서 언급했다[今年凶甚 野無禾穀 沃野尤甚 望之但有草色 故第三句及之]."

국화꽃 붉은 낙엽 깊은 산에 어리니	黃花赤葉映孱顔
흥이 올라 절 뒷산에 오르네	乘興來登寺後山
기름진 들판엔 가득한 건 푸른 풀빛뿐이고	沃野瀰漫青草色
절은 푸른 연기 두른 속에 아득하네	楞迦縹緲碧煙鬟
짧은 머리에 관을 자주 고쳐 쓰기 부끄럽네만	却羞短髮冠頻整
꽃 계절이라 밤 되어 돌아오기 아까워라	爲惜芳辰夜始還
지난해 잔치 갔었던 일 기억하나니	記得昔年參錫宴
반송정 아래서 취해 비틀거렸었지.[37]	盤松亭下醉蹣跚

35) 이태진, 〈15~16세기 신유학 정착의 사회경제적 배경〉, 《조선유교사회사론》, 지식산업사, 1990, 90쪽.

36) 윤채근, 〈양곡 소세양 한시 연구〉, 《한국한문학연구》 19집, 한국한문학회, 1996, 122쪽.

음력 9월 9일 중양절의 일이다. 심한 흉년이라는 점을 주에 각별히 달아 놓고 그것을 제3구에서 언급했다는 것이 그가 할 수 있는 일이다. 물론 그의 시에는 농민에 대한 동정이 이보다 더 잘 드러나는 것들도 있다. 그러나 이러한 시는 그의 의식의 한 단면을 직접적으로 드러내는 데 의미가 있다.[38]

같은 시대 저명한 관각문인인 이행(李荇)의 경우도 비슷한 맥락에서 읽힌다. 이행은 연산군 치하에서 백성의 간고한 삶을 고발하는 시를 여럿 지었다. 〈기사(記事)〉 같은 시편들에서는 흉년과 염병에 죽어나갈 지경인데도 부역과 수탈에 시달리는 백성의 참상을 고발하고 있다.

그러나 이창희가 지적했듯이 "그것은 통치계급의 직접적인 잘못 때문이라는 인식은 들지 않는다."[39] 연산군이라고 하는, 관인의 이해를 저버리는 군주 개인에 대한 비난으로 이어질 뿐이다. 중종반정 이후로는 그와 같은 시를 더 이상 짓지 않았다는 점은 이행이 농민 참상의 이유를 연산군에게 돌렸음을 입증한다. 그것은 이행이 농민을 객관적으로 바라보지 않고 있음을 말해 준다. 이는 선초에 제시되었던 백성 안정의 거국적 이념에 따른 것이 아니라, 군주 개인만 바로 되면 농촌의 문제는 없어진다는 안이한 생각의 발로로 보인다. 조선조 관인층이 농민에 대해 가졌던 이념적 내용물은 이들에 이르러 사라졌다고 말할 수 있다.

관인층의 농촌시가 이와 같은 파탄을 보이고, 관인이 농민을 수탈하여 향촌의 안정이 위태로워졌을 때, 사림은 농민의 현실을 사실적으로 인식하고 향촌 안정을 위해 여러 가지 노력을 기울였다. 이들이 향약을 실시하고 사창제(社倉制)를 운영하는 등의 노력을 기울인 것은 이미 기

---

37) 소세양, 〈重陽日登五金寺北峯〉, 《양곡집(陽谷集)》 권 9(《한국문집총간》 23, 민족문화추진회, 1996, 422쪽에 재수록).

38) "그의 애민의 정서는 자신의 경제적 이해와 맞물릴 때에만 발현되는 일시적 감정으로 개인적, 소극적 국면에 머물러 있다"(윤채근, 앞의 글, 131쪽).

39) 이창희, 〈용재 이행 한시의 연구〉, 고려대학교 박사논문, 1998, 57쪽.

존 연구에서 여러 차례 지적된 바와 같다.

이제 여기서 우리의 관심을 끄는 것은 15세기 후반에 유호인(兪好仁)이 지은 오언고시(五言古詩) 〈화산십가(花山十歌)〉 같은 시다. 15세기 집권 관인층이 농민의 현실을 이상적 질서관으로 미화하면서 실제로는 농민의 현실로부터 멀어져 가고, 나아가서는 농민을 착취하여 사리사욕을 채우는 형편이 되어 갈 때, 지방의 중소지주층이었던 사림은 도덕적 재무장을 하게 된다. 이런 경향은 이미 김종직의 시에서부터 드러나는 바, "지방 사림에게 공도(公道)와 양심을 발휘하라는 권계"[40]로 나타나기도 했다.

그러나 유호인에 이르러 주목할 만한 변화가 있는데, 그것은 원리적 차원의 권계가 아니라 구체적 내용의 훈민적 성격이다. 유호인의 〈화산십가〉는 일종의 훈민가다. 농사를 일방적으로 찬미하거나 백성의 참상을 고발하는 내용이 아니다. 어려운 가운데서도 부지런히 누에 치고 물레질하고 삭정이도 거두어 취사에 쓰는 등 생활의 구체적인 면모에 파고들어 가난을 이겨낼 방안을 제시하고 있다. 이것은 사림이 농민에게 구체적으로 해야 할 일을 제시하여 향촌을 안정시킨다는 당면 과제의 반영이다. 또한 이 시는 농민 위에서 관리하고 감독하는 관리의 입장을 벗어나, 농민적 시각으로 바라보는 전이를 보인다. 화자를 '나'로 설정하면서 농민과 시각을 맞추고 있다. 농민의 처지에 근사(近似)하게 다가가서 농민이 생활에서 해야 할 일을 권면한다. 일방적으로 지도 감독하거나, 농민이란 이래야 한다는 당위적 원리나 명분을 제시하지 않은 점은 사림의 농촌시가 현실 앞으로 크게 나아갔음을 보여 준다.[41]

40) 윤채근, 앞의 글, 143쪽.

41) 유호인의 〈화산십가〉 시 제시와 의의에 대하여는 이 책의 다음 글인 〈이황 및 당대 사림 농촌시의 양상과 의미〉에서 상세하게 설명했기에 여기서는 생략했다.

5. 맺음말

이제까지 살펴본 15세기 관인 농촌시의 양상을 다음과 같이 정리할 수 있다. 먼저, 신숙주의 시에는 명백한 이념성을 읽을 수 있다. 이상적 질서에 따라 움직이는 사회에 대한 건국 초기 집권층의 원망(願望)이 그 안에 들어 있다. 그 반대편에는 소세양이나 이행의 시가 보여 주듯이 집권층 이념의 붕괴 현상이 자리한다. 여기에 이르러 고려말 신흥 사대부가 품었던 사회개혁의 의지는 완전히 사라지고 만다. 그 사이에 서거정과 강희맹이 있다. 서거정은 농촌 밖에서 농촌을 바라보고 있으며 직분에 따라 사회가 유지되어야 한다는 생각을 드러내고 있어 상당히 귀족적인 시각이라 할 수 있다. 그와 대비적으로 강희맹은 농촌으로 들어가 있다. 농민들 사이에 자리해 몸을 낮추고, 민요를 받아들여 서민적인 모습을 보여 주었다. 그러나 이들은 귀족적이고 서민적인 차이는 있으나, 둘 다 신숙주가 제시한 이념적 질서의 틀 안에서 차이를 보여 줄 뿐이다. 이는 다음(281쪽 참조)과 같이 도식화하여 이해를 도울 수 있다.[42)]

조동일은 조선전기가 고려후기와 같은 성격의 시대가 연장된 것이라고 지적했다.[43)] 고려후기에 성립된 신흥사대부의 농민에 대한 의식이 조선전기에 이르러 실현 가능한 사회개혁의 바탕을 이루었다고 할 수

---

42) 이 글에서는 성현(成俔)을 다루지 않았다. 성현의 〈전가사십이수(田家詞十二首)〉는 연작 농촌시다. 그 내용은 농부의 어려움을 말하기도 하고 휴식과 홍취의 즐거움을 말하기도 한 것이다. 위의 도식에 따라 말하자면 이 시는 서거정 · 강희맹과 같은 줄에 선다고 할 수 있다. 그러나 서거정이 갖는 질서에 대한 성향이 없고, 강희맹과 같이 농민 속에 들어가려는 시선에서 멀어졌다. 이념의 실천 단계에서 붕괴 단계로 가는 과정의 단초를 보인다 할 수 있다. 조동일은 이 시에 대해 "농민시라기보다는 전원시고, 삶을 즐기자는 자세를 멋있게 나타냈다"고 평했다. 김성규는 성현 농촌시에 두 가지 경향이 있지만 관각문인의 성격이 시기에 따라 나누어진 것에 지나지 않는다고 결론지었다(조동일, 앞의 책, 381쪽 ; 김성규, 〈15세기 후반 사대부 문학의 몇 가지 경향〉, 성균관대학교 박사논문, 1989, 140~142쪽).

43) 조동일, 위의 책, 254쪽.

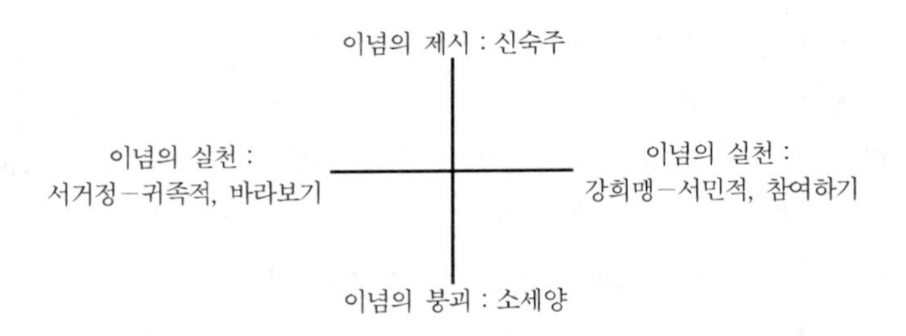

있다. 그러나 농촌시를 검토한 결과, 신숙주로 대변되는 건국의 이념성이 서거정이나 강희맹 시대를 지나, 소세양 시대에 이르러 붕괴되는 현상의 단면을 쉽게 이해할 수 있다.

서거정이나 강희맹은 조선초기가 문화적으로 빈빈한 태평성대였다고 생각했다. 그들은 신숙주 등이 표명한 이념이 현실화하고 있다고 보았다. 간혹 장애가 있었고 현실적으로 간고한 삶을 사는 농민들이 있었으나, 그것은 왕화(王化)의 잘못이라기보다 누구도 어쩔 수 없는 자연의 재해 탓으로 여겼다. 이것은 바로 그들의 시각이 현실 자체에 입각한 것이라기보다 당위적 질서 구현이라는 강박적 이념에 따라 의식의 눈이 색안경을 쓰고 있게 됨을 말한다. 이념의 색깔에 따라 보고 싶은 색만을 보게 되었던 것이다.

이것은 그들 개인의 한계라고 할 수는 없다. 그 한계는 결국 집권층이라는 계층적 위상 때문이다. 권력에 몸담고 있는 계층으로서 현실을 부정한다는 것은 자기 권력의 존재를 부인하는 것이기에, 절대로 현실을 부정적 시각으로 재단할 수 없게 되었던 것이다. 간혹 보이는 부정적 현실은 일시적인 것으로 극복될 수 있는 것이다.

그러나 이러한 시각은 결국 이들을 농촌과 농민의 실상에서 떼어놓았고, 나아가 농민에 대한 초기의 이념적 관심에서도 멀어지게 되었다. 소세양으로 대표되는 양상은 집권 관인이 더 이상 농촌과 농민을 이념적 구현의 대상으로 보지 않게 된 사정을 말해 준다. 거꾸로 말하면 농민을 대하는 이념의 끈 자체가 끊어지는 현상을 보이고 있는 것이다.

이와 같은 시기에 농촌에 거주하던 중소지주층인 사림세력은 농촌을 향한 시각을 구체화하고 있었다. 이들은 향약을 통해서 향촌을 안정시키려 하는 동시에, 한시에서도 농민의 생활 실상과 그 구체적인 모습을 가까이에서 관찰하고 지도했다. 이러한 노력들이 앞섰기에, 사림은 경직되고 부패해 가는 훈구세력을 대신하여 정권교체의 꿈을 현실화할 수 있었다고 본다. 유호인의 〈화산십가〉는 이러한 시각 변이의 뚜렷한 증거다. 이러한 변이는 나중에 훈민시조를 통해서 새로운 문학적 성취를 이루게 된다. (《국제어문》 25집, 국제어문학회, 2002)

이황과 당대 사림 농촌시의 양상과 의의

1. 머리말

고려말의 신흥사대부는 내우외환에 황폐하여 생존에 지친 농민을 구제하겠다는 명분을 걸고 조선을 건국했다. 이들이 권력을 잡고 다시 세조가 찬위하는 과정에서 훈구세력으로 자기 정체성을 확립한 이면에는, 재지(在地) 군소 지주로서 산림에서 성리학을 이론화하며, 또다시 농민을 착취하는 권력층에 대해 신랄한 비판을 감추지 않던 사림파가 있었다. 김종직으로 대표되는 사림 계열이 방외인이었던 김시습과 함께, 이익 추구를 위해 농민을 빈사와 유랑의 지경으로 내몰았던 훈구세력에 대한 비판과 농민의 처지에 대한 안타까움을 시로 표현했다는 것은 잘 알려진 바다.[1]

퇴계 이황도 사림세력에 큰 힘을 실어준 인물로서 농촌과 농민을 소재로 한 시를 여러 편 남겼다. 물론 그 수가 많지는 않지만 성리학의 한 대표자인 이황이 현실에 대해서는 어떤 견해를 가졌고 농민에 대해서

---

1) 김영봉, 〈점필재 김종직의 시문학연구〉, 연세대학교 박사논문, 1998, 145~151쪽 ; 박선정, 《점필재 김종직 문학 연구》, 이우출판사, 1988, 128~129쪽 ; 김성규, 〈15세기 후반 사대부 문학의 몇 가지 경향〉, 성균관대학교 박사논문, 1989 ; 조동일, 〈농민시의 세 층위, 한시 · 시조 · 민요〉, 《한국시가의 역사의식》, 문예출판사, 153~156쪽.

는 또 어떠했는가는 관심의 대상이 아닐 수 없다. 이황의 현실문제 인식을 탐구한 논문으로는 한영국·박문옥·김춘식·장승구 등이 있고,[2] 이황 한시에서 보이는 현실문제와 농촌시를 다룬 것으로는 이원승·김태안·이진·정동화 등이 있다.[3] 이들 연구는 공통적으로 '애민의식', '연민(憐民)의 비가(悲歌)' 등의 소항목으로 퇴계의 시가 백성을 향한 사랑과 안타까움을 토로한다고 지적하고 있다. 그 가운데 김태안은 그것이 동중서(董仲舒)의 재이설(災異說)과 관련이 있고, 이황이 중도정치를 지향하기 때문이라는 해석을 보여 주었다. 이진은 주자학의 천인합일 사상이 현실 비판적 애민의식의 시로 승화되었다고 했다. 정동화는 더 나아간 의견을 보였다. 이황의 시들이 비판이나 풍자로 나타나지 않았다는 점을 지적하고, 이를 이황의 성품과 온유돈후의 시관, 무구(無垢)한 삶을 살고자 하는 의식과 상통한다고 했다.[4]

이러한 지적들은 이황 농촌시의 특징을 더 설명해야 할 필요를 느끼게 한다. 이황이 애민의 심사를 보였다는 것은 지당하기만 한 지적일 것이고, 재이설이나 중도정치 관계설 또한 연관성을 부인할 필요는 없겠지만 그 범위가 너무 넓다. 우리에게 필요한 것은 이황 농촌시가 다른 사람들의 애민시와 어떻게 다른 모습을 갖고 있으며, 그 이유는 무엇인가 하는 특수성을 밝히는 일일 것이다. 이황의 애민시는 고려 말의 애민시나 방외인과 사림파의 그것과 많이 다르다. 물론 백성을 향한 연민의

2) 이병휴, 〈퇴계 이황의 가계 및 생애와 현실대응〉, 《조선전기 사림파의 현실인식과 대응》, 일조각, 1999, 423~446쪽 ; 한영국, 〈퇴계 이황의 시정론고〉, 《한국의 철학》 창간호, 경북대학교 퇴계연구소, 1973, 53~70쪽 ; 박문옥, 〈이퇴계의 행정철학〉, 《퇴계학연구》 6집, 단국대학교 퇴계학연구소, 1992, 39~54쪽 ; 김춘식, 〈퇴계의 행정사상〉, 《퇴계학연구》 6집, 단국대학교 퇴계학연구소, 1992, 55~76쪽 ; 장승구, 〈퇴계의 현실인식논리〉, 《퇴계학보》 86집, 퇴계학연구원, 1995, 7~41쪽.

3) 이원승, 〈퇴계 현실인식의 시적 형상화 연구〉, 상명대학교 박사논문, 2001, 93~173쪽 ; 김태안, 〈퇴계의 외적 현실에 대한 의식과 애민시〉, 《퇴계학》 6집, 안동대학교 퇴계학연구소, 1994, 37~73쪽 ; 이진, 〈퇴계 성리학의 시문학적 변용양상 연구〉, 동국대학교 박사논문, 1992, 86~91쪽.

4) 정동화, 〈퇴계 이황의 산수시 연구〉, 단국대학교 석사논문, 1993, 59쪽.

마음이 드러나는 것은 당연한 것이지만, 앞의 글에서 그런 점들이 잘 드러났으니, 다른 면에 대한 검토가 필요하게 되었다.

이 글에서는 조선전기 사림 농촌시의 특징을 지적하고, 이황 농촌시를 상세하게 검토한 뒤, 사림 안에서 새롭게 등장한 농촌시를 살펴보는 순으로 논의를 진행하여, 사림 농촌시의 변모가 훈민시조의 지향점과 같은 맥락에 놓여 있음을 밝히고자 한다.

2. 조선전기 사림의 농촌시

필자는 〈조선전기 관인 농촌시의 구도〉에서 관인 농촌시가 네 가지 경향을 보인다고 지적했다.[5] 강희맹의 시는 농촌 현장에서 지어진 것이지만, 농촌의 현실 그대로의 모습보다는 농촌이 나아가야 할 모습을 제시하고 있다. 그것은 왕화(王化)와 농민의 계몽이다. 서거정의 시도 농촌 현장의 모습을 그리고 있지만, 화자는 농민 밖에 있으면서 사회적 질서를 옹호하려는 의도를 보인다. 이 둘의 시는 관인 농촌시가 이르고 있는 두 가지 다른 지점을 보여 준다. 그러나 이 둘에게 뚜렷한 공통점이 있는데, 그것은 농촌의 현장 안에 있든 그렇지 않든 왕화와 사회질서의 수립이라는 측면이다. 차이 나는 이 두 경향의 시를 묶어 이해할 수 있게 해 주는 것이 신숙주의 시다. 그것은 농촌 안에 있건 밖에 있건 농업의 질서를 지켜야 하고 사회의 질서를 수립해야 한다는 집권 관인층이 가진 의식의 꼭짓점을 보여 주는 것이다. 그리고 소세양에 이르면 농촌시의 이념 자체가 붕괴되는 현상을 볼 수 있다. 강희맹으로 대표되는 관인 농촌시는 부정적 현실을 타개할 방법으로, 왕화와 함께 농민의 정신적 방향을 긍정적으로 이끄는 데 많은 관심을 가졌다고 할 수 있다.

---

5) 신연우, 〈조선전기 관인 농촌시의 구도〉, 《국제어문》 25, 2002, 81~83쪽.

사림은 이와 대조적인 시각으로 농촌을 바라보았다. 강희맹과 같은 시기에 사림의 사종(師宗)이 된 김종직은 세조 때인 1465년 지방민이 수탈을 당하는 상황을 그려냈다.

소바리 새재를 넘고	牛車歷鳥道
논밭엔 남정네 없네	農野無丁男
강가에 누워 있는 밤도	江干夜枕藉
아전들 탐욕은 어찌 그리 많은지	吏胥何婪婪
조그만 장터 물고기 실오리 같고	小市魚欲縷
주점의 술은 쌀뜨물 같네	茅店酒如泔
돈 추렴해 기생 부르니	醵錢喚遊女
푸른 깃털장식에 분홍저고리 남치마라네	翠翹凝紅藍
백성의 고통은 살과 뼈를 갉는 듯한데	民苦剜心肉
아전들은 제멋대로 취해 지껄이네	吏恣喧醉談
두곡을 속여 또 이문을 남기니	斗斛又計贏
조운(漕運) 관리는 제발 좀 부끄러워해라[6]	漕司宜發慚

이 시는 고려 말 신흥사대부의 농민시와 더 가깝다. 백성들의 고난은 자연재해보다는 과도한 세금과 수탈때문이라는 인식이 그것이다.

이러한 시각은 약 반세기가 지나도 그대로 이어진다. 사재(思齋) 김정국(金正國, 1485~1541)의 시를 하나 든다. 1529년부터 1531년의 가뭄으로 말미암아 일어난 일을 서울 근처인 경기도 고양에서 그린 것이다.

아침부터 멋대로 걸으며 남쪽 언덕을 바라보니	朝來縱步南皐望
배들이 천 척이나 돛과 돛을 잇고 있네	舳艫千艘連帆檣
말하기를 군산과 법성의 조를	云是君山法聖粟
바다를 거쳐 관리해 오는 것이라네	制使押來由海洋

6) 김종직, 〈可興站〉, 《점필재집(佔畢齋集)》 권 4, 장 6(《한국문집총간》 12, 민족문화추진회, 1996).

뱃사공 떠드는 소리 귀에 어지러이 시끄럽고	黃頭喧譟亂聒耳
큰 배 작은 배가 미친 듯이 달려가네	大舸小艦奔如狂
	……
봄부터 여름까지 한번 비도 없으니	自春徂夏無一雨
보리는 다 타고 농사는 끝내 병들었네	來牟焚燬稼卒痒
움푹 팬 곳에는 때로 푸른 싹이 있지만	汚邪往往有青苗
밭 가득 떼 지어 메뚜기가 모여드네	滿畝戢戢生蟲蝗
어린애 늙은이가 서로 붙들고	垂髫戴白共扶携
굶어 죽게 되어 서로 바라보며 엎어지네	餓殍相望爭顚僵
	……
이웃은 모두 도망했으니 누가 뼈를 버리며	隣皆亡戶孰投骨
절구질 그친 지 오래니 쭉정이도 겨도 없네	輟舂日久無粃糠
머리를 들어 먹을 걸 바라지만 어쩔 수 없고	擧頭望哺無奈何
얼마 안 있어 사람과 개가 나란히 쓰러지네	未幾人犬駢首殭
	……
나는 이들을 구할 힘이 없음을 한탄하고	我今恨無濟爾力
날마다 텅 빈 마을을 바라보며 두 눈에 눈물 흘리네[7]	日望空村雙涕滂

이 시는 조운선은 수없이 서울로 향하는데, 정작 시골 마을 사람들은 굶어 죽게 되어 있는 현실을 고발하고 있다. 흉년이 든 것만으로도 힘든데 조세를 바치고 나니 도망하고 죽는 게 농민의 남은 일이다. 인용하지 않은 부분에서는, 그 배 가운데 하나만 헐어 백 말의 쌀만 흩는다면 한 마을의 목숨을 살릴 수 있을 테지만, 베풀 수 없는 상황이라고 했다.

이들 두 사람의 시는 사림 농촌시의 두 경향을 보여 준다. 그것은 시의 끝에 각각 보이는 대로, 김종직은 분노를 드러냈고 김정국은 한탄을 보였다. 참담한 농촌 현실에 대해 조선전기의 사림이 가질 수 있는 태도는 한탄이거나 분노일 수밖에 없다. 일정한 정도로 관직에 종사하기도

7) 김정국, 〈嘉靖己丑庚寅 仍歲旱荒〉, 《사재집》 권 1(《한국문집총간》 23, 민족문화추진회, 1996, 19쪽).

하였지만 관인층이 보여 주었던 것과 같은 농촌에 대한 참여나 방관의 모습과는 매우 다른 양상을 보인다.

사림의 분노와 한탄은 훈구 관인층의 부패와 타락으로 말미암아 농촌사회가 흔들리게 된 것과 관계가 있다.[8] 농촌사회의 안정은 사림세력의 지지기반 안정과 직결되는 문제였으므로, 사림은 농촌을 유학적 질서에 따른 안정적 사회로 재편하고자 했다. 그러나 중앙의 훈구세력은 건국초기의 농민관에서 이탈하여 자신들의 이득을 위해 농민을 착취하는 권신계급으로 변했다. 나아가 농촌의 주도권을 누가 갖느냐 하는 문제로 관인과 사림은 크게 대립했다.[9] 향촌사회를 자신들의 방법으로 질서를 잡으려는 사림은, 중앙집권의 방식으로 향촌을 장악하려는 중앙 관인층에 크게 반발하였고, 그들의 잘못된 정책과 농민에 대한 수탈에 분노했다. 향촌이 붕괴되어 가는 현실을 지적하고 한탄했다.

또한 이 시기에는 김시습과 같은 방외인도 정권 밖에 있으면서 농민의 간고함을 격렬한 어조로 고발하고 있다. 그는 김종직 같은 이보다도 더 가까운 위치에서 농민의 절박한 실상을 체험하고 심화하고 있다.[10] 또한, 농민의 비참한 생활과 지배층의 생활모습을 대조적으로 보여 주며, 집권 관료들의 비리에 대한 분노와 저항을 가장 강렬하게 나타내었다. 이는 이 시기 농촌시가 관인층의 체제 옹호적인 것과 비관인층의 체제 비판적 고발인 것으로 나누어 볼 수 있음을 나타낸다.

그러나 15세기 후반 이후 농촌시는 사림 측에서 새로운 면모를 보이기 시작했다. 관인층이나 방외인에게서는 볼 수 없었던 경향의 농촌시에 주목할 필요가 있다. 그것은 무비판적 농촌관도 아니고, 분노나 한탄만도 아닌, 농촌 속으로 들어가면서도 농촌사회를 새롭게 생성하고자 하는 사림의 농촌시다. 그 하나는 강희맹의 시에 다시 접근하는 듯한 모

---

8) 이태진, 《조선유교사회사론》, 지식산업사, 1990.

9) 이병휴, 《조선전기 사림파의 현실인식과 대응》, 일조각, 1999, 17·32쪽.

10) 김성규, 〈15세기 후반 사대부문학의 몇 가지 경향〉, 성균관대학교 박사논문, 1989, 115쪽.

습을 보이는 이황의 농촌시고, 다른 하나는 구체적 생활지침을 제시하는 유호인의 농촌시다. 이러한 노력이 앞섰기에 사림은 농촌에서의 우위를 차지할 수 있었고, 중앙의 집권세력으로 진출할 수 있는 기반을 얻었을 것이다. 그리고 이러한 시들은 바로 훈민시조가 사림에서 창작되는 것과 같은 맥락에서 이해될 수 있다.

3. 이황 농촌시의 양상

구멍난 집, 때 낀 옷, 파리한 얼굴	屋穿衣垢面深梨
관곡도 텅 비고 들풀조차 드물다	官粟隨空野菜稀
다만 사방 산에 꽃들은 비단 같으니	獨有四山花似錦
봄 신령이 사람 굶주림을 어찌 알겠나[11]	東君那得識人飢

1542년에 지은 것으로, 충청도 구황어사가 되어 내려갔을 때 지은 시라고 제목 아래 덧붙여 두었다. 흉년으로 의식주가 모두 고갈되어 버린 상태에서 살아야 하는 백성의 고난을 보였다. 들에 뜯어먹을 풀조차 없는 상황인데 먹을 수 없는 꽃들만 잔뜩 피어 있으니, 봄 신령이 무심하다고 원망을 했다.

이 사태의 원인이 봄 신령인 것으로 상정되어 있다는 점에 주의해 보자. 백성의 곤궁은 두 가지 때문이다. 하나는 자연재해고, 다른 하나는 관청의 가렴주구(苛斂誅求)다. 이 시에서는 관청의 곡식이 텅 비었다고 했으니 관청에서는 할 일을 다 했지만 역부족일 뿐이다. 봄 신령인 자연이 순조롭지 못해서 생활에 파탄이 왔다.

이 시에서는 비판되거나 부정되어야 할 사람은 없다. 이황의 농촌시는 현실문제에 대해 비판적이거나 부정적인 시각을 보이지 않는다는 점이 우선 지적될 특징이다. 다음 시도 마찬가지다.

11) 이황, 〈全義縣南行山谷入居遇飢民〉(《도산전서 3》, 한국정신문화연구원, 1980, 424쪽).

슬프고 슬프구나 흉년이라 마음 편치 못해	惻惻荒年意未寧
말 멈춘 강가에 그림자도 비틀거린다	江邊立馬影立令娉
서리 내린 밤 지내며 나뭇잎은 아주 붉고	棄從霜夜濃全赤
산에 드니 가을 하늘 반을 갈라 푸르구나	山入秋空割半青
관사는 구름 속에 숨어 마치 절에 이른 듯하고	官舍隱雲如到寺
관리들 걸음걸이 병풍을 옮기듯 한다	吏人踏地似行屛
종이 찾아 시구 지으나 어디에 쓸 것인가	索牋題句知何用
초승달은 한가로이 뜰 가득하다고 읊어본다[12]	新月閒吟愛滿庭

이 시는 1541년 경기도 재상어사가 되어, 포천 · 연천 일대의 수해 상황을 돌아보고, 이들이 경내의 강무장(講武場)을 농지로 경작할 수 있도록 허락해 달라고 임금에게 청할 즈음의 것이다. 이 시에서도 관리들이나 정책에 대한 비판적 시각은 보이지 않는다. 흉년의 원인은 사람에게 있지 않다. 시 짓는 일이 쓸데없는 일이라고 했으나, 이 시는 공교(工巧)하게 지어진 것이라고 하겠다.

이런 태도는 물론 이황 자신이 중앙에서 파견된 관리로서 정부를 대표하기 때문일 수 있다. 정부 관리로서 정부를 비난하는 내용의 시를 남길 수는 없었을 것이다. 물론 자연재해는 거의 해마다 반복되었다. 그러나 당시에도 공납제로 말미암은 백성의 고통, 공납제의 폐단과 방납의 극심한 폐해, 군역제의 붕괴와 대립제(代立制)의 폐해 등 제도와 관리에 따른 고난이 매우 심한 것이 현실이었다.[13] 이황과 동갑내기로 같은 경상도 남부에 살았던 남명 조식은 당시를 "기근이 겹치고 창고는 고갈되고 제사도 얼룩졌으며, 세금과 공물이 규율을 잃고 변경의 방비가 비었으며, 뇌물이 일상화되었고 비방과 모함이 극에 달했고, 억울한 일이 만연하며 사치 또한 성한"시대였다고 말했다.[14]

---

12) 이황, 〈到朔寧〉[《도산전서 3》, 한국정신문화연구원, 1984(재판), 423쪽].

13) 《한국사 8 – 조선중기 사림세력의 등장과 활동》, 국사편찬위원회, 1996, 59~65, 79~84, 89~113쪽.

이른바 '애민시'라고 하는 작품들은 자연재해보다는 제도와 관리에 따른 수탈과 그로 말미암은 농민의 고통을 시로 보여 주는 작품을 말한다. 이황의 경우는 그보다는 자연재해 쪽을 더 강조하여 정부의 부담을 줄여 주는 쪽을 택했다. 이는 선초 서거정의 농촌시 경향과 비슷해 보인다. 그 당시 성간(成侃) 등의 신랄한 비판적 시각과 달리, 서거정의 시는 자연의 재변에 대해 탄식하는 것이 주된 내용이었다.[15]

이황도 목민관(牧民官)의 학정에 대한 시를 두 편 남기고는 있다.

산의 농부 산성에 살 때는	山農住山城
건 땅 밭 갈기 게으르지 않더니	沃土耕非緩
어찌 이곳을 버리고 가서	如何捨此去
밭이며 마당엔 가시만 그득	町疃荊棘滿
돌아오고 싶어도 관리들 두려워	欲反畏里胥
생계 거리가 없어서는 아니라네[16]	非關生理短

들으니 도원이 가시밭이 되었다기	聞說桃源化棘榛
임금이 그대에게 백성 신음 달래게 하네	天敎江夏撫嚬呻
가혹한 호랑이의 사나움을 없앤다면	但將苛虎能除暴
떠난 무리들 인(仁)으로 모이지 않으랴[17]	誰道離鴻不集仁

이 시들은 백성들의 고난이 가정(苛政)에 있음을 말해 준다. 앞의 시는 산에 올라갔다 내려오는 길에 겪은 일들을 이것저것 섞어서 시로 남긴 12수 가운데 하나고, 뒤의 시는 황준량이 단양고을을 맡아 떠나게 되어 선정을 부탁한 것이다. 특히 앞의 시는 등산(登山), 치풍(値風), 완월(玩月) 등 산의 경치와 수서(修書), 연좌(宴坐) 등 마음공부에 대한 내용

14) 조식, 〈정묘년에 사직하면서 승정원에 올린 상소문〉, 경상대학교 남명학연구소 옮김, 《국역 남명집》, 한길사, 1995, 247쪽.
15) 신연우, 앞의 글, 62쪽.
16) 이황, 〈遊山書事十二首, 勞農〉(《도산전서 1》, 1980, 81쪽).
17) 이황, 〈次韻黃仲擧〉(《도산전서 1》, 1980, 486쪽).

을 말하는 중간에 한 수가 끼어 들어간 것일 뿐 심각한 문제를 제기하는 것이 아니다.

이러한 시들의 특징은 백성의 고난을 사실적으로 재현하거나 보여 주지 않는 데 있다. 살기가 괴롭다는 설명을 할 뿐, 시문학의 성격인 보여주기를 생략하고 있는 것이다. 사림의 선비인 김종직의 유명한 《가흥참(可興站)》 같은 시의 성격과는 매우 다르다.[18] 김극기로부터 이규보나 정도전 · 김시습 · 김종직 · 정약용 등의 애민시라고 할 수 있는 시들이 관리들의 가정(苛政)에 따른 백성의 고난을 눈으로 보는 것처럼 생생하게 재현하여 증언하고 있는 것과 달리, 이황의 시들은 이를 두어 줄 설명으로 제시할 뿐이다. 이것은 이황이 농촌 문제를 보는 틀이 다르기 때문이다.

현실 문제를 애써 부정적, 비판적으로 보고자 하지 않는 태도는 문제의 원인을 천재(天災)로 설명하는 결과를 낳는다. 〈16일야대풍한(十六日夜大風寒)〉[19]에서는 1551년 계당서당을 지은 해 정월 대보름 밤에 내린 비로 얼어 죽을 지경에 빠진 백성을 슬퍼하는 내용이고, 〈심우유감(甚雨有感)〉[20]은 가을까지 이어진 장마로 땅은 곪아 터지고 농부들은 손 놓고 탄식한다고 했다. 〈춘한기소견(春寒記所見)〉[21]은 가난한 백성들이 봄추위로 죽어간다고 했고, 〈6월 큰비로 민전이 다 망가지니 병중에 일을 기록하여 황중거에게 보임[六月大雨水壞民田病中書事示黃仲擧]〉[22]에서는 장맛비로 백성들이 울부짖는다고 했다. 〈황어(黃魚)〉[23]라는 시는 낙동강에 황어 떼가 많아지니 그러면 흉년이 든다는 풍문을 듣고 걱정하는 내용이다.

---

18) 김종직, 〈가흥참〉, 《점필재집》 권 4, 장6(《한국문집총간》 12, 민족문화추진회, 1996).
19) 이황, 《도산전서 1》, 1980, 67쪽.
20) 이황, 위의 책, 88쪽.
21) 이황, 위의 책, 104쪽.
22) 이황, 《도산전서 3》, 1980, 434쪽.
23) 이황, 《도산전서 1》, 1980, 128쪽.

이황 농촌시는 또 백성의 참상이 자신들의 책임이라고 말하며, 관리로서 목민에 성의를 다해야 한다는 반성을 보여 준다.

비재로 도에 나가기 어찌 앞사람을 따를까 菲才直道詎追前
게으른 성품 본래부터 조인 활시위 차고 다니기 알맞네 懦性從來合佩弦
백성의 병은 때맞춘 비 이후에 소생하려 하고 民病欲蘇時雨後
봄빛은 나그네 시름 주변에 다해간다네 春光都盡客愁邊
난간 앞 짙은 나무 푸른 장막을 두르고 當軒翠樹圍青幄
눈에 비친 붉은 꽃 자줏빛 아지랑이로 덮였네 照眼紅花冪紫煙
흉년의 정사 모두 다 어진 수령들께 달렸으니 荒政儘由賢守宰
삼년 묵은 쑥일랑 버리지 마시기를[24] 莫令幷棄艾三年

나는 평소 병을 안아 늘 괴롭고 我素抱病長坎坎
백성은 밥 생각에 입을 벌름거리네 民今思食政喁喁
서명(西銘)의 동포 사랑 어쩌지 못해 訂頑不柰憐同體
존성(尊性)으로 문득 제 게으름 깨우치네[25] 尊性還須警己慵

앞의 시는 충청도 구황어사(救荒御使) 때 지은 것이다. 흉년을 이길 힘이 수령에게 있으니 만사 준비하고 게으르지 말 것을 당부하고 있다. 뒤의 시에서도 백성의 고단함을 치유할 수 없는 자신을 부끄럽게 생각하는 뜻이 나타난다. 〈매포창진급모귀마상(買浦滄賑給暮歸馬上)〉[26]에서는 "한 고을 수령노릇 거칠고 게을러 부끄럽다네[一麾出守愧疎慵], 곤궁한 백성이 봄을 맞으니 가슴이 절로 답답하네[民困當春意自忡]"라고도 했다.

이를 사회적인 이유에 눈 돌리지 않고 자신의 책임으로 간주하는 것은, 사회적으로는 타당하지 않고 자신의 학문관으로는 타당했을 것이

24) 이황, 〈진천동헌(鎭川東軒)〉(《도산전서 1》, 1980, 40쪽).
25) 이황, 〈病慵〉, (《도산전서 1》, 1980, 79쪽).
26) 이황, 《도산전서 1》, 58쪽.

다. 성리학적 수기(修己)와 학문을 위기지학(爲己之學)으로 천명하는 이황에게는 사회적인 현상도 문제의 근본 원인은 자신에게 있는 것이다. 자신이 관리의 한 사람이기 때문인 것보다 학문적 이유가 그에게는 더 적실할 것이다. 이는 나아가 임금의 수신(修身)이 나라의 흉험(凶險)을 치유하는 길이라는 사고와 맥을 같이 한다.[27]

무엇보다 주목되는 것은 이황의 농촌시는 천지와 인간의 조화에 대한 긍정적 소망을 강조한다는 점이다.

예부터 납일 전에 내린 눈	古來臘前白
풍년 조짐이라 임금께 하례했네	豐徵賀天陛
지금 다행히 때에 맞추어 내리니	今玆幸及時
가히 보리와 냉이를 적시겠구나	汔可潤麥薺
저 호남과 영남을 생각하니	念彼湖與嶺
이년이나 흉년을 만나	二年遭凶瘠
백성이 불 물 속에 있으니	赤子在焚溺
성심 또한 그와 한가지라	聖心軫一體
덕 둔 마음 하늘과 같아	德意與天同
주나라 예를 본받아 시행하네	推行法周禮
……	……
바라기는 하늘이 가엾게 여겨	但願天覆閔
상서로움을 끝까지 거스르지 않기를	嘉祥終不抵
온갖 곡식 풍년들어	穰穰百穀登
우리 백성 서로들 도우며	我民兄保弟
여염은 태평을 노래하고	閭閻歌鴻雁
귀신은 제사를 흠향하기를	鬼神享酒醴
한번 배부름도 임금의 은혜니	一飽亦君恩
만수를 바라며 절 올릴 수 있기를	萬壽咸拜稽
병을 이기며 홀로 앉아 노래 부르니	力疾坐獨謠
주르륵 두 줄기 눈물 흐르네[28]	潸然下雙涕

27) 김태안, 앞의 글, 40~58쪽.

동짓달 16일 내린 눈으로 내년의 풍년을 기원하며 눈물을 흘린다고 하니 그동안의 재해로 말미암아 흉해가 심각했음을 알 수 있다. 백성이 굶주림에서 벗어나기를 바라는 간절한 마음이 잘 드러나 있다. 하늘이 상서로운 날씨를 유지해 주는 것은 임금의 마음이며 백성의 소망이다. 좋은 기후로 말미암아 한번 배부름은 임금의 은혜기도 하다. 거꾸로 백성의 곤궁은 임금의 괴로움이다. 임금의 덕이 하늘과 같아 하늘이 이렇게 풍년의 조짐을 내려 주었다. 풍년이 든다면 그것은 임금과 백성과 하늘이 조화를 이루었기 때문이다. 한 편을 더 들어 본다.

이즈음 춥고 더움이 고르지 못하여	爾來寒燠苦不常
굶주림과 질병으로 백성은 울부짖네	饑荒疫癘民嗷嗷
썩은 선비 대책 없어 걱정만 많은데	腐儒無策謾多憂
성상은 노심초사 정성이 높으셨네	聖上焦思精貫高
……	……
하늘 백성 하늘이 돌봄은 당연한 이치지만	天民天恤理則然
상서로움 맞으려면 마땅히 노력이 있어야 하네	導迎佳祥宜便勞
근본을 바로 함이 뭇 재앙을 막을 뿐이겠나	豈惟端本弭衆災
중화하고 직분을 즐기면 흡족함을 감당하리니	中和樂職堪濡毫
흩어진 백성이여 각기 본업으로 돌아가소	流民流民各歸業
이제부터 임금 은택 너희 무리 구하리니[29]	從今聖澤完爾曹

이 시 역시 하늘 즉 자연의 호의와 임금의 정성, 그리고 백성들의 직분에 대해 언급하고, 그 셋이 조화를 이루는 이상적 상황을 그려 보이고 있다. 이런 내용은 대부분 바람으로 그칠 뿐이다. 그러나 이황은 이러한 바람에 강한 집착을 보이고 있다. 이를 위해 이황은 〈무진육조소(戊辰六條疏)〉 등을 통하여 제왕이 '갈인욕존천리(遏人欲存天理)'의 수양에 전념해야 한다고 강조한다.[30] 동중서의 견해를 이용하기까지 하면서 가뭄·

28) 이황, 〈至月十六日雪〉(《도산전서 3》, 1980, 481쪽).
29) 이황, 〈冬日甚雨而已大雪喜而有作〉(《도산전서 1》, 1980, 56쪽).

홍수 · 농사의 풍흉과 모든 자연의 재해까지 임금의 덕과 관련이 있다고 했다. 그러나 이것은 실제로 그럴 수 있는 것은 아니다.

백성과 임금과 자연이 조화로운 하나가 된다는 염원이 현실적이기보다 낭만적 지향일 수 있다는 점을 전제로 하여, 이황이 시 속에서 바라는 풍년은 백성과 이황과 임금의 현실적 소망을 넘어, 이황이 생각하는 이상적 조화의 상태에 대한 은유적 표현으로 이해할 수 있다. 풍년이 드는 것은 단지 백성이 굶주림에서 벗어나는 것에 그치지 않고, 세계가 조화로움을 얻었다는 징표가 된다. 현실의 피폐함에 대한 비판적, 부정적 고발은 그러한 의도에 전혀 도움을 주지 않는다. 이황은 현실의 곤궁함에 자신의 이상적 지향을 결합하는 농촌시를 쓴 것이다. 지향은 이상적이지만 이상의 지향에는 현실적 맥락이 있다.

4. 이황 농촌시의 현실 기반

제도와 관리에 대한 비판보다 희망과 조화를 보려 하고, 인재(人災)보다 천재(天災)를 강조하는 이황의 농촌시에는 이황이 치자(治者)로서 가진 역사성이 개재되어 있다고 보아야 할 것이다. 조선전기부터 중기에 이르는 동안 역사적 정변들의 결과, 수많은 공신이 생겨났고, 이들은 대토지를 사유하기 위해 여러 가지 부정을 저지르고 농민을 착취하였다. 연산군 때의 홍길동, 중종 때의 떼강도, 명종 때의 임꺽정 등 대규모 도적 집단은 서민들의 저항으로 이해되거니와, "그럴 기회도 갖지 못한 일반 농민층은 그 재난이 견딜 수 없는 지경이면, 아직도 개별적 유리도산의 길을 택하는 것이"[31] 일반적으로 일어나는 일이었다.

---

30) 김태안, 앞의 글, 40~58쪽 ; 이원승, 앞의 글, 111~116쪽.
31) 김태영, 〈과전법의 붕괴와 지주제의 발달〉, 《한국사 28》, 국사편찬위원회, 1996, 65쪽.

이런 형편에서 사림은 자신들의 근거지를 지키기 위해서도 농민층의 안정을 바랐다. 한편으로는 훈구세력의 부정을 비판하고, 한편으로는 향약운동, 서원운동을 통해서 향촌을 안정시켜 나가고 있었다. 사림은 《이륜행실도(二倫行實圖)》의 장유(長幼)와 붕우의 윤리를 강조하였으며, 결국 "향촌의 일반 농민들을 수령권의 직접적인 통제에서 벗어나 향음주례 향약과 같은 유교적 공동체 조직 속에 끌어들임으로써 사회를 더 안정"[32]시키고자 노력했다.

이황은 경북지역에서 향약과 서원운동을 활발히 벌였다. 이는 결국 사림의 향촌 안정이라는 당면 과제의 큰 틀 속에서 이해되는 것이다. 그의 농촌시 또한 그가 가진 이런 시각에서 이해될 수 있다. 향촌의 지배층으로서 향촌의 안정은 지배층에 대한 비판보다는 조화와 협동을 강조했다. 정부와 관리에 대한 비판보다는 천재를 강조하는 것이 심리적으로 가까이 있는 지배층에 대한 저항의식을 잠재우는 데 유리했을 것으로 생각된다. 천재를 강조하는 것이 치자계급의 성향이라는 것은 훈구세력의 대표격인 서거정의 농촌시에서도 잘 드러난다. 당대 김시습이나 김종직의 농민시와 달리 서거정의 농촌시는 농민의 간고함을 멀리서 바라보고, 자연재해를 더 강조함으로써 체제를 옹호하려는 의식적 노력의 산물이었다.[33]

이황이 서거정에 가까이 갈 만큼 치자로서의 위치를 자각했는지 하는 점은 말하기 어렵다. 그러나 중앙정부에서는 아니지만, 경북 특히 예안 지방에서는 그러한 구실을 했다고 보아야 할 것이다. 그러나 무엇보다 중요한 것은, 이 당시가 사림이 거듭되는 사화를 겪으면서도 점진적으로 중앙 권력의 무대로 진출하던 시기였다는 사실일 것이다. 이황이 19

32) 이태진, 〈향촌질서 재편운동〉, 《한국사 28》, 국사편찬위원회, 1996, 277쪽.
33) 신연우, 앞의 글, 63쪽 ; 백연태, 〈서거정의 애민시 고찰〉, 《어문연구》 34집, 어문연구학회, 2000, 280쪽 ; 장호성, 〈진일재 성간 연구〉, 《성균한문학연구》 28집, 성균관대학교, 1988, 54쪽.

세 때 일어난 기묘사화, 45세 때 일어난 을사사화가 고비였으며, 선조대에 이르면 중앙은 결국 사림의 무대가 된다. 이태진은 이황과 이이의 사상 차이가 이이 때 실제로 정치행위를 담당했기 때문에 생겨났다고 하였지만, 그러한 준비는 이황 때 이미 이루어지고 있었다고 보아야 할 것이다. 이황의 사상이 '이'를 중심으로 일사불란한 체계를 마련하여, 훈구세력을 근본적으로 비판하고 사림을 결속시킬 수 있었던 것이 바로 그런 정치행위의 한 부분으로 이해할 수 있을 것이다.

그런 점에서 이황이 농사의 기쁨을 주제로 한 시를 여러 작품 남기고 있는 것도 같은 맥락으로 이해할 수 있다. 현실의 어려움이 컸음에도 농사의 보람과 기쁨을 말하는 것은 현실 너머에 존재하는 당위적 세계에 대한 소망의 표현으로 보인다. 그것은 일반 백성에게 직접적인 권농(勸農)의 형식을 갖지 않고, 스스로를 향한 확인으로 나타났다.

내 농사의 즐거움을 잘 알지	我識田家樂
봄에 밭 갈아 흙먼지 날리고	春耕破土煙
때 맞은 봄비에 새싹이 돋는다네	苗生時雨後
늦서리 전 알곡은 무르익어	禾熟晩霜前
옥 같은 곡식들 세금내기 충분하네	玉粒充官稅
질그릇 술동이로 마을 잔치 모아보자	陶盆會俗筵
어찌 벼슬아치 되어서	何如金印客
우환으로 해를 보내겠나[34]	憂患送流年

산 속 밭엔 콩과 조가 마땅하고	山田宜菽粟
약포에는 싹이며 뿌리며 가멸하네	藥圃富苗根
북쪽 돌다리 남쪽으로 통해 있고	北彴通南彴
새로 난 마을은 옛 마을에 이어졌네[35]	新村接舊村

34) 이황, 〈寄題四樂亭, 農〉(《도산전서 3》, 1980, 465쪽).
35) 이황, 〈春日閑居次老杜六絶句〉(《도산전서 1》, 1980, 69쪽).

이렇게 표현되는 농사일의 가멸음과 즐거움은 하나의 소망으로 이해해야 할 것이다. 이황이 아주 넉넉했다고는 하지 않겠지만, 영주와 의령에 농장이 있었으니 일반 농민들에 비교할 것이 못 되었을 것이지만, 이황 자신도 "농사 짓고 뽕 치는 잔일에도 때를 놓치는 일이 없었다. 그러나 집은 원래 가난하여 가끔 끼니를 거르기도 하였다"[36]고 하였으니, 농사를 통해서 관세(官稅)를 감당하기에 충분하다고 말할 수는 없었다. 〈언행록〉의 이 기록을 그대로 수용하여 농사에 대한 권면이 '집안 살림의 빈곤'에 있었다거나 그의 '중농정신을 숨김없이 표현한 것'[37]이라고 보는 것은 너무 소박한 감이 있다.

이러한 일군의 시들은 이황이 생각하는 바람직한 농촌의 모습일 뿐이다. 이 모습은 통치계급의 비판자였던 사림층이 점차 통치계급으로 되는 과정에서 생기는 정신적 변화를 대변한다.

다음으로, 이황의 농촌시가 천지와 인간의 조화에 대한 긍정적 소망을 강조하는 점의 의미를 생각해 보자. 구체적으로 밝히면, 이 조화는 날씨 등의 천후(天候)와 임금 그리고 백성인 농민이라는 셋의 조화다. 천후는 원망의 대상이지만 원망해 봐야 부질없는 대상이기도 하다. 천후는 불가항력이지만 인간의 성심으로 천후에 영향을 미칠 수 있다고 생각되기도 한다. 크게는 성리학 자체가 우주를 유기체로 간주하기 때문에 가능한 것이고, 작게는 한대(漢代)의 천인상응설(天人相應說)로 연관 지어 볼 수도 있다. 이황은 동중서(董仲舒)가 무제(武帝)에게 한 말을 인용하여, 하늘이 재이(災異)를 내리는 것은 천심이 임금을 사랑하여 그 난을 그치게 하려는 뜻이라고 진언하기도 했다.[38]

그러나 이황이 천인상응을 말한 것은 천재(天災) 자체와 그 극복이라는 주술적 효용보다는, 임금이 마음을 다스리는 일의 중요성을 말하기

36) 〈언행록〉 2(정순목, 《퇴계평전》, 지식산업사, 1994, 212쪽).
37) 이원승, 앞의 글, 136 · 140쪽.
38) 이황, 〈戊辰六條疏〉 6항(《도산전서 1》, 1980, 183쪽).

위한 수단이라고 보는 것이 타당하다.[39] 〈지월16일설(至月十六日雪)〉에서 말하는 것은 '영호남의 백성이 이년이나 흉년에 시달려 불과 물 속에 있는 듯한 것을 임금이 자기 처지인 듯 여기는 마음을 갖고 하늘의 덕을 가져야 한다'는 것이다.

이러한 생각은 관념적인 것이 아니었다. 이황은 〈무진경연계차(戊辰經筵啓箚)〉나 〈무진육조소(戊辰六條疏)〉, 〈진성학십도차(進聖學十圖箚)〉 등 임금에게 올리는 글에서 군주의 덕성을 함양해야 한다는 뜻을 거듭 강조했다. 이는 앞에 인용한 시에서 보이는 이황의 의도와 같은 맥락인 바, 그가 이 문제를 관념이 아니라 현실의 문제로 인식하고 있음을 보여준다.

그러나 무엇보다도 군주의 덕성 함양을 강조한 것은 이황이 연산군, 중종, 명종 대를 지나면서 한 번도 제대로 된 임금의 덕치를 맛보지 못했다는 데 근본 원인이 있었을 것이다. 일흔이 된 이황이 열일곱의 새 임금 선조에게 이런 간언을 거듭한 것은 실제적 필요성 때문이었다.

그리고 임금의 자질을 함양하려는 노력은 사림의 현실적 전통이었다는 점을 빠뜨려서도 안 될 것이다. 사림파는 연산군 때 학정을 경험한 끝에 중종에게는 현철군주론(賢哲君主論) 즉, 성군론(聖君論)과 도학정치(道學政治)를 거듭 강조했다. 조광조는 이 일을 너무 중시하여 결국 중종이 이에 반감을 갖게 되었고, 기묘사화의 꼬투리를 제공하는 역설적 결과를 가져오기까지 했다. 기묘사화로 사림이 몰락했어도, 아니면 그랬기에, 사림은 임금이 제대로 서야 자신들도 제대로 설 수 있다는 것을 더 확실히 알았다.

이황이 임금의 성심(聖心)을 강조하는 것은 이러한 맥락과 전통 위에 놓인다. 이는 단순히 천인감응설의 통시대적 보편성이나 당면 현실문제를 주술적으로 해결하고자 하는 대증적(對症的) 처방이 아니다.

---

39) 김태안, 앞의 글, 45쪽.

이황은 백성들에게도 주문하는 바가 있었다. 그는 "우리 백성 서로들 도우며, 한번 배부름도 임금의 은혜로 알고, 만수를 바라며 절 올리는" 마음을 갖기를 바랐다. 또한 〈동일심우이이대설희이유작(冬日甚雨而已大雪喜而有作)〉에서는 "상서로움 맞으려면 마땅히 노력이 있어야 하고, 직분을 즐기면 흡족함을 감당하며, 흩어진 백성은 각기 본업으로 돌아가"라는 부탁을 하고 있다.

이는 앞에서 우리가 살펴본바 농촌에서 유리되는 농민을 안정시킴으로써 향촌의 안정을 도모하려는 뜻과 같다. 이는 이황이 서얼허통(庶孼許通) 문제에 대하여, 원칙적으로는 사람에 귀천이 없으나, 사회적 질서를 위하여 결국 허통을 할 수 없다[40]는 견해를 피력한 것과 같은 의미다. 결국 임금은 도덕 재무장을 통하여, 백성은 직분을 고수함에 따라 그가 생각하는 이상적 사회질서가 이루어질 수 있다는 뜻을 농촌시를 통해 보여 주고 있다고 하겠다.

이상의 검토는 결국 이황의 농촌시가 지향하는 바가 임금과 일반 백성의 선해짐이라는 것을 알려 준다.[41] 그리고 그 선의 결과적 표현, 궁극적 표상은 임금・백성・자연의 조화로움이다. 조화는 선(善)이다.

이황의 농촌시가 그의 다른 시들과 연결될 수 있는 점이 바로 여기에 있다. 이황의 시는 산수시거나 도학시다. 백성의 일상생활과 연결하기 어려운 시들이다. 농촌시는 백성과 직접 관련이 있다. 이 둘 사이에는 메우기 어려운 골이 있다. 다음의 시들과 비교해 보면 그 차이가 분명하다.

평생을 산에 사니 산이 더욱 좋아라	七十居山更愛山
하늘의 마음과 주역 형상을 고요 가운데 본다네	天心易象靜中看

---

40) 《명종실록》 권 15, 8년 계축(癸丑) 10월 경진(庚辰)(정순목 편저, 《퇴계정전》, 지식산업사, 1992, 164쪽에서 재인용).

41) 이는 선행 연구가 이황의 애민시를 다루면서 "위민지학(爲民之學)으로서의 성리학에 근거하여 사회 문제를 인간의 내면적 도덕성의 차원에서 해결하려 했다"고 결론지은 것과 통한다(이진, 앞의 글, 91쪽).

한 시내와 바람, 달을 한가히 살필지니　　一川風月須閑管
티끌 같은 세상일 간여하지 말라네[42]　　萬事塵埃莫浪干

군옥산 산머리 제일의 신선　　羣玉山頭第一仙
찬 살결 흰 빛이 꿈인양 곱네　　氷肌雪色夢娟娟
일어나 달 아래 서로 만난 그 곳　　起來月下相逢處
신선 바람 휘감으니 찬연도 하여라[43]　　宛帶仙風一燦然

앞의 시는 산에 살면서 《주역》을 읽고 《주역》의 온갖 괘상을 산에서 증험하는 기쁨을 제자들에게 보인 것이다. 세상의 온갖 현실을 넘어선 형이상학 차원의 탐구를 하는 기쁨을 말했다. 이런 점이 이황의 궁극적 관심처다. 뒤의 시는 매화를 읊은 것으로 여기서도 속세를 떠난 산머리의 순수한 세계에 대한 지향을 선명하게 그렸다. 밤에 일어나 매화를 보고 제일의 신선이라고 하고, 거듭해서 신선의 풍채가 완연하다고 상찬했다. 그 상찬의 대상은 얼음 살결과 눈 빛깔이다. 그것은 순수의 극치다. 이 시에서 매화는 군옥산 산머리에 있으니 공간적으로 일상에서 벗어났고, 달 아래 있으니 시간적으로 생활에서 벗어났고, 그 자체가 얼음 살결과 눈 빛깔로 순수의 상태를 극대화하고 있다.[44] 이는 흔히 순수한 이(理)의 표상으로 이해된다.

이동환은 이황 도학시의 의상(意象)을 '선계(仙界)·달빛·매화'라고 지적했다. 그에 따르면, "선계는 혼탁한 정치 현실에서 벗어나 청정한 자유의 세계를 지향하며, 달빛은 담연허명(淡然虛明)한 심체(心體)를 표상하고, 매화는 '이'의 청정(淸淨) 또는 청진한 세계를 상징한다."[45] 이런 높은 세계와 범속한 농민의 현실생활을 잇는 것이 성리학의 과제 가운데

42) 이황, 〈巖栖讀啓蒙示諸君二首 2〉(《도산전서 1》, 1980, 152쪽).
43) 이황, 〈溪齋夜起對月詠梅〉, 위의 책, 154쪽.
44) 신연우, 앞의 글, 236쪽.
45) 이동환, 〈퇴계의 시작 개황과 그의 작품세계〉, 이우성 편, 《도산서원》, 한길사, 2001, 261쪽.

하나다. 이황은 조식에게서 일상의 구체적 규범보다 초월적 이론에 집착한다는 비난을 받았던 대로, 현실문제에 대한 시작보다 형이상학적 질서에 대한 탐구를 더 많이 했다. 그러나 이황은 나름대로 현실문제에 관심을 기울였으며 그의 농촌시도 그러한 관심의 한 표현이다.

그러나 그 두 세계 또는 차원을 연결하는 것은 쉽지 않다. 관념적으로는 하나의 태극이 만상에 구체화되므로 또는 하나의 기(氣)가 만물을 형성하는 것이므로 만상이 하나라고 할 수 있지만, 그렇다고 현실의 고난이 궁극의 이치와 관계가 있다고 느끼며 살게 되지는 않는다.

신선이나 달빛, 매화가 노래하는 순수 '이'의 세계와 백성들의 현실적 간고 사이에는 커다란 거리가 있다. 이황이 현실문제를 해결하는 데 별 소득이 있지 않았음은 그의 행정, 정치 행적이 보여 주는 바와 같다. 이 경우에도 이황은 농민의 삶을 구체적으로 돕는 방안을 제시하지 않는다. 이황과 달리, 사림의 선배인 유호인이 지은 〈화산십가(花山十歌)〉는 원리적 차원의 권계가 아니고, "농사를 일방적으로 찬미하거나 백성의 참상을 고발하는 내용도 아니다. 어려운 가운데서도 부지런히 누에치고 물레질하고 삭정이도 거두어 취사에 쓰는 등 생활의 구체적인 면모에 파고들어 가난을 이겨낼 방안을 제시하고 있는 것이다."[46] 이황의 시는 이만큼의 구체성을 확보하지 못하고 있다.

그것은 이황의 농촌시가 사실 묘사를 통한 농촌 참상을 고발하지도, 위정자를 비판하지도 않는 것과 관계가 있다. 그것은 현실 곤궁의 문제를 순수 선의 문제, 순수한 '이'의 구현 문제로 해결하려 하기 때문이다. 사람이 선해지면 기후도 순해진다는 생각으로 연결된다.

이는 이황 성리학의 체계로서는 당연한 논리일 수 있다. 본질적으로 이선기후(理先氣後)지만 현실적으로 '기'의 작용으로 말미암아 '이'가 제 활동을 하지 못하기에 천지자연도 인간사회도 질서를 잃는다면, 문제의

46) 신연우, 앞의 글, 79쪽.

해결은 '이'를 제자리에 얼른 돌려놓는 데 있기 때문이다. '기'를 순화한다는 이이 식의 사고는 아직 이황에게는 이른 것이었다.[47] '이'와 '기'는 결시이물(決是二物)이며 '이'가 '기'를 이길 때 만물이 제 질서를 찾는다는 사고는 선악을 확연히 구분 짓기 위한 의도를 갖는다.

이러한 사유방식은 현실적으로는 당대까지의 훈척세력을 비판하는 강력한 이론적 무기가 될 수 있었다는 역사적 맥락에서 이해할 필요가 있다. 이황의 사상은 농민을 핍박해 향촌을 압박하는 부도덕한 훈척세력에 대한 이론적 비판의 결정체로 나타났다는 사회적 의미가 있다.

물론 이황은 현상 너머의 것을 탐구하는 철학자로서 그의 사상을 형성하였기에, 그의 농촌시가 농민 현실이라는 실제적 현상 너머의 것에 눈을 두고 있기는 하지만, 결과적으로 사림의 견해나 입지와 깊이 관련되어 있었던 것이다. '인간의 내면적 도덕성의 차원에서 문제를 해결'하려고 했다는 지적[48]은 그 자체로는 타당하지만 한쪽의 측면만을 언급한 것이다.

이와 같은 이황의 시들은 애민시나 농민시라고 하기보다 농촌시라는 범박한 용어를 사용할 필요가 있다. 김시습·김종직·성간·정약용 등이 보여준 사회 고발적 측면이나 민중의 처지에 대한 인간적 분노와 같은 면을 보여 주기보다는, 서거정이나 신숙주, 강희맹 등의 농촌시에 보이듯이 치자의 처지와 당대 역사 속 사림의 위상에서 이해되는 면이 더 강하기 때문이다.

---

47) 이런 점에서 이황의 공부론은 수기 위주이고, 이이의 그것은 수기와 치인의 병행이라는 연구도 이와 같은 맥락이다(황금중, 〈퇴계와 율곡의 공부론 비교 연구〉, 《한국교육사학》 25권 1호, 한국교육사학회, 2003, 203~233쪽).

48) 이진, 앞의 글, 91쪽.

5. 사림 농촌시와 훈민시조

관인 계층의 농민시가 농민이 처한 부정적 현실을 애써 외면하면서 체제의 질서를 옹호하는 것은 조선조에 보이는 관인 계층의 '조화주의'[49]에 말미암았을 것이다. 사림은 이의 대극점에서 농촌의 실상을 고발하고 농민의 참상에서 눈을 돌리지 않았다. 그러나 이러한 두 가지 상반된 시각만으로는 농촌과 농민에 실질적인 도움이 될 수는 없다. 앞에 소개한 김정국의 시에서 보인 대로 '힘없이 눈물만 흘릴 뿐'이다.

이황의 농촌시는 다시 조화를 추구한다. 그러나 그것은 이미 부패해 버린 관인층에 도덕적 우위를 선점한 사림이 철학적 체계를 완비하여 집권층으로서 현실사회의 개혁을 준비하는, 새로운 경향의 것이었다. 인성의 선함에 대한 긍정을 우주론의 차원에서 해명함으로써 백성 교화의 바탕을 마련했다. 그러나 이황 자신은 아직 농민의 삶에 새로운 지향점을 구체적으로 마련하지는 못했음을 그의 농촌시가 보여 준다. 그래서 이 두 가지 경향 외에 김종직의 문인이자 이황의 선배 사림인 유호인(1445~1494)의 오언고시 〈화산십가〉와 같은 시작품이 있다는 점을 눈여겨볼 필요가 있다.

〈화산십가〉에서 우리가 주목하는 것은 원리적 차원의 권계나 분노의 토로가 아니라 구체적 내용의 훈민 성격이다. 이 시기에 이르러 지방 사림에게 훈민이 각별한 의미를 띠는 것은, 관인 세력의 횡포로 말미암은 향촌의 붕괴에 따른 반작용으로 향촌의 안정이 필요했기 때문이었다. 사림의 향촌 안정작업은 구체적으로는 사창제(社倉制) 운영, 향사례(鄕射禮)와 향가주례(鄕飮酒禮) 시행, 향약보급운동 등으로 나타났다. 이는 모두 '향촌을 자치적으로 운영하고, 향민을 교화'[50]할 필요성을 알았기

49) 김성룡, 《여말선초의 문학사상》, 한길사, 1995, 309쪽.

때문이었다.[51]

이황도 향촌 안정을 위한 향민 교화에 힘을 기울였다. 사림은 15세기 후반부터 향촌의 질서를 성리학적으로 편성하는 데 많은 힘을 기울였다. 그 대표적인 활동이 향약운동인바, 1518년 김안국이 '여씨향약'을 경상도에서 시행한 것이 최초고, 그 뒤 이의 실시를 위한 노력이 많았다. 이황은 김안국과 조광조의 선례를 이용해 1547년 온계(溫溪) 친계(親契), 1556년 예안 향약을 제정했다. 이황은 집안을 다스리고 나아가 고을을 이끄는 성리학적 실천을 통해 예속을 흥륭케 하는 것과 특히 향토의 선비들에게 사명감을 자각하도록 하는 일을 강조했다.[52]

유호인의 〈화산십가〉는 일종의 훈민가다. '수지반중손립립개신고(誰知盤中飡粒粒皆辛苦)' 열 글자를 운으로 해서 지었다 한다. 열 수의 내용은, 안동이 다른 마을보다 농상에 힘쓰고 절용 검색하여 흉년 준비도 주밀하게 하는 모습을 보고, 민간의 근심과 애쓰는 모양을 대강 서술한 것이라고 했다. 그러나 그 안에는 다음과 같이 농촌 생활의 할 일을 보여 주어서 생활의 지침을 삼도록 하려는 것이다.

일 : 농사를 때맞추어 한다. 이엉 엮고 새끼 꼰다
이 : 밭갈이를 위해 첫새벽에 나간다
삼 : 누에치기. 빈둥거리지 않고 물레질하기
사 : 노는 땅 없이 하고 나농(懶農)이 되지 않기
오 : 새끼 꼬아 광주리 만들기. 삭정이도 두었다가 취사에 쓰기
육 : 소출에 맞추어 아끼고 살기.
칠 : 도토리 주워 와 흉년 준비
팔 : 조세를 바치고 늙은 몸을 길러가기
구 : 흉년 들어도 소나무 껍질로 살 수도 있음
십 : 풍년의 경사에도 곡식알이 신고(辛苦)임을 경계

50) 이순형, 〈조선시대 가부장제의 유학적 재해석〉, 《한국학보》 71집, 일지사, 1993, 104쪽.
51) 이태진, 앞의 글.
52) 권오봉, 《예던 길》, 우신출판사, 1988, 256~257쪽.

농사를 일방적으로 찬미하거나 백성의 참상을 고발하는 내용이 아니라 생활의 구체적인 면모에 파고들어 가난을 이겨낼 방안을 제시하고 있다. 이것은 농민이 구체적으로 해야 할 일을 제시하여 향촌을 안정시킨다는 사림의 당면 과제를 반영한 것이다. 성리학적 질서를 가르침으로써 정신교육을 강조하는 측면이 향약이나 향음주례 등으로 나타났다면, 구체적 생활에서 농민을 안정시켜야 할 것은 이와 같은 구체적 행동양식의 제시와 실천의 촉구에 있었다.

농민을 향한 구체적인 행동의 나열은 훈민시조의 기본 성격의 하나다. 부모 형제와 관련된 윤리적 행동을 제시하는 것은 기본이고, 빈궁환란(貧窮患亂)과 혼인사상(婚姻死喪)에 상구(相救)할 것, 도적질과 도박, 쟁송 등을 하지 말 것, 농상에 게으르지 말 것, 길을 양보할 것, 노인의 짐을 들어드릴 것 등 구체적인 행동지침을 제시하여 농민을 가르치려는 것이 그것이다. 이는 자식이 부모를 때리는 것이 잘못인 줄조차 모르는 무지한 백성에 대하여, "어리석은 백성이 어찌 능히 스스로 일으키리오. …… 비로소 법을 쓰는 것이 변통성이 없어서는 안 된다는 것을 알았다"고 한 김정국의 견해로 대변된다. 김정국은 이와 같은 현실적 문제를 인식했기에 〈경민편(警民編)〉을 간행했을 것이다. 〈경민편〉은 부모, 부부, 형제, 자매, 족친(族親), 노주(奴主), 인리(隣里), 투구(鬪毆), 권업(勸業), 저적(儲積), 사위(詐僞), 범간(犯奸), 도적, 살인 등 13항의 항목으로 나누어 백성을 가르치는 일을 구체화한 것이다. 그리고 정철의 〈훈민가〉는 바로 이 〈경민편〉과 밀접한 관계가 있다.

> 지아비 밧 갈라간듸 밥고리 이고가
> 반상을 들오듸 눈섭의 마초이다
> 친코도 고마오시니 손이시나 다ᄅᆞ실가[53]

---

53) 주세붕 지음.

이고진 뎌 늘그니 짐프러 나를 주오
나는 졈엇써니 돌히라 무거올가
늘기도 설웨라커든 짐을조차 지실가[54]

이런 예는 퍽 많이 찾을 수 있다. 위의 시는 비록 고사를 이용하고 있지만 부부 사이에서는 이런 행동거지와 마음가짐이 필요하다는 것을 구체적인 예를 들어 설명하고 있다. 아래의 시는 이웃 어르신의 짐을 들어드린다는 정말 구체적인 행동양식을 제시하여 백성을 가르치고 있다. 훈민시조와 〈화산십가〉의 구체적 내용은 다르지만, 시를 이끌어 가는 작가의 의도는 비슷하다.

다음으로, 농민을 일방적으로 관리한다는 관점에서 벗어나 농민의 시각으로 옮겨가고 있다는 점이다.[55]

내 할 일을 늦출 수 없나니	我事不可緩
농사를 때맞추어 해야 하리 (1연)	西疇須及時
우차(牛車)가 첫새벽에 나가야 하네	牛車戴月出
이웃집 늙은이에게 급히 알리소 (2연)	急報隣翁知
(산 속 도토리 열매를)온 집안이 가서 지고이고 돌아와	擧家負戴歸
찧어 가루 만들어 독에 쌓아두세	春屑甕中積
흉년인들 어찌 나를 죽이리 (7연)	凶年豈殺予

이와 같이 화자를 '나'로 설정하면서 농민과 시각을 맞추고 있다. 이웃집 늙은이에게 얼른 알리는 모습은 농촌생활의 동적인 이미지를 그대로 보여 준다. 흉년에 굶어 죽는 농민이 있기에 도토리를 모아 둘 것을 말하면서도, 화자를 나로 설정하여 실감을 더해 주고 있다. 화자가 직접

54) 정철 지음.
55) 유호인, 《화산십가》(《국역 동문선》 10, 솔출판사, 1998, 202~206쪽).

'나'로 설정되지 않은 다른 곳에서도 작자가 시각을 농민의 처지로 낮추고 있음은 전편에서 확인된다. 아홉 번째 수를 보자.

흉년에 대비하는 첫째 방법은	荒政策一策
보리와 메밀과 깨와 무거리	麥麰兼麻粃
작은 것도 허투루 아니 버려야	公麽莫輕擲
굶어 죽는 신세를 면하리로다	可免溝壑身
같은 마을 친구들에게 말붙이노니	寄言同社子
어려운 살림을 근심치 말게	且勿憂艱莘
산중에 늘어선 소나무들이	山中十八公
옷을 벗어 우리를 살려 준다네[56]	解衣活吾人

'같은 마을 사람들에게 말 붙인다', '고생스러운 살림살이를 근심치 말자'는 등 같은 마을 사람들의 처지로 내려가고 있다는 느낌을 준다. 일방적으로 지도 감독하거나, 농민이란 이래야 한다는 당위적 원리나 명분을 제시하지 않은 점은 사림의 농촌시가 현실 앞에서 크게 나아갔음을 보여 준다.

이 시는 다른 한편으로 작자의 관심이 농촌의 안정에 있다는 암시를 주기도 한다. 흉년이 들면 굶어 죽는 사람이 생기고 농민의 안정이 위협받게 마련이다. 이는 곧 지방 지주층의 안녕에도 위험한 일이다. 이 시에서는 흉년에 대비할 일을 말하면서 동시에 흉년이 들더라도 소나무 껍질로 살아갈 수도 있다는 심리적 안정을 의도하고 있어 보인다. 간고한 삶이 되는 것은 어쩔 수 없는 일이라 해도, 심리적으로 안정되어 있다면 유랑민이 되거나 향촌이 붕괴되는 일은 막을 수 있는 것이다.

이런 의도도 있겠지만 여하튼 이 시는 화자가 농민의 시각으로 한 단계 내려가 일방적 훈계와 감독이 아닌 듯한 방법을 쓰고 있음은 주목할 일이다. 이 경우 화자 '나'의 의미는 무엇인가? 유호인 자신일 리는 없

56) 유호인, 《화산십가》(위의 책, 205쪽).

다. 한시를 읽을 수 없는 현실의 농민이 이 시를 읽고 공감을 하고 농사 일을 열심히 하게 되는 것도 아니다. 그러나 그 의도는 명백해 보인다. 그 의도를 효과적으로 이룰 수 있는 것은 한글로 된 노래일 것이다. 그것이 바로 훈민시조로 구현되었다고 본다.

훈민시조는 물론 주세붕의 것처럼 유교 윤리를 일방적으로 가르치는 것도 있지만, 정철의 것처럼 백성의 자리로 내려간 듯한 자세를 보이는 것도 있다.

> 어와 뎌 족하야 밥 업시 엇디 ᄒᆞᆯ고
> 어와 뎌 아자바 옷 업시 엇디 ᄒᆞᆯ고
> 머흔 일 다 닐러ᄉᆞ라 돌보고져 ᄒᆞ노라[57]

> 오늘도 다 새거다 호믜 메오 가쟈ᄉᆞ라
> 내 논 다 ᄆᆡ여든 네 논졈 ᄆᆡ여주마
> 올길헤 ᄲᅩᆼ 빠다가 누에먹켜 보쟈ᄉᆞ라[58]

이런 시조는 일반 백성의 구체적인 생활을 소재로 하여 그 움직임을 동적으로 그리고 있다. 화자는 사대부의 자세가 아니라 같은 일반 백성의 일원이 된 듯한 시각을 견지하고 있다. 이를 권두환은 '목소리 낮추어 노래하기'라고 적절히 지적한 바 있다.[59]

또 지적할 수 있는 점은, 앞에서 인용한 유호인의 시에 보이는 서술적 어법을 사용하고 있지만 그 실제 의미는 의도형이라는 점이다. 이는 훈민시조 일반의 특성으로 지적되는 것이다.

> 형님 자신 져줄 내 조쳐 머긍이다

---

57) 정철 지음
58) 정철 지음.
59) 권두환, 〈목소리 낮추어 노래하기〉, 《한국고전시가작품론》, 백영정병욱선생10주기추모논문집 간행위원회, 집문당, 1992.

어와 뎌 아슨야 어마님 너 스랑이아
형제옷 불화(不和)호면 개 도티라 호리라[60]

풀목 쥐시거든 두 손으로 바티리라
나갈딕 겨시거든 막대들고 조추리라
향음주 다 파흔 후에 뫼셔가려 호노라[61]

이 시들은 결국 화자의 강한 의지를 보여 준다. 이러한 의도형의 의의를 조태흠은 “훈민시조가 의도된 독자를 염두에 두고 독자의 처지에서 창작되었기 때문”[62]이라고 지적했다. 나아가 이는 “지배와 복종을 강조하는 직접적 명령법보다 훨씬 효과적이고 차원 높은 교화수단”이라고 지적했다. 독자 또한 이 화자의 처지에 서게 되어, 작품 속의 윤리를 스스로 실천하리라는 자신의 다짐이 되기 때문이다. 유호인 시에서도 이러한 성향은 똑같은 기능을 한다고 할 수 있다. 게으르지 않고, 농사를 때맞추어 하고, 소출에 맞추어 아끼며 살고 하는 등등의 교훈을 제시하면서, 유호인은 명령이 아니라 의도형의 어법을 구사하고 있다.

이는 물론 사림층이 적극 수용한 성리학의 이념이 제시하고 있는 바와 일치하기도 한다. 주희가 제시한 성리학은 지주와 전호의 관계를 재설정하고 있다. 주희에 따르면, 전호(田戶)는 전주(田主)가 있어 가구(家口)를 양활(養活)하므로 전주를 침범해서는 안 되며, 전주 또한 전호에 힘입어 가계를 넉넉히 하므로 그를 학대해서는 안 된다는 상보적인 논리를 제공했다.[63] 단적으로 말하면, 지주층이 농민의 실체를 같은 인간으로 인정하게 된 시대 배경 속에서 유호인이나 정철 시의 시각 변화가 이해될 수 있다.

60) 주세붕 지음.
61) 정철 지음.
62) 조태흠, 〈훈민시조연구〉, 부산대학교 박사논문, 1989, 73쪽.
63) 이태진, 앞의 글, 83쪽.

이것은 훈민시조가 관인층이 아니고 사림층에서 향유된 까닭을 설명해 준다. 관인층은 성리학의 도덕관념에서 멀어졌고, 사림은 이를 더 강화했다. 관인층과 닿아 있는 황희나 맹사성의 시조가 보여 주는 풍성한 느낌과 서거정 등의 넉넉한 느낌이 같은 맥락인 것처럼, 유호인 등의 시에서 보이는 농민을 향한 시각의 변화가 훈민시조와 같은 맥락에서 파악될 수 있다.

이러한 관점에서 이황의 도반이기도 했던 하서(河西) 김인후(金麟厚)와 한 세대 뒷사람인 경정(敬亭) 이민성(李民宬)의 시가 도움이 된다.

좋은 경치 더디게 펼쳐지는 누에 철이라	蠶月麗景遲
젖은 뽕나무 부드러이 막 피려 하는구나	濕桑柔始敷
뽕가지를 움켜잡으며 그 잎을 거두어서	攀條輟其葉
아침마다 살피면서 따온 잎을 먹이노라	采采看朝哺
꿈틀꿈틀 3일 잠을 치루고 나더니	蠋蠋佇三眠
박에 가득 신기한 일이 벌어졌도다	滿箔奇功輸
새로운 실을 넉넉히 절로 쓸 수 있으니	新絲足自給
관세에서 더 이상 보태지 않아도 되리라[64]	不見充官租

김인후가 지은 이 시는 유호인의 시와 비슷하게 백성들의 일용을 구체적으로 담고 있다. 누에가 먹을 뽕잎이 부드러운 철을 놓치지 말고 잎을 거두어 아침마다 살피면서 먹인다. 세 잠을 자고 나면 신기하게도 실을 뽑아낼 수 있다. 이것은 누에에 대한 시인의 감탄이라기보다 백성의 '일용에 도움이 되는 일련의 잠사과정'을 사실적으로 그린 것이고,[65] 그보다는 또 백성에게 누에치기를 잊지 말라는 권고를 부드럽게 표현한 것이라 하겠다. 백성들의 처지를 이해하고 그들이 경제적으로 조금이라

64) 김인후, 〈詠李上舍鶴四美亭, 桑〉, 《河西全集》 권 2, 五古(조기영, 《하서 김인후의 시문학 연구》, 아세아문화사, 1994, 156쪽에 재인용).
65) 조기영, 위의 책, 156쪽.

도 나아지도록 권계하는 이러한 시는, 정철이 '올 길헤 뽕 따다가 누에 먹켜 보쟈스라'는 더 직접적인 교훈의 시조로 나아가는 데 앞선 소임을 했다고 볼 수 있다.

김인후는 애민시류의 시편을 여러 편 썼는데, 그의 애민시에서는 직설적인 사회고발이나 격렬한 감정에서 흘러나온 작품은 거의 없다. 그러나, 〈납전삼백(臘前三白)〉, 〈희우(喜雨)〉, 〈동지(冬至)〉, 〈구절포가(九節蒲歌)〉 등에서 백성에 대한 애정과 태평성대에 대한 염원이 잘 드러나 있다고 하며, 또한 이들은 천인합일의 자연관을 바탕으로 천기(天氣)의 변화에 관심을 두고 천리(天理)를 따라 태평성대를 기원하는 경세관이 표출되어 있다고 한다.[66] 이는 사림의 농촌시가 단순한 분노와 고발의 차원에서 벗어난 상황을 보여 준다. 이 변화는 사림이 단순한 비판자가 아니라 향촌을 안정시킬 실질적 주체로서의 자각에 말미암은 것으로 여겨진다.

또한 이민성은 실제적인 농촌의 모습을 농민과 함께 하는 관점에서 보여 주는데, 이 속에서 일상에 유익한 식물을 소개하기도 했다. 가령 〈종구기(種枸杞)〉 같은 시는 구기자를 심고 기르며 열매를 음료로 만드는 과정과 음료의 효능을 상세히 읊어, 정보제공과 계몽의 구실을 담고 있다.[67] 이는 유호인 시에서 보았듯이 농민의 생활 속으로 들어가는 사림 농촌시의 모습을 잇고 있는 것으로 볼 수 있다.

당대의 사림이 만들어 나갔던 이러한 농촌시의 변모는 결국 향촌을 안정시키고자 하였던 사림의 현실적 관심의 결과며, 이는 성리학적 교화라는 한층 더 사회적인 훈도와 함께, 사림의 훈민시조라는 문학적 변용을 가능하게 한 요인으로 상정해 볼 수 있다.

---

66) 안봄, 〈하서 김인후의 문학사상 연구〉, 조선대학교 박사논문, 2000, 193 · 312쪽.
67) 박경은, 〈경정 이민성의 시 연구〉, 성신여자대학교 석사논문, 1999, 66~68쪽.

6. 맺음말

필자는 신숙주가 사회질서 확립이라는 이념을 제시하였고, 이 이념을 실천하는 차원에서 서거정은 농촌을 바라보는 데 그쳤으나, 강희맹은 서민적 참여의 수준까지 보여 주었으며, 소세양 시대로 내려오면 그 이념이 붕괴되는 모습을 조선전기의 농촌시가 보여 준다고 정리한 바 있다.

이들의 농촌시는 조선전기 훈구 관인층의 사회질서 확립 이념이 붕괴되는 과정을 보여 주는 것이다. 그리고 그 빈자리를 차지한 것이 사림이었는데, 이런 점에서 이황의 농촌시는 훈구가 물러날 자리에서 사림이 담당해야 할 역사적 과제를 보여 주는 문학적 작업이었다고 이해할 수 있다.

그것은 위에서 살펴본 대로, 정치 관료나 제도에 대한 비판보다는 화합과 조화를 강조하고, 인재(人災)보다 천재(天災)를 드러냄으로써 농민의 원망 대상을 모호화하는 것으로 나타났다. 무엇보다 이황의 농촌시는 농민이 처한 현실의 간난을 내면적 도덕의식으로 다시 이념화해가는 치자의 의식을 드러내는 것이었다. 그것은 향촌을 안정시키는 향촌지배자의 입지였던 것이고, 다가올 사림정권에서 현실정치를 담당해야 하는 당대 사림의 지향점이었던 것이다.

그러나 이런 모든 것들은 이념의 차원을 넘어서 철학의 차원으로 체계화되었다는 데 이황 문학과 사상의 특징이 있다. 신숙주가 제시한 것이 이념의 차원이었다면, 이황은 이를 사상과 철학의 차원으로까지 정치(精緻)하게 체계화함으로써, 성리학 입국(立國)이라는 새로운 세대를 준비했다. 사림이 정권을 잡고 바로 이이의 사상이 주도적 구실을 하게 되었지만, 사림 세대를 여는 사상적 배경을 체계화하여 제시한 이황의 작업은 자기 시대의 책무에 충실한 것이었다 할 것이다.

이러한 이념적 배경 위에서 사림은 더 구체적으로 백성을 윤리적으로 교화할 수 있었다. 정철의 〈훈민가〉로 대변되는 백성에 대한 직접적 교화의 이면에는 이황이 마련한 사상적 바탕이 있었고, 그 변화의 과정에서 유호인의 〈화산십가〉와 같은 작품이 선행했던 것으로 생각할 수 있다. 이황의 농촌시는 이 과정에서 애민시로서는 모호한 태도를 보이지만, 다음 세대를 준비하는 치자의 입장에서 백성을 관리할 이념적 지표와 방향을 모색하는 것이 그의 임무였기에 그의 농촌시가 나타내는 경향은 당연한 것이었다.

결론적으로 사림의 농촌시는 초기의 비판과 한탄을 지나서 지배층으로 전환하고, 백성들의 일상생활의 구체성을 획득하여 훈민시조로 귀결하는 양상을 보인다고 할 수 있다. 훈민시조는 사림의 현실적 가치관과 지향점이 집약되어 있는 시조양식이다. 물론 사림의 통치도 당쟁 속에 부패하였고, 따라서 농민의 처참한 생활을 고발하는 애민시는 지속적으로 창작될 수밖에 없었다. (《동방학지》 127집, 연세대학교 국학연구원, 2004)

참고문헌

1. 문헌자료

권호문, 《송암집(松巖集)》(《한국문집총간》 41, 민족문화추진회, 1990).
김정국, 《사재집(思齋集)》(《한국문집총간》 23, 민족문화추진회, 1989).
김종직, 《점필재집(佔畢齋集)》(《한국문집총간》 12, 민족문화추진회, 1989).
소세양, 《양곡집(陽谷集)》(《한국문집총간》 23, 민족문화추진회, 1989).
신숙주, 《보한재집(保閑齋集)》(《한국문집총간》 10, 민족문화추진회, 1989).
이 이, 《국역 율곡전서》, 한국정신문화연구원, 1987.
이 황, 《도산전서(陶山全書)》, 한국정신문화연구원 영인, 1980.
김인후, 《하서전집(河西全集)》 권 2, 五古.
서거정, 《사가시집(四佳詩集)》(《한국문집총간》 10, 민족문화추진회, 1989).
홍대용, 《담헌서(湛軒書)》(경인문화사 영인, 1969).

2. 논저

1) 단행본

고영진, 《조선시대 사상사를 어떻게 볼 것인가》, 풀빛, 1999.
권오봉, 《예던 길, 퇴계선생의 생활실사》, 우신출판사, 1988.
김기현, 《조선조를 뒤흔든 논쟁 — 사단칠정 논변은 무엇을 남겼나》 上, 길, 2000.
김성룡, 《여말선초의 문학사상》, 한길사, 1995.
김준오, 《시론》, 삼지원, 1993(3판).
노사광(勞思光)/정인재 옮김, 《중국철학사》(宋明篇/古代編), 탐구당, 1988.
류인희, 《주자철학과 중국철학》, 범학사, 1980.
문영오, 《고산 윤선도 연구》, 태학사, 1983.
바이세커(Weizsäcker)/강성위 옮김, 《자연의 역사》(삼성문화문고 61), 삼성문화재단, 1975.

박선정, 《점필재 김종직 문학 연구》, 이우출판사, 1988.
박이문, 《노장사상 — 철학적 해석》, 문학과지성사, 1980.
브라이언 매기(Bryan Magee)/이명현 옮김, 《칼 포퍼》, 문학과지성사, 1995.
모리모토 준이치로(守本順一郎)/김수길 옮김, 《동양정치사상사연구》, 동녘, 1985.
수전 손택(Susan Sontag)/이재원 옮김, 《은유로서의 질병》, 이후, 2002.
신연우, 《조선조 사대부 시조문학 연구》, 박이정, 1997.
———, 《사대부 시조와 유학적 일상성》, 이회, 2000.
신호열 역주, 《국역 퇴계시》 1,2 한국정신문화연구원, 1990.
아베 요시오(阿部吉雄)/김석근 옮김, 《퇴계와 일본유학》, 전통과현대, 1998.
엘리어트(T. S. Eliot)/이창배 옮김, 《엘리어트 선집》, 을유문화사, 1963.
원용문, 《孤山 尹善道의 詩歌 硏究》, 태학사, 1996.
윤성근, 《尹善道 작품집》, 형설출판사, 1982.
이동영, 《조선조 영남시가의 연구》, 부산대학교출판부, 1998(재판).
이민홍, 《사림파 문학 연구》, 형설출판사, 1987(수정증보).
이종묵, 《한국한시의 전통과 문예미》, 태학사, 2002.
이태진, 《조선유교사회사론》, 지식산업사, 1990.
임동권, 《한국민요연구》, 이우출판사, 1980.
임형택, 《한국문학사의 시각》, 창작과비평사, 1984.
장도규, 《회재 이언적 문학연구》, 국학자료원, 1992.
전수연, 《권근의 시문학 연구》, 태학사, 1998.
정　민, 《한시미학산책》, 솔, 1996.
정순목 편, 《퇴계평전》, 지식산업사, 1994.
조규익, 《가곡창사의 국문학적 본질》, 집문당, 1994.
조기영, 《하서 김인후의 시문학 연구》, 아세아문화사, 1994.
조동일, 《한국소설의 이론》, 지식산업사, 1977.
———, 《한국문학사상사시론》, 지식산업사, 1978.
———, 《한국시가의 역사의식》, 문예출판사, 1993.
———, 《한국문학통사》, 지식산업사, 1994(3판).
조셉 니담(Joseph Needham)/이석호 · 이철주 · 임정대 옮김, 《中國의 科學과 文明 III》, 을유문화사, 1988.
조윤제, 《한국문학사》, 탐구당, 1963.
———, 《국문학개설》, 탐구당, 1973(수정4판).
진은영, 《순수이성비판, 이성을 법정에 세우다》, 그린비, 2004.

최중석, 《나정암과 이퇴계의 철학사상》, 심산, 2002.
최진원, 《國文學과 自然》, 성균관대학교출판부, 1986(3판).
——, 《韓國古典詩歌의 形象性》, 성균관대학교 대동문화연구원, 1988.
허버트 리드(Herbert Read)/김병익 옮김, 《도상과 사상》, 열화당, 1982.

Saussure, F. D., *Course in general linguistics,* NewYork : Philosophical Library, 1959.

2) 논문

강전섭, 〈고응척의 두곡가곡에 대하여〉, 《시조학논총》 2집, 한국시조학회, 1986.
——, 〈退溪의 道體觀 硏究〉, 《퇴계학보》 112집, 퇴계학연구원, 2003.
고정희, 〈신흠 시조의 사상적 기반에 관한 연구〉, 《고전문학과 교육》 1집, 청관고전문학회, 1999.
권두환, 〈목소리 낮추어 노래하기〉, 백영정병욱선생10주기추모논문집 간행위원회, 《한국고전시가작품론》, 집문당, 1992.
권상수, 〈권호문의 閑居十八曲 硏究〉, 부산외국어대학교 석사논문, 1995.
김기현, 〈퇴계의 사단칠정론〉, 민족과사상연구회 편, 《사단칠정론》, 서광사, 1992.
김남이, 〈집현전 학사의 문학 연구〉, 이화여자대학교 박사논문, 2001.
김대행, 〈時調와 歌辭의 거리〉, 《詩歌詩學硏究》, 이화여자대학교출판부, 1991.
김덕현, 〈유교의 자연관과 퇴계의 山林溪居〉, 《문화역사지리》 11, 문화역사지리학회, 1999.
김동욱, 〈杜谷時調硏究〉, 《韓國歌謠의 硏究・續》, 선명문화사, 1975.
김명희, 〈권호문론〉, 《속 고시조작가론》, 백산출판사, 1990.
김문기, 〈권호문의 시가연구〉, 《한국의 철학》 14집, 경북대학교, 1986.
김상진, 〈송암 권호문 시가의 구조적 이해〉, 《한국학논집》 18집, 한양대학교 한국학연구소, 1990.
김석회, 〈상촌 시조 30수의 짜임에 관한 고찰〉, 《고전문학연구》 19집, 한국고전문학회, 2001.
김성규, 〈15세기 후반 사대부 문학의 몇 가지 경향〉, 성균관대학교 박사논문, 1989.
김열규, 〈孤山作品論〉, 《고산연구》 창간호, 고산연구회, 1987.
김영봉, 〈시인 궁달론의 전개양상과 작품에의 영향〉, 《열상고전연구》 15집, 열상고전연구회, 2002.
———, 〈점필재 김종직의 시문학 연구〉, 연세대학교 박사논문, 1998.
김영수, 〈퇴계 한시문학의 특색에 관한 시론〉, 《퇴계학연구》 6집, 단국대학교 퇴계학연구소, 1992.
김윤식, 〈메타포로서의 결핵〉, 이재선 엮음, 《문학 주제학이란 무엇인가》, 민음사, 1996.
김창원, 〈신흠 시조의 특질과 그 의미〉, 《고전문학연구》 16집, 한국고전문학회, 1999.
김춘식, 〈퇴계의 행정사상〉, 《퇴계학연구》 제6집, 단국대학교 퇴계학연구소, 1992.
김태안, 〈퇴계시의 한 연구〉, 성균관대학교 박사논문, 1992.
———, 〈퇴계의 외적 현실에 대한 의식과 애민시〉, 《퇴계학》 6집, 안동대학교 퇴계학연구소, 1994.
———, 〈퇴계의 正心論〉, 《퇴계학》 3집, 안동대학교 퇴계학연구소, 1999,
김태영, 〈과전법의 붕괴와 지주제의 발달〉, 《한국사》 28, 국사편찬위원회, 1996.
김 현, 〈녹문 임성주의 철학사상〉, 고려대학교 박사논문, 1992.
김형효, 〈퇴계성리학의 자연신학적 이해〉, 김형효 외, 《퇴계의 사상과 그 현대적 의미》, 한국정신문화연구원, 1997.
김흥규, 〈16, 17세기 강호시조의 변모와 전가시조의 형성〉, 《욕망과 형식의 시학》, 태학사, 1999.
남재주, 〈송암 권호문의 시세계〉, 안동대학교 석사논문, 1988.
두웨이밍(杜維明), 〈주자의 理哲學에 대한 퇴계의 독창적 해석〉, 이우성 편, 《도산서원》, 한길사, 2001.
문석윤, 〈퇴계의 '未發'論〉, 《퇴계학보》 114집, 2003.
문영오, 〈고산시가의 도교철학적 조명〉, 《한국문학연구》 14집, 동국대학교 한국문학연구소, 1992.
———, 〈〈산중신곡〉과 〈금쇄동기〉의 교융성〉, 《국어국문학》 124집, 국어국문학회, 1999.
민주식, 〈미학의 실천적 과제로서의 인간형성 — 퇴계 미학사상에 관한 고찰〉, 《예술문화연구》 5집, 서울대학교 인문대 예술문화연구소, 1995.
박경은, 〈경정 이민성의 시 연구〉, 성신여자대학교 석사논문, 1999.
박규홍, 〈두곡시조고〉, 《시조문학연구》 2집, 영남시조문학연구회, 1983.
박낙규 · 서진희, 〈송대 이학의 예술 미학 사상〉, 《인문논총》 45집, 서울대학교 인문학연구소, 2001.

박문옥, 〈이퇴계의 행정철학〉, 《퇴계학연구》 6집, 단국대학교 퇴계학연구소, 1992.

박혜숙, 〈조선의 매화시〉, 《한국한문학연구》 26집, 2000.

백연태, 〈徐居正의 愛民詩 考察〉, 《語文硏究》 34집, 어문연구학회, 2000.

성기옥, 〈신흠 시조의 해석 기반-〈放翁詩餘〉의 연작 가능성〉, 《진단학보》 81호, 1996.

———, 〈士大夫 詩歌에 수용된 신선모티프의 시적 기능〉, 한국고전문학회 편, 《국문학과 도교》, 1998.

———, 〈도산십이곡의 재해석〉, 《진단학보》 91호, 2001.

———, 〈도산십이곡의 구조와 의미〉, 《한국시가연구》 11집, 2002.

손오규, 〈퇴계 매화시의 意象〉, 《반교어문연구》 10집, 반교어문학회, 1999.

———, 〈퇴계의 산수문학〉, 《산수문학연구》, 제주대학교출판부, 2000.

수잔 손택(Susan Sontag)/이민아 옮김, 〈스타일에 대해〉, 《해석에 반대한다》, 이후, 2002.

신연우, 〈조선조 사대부 시조의 이치 — 흥취 구현양상과 의미 연구〉, 한국정신문화연구원 박사논문, 1994.

심경호, 〈퇴계의 수정과 관조자연〉, 김형효 외, 《퇴계의 사상과 그 현대적 의미》, 한국정신문화연구원, 1997.

심재완, 〈汾川講好歌攷〉, 《동양문화》 9집, 영남대학교 동양문화연구소, 1969.

안 봄, 〈하서 김인후의 문학사상 연구〉, 조선대학교 박사논문, 2000.

안장리, 〈퇴계의 山水之樂 연구〉, 《동방고전문학연구》 4집, 동방고전문학회, 2002.

양충열, 〈중국 고전문예이론에 있어서 審美 主客體의 調和觀念〉, 《인문논총》 7집, 동신대학교 인문과학연구소, 2000.

엄연석, 〈퇴계의 자연인식과 도덕적 지향〉, 《퇴계학보》 111집, 퇴계학연구원, 2002.

왕소(王甦)/이장우 옮김, 《퇴계시학》, 중문출판사, 1997,

우응순, 〈권호문의 시세계〉, 고려대학교 석사논문, 1982.

도모에다 류타로(友枝龍太郎), 〈退溪의 物格說〉, 이우성 편, 《도산서원》, 한길사, 2001.

원용문, 〈尹善道의 문학사상〉, 《한국문학사상사》, 계명문화사, 1991.

윤사순, 〈퇴계의 성선관〉, 《한국유학사상론》, 열음사, 1988(재판).

———, 〈지봉 이수광의 무실사상〉, 《한국유학사상론》, 예문서원, 1997.
———, 〈존재와 당위에 관한 퇴계의 一致視〉, 이우성 편, 《도산서원》, 한길사, 2001.
윤영옥, 〈권송암과 한거십팔곡〉, 《시조문학연구》 2집, 영남시조문학연구회, 1983.
윤채근, 〈양곡 소세양 한시 연구〉, 《한국한문학연구》 19집, 한국한문학회, 1996.
이가원, 〈퇴계선생의 시가문학〉, 《退溪學及其系譜的硏究》, 퇴계학연구원, 1989,
이강룡, 〈영남사림파시조연구〉, 한국교원대학교 석사논문, 1993.
이동환, 〈퇴계의 시작 개황과 그의 작품세계〉, 이우성 편, 《도산서원》, 한길사, 2001.
이민홍, 〈퇴계 시가의 이념과 품격〉, 《조선중기 시가의 이념과 미의식》, 성균관대학교출판부, 1993.
이병휴, 〈퇴계 이황의 가계와 생애〉, 《한국의 철학》 창간호, 경북대학교 퇴계연구소, 1973.
———, 〈퇴계 이황의 가계 및 생애와 현실대응〉, 《조선전기 사림파의 현실인식과 대응》, 일조각, 1999.
이수웅, 〈이퇴계 시취 연구〉, 《인문과학논총》 27집, 건국대학교 인문과학연구소, 1995.
이수환, 〈서원건립활동〉, 《한국사》 28, 국사편찬위원회, 1996.
이순형, 〈조선시대 가부장제의 유학적 재해석〉, 《한국학보》 71집, 일지사, 1993년 여름.
이승원, 〈서정시의 위력과 광휘〉, 《돌멩이와 서정시》(《서정시학》 9호), 웅동, 1999.
이우성, 〈퇴계선생의 이상사회와 서원창설운동〉, 이우성 편, 《도산서원》, 한길사, 2001.
이원승, 〈퇴계 현실인식의 시적 형상화 연구〉, 상명대학교 박사논문, 2001.
이종묵, 〈신숙주의 생애와 시세계〉, 한국한시학회 편, 《한국한시작가연구》 2, 태학사, 1996.
이종석, 〈퇴계의 시문학 연구—매화시를 중심으로〉, 고려대학교 석사논문, 1975.
이종호, 〈퇴계 미학의 기본 성격〉(上), 《퇴계학》 창간호, 안동대학교 퇴계학연구소, 1989.
———, 〈퇴계 미학의 기본 성격〉(下), 《안동문화》 10집, 안동대학교 안동문화연구소, 1989.

이 진, 〈퇴계 성리학의 시문학적 변용양상 연구〉, 동국대학교 박사논문, 1992.
이창희, 〈용재 이행 한시의 연구〉, 고려대학교 박사논문, 1998.
이태진, 〈향촌질서의 재편운동〉, 《한국사》 28, 국사편찬위원회, 1996.
이택동, 〈퇴계 매화시 연구〉, 서강대학교 석사논문, 1989.
장승구, 〈퇴계의 자연성의 세계관 연구〉, 《퇴계학연구》 6집, 단국대학교 퇴계학연구소, 1992.
———, 〈퇴계의 현실인식논리〉, 《퇴계학보》 86집, 퇴계학연구원, 1995.
장호성, 〈진일재 성간 연구〉, 《성균한문학연구》 28집, 성균관대학교, 1988.
전하두, 〈이황〉, 《디지털 한국민족문화대백과사전》, 한국정신문화연구원, 2002.
정동화, 〈퇴계 이황의 산수시 연구〉, 단국대학교 석사논문, 1993,
정석태, 〈이퇴계의 매화시〉, 고려대학교 석사논문, 1987.
정순우, 〈퇴계사상에 있어서의 일상의 의미와 그 교육학적 해석〉, 김형효 외, 《퇴계의 사상과 그 현대적 의미》, 한국정신문화연구원, 1997.
정용수, 〈사숙재 강희맹 시연구〉, 성균관대학교 박사논문, 1990,
정운채, 〈퇴계 한시 연구〉, 서울대학교 석사논문, 1987.
정재기, 〈권호문 시가 연구〉, 한국교원대학교 석사논문, 1996.
정재철, 〈고려말 신흥사대부의 등장과 한시－농민인식을 중심으로〉, 《한국한문학연구》 15집, 한국한문학연구회, 1992.
조규익, 〈16세기 안동지역 가맥의 연구〉, 《숭실대학교논문집》(인문사회), 1994.
———, 〈두곡 고응척의 가곡〉, 《어문연구》 29집, 어문연구학회, 1997.
———, 〈조선조 道義歌脈의 일단(1)〉, 《동방학》 3집, 한서대학교 동양고전연구소, 1997.
조동일, 〈고산연구의 회고와 전망〉, 《고산연구》 창간호, 1987.
———, 〈시조의 이론, 그 가능성과 방향 설정〉, 《우리문학과의 만남》, 기린원, 1988.
조태흠, 〈훈민시조연구〉, 부산대학교 박사논문, 1989.
최근덕, 〈퇴계사상의 시적 조명〉, 《한국유학사상연구》, 철학과현실사, 1992.
최동국, 〈物我一體의 '物我'의 의미〉, 《인천어문학》 9집, 1993.
최두식, 〈퇴계시의 선적 경향〉, 《석당론총》 32집, 동아대학교 석당전통문화연구원, 2002.
최병규, 〈儒家 "中和之美"의 예술관〉, 《퇴계학》 9집, 안동대학교 퇴계학 연구소, 1997,
최선미, 〈송암 권호문 시가의 연구〉, 이화여자대학교 석사논문, 1995.

최신호, 〈文學論에 있어서의 理氣, 道氣, 神氣의 문제〉, 《국어국문학》 105, 1991.
———, 〈〈도산십이곡〉에 있어서의 '언지'의 성격〉, 백영정병욱선생10주기추모논문집 간행위원회, 《한국고전시가작품론 2》, 집문당, 1992.
최웅, 〈상촌 시조 연구〉, 《한국시가문학연구》(백영정병욱선생환갑기념논총2), 신구문화사, 1983.
최재남, 〈소학적 세계관의 시적 진술방식〉, 《사림의 향촌생활과 시가문학》, 국학자료원, 1997.
최진덕, 〈〈산중신곡〉과 〈금쇄동기〉의 관계〉, 《고산연구》 3집, 고산연구회, 1989.
———, 〈퇴계성리학의 자연도덕주의적 해설〉, 김형효 외, 《퇴계의 사상과 그 현대적 의미》, 한국정신문화연구원, 1997,
———, 〈退溪 理氣心性論의 脫道德形而上學的 解釋〉, 《퇴계학보》 112집, 퇴계학연구원, 2002.
———, 〈자연관(문학에 표현된 자연)〉, 《디지털 한국민족문화대백과사전》, 한국정신문화연구원, 2002.
하정화, 〈理學美學의 구조와 특질〉, 《동양예술》 4호. 한국동양예술학회, 2001,
한석수, 〈은둔문학고 - 송암 권호문을 중심으로〉, 《논문집》 20집, 상주농잠전문대학, 1981.
한영국, 〈퇴계 이황의 시정론고〉, 《한국의 철학》 창간호, 경북대학교 퇴계연구소, 1973.
한장원, 〈송호문 국문시가의 시적 지향에 관한 연구〉, 고려대학교 석사논문, 1995.
한형조, 〈주희에서 정약용에로의 철학적 사유의 전환〉, 한국정신문화연구원 한국학대학원 박사논문, 1992.
———, 〈율곡사상의 유학적 해석〉, 김형효 외, 《율곡의 사상과 그 현대적 의미》, 한국정신문화연구원, 1995.
———, 〈남명, 칼을 찬 유학자〉, 박병련 외, 《남명 조식》, 청계, 2001.
———, 〈幽貞, 혹은 유교적 隱者의 길〉, 《퇴계학보》 111집, 퇴계학연구소, 2002.
홍우흠, 〈퇴계의 매화시에 대한 연구〉, 《인문연구》 4호, 영남대학교, 1983.
홍학희, 〈율곡 이이의 시문학 연구〉, 이화여자대학교 박사논문, 2001.
황금중, 〈퇴계와 율곡의 공부론 비교 연구〉, 《한국교육사학》 25권 1호, 한국교육사학회, 2003.

찾아보기

■ 용어 · 인명 ■

ㅂ

ㅅ

ㅇ

ㅈ

■ 작 품 ■

ㅇ

ㅈ

ㅊ